BASTIAN RICHTER

Mafalda Cinquetti und die Dame mit Hund

Über den Autor:

Nach Stationen in Leipzig und Marburg, langen Jahren in Berlin und einem Abstecher in die Schweiz hat **Bastian Richter** jetzt im niederländischen Friesland seine Heimat gefunden, wo er mittlerweile neun Bücher verfasst hat, daneben eine alte Bäckerei saniert und mit seinem betagten Binnenschiff die lokalen Gewässer durchkreuzt. Immer wieder zieht es ihn nach Italien, wo die venezianische Hobbyermittlerin Mafalda Cinquetti in sein Leben trat.

BASTIAN RICHTER

Mafalda Cinquetti und die Dame mit Hund

Kriminalroman

lübbe

Originalausgabe
Der Autor wird vertreten durch die Autoren- und
Projektagentur Gerd F. Rumler, München.
Copyright © 2023 by Bastei Lübbe AG, Schanzenstraße 6–20, 51063 Köln
Textredaktion: Dr. Ulrike Brandt-Schwarze, Bonn
Umschlaggestaltung: © SO YEAH Design, Gabi Braun
unter Verwendung von Illustrationen von
© shutterstock.com: Tarasova Mariya | Anna_Pustynnikova |
Sira Anamwong
Satz: hanseatenSatz-bremen, Bremen
Gesetzt aus der Bembo
Druck und Verarbeitung: GGP Media GmbH, Pößneck

Printed in Germany
ISBN 978-3-404-18961-8

1   2   3   4   5

Sie finden uns im Internet unter luebbe.de
Bitte beachten Sie auch: lesejury.de

1

*M*afalda Cinquetti öffnete die rostige kleine Blechdose, in der sie die Krümel vom Brotschneiden mitgenommen hatte, bückte sich ein wenig und streute die feinen Brösel auf den Steinboden am Rande des Campo San Bernardo, wo die anscheinend immer hungrigen Tauben sich gierig darauf stürzten. Dies alles geschah direkt unter dem *Tauben bitte nicht füttern*-Schild, das die Verwaltung zu Mafaldas großem Ärger im vorletzten Sommer hier hatte anbringen lassen.

Sie schaute sich misstrauisch um, nicht dass sie hier jemand auf frischer Tat ertappen würde. Aber die Chancen dafür waren gering: Auf den kleinen, von dunkelrot und hellgelb gestrichenen Häusern gesäumten *campo* auf der Venedig vorgelagerten Insel Murano verirrte sich kaum ein Tourist. Wenige Meter entfernt, an der quirligen Vaporettohaltestelle Murano Museo, hörte man fast nur Englisch und Chinesisch. Hier dagegen, eine Gasse weiter – es war eines dieser venezianischen Mysterien – gehörte der kleine Platz allein den Einheimischen. Und die hatten um diese

Tageszeit um kurz nach zehn Uhr morgens anderes zu tun, gingen ihrer Arbeit auf dem Festland nach oder waren einkaufen in den Großmärkten von Mestre.

»*Buon appetito, miei amici!*«, sagte Mafalda zu den Tauben, steckte verstohlen die nun leere Brotkrümeldose in ihre Handtasche und schaute vergnügt auf die fressenden Vögel, die für sie wie Freunde waren. Fast hatte sie das Gefühl, sie schmatzen zu hören.

Sie schaute sich um und atmete tief ein. Der heutige 1. März war der erste richtige Frühlingstag des Jahres. An den Bäumen auf dem *campo* schickten sich die ersten Blättchen der neuen Saison an, zu üppigem Grün heranzuwachsen. Der Himmel war makellos blau, und die Sonne trieb das Thermometer schon früh am Vormittag in Richtung der 20-Grad-Marke, wie Mafalda unter ihrem für die Jahreszeit etwas zu dicken wattierten Mantel feststellen musste.

Der lange Winter hatte auch bei Mafalda seine Spuren hinterlassen. Wobei Winter in Venedig bedeutete, dass es monatelang neblig war. Die Feuchtigkeit drang durch alle Fensterritzen in die alten Gemäuer der Wohnungen, und keine Heizung der Welt konnte sie komplett daraus vertreiben.

Mafaldas Ischias konnte ein Lied davon singen! Sie streckte sich vorsichtig, hielt dann inne und legte ihre Hand auf das schmerzende Kreuz. Ihre Ärztin hatte ihr einen Umzug in den Süden empfohlen. Für Menschen ihres Alters sei das Winterklima dort zuträglicher als im immerfeuchten Venedig. Was ein sehr eigenartiger Vorschlag war von einer

Frau, die vor Jahren selbst nach Murano gezogen war, das für sie damals der Inbegriff des »Südens« war. Carola Albini, als Carola Svensson in Schweden geboren, war aus Liebe zu einem Mann nach Murano gezogen, dann aus Liebe zu Murano geblieben.

Für Mafalda, die Murano noch niemals in ihrem Leben für längere Zeit verlassen hatte und auch nicht vorhatte, dies jemals zu tun, war dieser Vorschlag völlig indiskutabel.

Einmal allerdings hatte sie Murano verlassen – im mütterlichen Bauch. Ihre Mutter Angela war mit dem Zug zu ihrem Mann Giuseppe nach Padua gereist, der dort seit einer Woche an einer Fortbildung für höhere Polizeibeamte teilnahm. Aus Sehnsucht hatte sie ihn besucht, doch es war die Sehnsucht der kleinen Mafalda, endlich auf die Welt zu kommen, die sie zu einer frühen Geburt in die Entbindungsstation des Krankenhauses der Università di Padova geführt hatte.

Diesem Umstand verdankte Mafalda den unaussprechlichen Makel einer nicht-venezianischen Geburt, der sie, hätten Nachbarn und Freunde davon erfahren, auch so viele Jahre später noch zur Auswärtigen, zur Außenseiterin abgestempelt hätte, da war sie sicher! Und so blieb der Ort ihrer Geburt für immer ihr Geheimnis, und in allen offiziellen Formularen hatte sie stets trotzig Murano als Geburtsort eingetragen.

Mafalda spazierte quer über den *campo* zu ihrer roten Bank vor der um diese Uhrzeit noch geschlossenen *trattoria*. Sie prüfte kurz, ob die Sitzfläche trocken war, legte dann ihre schwere Handtasche darauf, drehte sich langsam und ließ sich bedächtig nieder. Kaum saß sie, hob sie die Beine und zappelte mit den Füßen wie ein junges Mädchen.

Wie hatte sie die Sonnenstrahlen vermisst in den letzten Monaten! Immer war sie nur bei Nieselregen und Dunst zwischen ihrer Wohnung im ersten Stock des Eckgebäudes am Campo San Bernardo, dem *alimentari*, dem Lebensmittelladen von Susanna Osti im hinteren Teil der Insel, der Praxis ihrer Ärztin Carola Albini und ihrem Stammcafé, der kleinen Bar Il Sole am Campo San Donato, hin und her gependelt.

Heute würde Emilia, die Kellnerin der Bar Il Sole, endlich wieder die Stühle und Tische draußen vor ihre *bar* stellen, und es würde dort mehr geben als einen schnellen *caffè* im Stehen. Emilia betrieb die kleine *bar* neben der Basilika schon fast zwanzig Jahre lang, was sie in den Augen der Einheimischen immer noch als Zugezogene gelten ließ. Im Unterschied zu Mafalda hielt sie sich an die Empfehlung der Dottoressa und tauschte den Winter über Regen und Nebel auf Murano gegen die milde Sonne im Süden der Toskana, wo sie aufgewachsen war. Über ihr Privatleben wusste man auf der Insel wenig, denn anders als bei ihren Gästen legte Emilia in eigenen Angelegenheiten auf Privatsphäre großen Wert.

Den Winter über versorgte eine mürrische Aushilfe die kleine Bar, und *caffè* gab es dann nur lauwarm, durchsichtig dünn und im Stehen am Tresen im Inneren. Das und das feuchte Wetter hielt die meisten Gäste davon ab, im Winter länger hier zu verweilen oder überhaupt vorbeizuschauen. Emilias Rückkehr Anfang März war für alle ein langersehntes Ereignis, auf das man sich schon Wochen im Voraus freute.

Mafalda und ihre Freundinnen hatten heute den gesamten Klatsch und Tratsch der Wintersaison nachzuholen, und das ging nur bequem im Sitzen, bei etwas Sonnenschein, angenehmen Temperaturen oder zumindest einer *ombra*, einem kleinen Glas Pinot Grigio aus den Weinanbaugebieten nördlich von Treviso.

Mafalda schaute auf ihre altmodische Armbanduhr. Sie musste blinzeln, denn die Uhr war so klein und ihre Sehkraft ohne Lesebrille so schlecht, dass sie die Zeiger nur erahnen konnte. Schon fast halb elf! Auch wenn sie nicht fest verabredet waren, würden sich ihre Freundinnen gleich vor der *bar* einfinden. So wollte es die Tradition. Denn elf Uhr war der *giro de ombre*, der Zeitpunkt, an dem nahezu jeder erwachsene Venezianer sein erstes Gläschen Wein des Tages schlürfte.

Erst wenn die drei Golden Girls von Murano vor der *bar* saßen und tratschten, wurde es richtig Frühling. Das wussten alle Bewohner der Insel.

Mafalda stand auf, nahm ihre Handtasche und ging langsam über den noch immer menschenleeren Platz durch die enge Calle delle Conterie, die nur die Einheimischen kannten und in der sie sicher vor den Touristen war, hinüber zum Campo San Donato. Immer entlang der hohen Backsteinmauer, hinter der einst eine der Glasbläserfabriken ansässig gewesen war und auf deren altem Grundstück jetzt ein schickes Aparthotel für Wochenendtouristen erbaut wurde. Die hohe Mauer hatte das dahinter liegende Wohnquartier jahrhundertelang sicher vor Staub, Rauch und Dreck der Glasfabrik geschützt. Das würde nun auch bald für die Touristenhorden des neu entstehenden Hotels gelten.

Wenige Schritte weiter schaute Mafalda wehmütig lächelnd in den von wild rankenden Glyzinien umrahmten Toreingang, hinter dem irgendwann in den 1980er-Jahren ein glatter, schnörkelloser Neubau errichtet worden war, der heute dunkelrot von dem vielerorts bröckelnden Putz und den vielen unverputzten Backsteinmauern im Viertel herausstach. Der feine Duft der Glyzinien nach Laub und Weintrauben hob sich angenehm ab von dem sonst hier vorherrschenden Geruch nach Staub, feuchtem Stein und den Abgasen der Glasbläsereien – das hatte sich in all den Jahren nicht geändert.

Hier hatte Mafalda zum ersten Mal ihren Salvatore geküsst. Sie wusste es noch, als wäre es gestern gewesen. Salvatore, der junge *Tenente*, ein Leutnant der *Carabinieri* mit allerbesten Karriereaussichten. Sie kannten sich schon ein paar Wochen. Es war Frühling wie jetzt, alles um sie herum blühte, und sie waren endlos durch Murano gestreift, hatten beinahe jede *calle* und jeden *campo* einmal besucht. Der am Ende einzig verbleibende Weg war der zu ihrem Elternhaus am Campo San Bernardo, wo sie sich bis zum nächsten Abend hatten trennen müssen, weil Mafaldas Eltern keinen Herrenbesuch erlaubten.

Siebzehn war sie da gewesen, und er gerade achtzehn. Er hatte sie sanft beiseitegezogen, in den Eingang zwischen die gemauerten Pfosten, ihr tief in die Augen geschaut und sie geküsst. Erst ganz vorsichtig, dann forscher, um schließlich gar nicht mehr aufhören zu wollen. Die Schmetterlinge in ihrem Bauch konnte sie im Vorbeigehen heute noch spüren.

Salvatore war ihr Hauptgewinn gewesen. Wie sollte ein junges Mädchen auch auf einer Insel, einer kleinen zumal, wo fast jeder mit jedem entfernt verwandt war und der Rest sich beim Namen kannte, jemanden Neues kennenlernen? Salvatore aber war im nahen Triest geboren, das kurz darauf jugoslawisch wurde. Seine Eltern mussten die Stadt in den Nachkriegswirren verlassen, als er gerade sechs Jahre geworden war, und hatten in Mestre, auf dem Festland vor Venedig, ein neues Heim gefunden. Der Anfang war schwer gewesen, doch sie arbeiteten sich hoch. Und ihr einziger Sohn Salvatore hatte es zu einem anständigen Schulabschluss gebracht und eine Ausbildung zum Polizisten begonnen, sehr zum Stolz seiner Eltern. Im Zuge einer Beförderung wurde er auf den Posten der *Carabinieri* auf Murano versetzt, und schon wenige Wochen später lernten er und Mafalda sich erst kennen und dann lieben.

Mafalda lächelte sehnsüchtig beim Gedanken an ihren Mann. Obwohl er schon vor zwanzig Jahren von ihr gegangen war, hatte sie ihn keinen Tag vergessen.

»Du bist ein Schuft! Mich so früh zu verlassen«, murmelte sie leise vor sich hin.

Ein paar Meter weiter bog sie scharf rechts ab und lief

auf den schiefen Kirchturm der mächtigen alten Inselbasilika Santi Maria e Donato zu. Zum Campo San Donato und der Bar Il Sole wäre es jetzt leicht rechts zwischen dem frei stehenden Kirchturm und der Basilika hindurchgegangen. Doch nachdem Mafalda die drei Stufen auf den Kirchplatz hinuntergestiegen war, hielt sie zielstrebig auf die schwere hölzerne Eingangstür der Kirche zu.

Sie trat ins Innere, ging über den uralten Boden aus Marmormosaiken nach vorn, machte einen angedeuteten Knicks in Richtung des Altars und bekreuzigte sich. Dann nahm sie auf einer der Bänke zur Linken Platz und faltete die Hände für ein kurzes Gebet.

Santi Maria e San Donato war *ihre* Kirche. Hier war sie getauft worden, später gefirmt, hier hatte sie geheiratet. Und hier hatten sie ihren Sohn Giuliano taufen lassen. Hier hatte auch die Totenmesse für Giuliano nach seinem frühen Tod vor neun Jahren stattgefunden. Und Padre Osman hatte außerhalb des Beichtstuhls immer ein offenes Ohr für ihre Fragen und Sorgen.

Wo mochte er heute sein? Mafalda schaute sich um, konnte ihn aber nirgends entdecken. Die Beichtstühle waren unbesetzt. Auf dem hölzernen Chorgestühl hinter dem immer üppig mit Blumen geschmückten Altar unter den byzantinischen Deckenmosaiken, seinem Lieblingsplatz, war er nicht zu sehen. Ein paar wenige Touristen in völlig unangemessenen kurzen Hosen wanderten ziellos durch das Kirchenschiff.

Mafalda schüttelte den Kopf, stand auf, ging rechts am

Altar vorbei zu dem eisernen Kerzenständer, warf ein paar Münzen in die Kollekte und nahm sich zwei Kerzen. Eine für ihren Salvatore. Sie drückte sie an ihr Herz und küsste sie, bevor sie sie anzündete und aufstellte. Die zweite Kerze war für Giuliano. Mit feuchten Augen zündete sie sie an und platzierte sie auf dem Leuchter. Seinen Tod hatte sie noch immer nicht verwunden.

»Wir sehen uns morgen«, sagte sie leise, warf einen letzten Blick auf beide Kerzen, wischte sich eine Träne aus dem Auge und ging zum Ausgang. Dort tupfte sie mit der Hand in das Weihwasserbecken und bekreuzigte sich eilig, während sie aus der Basilika hinauslief. Ihre Freundinnen würden sicher schon auf sie warten.

Schnellen Schrittes ging sie nach links weiter, zwischen Dom und Kirchturm hindurch und weiter nach vorn auf den sich weit zum Kanal hinaus öffnenden Campo San Donato, an dem linker Hand die Bar Il Sole zu finden war.

Von ihren Freundinnen war noch keine zu sehen. Mafalda setzte sich an einen der kleinen Tische am Rande der Terrasse, der ihnen genügend Abstand zu anderen Gästen gewähren würde, um ausgiebig zu klatschen und zu tratschen. Zufrieden schaute sie über den *campo:* Hier hatte sich seit letztem Herbst nichts verändert. An der Westseite des Platzes der zweigeschossige Chorbereich der alten Basilika mit seinen weißen Säulen, davor der *campo*, in der Mitte der Kanal, über den eine Brücke mit ausgetretenen Marmorstufen auf die andere Seite führte, wo geduckte kleine Häuschen mit den Neppläden für die Touristen das Ufer säumten. Der rostige Müllcontainer neben der Kirche quoll noch genauso über wie im letzten Herbst, so als wäre er in der Zwischenzeit niemals geleert worden.

Die kleine Brücke in der Mitte des Platzes war die unausgesprochene Grenze zwischen dem Territorium der Einheimischen und dem der Touristen, die oft nur für wenige Stunden mit rasant heranrauschenden Fährbooten vor den Glasbläsereien abgeladen wurden. Kaum hatten sie dort den obligatorischen Einkaufsbummel absolviert, machten sie sich mit abenteuerlich verzierten Vasen oder Nippes nur teilweise venezianischer Herkunft auf den kurzen Weg ins Inselinnere. Aber immer nur bis zur Brücke am Campo San Donato, dann eilten sie auf dem schnellsten Wege auf der anderen Seite des Kanals zurück zum zweiten Bootsanleger auf diesem Teil der Insel.

Hinter die Brücke, in das Gebiet der Einheimischen, verirrte sich kaum ein Tourist. Und während jetzt, Anfang März, weiter vorn auf der Insel entlang der Kanäle mit ihren kleinen Häusern, die allesamt eine Etage niedriger als nebenan im großen Venedig waren, schon geschäftige Unruhe herrschte, verharrte der hintere Teil des *campo* noch immer in einer tiefen, schläfrigen Ruhe.

2

*E*milia stand gelangweilt hinter dem grell beleuchteten Tresen der *bar* zwischen einem Aufsteller mit knallbunten Chipstüten, pappsüßen Schokoriegeln und einer Kühltruhe voll venezianischer Leckereien. Mafalda winkte ihr zu, und sie nickte. Man verstand sich auch nach der langen Winterpause noch immer ohne Worte. Nur Augenblicke später erschien die Kellnerin mit einem *doppio* und einem Gläschen Weißwein an Mafaldas Tisch.

»Signora Mafalda, *buongiorno*, schön Sie endlich wiederzusehen«, grüßte sie Mafalda überschwänglicher, als man es ihrem verschlafenen Aussehen nach erwarten konnte.

»*Buongiorno*, Emilia, *e mille grazie!* Auf dich ist immer noch Verlass«, antwortete Mafalda, nahm die Kaffeetasse und nippte daran.

Sie hielt die Tasse hoch und betrachtete die darauf abgebildete gelbe Sonne auf rotem Grund, das Logo der Kaffeerösterei. Den starken toskanischen Sol Caffè aus Grosseto gab es in Venedig nur im Frühjahr und Sommer in der Bar Il Sole. Emilia stopfte immer den kompletten Kleinwagen ihres Cousins mit Kaffeesäcken voll, wenn dieser sie von den Winterferien bei ihrer Familie in der Maremma zurück nach Murano brachte. Im Winter, wenn Emilias Vorrat aufgebraucht war, wurden nur noch Supermarktbohnen aufgebrüht, die eher bitter auf der Zunge waren und deren Duft nicht lange in der Nase vorhielt. Ein Grund mehr für die Inselbewohner, Emilias Rückkehr im Frühling zu ersehnen.

Eigentlich war Mafalda dieser erste *caffè* auf dem *campo* heilig. Für Klatsch und Tratsch wäre danach noch genügend Zeit. Doch Emilia schien andere Pläne zu haben.

»Was für eine Tragödie!«, rief sie reichlich theatralisch und fasste sich mit der Hand an die Stirn.

Ein Gespräch mit ihr ersetzte ein Zeitungsabonnement, das wusste Mafalda schon lange. Die kleine, mollige Emilia mit ihren schwarz gefärbten Locken, den knallrot bemalten Lippen und der am Vormittag immer etwas nachlässigen Kleidung war Orakel, Cassandra und Nachrichtensprecherin in einer Person – man musste dafür nur ihre umständlichen Litaneien über sich ergehen lassen.

»Die *schönen* Bilder«, seufzte sie.

Mafalda hatte im Radio schon von der Attacke auf die Sonderausstellung in der Peggy Guggenheim Collection gehört, bezweifelte aber ernsthaft, dass Emilia, die im ausgebeulten Jogginganzug vor ihr stand, auch nur eines der Gemälde beim Namen hätte nennen können, geschweige denn jemals eines davon tatsächlich gesehen hatte.

»Die Guggenheim-Ausstellung?«, fragte Mafalda mehr rhetorisch. Die Nachricht von dem Anschlag auf die Guggenheim Collection hatte sie nicht sonderlich berührt. Nicht dass ihr die Kunst als solche nicht am Herzen läge. Aber das Guggenheim-Museum befand sich drüben in Venedig am Canal Grande. Und dorthin begab sie sich nur, wenn sie bestimmte Einkäufe machen wollte oder Freunde und Verwandte besuchte. Für sie als überzeugte Einwohnerin von Murano war Venedig fast ein wenig wie entferntes Ausland. Jedenfalls kein Ort, den sie zu ihrem näheren Umfeld zählte.

Emilia nickte betroffen und wandte dann den Blick zum Himmel, als würde sie ein Stoßgebet sprechen. Das konnte Mafalda allerdings ausschließen, denn in der Kirche gesehen hatte sie Emilia noch nie.

»Ich hoffe, sie kriegen sie«, sagte Mafalda abwesend.

»Natürlich kriegen sie die«, teilte ihr Emilia verschwörerisch lächelnd mit.

Mafalda schaute sie fragend an. »Wissen Sie mal wieder mehr als die im Radio?«

Emilia fühlte sich sichtlich geschmeichelt, machte einen angedeuteten Miniknicks und nickte.

»Die Polizei war vorhin da. Mit sechs Booten aus Venedig. Das muss was damit zu tun haben«, verkündete sie wichtig.

Mafalda trank ihre Tasse schnell aus, weil sie Angst hatte, der *caffè* könne über dem Gespräch mit Emilia kalt werden. Die Kellnerin gab sich heute selbst für ihre Verhältnisse sehr mysteriös und ließ sich jedes Wort mühsam aus der Nase ziehen.

»Ein Bilderdieb aus unserem kleinen Murano? Nicht doch, Emilia«, sagte Mafalda nach einigem Nachdenken.

»*No!* Sie haben die Bilder ja gar nicht gestohlen!«, rief Emilia so laut, dass es auf dem ganzen Platz zu hören war.

Mafalda erinnerte sich, dass im Radio nur mysteriös von einem Anschlag auf die Bilder die Rede gewesen war. »Ja, was denn dann?«

Emilia stutzte, runzelte die Stirn und überlegte angestrengt. »Das habe ich nicht so genau verstanden«, erwiderte sie zögerlich, nun deutlich leiser. »Aber die Bilder sind wohl noch da«, flüsterte sie Mafalda zu.

Die schaute ein wenig verzweifelt. Eine verlässliche Information war aus Emilia heute wohl nicht herauszubekommen. Sie würde später doch noch einmal die Nachrichten hören müssen.

»Kommen denn die beiden *signore* heute auch noch? Signora Alma und Signora Lucia?«, fragte Emilia, wohl auch ein bisschen, um von ihrer Wissenslücke die Bilder betreffend abzulenken. Natürlich wusste sie nur zu gut, dass der 1. März ein festes Datum für die drei Damen war. Seit Jahren hatten sie an diesem Tag auf dem *campo* vor der *bar* den Frühling eingeläutet, wenn Emilia ihren Laden nach der Winterpause wieder öffnete. Schon auf ihrer Weihnachtskarte hatte ihr Mafalda geschrieben, wie sehr sie sich auf diesen Tag freute.

»Ich hatte gehofft, sie wären schon da«, antwortete Mafalda und schaute sich suchend um. »Aber sie werden sicher gleich hier sein.«

Noch während sie sprach, sah sie ihre Freundin Alma Beretti über die kleine Kanalbrücke auf ihre Seite herüberkommen.

»Mafalda, bin gleich da!«, rief die leicht gebückt gehende Alma und winkte mit ihrer altmodischen Korbhandtasche.

Alma war die Älteste des Damentrios. Mit ihrer kurzen Grauhaarkrause, der großen Brille mit den dicken, getönten Gläsern, der beigen Jacke und den kakigrünen Hosen war sie geradezu der Inbegriff einer italienischen Seniorin. Dass sie und Mafalda entfernt verwandt waren, machte das Tratschen mit ihr um einiges leichter, weil man sich ja nur *in famiglia* austauschte. Als sie Mafaldas Tisch erreichte, ließ sie sich erschöpft auf einen der freien Stühle fallen und schnaufte.

Seit Alma vor acht Jahren Witwe geworden war, hatte sie sich diesen grün-beigen, fast uniformartigen Einheitslook zugelegt, der wohl ihrer Vorstellung vom Aussehen einer italienischen Witwe entsprach. Dabei sah sie mit der dicken Brille kaum mehr als ohne. Ihre Frisur ließ sie von einem dieser Frisiersalons in Venedig richten, die darauf spezialisiert waren, alte Damen in einem Ambiente aus cremefarbenen Trockenhauben, ausgeblichenen Lockenwicklern und dem Duft von Tosca und Kölnisch Wasser glücklich zu machen. Alma hatte immer wieder versucht, Mafalda zum Mitkommen zu bewegen, doch diese hatte standhaft abgelehnt.

Statt eines Grußes zeigte Mafalda irritiert mit dem rechten Zeigefinger auf Almas Gehstock. Dieses Accessoire hatte sie bei ihr im letzten Jahr nicht gesehen.

Alma wedelte abwehrend mit der Hand. »Der Winter, die Gelenke, der Rücken. Ich habe dieses Ding schon lange bei mir zu Hause herumstehen. Benutzt habe ich ihn noch nie. Bis heute. Nicht dass er noch Wurzeln schlägt.« Sie lehnte den Stock an die Tischkante und seufzte laut vernehmbar. »In den Süden soll ich ziehen, meint die Dottoressa.« Sie verdrehte die Augen in Richtung Himmel ob dieses offenbar auch für sie gänzlich undenkbaren Vorschlags.

»Die kriegt wahrscheinlich Prozente dafür«, sagte Mafalda mürrisch.

»Du auch?«, fragte Alma erstaunt.

»Zur Miss Murano werden sie uns auf unsere alten Tage alle nicht mehr wählen«, antwortete Mafalda konsterniert und warf den zerbröselten Keks von der Untertasse ihres Kaffees einer sich ihnen nähernden Spatzenfamilie zu.

Alma nickte mit sauertöpfischer Miene. Sie hatte mittlerweile aufgehört, nach Luft zu ringen, und holte unter Mafaldas missbilligendem Blick eine Packung Feuchttücher aus ihrer Handtasche, wischte mit einem Tuch den Tisch sauber und arrangierte dann Zuckerstreuer und Zahnstocherhalter fein säuberlich exakt in der Mitte des Tisches.

»Weißt du, warum Lucia noch nicht da ist?«, fragte Mafalda und schaute auf ihre Armbanduhr, die jetzt schon Viertel nach elf anzeigte.

»Deswegen bin ich ja so schnell zu dir gerannt«, entgegnete Alma.

Mafalda verkniff sich ein Grinsen, weil Almas gebückter

Gang am Stock über die Brücke und den *campo* so gar nicht zu ihrer Vorstellung von »schnell« passen wollte.

»Sie kommt später. Diese Sache mit den Bildern …«, fuhr Alma mit wichtigem Unterton fort.

»Was haben denn nur heute alle mit den Bildern?«, fragte Mafalda sichtlich ungehalten. Ungehalten über sich, weil sie die Nachrichten nur flüchtig gehört hatte und offenbar jeder mehr über das Bilderdrama wusste als sie.

»Was für ein schreckliches Verbrechen!« Alma schlug sich mit den flachen Händen auf die Oberschenkel.

Emilia kam mit einem zweiten *caffè* und einer weiteren *ombra* an den Tisch und mischte sich ungefragt in die Unterhaltung ein.

»*Sì!* Die Bilder! Furchtbar«, sagte sie und wedelte dramatisch mit den Armen in der Luft herum. Mafalda erwog mittlerweile ernsthaft aufzustehen, zum Zeitungskiosk zu laufen und den Verkäufer dort nach den neuesten Meldungen zu fragen. Schneller als hier in der *bar* würde sie die so allemal bekommen.

»Was ist jetzt mit Lucia?«, hakte Mafalda nach und prostete Alma mit ihrem Weinglas zu.

Ihre Freundin prostete zurück. »Die Polizei glaubt, dass ihr Untermieter, der die kleine Hütte in ihrem Garten bewohnt, etwas mit der Sache mit den Bildern zu tun hat.«

»Der dumme Beppe?«, fragte Mafalda überrascht und bereute im gleichen Moment, dies so direkt gesagt zu haben.

Beppe wohnte seit einigen Jahren in Lucias Gartenhäuschen. Es war mehr ein Verschlag als ein Wohnhaus, aber vermutlich die einzige Behausung, die er sich leisten konnte. Beppe war definitiv nicht der Hellste und auf ganz Murano dafür bekannt, dass er seit Jahren immer wieder neuen Heilslehren anhing und laut vor sich hin predigend das Ende der Welt ankündigte.

Beppe, trotz seiner kindlich gebliebenen Gesichtszüge mittlerweile gut Mitte vierzig, war im Waisenhaus in Venedig aufgewachsen. Seine Jugend ohne Eltern hatte ihn anfällig gemacht für jeden, der ihm etwas Aufmerksamkeit entgegenbrachte oder ihm irgendwie das Gefühl gab, Teil von etwas Wichtigem zu sein. Dazu kam seine permanente Angst vor allem Neuen und Unbekannten. Veränderungen mochte er nicht, und über die Jahre hatte er nacheinander vor den schweren Gefahren von Mobilfunk und Internet gewarnt, bestand darauf, mit Bargeld zu zahlen, und weigerte sich standhaft, sich von Handykameras fotografieren zu lassen. Allerdings hatte er Venedig zeit seines Lebens nicht verlassen, sodass die Welt, die er kannte, eher überschaubar war. Das nahm seiner immer wieder aufs Neue verkündeten Botschaft vom Ende der Welt ein bisschen die Schärfe. Trotzdem führten die örtlichen *Carabinieri* eine lange Liste mit Beppes Vergehen. Mal meldete ihn jemand bei den Behörden, weil er stundenlang lautstark vor dem eigenen Haus missionierte oder verbotenerweise handgeschriebene Zettel an die Hauswand klebte. Und noch öfter, weil er sich in meist sinnlosen, aber deshalb nicht minder hitzigen Debatten mit anderen Inselbewohnern verrannte und seinem Gegenüber dabei irgendwann das eine oder andere Schimpfwort an den Kopf warf. Doch viel mehr als solch grober Unfug war nicht dabei.

Der von ihm immer wieder prophezeite Weltuntergang war freilich niemals eingetreten, was Beppe nicht weiter störte, weil er meist nahtlos zum nächsten Aberglauben wechselte. Auch die von ihm als sicher vorausgesagte vernichtende Sintflut und der darauf unausweichliche Untergang Venedigs und der Inseln der Lagune wurden immer unwahrscheinlicher, je näher die Fertigstellung des Hochwasserschutzsystems an der Grenze zwischen der Lagune und dem offenen Meer im nächsten Jahr in Reichweite rückte.

Dass Beppe nun etwas mit »den Bildern« zu tun haben sollte – und es trieb Mafalda mittlerweile fast in den Wahnsinn, dass offenbar niemand ihr sagen konnte oder wollte, was wirklich passiert war –, schien ihr gänzlich undenkbar.

Alma nippte an ihrem Weinglas und nahm gleich noch einen zweiten Schluck.

»Der neue Riesling ist wirklich lecker.« Sie schnalzte mit der Zunge, nahm den Keks vom Unterteller ihrer Tasse und steckte ihn sich verschämt lächelnd in den Mund.

»Der Pinot Grigio aus Treviso hätte es für mich auch sehr gut getan«, gab Mafalda spitz zurück. Sie versuchte, Ruhe zu bewahren, und sah zu, wie sich die Spatzenfamilie um ihren Keks balgte. Ihre Gelassenheit hielt jedoch nicht lange an.

»Was ist denn jetzt mit Lucia und der Polizei?«, platzte es aus ihr heraus.

»Niffts!«, antwortete Alma mit vollem Mund, sichtlich erschrocken über Mafaldas plötzlichen Ausbruch.

Sie kaute ihren Keks so schnell, wie es ihr möglich war, schluckte ihn herunter und wischte eilig die Krümel von ihrem Mantel.

»Nichts ist mit Lucia! Wegen Beppe ist die Polizei da«, erklärte sie erneut.

»Und warum ist dann Lucia noch immer dort?«, fragte Mafalda ungehalten zurück. Die Tatsache, dass Lucia die Sache mit Beppe für wichtiger hielt als ihr gemeinsames Treffen, machte sie ärgerlich.

»Ja, jemand muss doch vor Ort …«, begann Alma drucksend.

»… vor Ort sein, um den Rest der Insel danach mit den neuesten Nachrichten aus erster Hand zu versorgen?«, fiel ihr Mafalda ins Wort, kramte einen Kaffeekeks, den sie für alle Fälle immer dabeihatte, ganz unten aus ihrer Manteltasche und warf ihn der immer noch hungrigen Spatzenmeute zu.

Alma nickte ein wenig hilflos, stand auf und brachte die leeren Plastikverpackungen der Kekse, die Mafalda eben auf den Tisch gelegt hatte, in den Mülleimer auf der anderen Platzseite.

»Dann können wir wohl so bald nicht mit ihr rechnen«, sagte Mafalda mehr zu sich als zu Alma, denn die stand immer noch an dem Papierkorb und hatte sichtlich Mühe, die

Keksverpackungen auf dem überfüllten Container zu platzieren. Mafalda war in ihren Gedanken immer noch ganz bei Lucia, die Alma und sie so schamlos versetzt hatte. So etwas nagte an ihr.

In solchen Momenten vermisste Mafalda ihren Salvatore ganz besonders. Als *capitano* der *Carabinieri* hätte er Zugang zu allen Informationen gehabt. Oder wenigstens gewusst, wen er hätte anrufen müssen. Ihr Salvatore hätte ihr in allen Einzelheiten von dem Vorfall im Museum berichten können, noch bevor die Presse, Lucia oder irgendein anderes Investigativorgan davon erfahren hätten.

Über ihrem Gekabbel hatten die beiden keine Notiz davon genommen, dass Lucia sich ihnen längst genähert hatte. Mafalda bemerkte erst, als die Spatzenbande erschreckt auseinanderstob, dass ihre Freundin an den Tisch trat.

»Mädels, ihr glaubt nicht, was passiert ist!«, stieß Lucia statt einer Begrüßung aus.

»Beppe und die Sache mit den Bildern?«, erkundigte sich Mafalda. Lucia zu offenbaren, dass sie nicht wusste, was los war, wäre ihr im Traum nicht eingefallen.

Lucia schaute beleidigt zu Mafalda und dann strafend hinüber zu Alma, die ihren großen Auftritt mit ihrem Ausplaudern verpatzt hatte.

Als sie sich nach einer kurzen Kunstpause wieder gefasst hatte und auf dem freien Stuhl am Tisch Platz genommen hatte, sagte sie: »*Sì!* Sie haben Beppe mitgenommen. Die Polizei. Er hat wohl was mit dem Anschlag auf die Bilder im Guggenheim-Museum zu tun.«

In diesem Moment kam Emilia mit Kaffee und Weinglas für Lucia herbeigeeilt. »Oh, diese schrecklichen Bilder«, murmelte sie.

Die drei Freundinnen schauten sie fragend an. Emilia bemerkte ihren Versprecher. »Diese *schönen* Bilder, meinte ich.« Sie lächelte verlegen, stellte Kaffee und Wein auf den Tisch und verschwand wieder im Inneren der *bar*.

3

*L*ucia Gallo und Mafalda kannten sich seit vielen Jahren. Schon als ihre Kinder noch klein waren, war Lucia regelmäßig zu Mafalda nach Hause gekommen, wenn sie Streit mit ihrem Mann hatte, jenem sturen Francesco Gallo, dem sie auch heute noch in heftiger Abneigung verbunden war. An dieser Beziehung musste wohl mehr dran sein, als auf den ersten Blick zu erkennen war.

Lucia war die Jüngste von den Dreien, ein Umstand, den zu betonen sie nicht müde wurde. Mit ihrer rotbraun gefärbten, hochtoupierten Mähne, dem elegant geschnittenen lila Wollmantel und dem üppigen Goldschmuck an ihren Händen unterschied sie sich schon rein äußerlich sehr von ihren beiden Freundinnen.

»Sie haben den Beppe gleich mitgenommen«, wiederholte sie. »Er soll da in so einer Internetgruppe sein, die einige Bilder in der Peggy Guggenheim Collection für teuflisch hält. So genau habe ich das auch nicht verstanden. Die haben sich online dazu verabredet. Und im Museum irgendeine Flüssigkeit auf die Ölbilder gekippt.«

Mafalda nickte stumm. Für sie, die das Internet ganz allgemein für obskur hielt, war der Zusammenhang mit dem Teuflischen durchaus naheliegend und nachvollziehbar. Dass der wenig helle Beppe damit in Verbindung stehen sollte, wollte ihr weniger einleuchten.

Sie kannte ihn, so wie beinahe jeder auf Murano ihn kannte. Und so wie vermutlich alle hielt sie ihn für anstrengend, aber komplett harmlos. Eine liebe Seele im Grunde, die vom Leben auf die falschen Bahnen gelotst worden war. Oder in die falschen Kanäle und Gassen, um beim Bild von Murano zu bleiben.

Die Spatzenfamilie hatte sich mittlerweile von Lucias Ankunft erholt und war wieder an den Tisch herangekommen. Mafalda nahm ungefragt den Keks von Lucias Untertasse und warf ihn den Spatzen zum Fraß vor, was ihr einen bösen Blick ihrer Freundin einbrachte.

»Die schönen Bilder!«, rief Alma.

Jetzt war es an Mafalda, einen bösen Blick in Richtung Alma zu senden. Wenn sie heute noch ein einziges Mal den Satz »Die schönen Bilder!« hören würde, dann würde sie platzen. Ganz sicher!

»Ganz früh haben sie geklingelt, die Polizisten«, erzählte Lucia. »Ich war gerade vom Supermarkt zurück und noch nicht mal richtig frisiert und geschminkt.«

Sowohl Mafalda als auch Alma schauten sie misstrauisch an. Der Tag, an dem Lucia ohne perfektes Make-up, eine mindestens auf den Punkt aufgedonnerte Frisur und ihren kompletten Goldschmuck aus dem Haus gehen würde –

und sei es nur zum Supermarkt, oder sei es *gerade* zum *supermercato*, dem Epizentrum des örtlichen Tratsches –, diesen Tag hatte es noch nicht gegeben.

»Der Punkt ist doch der: Ich habe Beppe das Haus ja nur vermietet, weil er dringend eine Bleibe suchte«, fuhr Lucia fort und fügte voller Selbstmitleid hinzu: »Warum muss ich immer nur so nett zu den Menschen sein?«

Mafalda seufzte leise und schaute über die Spatzenfamilie hinweg zur Säulenfront der Basilika und nach oben Richtung Himmel. Wäre zwischen den Säulen wohl noch Platz für eine Heiligenstatue von Lucia?

»Du bist einfach zu gut für diese Welt«, erwiderte sie trocken, ohne Lucia anzusehen. Diese starrte sie irritiert an und nickte dann nach kurzer Pause.

Mit der Vermietung an Beppe mochte sich Lucia über die Jahre ein kleines Vermögen verdient haben. Jedenfalls wenn man in Erwägung zog, dass der zugige Schuppen andernfalls gänzlich unvermietbar und bestenfalls für die Aufbewahrung der Gartengeräte geeignet gewesen wäre. Lucia war wieder mal ganz sie selbst – die Barmherzigkeit in Person.

»Jedenfalls sind die Polizisten durch meinen frisch gewischten Flur gestürmt. Mit Schuhen! Und haben den Beppe aus der Hütte gezerrt. Aus dem Haus, meine ich. Da war er noch ganz verschlafen, im Pyjama!«

Mafalda horchte auf. Wieso sollte jemand, der eben noch ein Verbrechen begangen hat, im Schlafanzug in seiner Wohnung aufgefunden werden?

»Ich war völlig fertig mit den Nerven«, lamentierte Lucia weiter. »Ich habe meiner Haushälterin aufgetragen, den Flur noch mal zu wischen. Und Francesco musste mir einen Grappa einschenken. *Una grappa doppia!* Einen Doppelten! Erst dann ging es wieder.«

Sie setzte ihr Weinglas an und leerte es in einem Zug. Mafalda und Alma schauten sich erstaunt an.

»Oh, Riesling, wie lecker.« Lucia schwenkte ihr Glas. Mafalda verzog die Mundwinkel nach unten. Ein frecher Kommentar lag ihr auf den Lippen, aber sie beließ es dabei, etwas Unverständliches zu murmeln. Alma holte ein weiteres Feuchttuch aus ihrer Tasche und wischte den Tropfen Wein vom Tisch, den Lucia verschüttet hatte, als sie ihr Glas etwas zu schwunghaft in die Hand genommen hatte.

»Wieso passiert so was immer mir?«, setzte Lucia ihr Klagelied fort, und Mafalda konnte sich kaum noch auf dem Stuhl halten.

»Waren es denn deine Bilder?«, fragte sie leicht ungehalten in Richtung ihrer Freundin.

Lucia stutzte. »Nein, natürlich nicht. Ich weiß nicht mal, um welche genau es sich handelt.«

»*Beh* … Niemand scheint das hier zu wissen«, sagte Mafalda. »Nicht du, nicht ich, nicht Emilia, niemand.« Und zu Alma: »Oder weißt du es?«

»Die Peggy Guggenheim Collection hat im Gartenhaus wechselnde Ausstellungen«, antwortete Alma, die weithin als wandelndes Lexikon bekannt war. Nach einer Kunstpause fuhr sie fort: »Da ist es wohl auch passiert. Was das für Bilder waren, weiß ich allerdings nicht.«

30

»Niemand weiß etwas«, sagte Mafalda zu Lucia und zeigte dabei auf Alma. Dann riss sie ihre Arme nach oben in Richtung Himmel. »Aber alle regen sich auf!«

Mafalda lehnte sich wieder zurück und versuchte, sich an ihren letzten Besuch im Museum zu erinnern. Irgendwann war sie dort gewesen, da war es schon längst eine Sehenswürdigkeit geworden. Der einstöckige Museumsbau wirkte neben den altehrwürdigen Palazzi und Kirchen Venedigs mehr wie ein Ufo aus dem Weltall. Aber er war eben doch eine Sehenswürdigkeit, und die nicht zu kennen war für sie als Venezianerin ein Unding.

Und doch vermochte sie sich nicht an die Bilder zu erinnern. Besser erinnerte sie sich an Peggy Guggenheim selbst, die schrille Alte aus Amerika mit den vielen Hunden, die in Mafaldas Jugend im Palazzo Venier dei Leoni Hof gehalten und dort ihre Kunstsammlung gezeigt hatte. Direkt am Canal Grande hatte sie gewohnt, in jenem seltsam oben abgefressenen Fragment von einem Palazzo, von dem nur das Erdgeschoss existierte, weil dem Bauherrn das Geld ausgegangen war. Peggy Guggenheim hatte sich in Venedig niedergelassen, lange bevor der Rest vom Jetset ihr gefolgt war. Und hatte neben einer Kunstsammlung auch eine stattliche Männersammlung angelegt, wenn man den Gerüchten glauben konnte. Sie war immer eine Spur zu grell geschminkt und zu auffällig gekleidet. Mafalda blickte zu Lucia, musterte ihre Kleidung und ihr Make-up, verbot sich aber den Gedanken.

»Ich könnte jetzt erst mal etwas Essbares vertragen«,

meinte Lucia gespielt ermattet und wohl auch, um so unauffällig wie möglich das Thema zu wechseln. »Ist es zu spät für *tramezzini?*«

Mafalda schaute auf ihre Armbanduhr. »Nicht, wenn du schnell bist. Es ist fünf vor zwölf«, entgegnete sie. »Auf der Uhr und für die *tramezzini.*«

Lucia winkte wild zu Emilia hinter dem Tresen, zeigte mit dem Finger auf ihren Mund und formte mit ihren Lippen das Wort *tramezzini.* Jede andere hätte die Geste nicht verstanden, doch Emilia kannte ihre Stammkundinnen nur zu gut und brachte Augenblicke später einen Teller mit reich belegten, schräg halbierten Sandwiches nach draußen.

»Ich habe nur noch dreimal Ei mit Spargel, zwei *insalata russa* und viermal Thunfisch«, sagte sie entschuldigend und zeigte auf die auf dem Teller verbliebenen Sandwiches.

»Die nehmen wir.« Lucia riss ihr den Teller fast aus der Hand.

»Und noch eine Runde *caffè* und Wein, bitte«, sagte Mafalda. Am liebsten hätte sie auch noch eine Runde Kekse bestellt, um die Spatzen weiter zu füttern. Aber das traute sie sich nicht.

»Was passiert denn jetzt mit Beppe?«, fragte Alma Lucia.

»Ich habe nicht die geringste Ahnung«, erwiderte diese und plusterte sich auf. »Die Polizei wird schon ihre Arbeit machen.«

»Das hat mein Mann, der *Capitano*, auch immer gesagt. Und dann doch auf die Kollegen drüben in Venedig geschimpft«, warf Mafalda ein.

Die beiden anderen verdrehten die Augen. Dass Salvatore Vorsteher des örtlichen Polizeipostens auf Murano gewesen war, vergaß Mafalda auch zwanzig Jahre nach seinem Tod nicht, bei jeder sich bietenden Gelegenheit zu erwähnen.

»Ich kann mir nicht vorstellen, dass Beppe etwas mit den Bildern zu tun hat«, meinte Lucia nachdenklich. »Der hat immer viel geplärrt und für Unruhe gesorgt. Aber letztendlich hat der nie was gemacht.«

Mafalda nickte.

»Mir hat er immer im Garten geholfen. Mit dem ganzen Unkraut und den Bäumen«, erzählte Alma.

»Und mir hat er mal den Boiler gerichtet«, sagte Mafalda. »Er wollte nicht mal Geld dafür haben.«

»Ich kann es mir eigentlich auch nicht vorstellen.« Lucia schüttelte den Kopf. »So einen hätte ich doch nie bei mir aufgenommen! Und wer zahlt mir die Miete für mein Gartenchalet, wenn Beppe jetzt ins Gefängnis kommt?«

Mafalda musste sich wieder ein Grinsen verkneifen, als sie hörte, dass der Grund für Lucias Hilfsbereitschaft weniger selbstloser als materieller Natur war. Und so, wie sie den alten Schuppen schrittweise zum Gartenhaus und Chalet befördert hatte, klang es ein wenig, als hätte Königin Elizabeth einen ihrer Nebenpaläste in Schloss Windsor den Bedürftigen zur Verfügung gestellt. Gegen angemessene Miete, verstand sich.

»Ich wollte nachher sowieso bei Pietro vorbeischauen«, sagte Mafalda. »Er ist ja …«

»… Polizist in vierter Generation«, fielen ihr Alma und

Lucia laut und unisono ins Wort, sodass die Leute an den anderen Tischen irritiert herüberschauten.

Mafalda warf den beiden einen beleidigten Blick zu. »... gerade zum *tenente* befördert worden«, fügte sie schnippisch hinzu.

Ihr siebenundzwanzigjähriger Enkel Pietro war ihr ganzer Stolz. Schon seit Pietros Mutter Mann und Kind früh für einen anderen Mann verlassen hatte, war Mafalda eine Art Ersatzmutter für ihn gewesen. Und seit dem Tod ihres Mannes und ihres Sohnes war er ihr einziger naher Verwandter. Wie schon Mafaldas Vater, Mann und Sohn hatte er die Polizeilaufbahn eingeschlagen, nicht ganz ohne großmütterlichen Druck, und arbeitete jetzt in dem kleinen Posten der *Carabinieri* auf Murano, den sein Großvater einst als Vorsteher geleitet hatte. Seine Beförderung zum *tenente* erfüllte Mafalda mit großmütterlichem Stolz. Allein die Tatsache, dass er mit siebenundzwanzig Jahren immer noch unverheiratet war, erfüllte sie mit Sorge.

»Wie gesagt, ich wollte nachher sowieso bei Pietro vorbeischauen, um ihm zu seiner Beförderung zu gratulieren«, wiederholte Mafalda trotzig.

»Aber das waren Polizisten aus Venedig. Was soll Pietro da von unseren *Carabinieri* auf Murano aus in Erfahrung bringen?«, warf Lucia ein, und Alma nickte.

»Er hat so seine Verbindungen«, antwortete Mafalda vage. Und dachte an ihren seligen Salvatore, den fehlende Zuständigkeit auch nie daran gehindert hatte, sich irgendwo einzumischen.

»*Ciao.* Wir sehen uns«, verabschiedete sie sich, stand auf, nahm ihre Handtasche und ging nachdenklich in Richtung Platzmitte. Es war wohl noch kein Frühlingsanfang in der Bar Il Sole so kurz ausgefallen. Aber es war auch das erste Mal, dass ein Verbrechen ihr gemeinsames Ritual so jäh gestört hatte.

4

*M*afalda hatte kurz überlegt, zur Station der *Carabinieri* wieder den Weg durch die kleinen *calli* an ihrem Haus vorbei zu nehmen. Das war zwar ein paar Meter länger, aber dafür käme sie zügiger voran, und niemand wäre ihr dort im Weg. Der makellos blaue Himmel und die warmen Temperaturen waren jedoch zu verlockend, und so ging sie am Wasser und am Canal Grande di Murano entlang.

Die Zahl der Touristen war um diese Jahreszeit noch überschaubar, zumindest gemessen an den Massen, die sich zwischen Mai und Oktober entlang der Kanäle drängten. Die meisten, die sich jetzt schon nach Venedig verirrten, blieben drüben zwischen Piazza San Marco und Rialto und mieden die Inseln der Lagune, vor allem, weil man nie wusste, ob das Wetter noch schön war, wenn man nach halb- oder gar einstündiger Bootsfahrt dort angekommen war.

An der Stelle, wo die drei großen Kanäle von Murano sich in einem Dreieck trafen, blieb Mafalda kurz stehen, um durchzuatmen und einen Blick über das blaugrüne Wasser zu werfen, das jetzt im Frühjahr wieder herrlich im Sonnenlicht funkelte und frisch nach Algen und Seewasser roch. Das gab es nur hier in der Lagune von Venedig.

Mafalda ging weiter auf die Ponte Longo, die große Brücke, zu, und betrat zuvor noch schnell rechts den kleinen Supermarkt. Dieser versteckte sich hinter einer alten Fassade im Stil von Murano. Nur das rote Logo über der Tür wies auf das Geschäft hin. Im Inneren fand sich auf einigen hundert Quadratmetern alles, was man für den täglichen Bedarf benötigte. Viel moderner, als man es Murano selbst und diesem alten Gemäuer zugetraut hätte.

Doch für Mafalda war das nichts. Ihre Einkäufe tätigte sie in dem kleinen Lebensmittelladen von Susanna Osti weiter hinten auf der Insel. Ihrer Treue zu Susannas *alimentari* hatte auch die Eröffnung dieses Supermarktes keinen Abbruch getan. Sie kaufte nur eine Schachtel Kekse für die Spatzen und Tauben, weil sie hier deutlich billiger waren als bei Susanna, und steckte sie in ihre Manteltasche.

Ein paar Schritte weiter, kurz hinter der Ponte Longo, lag die Station der *Carabinieri*. Hier hatte sie früher Salvatore von der Arbeit abgeholt. Etwas ungehalten blickte sie auf die abblätternde Farbe an der Fassade und wischte mit einem Taschentuch über das staubige *Carabinieri*-Schild, das an der Wand hing. So etwas hätte es zu Zeiten ihres seligen Mannes nicht gegeben!

Sie klingelte, der Türöffner summte, und die schmiedeeiserne Tür öffnete sich. Schnellen Schrittes ging sie durch den kleinen, schmucklosen Innenhof, öffnete die zweite Tür und stand dann mitten im Großraumbüro der Station. Sie schaute sich erstaunt um. Sie kannte diese Räumlichkeiten mehr als gut, aber jetzt konnte sie sie fast nicht mehr wiedererkennen.

Weiter hinten war das Dienstzimmer ihres Mannes gewesen. Das Zimmer davor, wo früher die *Carabinieri* der niederen Ränge bei schlechtem Licht an grob aus Holz geschreinerten Tischen vor klapprigen Schreibmaschinen saßen, hatte sich komplett verändert. Die Schreibtische waren jetzt blütenweiß, darauf standen Flachbildmonitore. Als Beleuchtung diente eine riesige Deckenlampe, die wie ein Deckenfenster tageslichtähnliche Helle im Raum verteilte. Wann waren die Pfennigfuchser von der Verwaltung im Innenministerium großzügig geworden? Auch die Grünpflanzen im Büro schienen von der neuen Lichtquelle zu profitieren. Statt gelb, welk und mit hängenden Blättern dahinzuvegetieren, schossen sie jetzt gerade nach oben. Selbst der früher so undankbare, raumhohe Ficus hinten links schien gegen seine frühere Gewohnheit seine Blätter nicht mehr abzuwerfen. Die Wände, an denen die üblichen Fahndungsplakate hingen, waren dunkelgrün gestrichen.

Am Schreibtisch in der hinteren rechten Ecke saß Pietro. Er war ein schmächtiger junger Mann mit dunklem Haar, hageren Gesichtszügen, einer runden Nickelbrille und der charakteristischen langen Cinquetti-Nase. Hätte er nicht seine Uniform getragen, hätte man ihn auch gut für einen Abiturienten halten können. Er hatte seine Großmutter schon beim Hereinkommen bemerkt, war aufgestanden und kam ihr entgegen.

»*Nonna*, was führt dich hierher?«, fragte er und umarmte sie.

Mafalda schaute sich mit erhobenem Kopf um und sagte dann so laut, dass es alle hören konnten: »Früher war ich ja regelmäßig hier. Aber jetzt gibt es einen besonderen Anlass. Ich habe gehört, dass jemand befördert worden ist!« Sie tippte ihm mit dem rechten Zeigefinger auf die Brust. So viel Aufmerksamkeit war Pietro sichtlich unangenehm. Er lief rot an.

Schick sah er aus in seiner Uniform, fand Mafalda. Sie strich ihm durch das halblange schwarze Haar. »Wie dein Großvater!«

Jetzt sah er endgültig so aus, als würde er am liebsten im Boden versinken.

»Außerdem«, fuhr Mafalda fort, »habe ich da noch eine Frage zu deinem Internet.«

Pietro seufzte erleichtert und ging zurück zu seinem Platz. Er bot ihr den Besucherstuhl neben seinem Schreibtisch an und setzte sich wieder vor seinen Computer.

Mafalda beobachtete, wie Pietro sich immer wieder mit der Hand durchs Haar fuhr, als ob er seine Frisur in Form bringen wollte. Fast wirkte es auf sie, als würde er sich unbehaglich fühlen und jeden Moment aufspringen, um mit einem Kamm zum Spiegel in der Toilette zu eilen. Zumindest schaute er mehrfach in diese Richtung, wie sie sehr wohl bemerkte. Doch den Gedanken, dass es ihm unangenehm sein könnte, wenn sie ihm durch die Haare strich, verwarf sie augenblicklich wieder. Sie war seine *nonna!* Sie hatte ihm schon immer die schwarzen Haare durchwuschelt und würde das auch immer tun!

»Mein Internet? Na, da will ich mal schauen, ob ich das heute eingepackt habe«, entgegnete er schmunzelnd.

Mit Technik hatte Mafalda nun wirklich nichts am Hut. Bis heute bestand sie darauf, ihr altes Transistorradio mit den riesigen runden Knöpfen, der kaputten Beleuchtung und dem Werbeaufkleber für UKW-Mono-Empfang zu benutzen. Pietro hatte ihr schon vor Jahren ein neues geschenkt. Doch das hatte sie samt Karton in den Schrank gestellt, weil ihr altes Radio ja noch perfekt funktionierte. Und weil nur das den wunderbaren Klang hatte, auf den sie nicht verzichten wollte.

Ihren neuen Fernseher konnte sie nur bedienen, weil Pietro alle nicht unbedingt benötigten Tasten der Fernbedienung mit Klebeband verdeckt hatte. Aber diese Anschaffung war leider unvermeidlich gewesen, weil das alte Gerät nur noch Schnee empfing, seit die Regierung unsinnigerweise, wie Mafalda immer wieder betonte, die Frequenzen geändert hatte. Der nun fehlende wuchtige Röhrenapparat hatte eine große Lücke in ihrem Wohnzimmer hinterlassen, den der schmale Digitalfernseher nicht zu füllen vermochte. Der Fernsehschrank, die gehäkelten Deckchen darauf und die Stehlampe für die optimale Beleuchtung dahinter, all das war auf den alten Apparat abgestimmt gewesen. Mit dem neuen Flachbildschirm sah ihr guter alter Fernsehschrank aus, als hätten sich irgendwelche Ganoven ihr 750.000 Lire teures Prunkstück von 1982 unter den Nagel gerissen. Was irgendwie auch zutraf, denn der Austausch des Geräts war ja erst durch das unsinnige Handeln der Regierung erforderlich geworden. Und das waren ohnehin alles Ganoven, wie Mafalda fand.

Pietro hatte sie überredet, sich ein einfaches Mobiltelefon zuzulegen, für Notfälle. Nur hing ihr *telefonino* meist bei ihr zu Hause am Ladekabel auf der Spitzendecke aus Burano, auf der auch ihr grünes Tastentelefon stand. Da wusste sie wenigstens, wo es zu finden war, wenn sie es einmal brauchte.

»Worum geht es, *nonna?*«, fragte Pietro.

Mafalda rutschte auf ihrem Stuhl hin und her und überlegte, wie sie am besten anfangen könnte.

»Es hat da wohl gestern drüben in der Stadt eine Art Überfall auf die Guggenheim Collection gegeben«, begann sie.

Pietro nickte. »Ein Anschlag auf Bilder der Sonderausstellung. Jemand hat eine schmutzig-ölige Flüssigkeit darauf gespritzt, um sie zu beschädigen. Es kam heute Morgen im Radio.«

»*Sì!* Genau darum geht es«, sagte Mafalda. »Deine Kollegen aus Venedig haben heute Vormittag einen entfernten Bekannten von mir verhaftet, der dafür verantwortlich sein soll. Im Morgengrauen haben sie ihn aus dem Haus gezerrt. Da hatte er noch den Schlafanzug an! Aber ich kann mir beim besten Willen nicht vorstellen, dass er etwas damit zu tun hat.«

Pietro setzte seine silberne Brille, die er zur Begrüßung

abgenommen hatte, wieder auf – eine gewisse Fehlsichtig-
keit lag seit Generationen in der Familie –, klapperte mit
seinen langen, dünnen Fingern auf seiner Tastatur herum
und durchsuchte die aktuelle Liste der Untersuchungshäft-
linge. Lang war sie nicht, denn eine Stadt wie Venedig war
eigentlich nur im Film ein Ort schwerer Verbrechen. Das
meiste, was hier passierte, war Kleinkriminalität, und dafür
kam man nicht in Untersuchungshaft.

»Giuseppe Scarpa, Murano, bei der alten Glasfabrik?
Meinst du den?«, erkundigte sich Pietro.

Keine sehr genaue Ortsbeschreibung für eine Insel, die
für ihre Glasbläserkunst bekannt war.

»Glasfabriken gibt es auf Murano wie Sand am Meer,
wie du weißt. Er wohnt bei meiner Freundin Lucia in Navagero im Gartenhaus. Seinen Nachnamen kenne ich aber
nicht«, stellte Mafalda klar. Jeder auf Murano kannte ihn nur
als Beppe.

»Navagero, ja. Das könnte passen. Er ist heute Vormittag
verhaftet worden. Sie haben ihn ins Gefängnis nach Padua
gebracht.«

»Aufs Festland?«, fragte Mafalda entsetzt und ließ beinahe
ihre Handtasche fallen.

»Beh ... Das Gefängnis auf Giudecca wird seit Monaten
renoviert, die Gelder für das neue Gefängnis in Mestre sind
in den Taschen irgendwelcher Verwaltungsbeamter versi-
ckert, und in die Bleikammern am Dogenpalast konnten sie
ihn ja schlecht bringen«, erwiderte Pietro. Als Mafalda nicht
darauf reagierte, beugte er sich verschwörerisch zu ihr und

fügte hinzu: »Da wäre es wegen der vielen Touristen ja auch viel zu unruhig.«

Mafalda war nicht nach Späßen zumute. Gegen den eigenen Willen aufs Festland gebracht zu werden – allein das wäre für sie schon die Höchststrafe. Und sie machte sich Sorgen, wie es dem eher labilen Beppe in der fremden Umgebung wohl gehen würde.

»Was wird ihm denn vorgeworfen?«, fragte sie.

Pietro tippte eifrig weiter.

»Das kann ich hier leider nicht sehen. Die Akte ist gesperrt.«

»Das hätte deinen Großvater nicht gehindert«, sagte sie ein wenig spitz, aber mit freundlich-bittendem Lächeln.

Pietro drehte sich weg vom Computer, beugte sich wieder zu ihr und schaute ihr tief in die Augen.

»Mein Großvater hat sich auch noch mit staubigen Aktenordnern statt mit passwortgeschützten Dateien im Intranet des Justizministeriums beschäftigt.«

Mafalda schaute ein wenig enttäuscht drein.

»Aber ich kann noch ein bisschen herumtelefonieren. Vielleicht kriege ich doch etwas raus«, meinte Pietro.

Mafalda tätschelte Pietros Wange und legte ihm dann die Hand auf die Schulter.

»Das ist der Geist deines Großvaters! So hätte der das gemacht«, sagte sie, wieder etwas zu laut. Und alle im Büro starrten auf ihren Enkel.

Sie wollte gerade aufstehen und sich verabschieden, als Pietro sich erhob und freudig in Richtung Tür blickte. Ein junger Mann hatte den Raum betreten, Mitte zwanzig, groß, schlank, mit Dreitagebart, hellblauen wachen Augen und blondem halblangen Haar, was eine Seltenheit hier in dieser Gegend war. In der rechten Hand hielt er eine rote Rose. Er ging zielstrebig an Mafalda vorbei auf Pietro zu, schaute unsicher zwischen ihm und Mafalda hin und her und küsste ihn flüchtig auf die Wange.

Pietro zuckte erneut zusammen, lief wieder rot an und schaute sich verlegen im Raum um.

»Herzlichen Glückwunsch zur Beförderung«, sagte der junge Mann.

Pietro stammelte etwas wie »Danke«, fasste sich wieder und sagte dann, noch immer stehend, zu seiner Großmutter: »*Nonna*, du kennst Angelo?«

Mafalda nickte stumm, verzog aber keine Miene. Angelo schaute zwischen ihr und Pietro hin und her und begrüßte sie dann zaghaft. Dass Pietro und Angelo schon seit einem Jahr ein Paar waren und seit einigen Wochen zusammenwohnten, war Mafalda natürlich nicht entgangen. Nur hatte ihr Goldenkel bislang noch nicht den Mut gefunden, dies seiner geliebten Großmutter zu erzählen. Was sie sehr ärgerte, denn schließlich war ihr Pietros Glück am wichtigsten. Und sie war ja auch nicht von gestern! Jedenfalls nicht in dieser Hinsicht.

Doch solange er sie nicht ins Vertrauen zog, würde sie von ihm weiterhin als von ihrem unverheirateten Enkel sprechen und ihm bei jeder sich bietenden Gelegenheit ledige junge Frauen vorstellen, was ihr eine diebische Freude bereitete.

»Es ist schön, dass du so gute Freunde hast«, sagte sie zu Pietro und lächelte Angelo übertrieben wohlwollend an. Dann drehte sie sich wieder zu ihrem Enkel und nestelte an seiner Krawatte herum. »Dein Großvater hatte auch immer *viele* gute Freunde.«

Angelo hatte seine Wangen aufgeblasen und entließ die Luft deutlich hörbar aus seinem Mund, was ihm einen strafenden Blick von Pietro einbrachte.

»Reicht es, wenn ich heute Abend nach der Arbeit bei dir vorbeikomme, um dir zu erzählen, was ich über diesen Beppe herausgefunden habe?«, fragte Pietro, offenbar, um möglichst schnell das Thema zu wechseln.

»*Benissimo*«, antwortete Mafalda. »Dann koche ich uns was. Ein gemeinsamer Abend – nur für uns zwei.«

Angelo wollte etwas sagen, doch Mafalda war schon aufgestanden, hatte ihre Handtasche genommen und knöpfte im Gehen ihren Mantel zu.

»Und weiter schön fleißig arbeiten. Dann schaffst du es auch zum *capitano*, wie dein Großvater!«, rief sie quer durch den Raum, und sah, dass Pietro schon wieder dunkelrot anlief.

»Irgendwann musst du es ihr wirklich mal sagen«, hörte sie Angelo noch leise hinter sich murmeln. Doch war die Tür schon fast ins Schloss gefallen, und sie beschloss kopfschüttelnd, das zu überhören.

5

Nach dem Besuch bei Pietro war Mafalda gleich weitergegangen, erst am Kanal entlang und dann nach links durch die schmale Calle Angelo dal Mistro. Wenn sie heute Abend für Pietro kochen wollte, musste sie noch einkaufen. Für Mafaldas Verhältnisse wurde dieser 1. März schon fast ein wenig stressig.

Auf halber Höhe der *calle* bemerkte sie aus dem Augenwinkel zwei neue Graffiti an der verwitterten Backsteinwand zu ihrer Linken. Sie runzelte kurz die Stirn, wollte schon etwas Unflätiges ausstoßen, als ihr Blick auf das kleine Mädchen mit Zöpfen und Luftballon auf einem der Wandbilder fiel. An seiner Hand hielt es etwas Pelziges, eine Mischung aus Plüschtier und Ratte vielleicht. Und gemeinsam sprangen sie in eine Pfütze.

Das Motiv gefiel Mafalda, und sie musste lächeln. Sie schaute sich verstohlen um, ob auch niemand sie beobachtete. Aber sie war allein und blieb stehen, um das Bild genauer zu betrachten. Es wirkte einfach zu sympathisch auf sie. Wie ein Foto von ihr aus Kindertagen auf Murano.

Die Wand hätte so oder so schon lange frische Farbe gebraucht. Und schließlich konnte sie ja nicht über neue Kunstwerke schimpfen, wenn sie drüben in Venedig Beppe helfen und wegen der zerstörten Gemälde selbst ermitteln würde. Das zumindest sagte sie sich im Stillen, schüttelte den Kopf und ging vergnügt weiter.

Während sie am *campo* vor ihrem Haus vorbeilief, stellte sie in Gedanken die Einkaufsliste für den heutigen Abend zusammen. Natürlich würde sie das alles bei Susanna kaufen. Nur in ihrem *alimentari* bekam sie sämtliche Zutaten so frisch und von guter Qualität, wie sie dies wollte.

Das noch einzulösende Rezept der Dottoressa gab ihr einen guten Vorwand, um vorher ihrem alten Vertrauten, dem Apotheker Enzo Costantini, wie sie ein Urgestein auf Murano und Schüler in ihrer Abschlussklasse, einen Besuch abzustatten. Nicht dass es dafür einen Vorwand gebraucht hätte. Mafalda saß regelmäßig bei ihm auf dem zerschlissenen Sofa mit dem verblichenen Blumenmuster im Hinterraum seiner Apotheke am Ramo San Salvador, um ein wenig zu tratschen oder über alte Zeiten zu reden. Enzo begrüßte sie fast überschwänglich, als sie die *farmacia* betrat.

»Signora Mafalda, *benvenuta!*« Enzo stand hinter dem breiten Tresen.

»Enzo! Schön dich zu sehen.«

Enzos Apotheke hatte etwas Museales an sich. Da er sich konsequent allen Neuerungen verweigerte, gab es nur ein hölzernes Regal voll verstaubter Apothekerflaschen mit kryptischen oder unleserlichen Beschriftungen. Statt eines

Computers stand eine altmodische dunkelrote Registrierkasse auf dem Tresen vor ihm, die klapperte und klingelte,
wenn er auf den Tasten herumdrückte. Und es würde wohl
für immer sein Geheimnis bleiben, wie er mit den Aufzeichnungen dieser Registrierkasse eine für das Finanzamt
akzeptable Buchhaltung erzeugte. Bestellungen verwaltete
er in einem großen Notizbuch, das vor ihm lag. Strichcodes
und Preisetiketten waren ihm fremd. Die Preise seiner Wun-
dermittel hatte er trotz seines vorgerückten Alters im Kopf.
Vielleicht mochte Mafalda seine Apotheke auch deswegen
so sehr.

Sie reichte einen Zettel über den Tresen. »Ein Rezept.
Von der Dottoressa.«

Enzo war schlank, fast dürr, mit einer breiten Nase im
schmalen Gesicht, die dort reichlich deplatziert wirkte. Wie
immer trug er einen makellos weißen Kittel, der an den El-
lenbogen schon leicht ausgebeult war. Er setzte sich eine
verbogene Lesebrille mit abgewetztem Goldrand und zer-
kratzten Gläsern auf, studierte intensiv das Rezept und zog
sein runzeliges Gesicht dabei noch mehr in Falten. Dann
schüttelte er den Kopf mit dem noch immer vollen Grauhaar.

»Mafalda, Mafalda … der Blutdruck?«

»Nichts, was man nicht mit etwas Bewegung und viel
Knoblauch in den Griff kriegen könnte«, antwortete sie
trotzig und bewegte ihre Arme wie zum Frühsport. »Aber
die Dottoressa scheint es glücklich zu machen, wenn ich die
einnehme.«

»Dann wollen wir der Frau Doktor mal einen Gefallen tun«, sagte er und griff routiniert in eine der Schubladen unter seinem Tresen.

»Mit meinem Ischias kann sie mir nicht helfen. In den Süden will sie mich verfrachten für den Winter! Aber für das bisschen hohen Blutdruck verschreibt sie mir gleich Pillen«, lamentierte Mafalda, und Enzo schüttelte entsetzt den Kopf, als er von der Sache mit dem Süden hörte.

Die jüngere Kundschaft, wusste Mafalda, hatte längst den Weg in die modernere Apotheke Farmacia Serenella im vorderen Teil der Insel gefunden oder versorgte sich gleich auf dem Festland. Bei seiner alten, aber treuen Stammkundschaft waren Blutdrucktabletten für Enzo so etwas wie Bonbons in einem Süßwarengeschäft. Oder wie Glasohrringe in einer der örtlichen Glasmanufakturen, um beim Bild von Murano zu bleiben. Praktisch jeder seiner Kunden verließ den Laden mit einer Packung. Dementsprechend geübt war er im Verkauf der kleinen Pillen.

»Einmal täglich eine«, erklärte er routiniert, als er Mafalda die Schachtel Tabletten in einer kleinen braunen Papiertüte mit professionell besorgtem Blick über den Tresen schob.

»*Grazie*, Enzo«, sagte sie, drehte sich um und hatte schon fast die Türklinke in der Hand. Nach einer kurzen Pause fuhr sie fort: »Aber ich habe noch eine Frage. Eigentlich bin ich hauptsächlich deswegen da.«

Enzo schaute sie aufmerksam an. »Es hätte mich auch sehr gewundert, wenn du nur wegen der Pillen gekommen wärst«, bemerkte er trocken und lächelte verschmitzt.

»Ich weiß nicht, wie ich anfangen soll ...«, sagte Mafalda.

Enzo nickte, zeigte auf sein altes geblümtes Sofa und einen ehemals wohl braunen Lehnstuhl in der hinteren Ecke der Apotheke. »Vielleicht da drüben auf meinem Sofa bei einem schönen starken *caffè?* Ich habe gestern erst neue Bohnen aus der kleinen Rösterei auf Burano bekommen.«

Mafalda nickte erfreut und ging zum Sofa. »Am besten gleich einen Doppelten«, bat sie.

Enzo trat an das Tischchen, das hinter seinem Lehnsessel stand, drehte die Bohnen durch seine mit einer Kurbel angetriebene Kaffeemühle, füllte dann Wasser und Kaffeepulver in eine kleine *caffettiera* und stellte sie auf einen Gaskocher, der danebenstand und den er umständlich mit einem Streichholz anzündete. Mafalda hatte schon auf dem Sofa Platz genommen.

»Also«, sagte sie langsam. »Nehmen wir mal an, ich hätte ein Ölbild.«

»Du malst?«, fragte er, halb gebückt innehaltend, noch bevor er sich richtig gesetzt hatte.

Sie wedelte abwehrend mit den Händen. »*No, no*, natürlich nicht.«

Enzo nickte und ließ sich in den Sessel sinken.

»Also wenn ich ein Ölbild hätte. Und mir wäre beim Putzen etwas Flüssigkeit darauf gekommen«, fuhr Mafalda fort und richtete sich gerade auf. »Bei welcher Flüssigkeit müsste ich mir da Sorgen machen?«

Enzo wiegte den Kopf. »Das kommt drauf an«, sagte er. »Putzt du mit Terpentin?«

Mafalda schüttelte entsetzt den Kopf. »*No*, nicht doch, nicht dieser Gestank!«, antwortete sie. »Aber darum geht es nicht.«

Enzo kniff die Augen zusammen. Hinter ihnen blubberte die Caffèttiera auf dem Gaskocher, und der Duft von frisch gebrühtem Kaffee verbreitete sich in der ganzen Apotheke. Enzo stand auf, ging schlurfend und ein Bein leicht nachziehend zurück in seine kleine Kaffeeküche, stutzte und schaute dann wieder zu Mafalda. »Du fragst nicht für dich, sondern für einen Freund?«

Sie nickte zaghaft. »Ein bisschen«, erwiderte sie.

»Wie viel bisschen?«

»Sehr viel bisschen«, antwortete sie und legte den Kopf wie zur Entschuldigung leicht zur Seite.

Enzo grinste. »Die Bilder von der alten Guggenheim drüben in Venedig?«

Mafalda nickte wieder. »Ich wollte nicht, dass du denkst, ich würde in irgendwas rumschnüffeln, was mich nichts angeht.«

Er breitete die Arme aus. »*Dio mio!* Jeder redet heute davon, Mafalda! Es kam heute Morgen im Radio, in den Nachrichten. Aber sie haben nicht gesagt, wie genau die das gemacht haben.«

Er stellte die *caffettiera* auf ein Tablett, daneben einen Zuckerstreuer aus halb blindem Plexiglas und zwei Tassen nebst Untertassen, Löffeln und drei Keksen, einen für ihn und zwei für Mafalda, und kam wieder zu ihr herüber. Mafalda hatte schon einen kleinen Klapptisch von links neben dem Sofa hervorgezaubert und ihn zwischen Sofa und Sessel aufgestellt. Sie machte das nicht zum ersten Mal – es war ein Ritual.

Er schenkte ein, und sie nahm ihre Tasse.

»*Zucchero?*«, fragte er.

»*Grazie no!*«, sagte sie und fügte etwas verlegen hinzu: »Wegen der Gesundheit.«

Sie nahm einen Schluck, stellte die Tasse wieder zurück auf die Untertasse und ließ die dort liegenden Kekse unauffällig in ihrer Manteltasche verschwinden.

»Hör mal«, begann Enzo. »Nach allem, was ich im Radio gehört habe, haben die eine ölige Flüssigkeit auf die Bilder gekippt, weil sie sie für Werke des Teufels gehalten haben oder so etwas.«

Mafalda nickte.

»Ich habe mich schon gefragt, was für eine Substanz das war«, fuhr Enzo fort. »Nur Wasser reicht da nicht, da passiert nicht viel. Das Bild würde kurz nass, trocknete dann wieder. Sauberes Wasser würde kaum Spuren hinterlassen.«

Er streckte den rechten Zeigefinger nach oben und dozierte weiter: »Terpentin dagegen würde größere Schäden anrichten. Aber das riecht so stark, selbst in der geschlossenen Flasche, das hätten sie niemals an der Eingangskontrolle vorbeischmuggeln können. Und es ist auch eher dünnflüssig als ölig.«

»Also kein Terpentin«, schloss Mafalda.

»Es müsste ölig sein, dürfte aber nicht zu stark riechen. Eine Säure vielleicht? Salzsäure?«

Mafalda winkte ab. »Viel zu schwierig anzuwenden. Vergiss nicht, dass sie Beppe verdächtigen. Der könnte niemals mit Säure umgehen, ohne sich selbst zu verletzen.«

Enzo schaute erstaunt auf. »Sie verdächtigen Beppe? Das wusste ich nicht. *Unseren* Beppe?«

Mafalda erstarrte kurz. Hatte sie gerade zu viel gesagt? Oder getratscht? Bei der Geschwindigkeit, mit der sich solche Nachrichten normalerweise unter den Einheimischen verbreiteten, hätte es vermutlich auch so nicht lange gedauert, bis Enzo von Beppes Verhaftung erfahren hätte, versicherte sie sich. Wie auch immer: Gesagt war gesagt. Und war nun auch nicht mehr zurückzunehmen.

»Ja. Unseren Beppe. Heute früh ist die Polizei aus Venedig gekommen und hat ihn abgeholt.«

Sie beugte sich zu Enzo, schaute ihn mit sorgenvollem Blick an und sagte leise und mit einem fast verschwörerischen Unterton: »Stell dir vor – sie haben ihn aufs Festland gebracht!«

Enzo blickte sie leicht angewidert an. Abgesehen von der jährlichen Versammlung der Apothekerkammer war auch er niemand, der gern aufs Festland fuhr. Und selbst diese Versammlung besuchte er nur aus Pflichtgefühl und hatte schon mehrfach überlegt, diesen Termin zu schwänzen.

Mafalda kam ein Gedanke. »Reisöl! Damit musste eine meiner Nachbarinnen für ihren Mann kochen, nachdem er den Infarkt hatte. Das ist ölig und absolut geruch- und geschmacklos.«

Sie drehte sich zur Seite, schaute aus dem Ladenfenster

in die Gasse hinaus und wippte mit dem Kopf. »Obwohl das auch vorher schon für ihre Küche galt.«

Mafaldas Idee mit dem Reisöl hatte Enzo aus seinen dunklen Tagträumen von seinem letzten Besuch bei der Apothekerkammer in Padua geweckt. Er setzte sich gerade auf und hob begeistert den Zeigefinger in die Luft. »Reisöl ist gut! Das haftet. Vielleicht mit etwas Ölfarbe vermengt.«

»Ich würde das ja niemals kaufen«, sagte Mafalda abschätzig. In Gedanken war sie immer noch bei den mangelnden Kochkünsten ihrer Nachbarin. »Ich verwende nur das kalt gepresste Olivenöl, das mir meine Cousine aus der Toskana schickt.« Sie schüttelte sich. »Es soll ja auch schmecken. Es sei denn, ich mache mein *baccalà mantecato*. Dann nehme ich natürlich das milde Olivenöl vom Gardasee. Das muss so sein.«

»Deine Stockfischcreme in allen Ehren. Ich glaube, den Bildern ist es herzlich egal, ob sie mit Reisöl oder Olivenöl beträufelt werden«, sagte Enzo lächelnd und holte Mafalda damit in die Wirklichkeit zurück.

Sie schaute ihn kurz erstaunt an, begriff dann und nickte. »Reisöl also.«

»Das wäre zumindest unauffällig genug, um es ins Museum schmuggeln zu können. Vielleicht in einer kleinen Sprühflasche als Parfüm getarnt oder so.«

»*Grazie mille*, Enzo«, sagte Mafalda. »Du hast mir wieder sehr geholfen. Und dein *caffè* hat meine Lebensgeister geweckt.«

Sie erhob sich und dehnte sich ein wenig umständlich.

Es wird noch wesentlich mehr Frühling brauchen, um den Winter aus meinen Knochen zu vertreiben, dachte sie.

»Du musst schon weiter?«, fragte Enzo. Auch er war aufgestanden, musste sich dabei aber wegen seines rechten Knies am Sessel abstützen.

»*Sì*. Tut mir leid. Mein Enkel Pietro kommt heute Abend zu mir, und ich will uns etwas Leckeres kochen.«

»Was gibt es denn?«, wollte Enzo wissen, der nicht mehr besonders kulinarisch verwöhnt wurde, seit seine Frau vor einigen Jahren von ihm gegangen war.

»Stockfischcreme, *baccalà mantecato*, auf gebratener Polenta. Als Hauptspeise *bodeleti alla muranese*, frische Meeräsche aus der Adria, im Ofen gebacken mit Polenta und Spinat aus Sant'Erasmo. Und zum Dessert muss ich mir noch etwas einfallen lassen. *Caramei*, gezuckerte Fruchtspieße vielleicht. Oder unsere Karnevalskrapfen. Der *carnevale* ist zwar schon vorbei, aber Pietro liebt sie so sehr.«

»*Delizioso!* Dann will ich dich nicht aufhalten«, sagte Enzo. Mafalda konnte ihm ansehen, wie ihm bei der Aufzählung der venezianischen Desserts das Wasser im Munde zusammengelaufen war. Enzo hatte eine Schwäche für Süßigkeiten gehabt, solange sie sich erinnern konnte. Aber ihn heute Abend mit zum Essen einzuladen passte einfach nicht in ihren Plan.

»Wir sehen uns, Enzo«, sagte Mafalda und ging wild mit der rechten Hand winkend nach draußen.

»Gutes Gelingen«, erwiderte er und schaute ihr von der Ladentür aus hinterher.

6

*U*m zum Laden von Susanna Osti zu gelangen, musste Mafalda nur rechts aus der Apotheke heraus, dann über die kleine Ponte de le Terese über den Kanal und danach noch ein paar Meter schräg rechts und geradeaus gehen.

»*Ciao*, Susanna!«, rief Mafalda laut, als sie das Lebensmittelgeschäft an der Calle del Convento betrat. Unter der grellen Neonbeleuchtung tat sich vor ihr ein tunnelartiges Ladenlokal auf, mit bis an die Decke mit Waren vollgestopften Regalen an beiden Seiten und einem nicht minder vollen Regal in der Mitte, sodass im Raum zwei Gänge entstanden, die so schmal waren, dass sie mit einem Einkaufskorb nur schwerlich zu passieren gewesen wären. Einen Einkaufswagen zu benutzen war vollkommen unmöglich.

Am Eingang rechts, hinter einer laut brummenden Kühltruhe, saß zwischen Wurstschneider und Registrierkasse Susanna, die gerade voll Wonne in einen riesigen *bombolone*, einen Krapfen mit Vanillecremefüllung biss.

»Mafffalda!«, grüßte sie mit vollem Mund, legte den

Krapfen beiseite und wischte sich etwas verschämt mit einem Taschentuch den Puderzucker aus dem Gesicht.

»Das wird heute ein Großeinkauf«, erklärte Mafalda. »Pietro kommt zum Abendessen.«

Für die kleinen venezianischen Krapfen hatte sie alles im Haus. Mehl, Sultaninen, Zucker, Rum und Hefe hatte sie immer vorrätig. Aber sie brauchte Meeräsche und natürlich eingelegten Stockfisch für das *baccalà mantecato*. Denn um den Stockfisch selbst einzuweichen, dafür fehlte ihr die Zeit.

»Hast du Meeräsche?«, fragte Mafalda.

»*Sì*. Guck mal. Gerade frisch reingekommen. Heute Morgen in der Adria gefangen.« Stolz zeigte Susanna auf den auf Eis liegenden Fisch in der Kühltheke.

»*Benissimo!* Da nehme ich drei. Oder, *no*, lieber alle sechs. Vielleicht lade ich noch meine Nachbarin und ihre Tochter ein.«

Susanna packte den Fisch umständlich in Papier und Folie ein, während Mafalda im Kopf den Rest ihrer Einkaufsliste durchging.

»Dann noch Stockfisch. Schon eingelegt. Maisgrieß für die Polenta.« Sie ging noch mal ihre Einkaufsliste durch und hakte mit dem Zeigefinger jeden einzelnen Punkt ab. »Und frische Zitronen. Aber bitte die aus Sizilien, nicht die billigen im Netz! Und eine Flasche Reisöl.«

Susanna schaute auf und wurde blass. »Geht es dir nicht gut?«

Mafalda sah sie fragend an.

»Reisöl? Du? Bist du krank?« Susanna starrte sie an.

Mafalda winkte ab. »Nicht zum Essen. Es ist eher … ich möchte etwas ausprobieren.«

Susanna nickte beruhigt, aber Mafalda sah ihr an, dass sie nicht wirklich verstanden hatte, was sie damit gemeint hatte. Schon vor Jahren hatte ihr Susanna von der alten Signora Rumeni aus der Nachbarschaft erzählt, die immer das komplett geschmacklose Reisöl gekauft hatte, seit ihr Mann es mit dem Herzen hatte. Immer wieder hatten sie darüber gelästert, wie die beim Einkauf immer dreingeschaut hatte, als wäre die Welt untergegangen, oder als ob ihr Untergang unmittelbar bevorstünde.

»*Bene.* Nicht zum Essen also«, sagte Susanna wenig überzeugt.

Mafalda spürte, dass sie das so nicht stehen lassen konnte. Und wenn sie sich schon bei Enzo verplappert hatte, dann könnte sie es jetzt auch Susanna sagen.

»Ich will wirklich nicht damit kochen. Ich will Beppe helfen. Der ist heute Morgen von der Polizei verhaftet worden, weil er angeblich den Anschlag auf die Guggenheim Collection in Venedig drüben begangen hat. Aber ich kann mir nicht vorstellen, dass er es war«, erklärte sie.

»Beppe? *Sì!* Die Polizei sei heute früh aus Venedig rübergekommen, hat mir eine Kundin berichtet«, sagte Susanna. »Ganz groß. Mit achtundzwanzig Booten.«

Mafalda sah sie zweifelnd an.

»Na, vielleicht hat sie da etwas übertrieben«, räumte Susanna lachend ein. »Und das Reisöl brauchst du für …?«, fragte sie.

Mafalda legte den Kopf auf die Seite. »Wie gesagt, es ist ein Experiment. Um Beppe zu entlasten. Wenn es denn so klappt, wie ich es mir vorstelle.« Mafalda überlegte kurz, ob sie Susanna in ihren Plan einweihen konnte und ob sie ihn überhaupt verstehen würde. Doch Letzteres konnte sie ausschließen und nach Ersterem war ihr nicht wirklich zu Mute. Was auch immer sie Susanna erzählte, würde seinen Weg ganz sicher in Windeseile über Murano finden. »Für den Moment ist es nicht mehr als ein Versuch«, sagte sie nach kurzer Pause mysteriös und verschlossen.

»Dann werde ich nichts verraten«, sagte Susanna mit verschwörerischem Blick. »Aber darf ich sagen, dass du Reisöl gekauft hast?« Dieser Satz bestätigte Mafalda darin, dass sie ihr nicht mehr erzählt hatte. So etwas wie Privatsphäre gab es für Susannas Kunden offenbar nicht. Aber dafür erfuhr man im Gegenzug auch jegliche denkbaren und undenkbaren Neuigkeiten über die Nachbarn hier auf Murano.

Mafalda verdrehte die Augen. »Solange du dazusagst, dass ich es nicht fürs Essen gekauft habe. Ich will nicht, dass meine Kochkunst in Verruf gerät«, entgegnete sie bestimmt.

Susanna zwinkerte. »*Va bene.* Nicht zum Kochen!« Sie reichte Mafalda ihre Einkäufe in zwei großen Plastiktüten über den Tresen.

»Bis bald«, sagte Mafalda und verließ zufrieden den Lebensmittelladen.

Schwer bepackt machte sich Mafalda auf den Weg zu ihrer Wohnung. Sie gönnte sich keine Pause, bis sie wieder am

Campo San Bernardo angekommen war. Dort setzte sie sich auf die rote Bank, auf *ihre* Bank, in der Mitte des Platzes.

Sie versuchte, sich an ihre letzte Begegnung mit Beppe zu erinnern. Aber sosehr sie sich auch bemühte, ihre Erinnerung produzierte nur verschwommene Bilder. Denn wenn Beppe wieder einmal laut missionierend durch die *calli* der Insel gezogen war, hatte sie ihm nur kurz zum Gruß zugenickt und gleich danach einen großen Bogen um ihn gemacht, damit sie ja nicht in ein Gespräch oder eine Diskussion mit ihm verwickelt wurde. Vermutlich war das allen so gegangen, denn selbst ihre Freundin Lucia, immerhin Beppes Vermieterin, hatte kein genaues Bild von ihm zeichnen können. Erst nach langem Grübeln erinnerte Mafalda sich, dass er sogar einmal bei ihr zu Hause gewesen und im Gespräch durchaus nett gewesen war. Doch die Bilder von Beppe, wie er über die Insel lief und ständig den Weltuntergang beschwor, hatten diese Erinnerungen beinahe verdrängt.

Die immer zutraulicher werdenden Tauben näherten sich laut gurrend Mafaldas Bank. Sie erwachte aus ihren Tagträumen, griff in ihre Manteltasche und warf den Tauben die beiden Kekse zu, die sie in der Apotheke eingesteckt hatte. Die stürzten sich gierig darauf, kämpften lautstark um die Krümel und hatten sie praktisch im gleichen Moment gefressen, in dem Mafalda sie ihnen zugeworfen hatte. Die weiterhin hungrigen Blicke der Tauben beantwortete sie mit einem bedauernden Schulterzucken. Erst als die Vögel hartnäckig blieben, holte sie die ungeöffnete Keksschachtel aus der anderen Manteltasche und fing an, die Keksbrösel unter den Tauben zu verteilen.

Die um diese Jahreszeit noch tief stehende Nachmittagssonne spiegelte sich in den Scheiben des gegenüberliegenden Hauses und blendete Mafalda. Sie versuchte, dem Sonnenschein auszuweichen, rutschte auf der Bank hin und her, lehnte schließlich den Kopf zurück und schloss die Augen und grübelte.

Beppe hatte ihr einmal den Boiler gerichtet. *Sì*, daran erinnerte sie sich jetzt wieder. Die Heizungsbauer vom Festland hatten sie wieder und wieder vertröstet, und ihre Nachbarin Maria hatte ihr geraten, Beppe um Hilfe zu bitten. Selbst wäre sie nie auf die Idee gekommen.

Keine Stunde später war er bei ihr gewesen, hatte mit rostigen Schraubendrehern an dem Boiler herumgeschraubt und -geklopft, sodass Mafalda sich schon Sorgen gemacht hatte. Doch wie durch ein Wunder funktionierte der Boiler nach dieser Rosskur wieder. Und tat es bis heute. Jahrelang. Beppe hatte kein Geld für seine Hilfe annehmen wollen, und so hatte Mafalda ihn zu einem großen Teller der kräftigen venezianischen Fischsuppe eingeladen, die sie am Vortag gekocht hatte. Über dem Essen waren sie ins Schwatzen gekommen, und er hatte ihr von seiner Kindheit im Waisenhaus und seinem Leben zwischen Aushilfsjobs und Saisonarbeiten erzählt.

Beppe hatte besonders ihre ausladende venezianische Stehlampe bewundert, eine fast lebensgroße Bronzeputte mit goldenem Lendenschurz, die auf einem kleinen Podest stehend mit dem rechten Arm einen mehrflammigen, blassgrünen venezianischen Lüster mit Blumendekor und energiesparenden Kerzenlampen nach oben hielt. Pietro hatte die Lampe immer für eine aus der Zeit gefallene Scheußlichkeit gehalten. Aber Mafalda gefiel er. Und Beppe auch. So etwas verband.

Dass sich so jemand einer Internetbande angeschlossen haben sollte, um Kunstwerke zu beschädigen, machte für Mafalda keinen Sinn. Beppe mochte anstrengend sein, manchmal nervig sogar. Doch sie hätte ihm nie zugetraut, etwas Böses zu tun, weder gegen andere Menschen noch gegen Tiere und auch nicht gegen Kunstwerke, von denen er wohl kaum etwas verstand.

»*Signora?*«, tönte es hinter ihr.

Mafalda, die ihren Kopf immer noch zurückgelehnt hatte, schreckte zusammen und drehte sich um. Es war Maria, ihre Nachbarin aus der Wohnung im Erdgeschoss ihres Hauses.

»Maria, *buongiorno*, ich hatte Sie gar nicht gesehen.«

»*Buongiorno*, Signora Mafalda. Ich hoffe, ich habe Sie nicht geweckt?«

Maria mochte keine fünfzig sein. Aber mit den gelblich blondierten Haaren, dem Make-up-freien, rundlichen Gesicht und der geblümten Kittelschürze, deren Modell und Muster sie seit Jahrzehnten nicht gewechselt zu haben schien, wirkte sie deutlich älter. Seit mehr als einem Vierteljahrhundert wohnte sie in der Wohnung unter Mafalda am Campo San Bernardo, und damit gehörte sie samt Kittelschürze zum Inventar. Mafalda hatte häufig Marias Tochter Anna gehütet, wenn Not am Mann war. Wobei »Mann« ein Wort war, auf das sie Maria nie angesprochen hatte. Maria war damals mit Kind und ohne Mann eingezogen, und niemand hatte Fragen gestellt. Und dabei war es geblieben.

»Ich koche heute Abend *baccalà* und *bodeleti*, Stockfischcreme und Meeräsche. Haben Sie und Ihre Tochter vielleicht Lust vorbeizukommen?« Auch nach all den Jahren siezten sie sich noch aus alter Gewohnheit, und während Maria immer von »Signora Mafalda« sprach, war sie selbst für die Ältere immer nur »Maria« geblieben.

Mafalda wusste, dass Maria dieser Einladung nicht widerstehen konnte. Über die Jahre hatte sie schon oft für sie gekocht und stets zufrieden festgestellt, wie Maria jeden einzelnen Bissen genossen hatte. Wohl auch, weil sie niemals so gut kochen könnte wie sie, selbst wenn Maria das nie zugeben würde. Und Mafalda selbst liebte es, mit ihren Kochkünsten zu beeindrucken, ohne unnötig mit Worten darauf hinzuweisen.

Mafalda war sich bewusst, dass sie den Abend Pietro allein versprochen hatte. Aber sie konnte der Versuchung nicht widerstehen, ihm auch diesmal eine heiratsfähige Frau vorzustellen. Und die Gelegenheit dafür war dank Annas Rückkehr nach Murano vom Studium in Bologna auch mehr als günstig. Es würde ihr wieder viel zu viel diebische Freude bereiten, Pietro verschüchtert herumdrucksen zu sehen. Und irgendwann würden Maria und ihre Tochter ja auch wieder verschwinden. Dann hätte sie ihren Enkel ganz für sich allein und würde herausfinden, was er in Beppes Fall aufgedeckt hatte.

»Acht Uhr dann?«, fragte Mafalda.

»Acht Uhr, gern«, antwortete Maria.

»Dann will ich mal loslegen«, sagte Mafalda, stand auf, nahm ihre Einkaufstüten und ging auf die offen stehende Haustür zu.

Wenig später, in der Küche ihrer Wohnung, lag die Meeräsche geputzt und mariniert im Ofen. Die müsste sie nachher nur noch backen. Die Polenta köchelte auf niedriger Flamme auf dem Herd, und der Stockfisch weichte in einer dicken blauen Porzellanschüssel vor sich hin. Den Teig für die Krapfen hatte sie vorbereitet und mit einem Schneebesen glatt gezogen. Aber die würde sie erst nach dem Hauptgang frisch machen, heiß und dampfend schmeckten sie besser.

Mafalda ging mit der Flasche Reisöl in der Hand in ihr Wohnzimmer und blickte unschlüssig hin und her. An ihren weiß gekalkten Wänden hingen unzählige, silbern gerahmte Spiegel und nur wenige Bilder. Die allermeisten davon waren Zeichnungen oder Drucke, nur das Bild von der kleinen venezianischen Kanalbrücke über ihrem Esstisch schien ein echtes Ölbild zu sein. Aber das gefiel ihr zu sehr, um damit herumzuexperimentieren.

Sie stellte das Reisöl auf den Esstisch, ging hinüber zu der massiven Anrichte aus Eichenholz, schob den schweren Kerzenleuchter aus Messing beiseite und zog ein Bild aus der Lücke zwischen Wand und Anrichte heraus, das sie vor Jahren dort versteckt hatte. Sie schaute auf das Bild. Ja, das sollte es sein. Das Ölbild von einem Weingut in der Toskana, ein Geschenk ihrer Cousine aus Grosseto, hatte sie nie gemocht. Sie fand es viel zu kitschig.

Mafalda legte das Gemälde neben die Flasche Reisöl auf den Tisch und ging zurück zur Anrichte. Sie stellte den Kerzenleuchter wieder an seinen Platz und bückte sich dann, um eine der Türen der Anrichte mit den geschnitzten Ornamenten zu öffnen. Das Schloss klemmte schon seit Jahren, aber sie hatte so ihre Erfahrung, wie sie die Tür mit systematischem Ruckeln an dem kleinen schmiedeeisernen Schlüssel öffnen konnte. Das Schloss gab schließlich nach, und die Tür öffnete sich. Sie bückte sich, zuckte zusammen, weil ihr Rücken schmerzte, und nahm einen weißlich grauen Lappen aus dem Schrank.

Mit dem Tuch in der linken Hand und der rechten auf ihrem Rücken ging sie zurück zum Tisch, öffnete die Flasche mit dem Reisöl und tröpfelte etwas davon auf den Lappen. Sie hielt ihn an ihre Nase, schnupperte daran und verzog angeekelt das Gesicht. Dann tupfte sie damit über das Bild, erst vorsichtig, dann mit mehr Nachdruck. Nichts! Das Bild glänzte zwar wie eine Speckschwarte, aber das Öl ließe sich vermutlich genauso leicht entfernen, wie sie es darauf getupft hatte.

Sie ging hinüber zu einem silbernen Spiegel, der an der Wand über dem geblümten, neobarocken Lehnstuhl hing, schaute sich misstrauisch um, so als ob sie, die allein in ihrer Wohnung war, jemand würde beobachten können, und wischte dann mit dem Zeigefinger über die Oberkante des Spiegels.

»Was bin ich doch für eine schlampige Hausfrau«, sagte sie leise zu sich und schnalzte mit der Zunge.

Ihren staubigen Finger wischte sie an dem öligen Lappen ab und tupfte dann erneut damit auf dem Bild herum. Schon besser! Das Staub-Öl-Gemisch hinterließ sichtbare Spuren. Nicht allzu auffallend, aber schon sichtbar.

Mafalda schaute sich im Zimmer um und ging dann zu dem offenen Kamin. Den hatte sie schon seit Jahren nicht mehr benutzt, aber etwas Ruß würde sich sicherlich noch finden lassen. Sie bückte sich, griff mit der Hand vorsichtig nach oben in den Abzug und strich an der Oberkante entlang. Zufrieden schaute sie sich ihren rußig schwarze Zeigefinger an. Das sollte es tun! Damit tupfte sie auf der noch ölig glänzenden Stelle in der Bildmitte herum, und der ölige Fleck wurde langsam dunkler und dunkler, so wie sie sich das vorgestellt hatte.

»So habe ich mir das gedacht«, murmelte sie leise vor sich hin.

Um ganz sicherzugehen, ging sie in die Küche und holte den Spüllappen und den scharfen Küchenreiniger. Bewaffnet mit diesen Utensilien machte sie sich erneut an dem Bild zu schaffen. Der ölige Fleck ließ sich damit zwar halbwegs entfernen, der schwarze Ruß hatte sich jedoch mit den Ölfarben des Gemäldes verbunden. Er war zwar durchsichtiger geworden, dafür aber auch breiter und ausladender als zuvor. Und selbst aus einiger Entfernung deutlich sichtbar.

»*Sì!* So oder so ähnlich muss es gewesen sein.« Sie nickte nachdenklich.

Ein geruchloses Öl, das sich leicht in einem Parfümflakon in das Museum schmuggeln ließ, etwas Ruß oder Schmutz dazu, um den Effekt zu verstärken. Damit konnte man genug Schaden anrichten, bevor eine der Aufsichten in der Guggenheim Collection hätte eingreifen können. Blieb nur die Frage nach dem Warum. Aber vielleicht würde Pietro heute Abend Licht ins Dunkel bringen.

In der Küche klingelte der altmodische Kurzzeitwecker, und Mafalda eilte hinüber, um die Polenta vom Feuer zu nehmen. Sekunden später brummte auch der Summer der Eingangstür. Mafalda schaute erschrocken auf die Uhr. Es war schon kurz vor acht.

Wo bin ich nur mit meinen Gedanken?, dachte sie und ging zur Wohnungstür, um sie zu öffnen.

7

io mio, Pietro! Du bist aber früh dran«, begrüßte sie ihren Enkel.

»Seit wann beschwerst du dich darüber, *nonna?*«, antwortete Pietro lächelnd und betrat Mafaldas Wohnung.

Sie stellte sich auf die Zehenspitzen, nahm sein Gesicht in beide Hände und gab ihm einen Kuss auf die Stirn. Dann kniff sie ihn mit der linken Hand leicht in die Wange.

»Ich mich beschweren? *No!* Niemals! Aber du konntest wohl die Stockfischcreme nicht erwarten?«, fragte sie überflüssigerweise. Denn die Antwort kannte sie nur zu gut.

Er nickte grinsend. »Ja, das mag sein. Deine Stockfischcreme hatte ich schon lange nicht mehr.«

Baccalà mantecato hatte Mafalda schon für ihn auf den Tisch gebracht, wenn er zu ihr geschickt worden war, weil weder seine Mutter noch sein Vater Zeit gehabt hatten, sich um ihn zu kümmern. Pietro hatte hier viele Nachmittage nach der Schule verbracht. Im Winter hatte Mafalda für ihn immer eine Decke auf dem Boden ausgebreitet, weil der viel zu eisig war, um darauf zu spielen. Auch im Sommer wurde der rote Terrazzoboden kaum wärmer. Heute wie damals rochen Mafaldas blütenweiße Gardinen mit der goldenen Borte intensiv nach Bleiche. Wie sehr sie diese Zeit vermisste, wurde ihr klar, als sie zwischen den wuchtigen Möbeln aus alter Eiche und den weißen Wänden mit den vielen silbernen Spiegeln hin und her schaute und dabei fast den kleinen Pietro entrückt in seiner eigenen Welt auf dem Boden spielen sehen konnte. Heute war er zwar erwachsen, aber zumindest wieder zu Besuch bei ihr. Vielleicht änderten sich ja doch nicht alle Dinge? »Genug der Tagträume«, herrschte sich Mafalda im Stillen an. Pietros Besuch hatte neben dem Essen noch einen ernsteren Zweck. »Hast du etwas herausgefunden?«, fragte sie ihn ungeduldig.

»Ich habe ein wenig herumtelefoniert, ein paar Mails verschickt und Beppes Akten durchforstet. Ein Kollege kannte das Passwort, mit dem ich alles lesen konnte. Da steckt mehr dahinter, als es auf den ersten Blick scheint. Das wollte ich dir unbedingt persönlich sagen.«

Mafalda schaute unentschlossen zwischen Pietro und der Küche hin und her. »Geh schon mal ins Wohnzimmer. Ich komme gleich«, sagte sie und ging wieder in die Küche, um die Polenta umzurühren. Sie sollte ja nicht klumpig werden. Das war sie ihrem guten Ruf als Köchin schuldig.

Als sie zurück ins Wohnzimmer kam, stand Pietro vor der Bronzeputte mit dem mehrflammigen Kronleuchter in der Hand und musterte die Lampe abfällig.

Mafalda kannte diesen Blick nur zu gut. »Die Stehlampe bleibt hier, *basta!* Ich mag sie, dein Großvater mochte sie.

Und wenn ich einmal nicht mehr bin, dann möchte ich dir ja auch etwas Schönes vererben, damit du immer an mich denkst!«

Mafalda gefiel, wie Pietro sie erst mit weit aufgerissenen Augen anstarrte und dann ganz blass wurde. Darüber vergaß sie sogar, dass sie, wenn dieser Erbfall eintreten würde, nicht mehr da wäre, um Pietros Reaktion mitzuerleben. »In diesem Fall müsste ich das Erbe leider ausschlagen«, sagte Pietro mit Nachdruck, nachdem er tief Luft geholt hatte.

Mafalda runzelte ungehalten die Stirn und stieß ihn sanft mit der geballten rechten Faust gegen den linken Oberarm.

»Was wolltest du mir denn nun erzählen?«, fragte sie.

Er zog seine Jacke aus, holte einen Notizblock aus der Brusttasche hervor und legte die Jacke achtlos auf den Lehnstuhl an der Wand. Mafalda schüttelte den Kopf, nahm sie, ging damit in den Flur und hängte sie an einen der Haken an der Garderobe.

»Es ist ziemlich kompliziert«, erklärte Pietro, als sie zurückkam, und studierte konzentriert seine Notizen.

»Bei der Sonderausstellung ging es um das Thema ›Surrealismus und Magie‹. Da waren Werke von Salvador Dalí, Max Ernst, Leonor Fini und René Magritte dabei.«

Mafalda nickte, auch wenn sie die meisten dieser Namen bestenfalls irgendwann einmal aufgeschnappt hatte. Von Dalí kannte sie nicht viel mehr als das Selbstporträt mit seinem exzentrischen Schnurrbart und den weit aufgerissenen Augen. Sie würde die Maler nachher im Lexikon nachschlagen.

Aber wenn ihr die Namen kaum etwas sagten, wie sollte Beppe sie dann kennen?

»Etwas ist komisch«, fuhr Pietro fort. »In den Nachrichten war von drei Bildern die Rede, aber es sind nur zwei betroffen. Eins hing in der Sonderausstellung im Gartenhaus. Auch zwei Statuen sind dabei.«

Mafalda hörte ihm aufmerksam zu.

»Das muss von langer Hand geplant gewesen sein. So etwas kann man nicht mal schnell spontan machen. Dafür ist Beppe nicht der richtige Mann. Du weißt, wie unberechenbar er immer war. Oder auf seine Art berechenbar: Er hat nie etwas zu Ende gebracht, und wenn er morgens etwas Neues begonnen hat, dann konnte man sicher sein, dass er am Abend schon wieder mit etwas anderem beschäftigt war und alles vom Morgen längst vergessen hatte. Länger als ein oder zwei Wochen hat er sich nie mit einem Thema beschäftigt. Wie soll so jemand einem sorgfältig erstellten Plan folgen? Geschweige denn einen entwickeln? Die haben mit Beppe den falschen Mann verhaftet. Eindeutig.«

Pietro hatte sich fast ein wenig in Rage geredet. Was er über Beppe und die Ermittlungen herausgefunden hatte, schien ihm ungewöhnlich nahezugehen. Mafalda nickte. Beppe hatte – freundlich ausgedrückt – immer sehr sprunghaft auf sie gewirkt.

»Und was genau ist mit den Bildern passiert?«, fragte sie.

»Das war genauso, wie sie es im Radio gemeldet haben«, sagte Pietro. »Der oder die Täter haben ein mit Schmutz vermischtes Leichtöl auf die Kunstwerke gesprüht und damit einen Schaden verursacht, den bestenfalls eine aufwendige Restaurierung beheben kann.«

Er ging an der Anrichte mit den schweren Messingkandelabern vorbei zum großen Eckfenster, stoppte aber an dem runden Esstisch, auf dem immer noch das toskanische Ölbild lag, auf dem Mafalda mit Ruß und Reisöl experimentiert hatte. Zwischen den Weinstöcken, links neben der Tür des abgebildeten Steinhauses, prangte statt eines Fensters ein schmieriger schwarzer Fleck.

Pietro drehte sich um und sah erstaunt dahin, wo Mafalda eben noch gestanden hatte. Aber sie hatte das vorausgeahnt, auf ihre Armbanduhr geschaut und sich eilig auf den Weg in die Küche gemacht.

»Jedenfalls …«, setzte Pietro nach kurzer Pause etwas lauter wieder an, damit sie ihn auch in der Küche noch gut hören konnte. Das Summen an der Eingangstür unterbrach ihn.

»Erwartest du noch Besuch, *nonna?*«, fragte Pietro irritiert. »Als du mich für heute Abend eingeladen hast, war doch von ›nur wir zwei‹ die Rede.«

Mafalda eilte aus der Küche durch das Wohnzimmer in den Flur und wich Pietros fragendem Blick dabei sorgsam aus. »Nur Maria, meine Nachbarin, es hat sich so ergeben«, flötete sie und spürte einen Anflug von schlechtem Gewissen. Dass Marias Tochter Anna auch kommen würde, erwähnte sie mit keinem Wort.

Als sie die Tür öffnete, stand da nur Anna. »*Buonasera, nonna* Mafalda«, sagte sie. Schon seit Anna noch klein gewesen war und Mafalda regelmäßig auf sie aufgepasst hatte, nannte Anna sie immer »Großmutter Mafalda«.

»Meine *mamma* kommt gleich nach. Und vielen Dank für die Einladung«, fuhr Anna fort und drückte Mafalda eine in durchsichtiger Plastikfolie mit buntem Geschenkband eingepackte Weinflasche in die Hand.

Mafalda musterte die Flasche. »Riesling! *Mille grazie.* Das ist mein Lieblingswein.« Für diese Lüge würde ihr Padre Osman wahrscheinlich wieder mehrere Vaterunser auferlegen.

»Komm doch rein, Anna.« Sie führte Anna ins Wohnzimmer. »Kennst du noch meinen Enkel Pietro? Er ist unverheiratet.«

Anna schüttelte Pietro ob der unverblümt direkten Ansage sprachlos die Hand, während Pietro wieder dunkelrot anlief. Mafalda lächelte vergnügt. Anna war erst vor Kurzem wieder nach Murano zurückgekehrt, das sie verlassen hatte, als Pietro schon an der Polizeischule auf dem Festland war. Die beiden hatten sich zuletzt als Kinder gesehen. Diese Überraschung war ihr gelungen!

Mafalda ging zum Esstisch, nahm den immer noch darauf liegenden Ölschinken herunter und versteckte ihn hinter ihrem Rücken.

»Setzt euch doch«, sagte sie. »Ich muss schnell noch mal in die Küche.« Sie verschwand samt Bild, nur um Augenblicke später mit Besteck, Tellern und Servietten zurückzukommen. Anna und Pietro hatten sich betreten schweigend an den Tisch gesetzt. Wie sie die beiden so nebeneinandersitzen sah, machte sich Mafalda Sorgen, dass sie vielleicht eine Spur zu direkt gewesen sein könnte. Ein Gedanke, den sie augenblicklich wieder verwarf.

»Was gibt es denn?«, fragte Anna, die ihre Sprache zuerst wiedergefunden hatte.

»*Baccalà mantecato* auf Polentabrot, dann *bodeleti alla muranese* und zum Abschluss frische Krapfen.«

Annas Augen leuchteten auf. »Wie lecker. Stockfisch und Meeräsche. Das hatte ich schon lange nicht mehr!«

»Der Fisch schmort schon im Ofen. Den habe ich gerade angeschaltet. Und die Vorspeise mache ich gleich fertig. Ihr beiden könnt euch ja noch ein bisschen unterhalten.« Mafalda zwinkerte Pietro aufmunternd zu und verschwand wieder in der Küche.

Der Türsummer brummte erneut.

»Das ist bestimmt meine *mamma*. Soll ich aufmachen?«, fragte Anna etwas lauter Mafalda in der Küche. »*Sì!* Gern, mein Kind, ich habe die Polenta in der heißen Pfanne. Da kann ich nicht weg.«

Mafalda hörte, wie Anna ihre Mutter hereinließ. Maria schaute kurz durch die Küchentür, sah aber, wie beschäftigt Mafalda gerade war, grüßte nur kurz und ging weiter ins Wohnzimmer. Am Klirren erkannte Mafalda, dass Pietro die Weingläser auf den Tisch gestellt hatte. Kurz darauf erschien er mit der Rieslingflasche in der Küche und nahm den Korkenzieher vom Haken an der Wand. Mit Kennermiene ging er zurück zum Esstisch, und wenige Momente später hörte Mafalda das laute Ploppen, als Pietro die Flasche entkorkt hatte. Sie wusste nur zu gut, dass der Junge Riesling genauso wenig ausstehen konnte wie sie. Aber im Moment schien ihm das egal zu sein, solange er damit nur vom Thema »unverheiratet« ablenken konnte. Sie wollte in der Küche gerade die Stockfrischcreme mit dem Mixer durchmischen, weil sich etwas Flüssigkeit an der Oberfläche abgesetzt hatte, als sie Maria im Wohnzimmer sprechen hörte. Sie ging leise bis an den Türrahmen, um besser hören zu können.

»*Baccalà mantecato* muss man ja unbedingt in einer Schüssel mit einem Holzlöffel rühren. Keinesfalls in der Küchenmaschine. Sonst misslingt es.«

Mafalda, die ihren Finger eben schon auf dem Einschaltknopf der Küchenmaschine hatte, zuckte zusammen und runzelte die Stirn. Woher hatte Maria solche Weisheiten? Soweit sie sich erinnern konnte, lag der Schwerpunkt von Marias Kochkunst seit jeher mehr im Auftauen als im Umrühren. Und Mafalda machte ihre Stockfischcreme schon seit Jahren in der Küchenmaschine und nie mit dem Holzlöffel.

Sie schaute sich um und sah auf dem Küchenschrank eine gelbe Porzellanschüssel, die da schon seit Ewigkeiten unbenutzt herumstand. Sie nahm die Schüssel, spülte den Staub schnell mit warmem Wasser heraus und füllte dann die Creme aus der Küchenmaschine in die Schale. Sie schnappte sich einen hölzernen Kochlöffel und ging mit der Schüssel, den Inhalt eifrig rührend, ins Wohnzimmer zum Esstisch.

»*Certo.* Nur mit dem Holzlöffel, nicht anders«, sagte Mafalda eifrig nickend und verschwand unter Marias anerkennenden Blicken wieder in der Küche.

Sie stellte den Ofen aus und öffnete die Ofentür. Während sie die Vorspeise aßen, würde die Meeräsche noch etwas nachgaren können. Die geröstete Polenta gab sie auf eine große silberne Servierplatte und nahm sie mit ins Wohnzimmer.

»*Buon appetito*«, wünschte Mafalda. »Wer mag?«

Drei Hände gingen nach oben, und Mafalda gab erst Pietro, dann Anna und Maria und zuletzt sich selbst von der Polenta. Anna und Pietro tröpfelten die Stockfischcreme kunstvoll auf ihre Polentastücke, während Maria sie gleich löffelweise auf ihren Teller kippte. Die Mischung aus Stockfisch, Milch und dem besonders milden Olivenöl vom Gardasee war eines von Mafalda bevorzugten Rezepten. Sie würzte immer noch mit einer Prise Peperoncino nach. Aber das hätte sie natürlich nie jemandem verraten.

Alle aßen sichtbar mit Genuss. Alles war so gekommen, wie Mafalda es sich vorgestellt hatte, und dennoch war sie nun seltsam unzufrieden, beinahe ein wenig unglücklich. Viel lieber hätte sie sich mit Pietro allein unterhalten und sich angehört, was er noch über den Anschlag auf die Guggenheim Collection und die Verhaftung von Beppe zu erzählen hätte. Er hätte »einiges« herausgefunden, hatte er gesagt. Doch solange Maria und Anna mit am Tisch saßen, würden sie nicht darüber reden können. Schließlich war Pietro zur Verschwiegenheit verpflichtet. Was nach altitalienischem Familiengesetz glücklicherweise Großmütter nicht mit einschloss.

»Seit wann genau bist du denn zurück in Murano, Anna?«, erkundigte Mafalda sich. Natürlich wusste sie genau, wie lange die Tochter ihrer Nachbarin wieder da war. Vor einer Woche war sie angekommen. Nichts blieb in Murano unbemerkt. Kein Wegzug, kein Geburtstag, nicht die steuerlich fragwürdigen Nebengeschäfte des an der Fondamenta Serenella ansässigen Chefs der örtlichen Populistenpartei, nicht die langjährige Affäre des ehemaligen Pfarrers mit seiner Haushälterin, die für beide erst beendet war, als diese mit ihrem Neugeborenen Murano verlassen musste und er an eine andere Pfarrstelle versetzt wurde.

»Seit einer Woche«, antwortete Anna. »Gleich nach dem Ende des Studiums.«

»Sie hat gerade ihren Abschluss in Rechtswissenschaften gemacht. In Bologna«, erklärte Maria mit einem Stolz, den so wohl nur eine Mutter zu zeigen in der Lage war. »Anfang dieser Woche hat sie ein Praktikum bei der Staatsanwaltschaft in Venedig angetreten.«

»Wenn man sie so reden hört, könnte man meinen, ich hätte den Chefposten bei der Staatsanwaltschaft übernommen«, sagte Anna mit einem gezwungenen Lächeln. So viel Aufhebens um ihre Person war ihr sichtlich unangenehm.

»Pietro wurde gerade zum *tenente* der *Carabinieri* befördert«, warf Mafalda ein. Im Konkurrieren um Titel und Abschlüsse wusste sie mitzuhalten. Sie nickte zur Bestätigung, und Pietro senkte verlegen den Kopf.

»*Tenente Colonnello?* Oberstleutnant?«, fragte Maria lächelnd zurück und vertauschte Pietros neuen Rang bewusst gegen einen ähnlich klingenden, aber drei Ränge höher in der *Carabinieri*-Hierarchie stehenden ein.

»*Tenente.* Leutnant«, korrigierte Mafalda sie mit bittersüßem Lächeln.

»Glückwunsch!« Maria sah Pietro an, der sich schüchtern bedankte und seiner Großmutter einen strafenden Blick zuwarf.

»Ich freue mich ja so, dass Anna jetzt wieder bei mir wohnt«, fuhr Maria fort.

»Wenn auch nur für kurze Zeit«, ergänzte Anna. Es schien ihr ein Bedürfnis zu sein, diesen Satz ihrer Mutter richtigzustellen.

»Gehst du denn wieder weg?«, fragte Mafalda.

»Um ehrlich zu sein, ist es im Moment etwas schwierig mit Arbeitsstellen für Berufsanfänger«, erklärte Anna.

Marias Miene verfinsterte sich ein wenig. Es war ihr sichtbar unangenehm, dies über die Jobchancen ihrer Tochter zu hören, deren Abschluss sie gerade noch in so hohen Tönen gelobt hatte. Aber wie für die meisten jungen Leute Italiens war der Einstieg in die Arbeitswelt schwer und die Wohnung bei den Eltern fürs Erste die günstigste Lösung.

Mafalda tätschelte Anna die Hand. »Keine Sorge! Ich bin sicher, du findest was bei uns hier in der Lagune. Vielleicht kann ich ja …« Mafalda stockte mitten im Satz. Für einen Moment hatte sie vergessen, dass ihr Mann, der Stationsvorsteher der *Carabinieri*, nicht mehr da war. Und bis ihr Enkel in gleicher Position gleichen Einfluss und ähnliche Kontakte erlangen würde, dürften noch einige Jahre ins Land gehen.

Gleichwohl gab es da noch den einen oder anderen, der ihr einen Gefallen schuldete. Aber jetzt darüber zu sprechen wäre wie über ungelegte Eier zu reden. Sie würde sich umhören, ein bisschen herumtratschen und alte Freunde anrufen. Danach würde sie weitersehen.

»Dann will ich uns mal den Fisch holen«, sagte sie. »Die *bodeleti* sind erst heute Morgen in der Oberen Adria gefangen worden«, verkündete sie mit erhobenem Zeigefinger, bevor sie sich in die Küche begab. Während sie den Fisch auf einer großen Platte anrichtete, spitzte sie die Ohren, um nur ja nicht zu verpassen, was im Wohnzimmer gesprochen wurde.

»Die Meeräsche aus der Adria vor Venedig habe ich wirklich vermisst«, vernahm sie kaum wahrnehmbar aus dem Wohnzimmer. Der Stimme nach musste es Anna gewesen sein, die gesprochen hatte.

Eine Weile herrschte Schweigen.

»Du bist also *unverheiratet?*«, hörte sie Anna Pietro fragen.

»Das ist so nicht ganz richtig«, antwortete Pietro leise, aber laut genug, dass Mafalda es mitbekam. Ihr Gehör war immer noch besser, als ihr Enkel es ihr zutraute, dachte sie bei sich und musste schmunzeln.

»Das vermutete ich schon«, sagte Anna mysteriös. »Weißt du, ich habe auch Erfahrungen mit wohlmeinenden Verwandten, die glauben, immer das Beste für mich zu wollen.«

Mafalda schleppte eine riesige Servierpfanne mit dem Fisch ins Wohnzimmer und platzierte sie auf dem Tisch, gerade noch rechtzeitig, um zu sehen, wie Maria ihren Kopf beleidigt zur Seite gedreht hatte.

»Polenta und Spinat kommen gleich«, flötete Mafalda unbeeindruckt und nahm im Hinausgehen Teller und Besteck der Vorspeise mit in die Küche. Pietro schenkte gerade allen Wein ein, als sie mit zwei großen Schüsseln voll Beilagen wieder am Tisch erschien. Kleine Portionen waren ihre Sache nicht. Anna beugte sich über die dampfende Pfanne und atmete den Duft der *bodeleti* ein. Pietro verteilte den Fisch, und Maria fragte Mafalda: »Wo haben Sie denn die Meeräschen gekauft?«

»Bei Susanna im *alimentari* in der Calle del Convento«, antwortete sie. »Sie wird jeden Vormittag frisch von den Fischern aus Punta Sabbioni beliefert. Ohne Umweg über den Fischmarkt. Frischer geht es nicht.«

Maria nickte anerkennend.

»Gefällt es Ihnen in der neuen Stelle hier auf Murano?«, fragte Mafalda sie. Maria hatte zum Jahreswechsel eine Stelle als Zimmermädchen im neu eröffneten Luxushotel am Canal Grande di Murano angetreten.

»Ja, sehr gut«, antwortete sie. »Allerdings … So viel anders als in meinem alten Hotel auf Giudecca ist es auch nicht. Aber es ist nur ein paar Schritte weg, und ich muss nicht mehr bei Wind und Wetter mit dem *vaporetto* ans andere Ende von Venedig pendeln.«

Nach mehreren Stellen als Hausmädchen in verschiedenen *palazzi* in Venedig hatte Maria fast zwanzig Jahre lang in einem Sternehotel auf Giudecca gearbeitet, einer Anstellung, der sie erst untreu wurde, als die neue Luxusherberge auf Murano eröffnet wurde. Mafalda hatte sie beinahe nicht erkannt, als sie sich zu Jahresanfang beim Hotel begegneten und Maria im dunkeln Zimmermädchenoutfit mit streng zurückgekämmtem Haar und dezentem Make-up rauchend vor dem Nebeneingang des Hauses stand.

»Wobei ich nicht sicher bin, ob so ein Luxushotel für unser Murano das Richtige ist«, sagte Mafalda nachdenklich. »Früher waren die Touristen abends wenigstens wieder weg.«

»Es sind ja nur wenige Zimmer«, beschwichtigte Maria. »Und ohne das Hotel läge das Gelände der alten Glasfabrik immer noch in Trümmern.«

Mit Veränderungen hatte sie erkennbar weniger Probleme als Mafalda. Für die Alteingesessenen wie diese war das neue Hotel, als es nach jahrelangem Streit dann gebaut worden war, noch immer ein Fremdkörper auf ihrer Insel, um das sie, wann immer möglich, einen großen Bogen machten.

Mit den kunterbunten Glasläden im vorderen Teil von Murano, von denen manche auch gern ausländischen Glasschmuck an ihre Kunden verkauften, hatte man seit Jahren seinen Frieden gemacht. Dort wohnte kaum mehr jemand, und die Touristenshops hatten längst alle traditionellen Läden verdrängt.

Der hintere Teil der Insel war jedoch fest in einheimischer Hand geblieben. Genau in dieser Lücke breiteten sich jetzt aber die Touristen mit dem neuen Hotel aus. Alma und Mafalda hatten Protestschreiben in den Briefkästen von ganz Murano verteilt. Doch ihr Protest war am Ende erfolglos geblieben. Das Hotel war gebaut und zum Jahreswechsel eröffnet worden. Wohl auch, weil viele der Jüngeren auf eine wirtschaftliche Belebung hofften, die es ihnen eines Tages ermöglichen würde, nicht mehr ewig nach Venedig oder aufs Festland zur Arbeit pendeln zu müssen.

Ein solcher Pragmatismus war nicht Mafaldas Sache. Sie seufzte leise vor sich hin. Das Hotel stand, war eröffnet, und sie würde wohl nichts mehr dagegen unternehmen können.

»Ist es nicht schön, die Kinder wieder im Haus zu haben?«, fragte Mafalda Maria.

Die kaute noch, schluckte herunter und antwortete: »Es ist wirklich schön zu wissen, dass sie wieder in ihrem alten Kinderzimmer bei mir ist.«

»Nur für den Moment!«, unterbrach Anna sie erschrocken und vielleicht einen Ton schärfer, als sie beabsichtigt hatte. »Die Rückkehr zu meinen alten Puppen und den vergilbten Boygroup-Postern an den Zimmerwänden ist nicht meine Vorstellung vom Erwachsenenleben nach dem Studium.«

Mafalda ignorierte Annas Bemerkung. »Ich hätte mir ja auch so sehr gewünscht, dass mein Pietro hier bei mir einzieht, als er seinen Posten auf Murano angetreten hat.«

Pietro blickte von seinem Teller auf, ließ fast sein Weinglas fallen und zeigte nach einer kurzen Schrecksekunde auf die Muranoglas-Stehlampe links von Mafaldas Anrichte. »Dann hätte er als Erstes dieses Monstrum von einer Stehlampe in den Sperrmüll geworfen.«

Jetzt war es an Mafalda, beleidigt zur Seite zu schauen.

»Hat die Bar Il Sole eigentlich schon wieder geöffnet?«, fragte Maria bemüht, das Gespräch auf ein unverfänglicheres Thema zu lenken.

»Seit heute.« Mafalda nickte eifrig. »Pünktlich wie jedes Jahr. Ich war heute Vormittag schon mit meinen Freundinnen auf eine *ombra* und einen *caffè* da.«

»Es ist nicht Frühling, bevor Sie drei nicht dort auf der Terrasse gesessen haben«, sagte Maria. »Sie, Alma und Linda?«

»Lucia«, verbesserte Mafalda.

»Richtig.« Maria nickte. »Wohnt bei ihr nicht dieser Beppo?«

»Beppe. Ja.« Mit ihrem Namensgedächtnis würde Maria es in Sachen Klatsch und Tratsch nie so weit bringen wie Mafalda.

»Ich habe gehört, dass er heute früh verhaftet worden ist. Er soll etwas mit diesem Bilderraub zu tun gehabt haben«, ergänzte Maria. Selbst ihre der Gerüchteküche sonst wenig zugeneigte Nachbarin hatten die Neuigkeiten des Tages bereits erreicht, bemerkte Mafalda schmunzelnd.

»Die Bilder wurden nicht geraubt, sie wurden beschädigt. Und ich kann mir nicht vorstellen, dass Beppe etwas damit zu tun hat«, erwiderte Mafalda leicht gereizt. Erst Pietros strenger Blick bedeutete ihr zu schweigen.

»Na, da wirst du ab Montag ja gleich etwas damit zu tun haben bei der Staatsanwaltschaft«, fuhr Maria an Anna gerichtet fort.

»*Beh* … Ich bin Praktikantin, Mamma, ich werde Kaffee kochen und die Papierkörbe leeren«, sagte Anna. Noch bevor Maria protestieren konnte, wandte sie sich an Pietro: »Werde ich dich dann häufiger sehen?«

Mafalda blickte Anna neugierig von der Seite an, weil sie sich keinen Reim darauf machen konnte, ob ihre Frage professioneller Natur war oder mit dem Thema ›unverheiratet‹ zusammenhing.

»Wir von den *Carabinieri* haben eigentlich recht wenig direkt mit der Staatsanwaltschaft zu tun«, antwortete Pietro ausweichend.

»Wie schade! Ihr habt euch immer so gut verstanden, als ihr noch Kinder wart«, sagte Mafalda und klatschte in die Hände. Pietro runzelte die Stirn, und Anna blickte ein wenig hilfesuchend zu ihrer Mutter.

»Es hat ganz wunderbar geschmeckt«, verkündete Maria, obwohl Anna und Pietro noch nicht aufgegessen hatten.

»*Grazie mille*, meine Liebe!«, sagte Mafalda dankbar über Marias Versuch, die Stimmung wieder etwas zu entkrampfen. Und an Pietro gerichtet: »Das könntest du jeden Abend haben.«

Der grinste frech. »Stehlampe, *nonna!*«

Mafalda stand auf, ging hinüber und strich der Bronzeputte sanft über den Kopf. »Die bleibt!«, verkündete sie wie immer trotzig und zwinkerte ihrem Enkel zu. »Dann gehe ich mal in die Küche, um die Krapfen zu machen.«

Aus dem Wohnzimmer konnte Mafalda sehr zu ihrem Bedauern nur ab und zu einen Satz aufschnappen. Das siedende Öl in der gusseisernen Pfanne auf dem Herd vor ihr, in die sie den Teig für die *fritole* goss, zischte immer wieder laut und übertönte die Gespräche aus dem Nachbarzimmer.

»Es ist doch nichts dabei, wenn du wieder bei deiner Mutter einziehst?«, hörte sie Maria etwas heftiger und mit einer Spur von Empörung sagen. Doch Anna protestierte lautstark. Sie hatte sich während des Studiums in Bologna sehr von dem aufgeweckten, aber folgsamen Mädchen zur selbstbewussten jungen Frau weiterentwickelt, dachte Mafalda.

Sie servierte die Krapfen zusammen mit dem *caffè*, natürlich ein Sakrileg, aber Mafalda brannte darauf, mit Pietro allein reden zu können. Eigentlich hatte sie deswegen geplant, die Küche erst morgen aufzuräumen. Doch nach dem Dessert bestand Maria darauf, ihr beim Abwasch zu helfen, und die beiden Frauen verschwanden in der Küche.

Anna, die jetzt allein mit Pietro am Tisch saß, beugte sich verschwörerisch zu ihm. »Du bist also nicht ganz richtig unverheiratet?«

»Nein ... ja ... doch ...«, stotterte Pietro.

»Ich dachte mir schon so was, weil Angelo ständig auf Facebook mit Bildern von euch beiden angibt«, sagte sie.

Pietro drehte sich zu ihr und schaute sie erstaunt an. »Ihr kennt euch?«

»Virtuell ja. Als klar wurde, dass ich hier wieder eine Zeit lang wohnen würde, bin ich in eine Murano-Gruppe reingegangen, um herauszufinden, was man jetzt hier unternehmen könnte.«

»Und?«, fragte Pietro.

»Nicht viel.« Anna lachte. »Aber das weißt du vermutlich schon. Jedenfalls bin ich so mit Angelo ins Gespräch gekommen. Wie lange seid ihr schon zusammen?«

»Über ein Jahr. Wir haben uns gerade eine gemeinsame Wohnung genommen«, flüsterte Pietro.

»Und deine *nonna?*«

»Die weiß von nichts«, flüsterte Pietro ihr zu.

»Das kann ich mir nicht vorstellen«, sagte Anna lachend. »Wenn jemand auf Murano jeden kennt und alles weiß, dann ist es *nonna* Mafalda Cinquetti!«

Mafalda spähte misstrauisch durch die Küchentür, den Spülschwamm noch in der schaumbedeckten rechten Hand, als sie ihren Namen hörte, und verschwand wieder.

»Als meine Mutter mich jedenfalls mehr oder weniger direkt mit dir verkuppeln wollte, war ich doch sehr gespannt, wie das funktionieren sollte«, fuhr Anna fort.

»Ach, deine Mutter auch?«, fragte Pietro.

»*Sì*. Wie vermutlich alle italienischen Mütter und Großmütter«, entgegnete Anna schulterzuckend. »Aber jetzt mal ehrlich, du solltest mit ihr reden.«

»Es gab noch keine Gelegenheit …«

»Das ist nicht exakt die Wortwahl, mit der Angelo es mir beschrieben hat.« Anna rollte mit den Augen.

Maria kam mit Mafalda aus der Küche zurück. »Habt ihr euch gut unterhalten, Kinder?«, wollte Mafalda wissen. Beide nickten brav. Mafalda hatte Maria nach dem Abwasch der Teller damit abgewimmelt, dass die Pfannen erst noch einweichen müssten. So waren sie schneller fertig geworden.

»Es war wieder köstlich, Signora Mafalda«, sagte Maria im Gehen. »Sie müssen mir unbedingt mal Ihr Geheimrezept für das *baccalà mantecato* verraten.«

»Ach, das steht doch in jedem Kochbuch«, antwortete Mafalda mit gespielter Bescheidenheit. Ihre geheimen Zutaten würde sie niemandem verraten.

Nachdem sich Anna und Maria wortreich verabschiedet hatten, eilte Mafalda ungeduldig zurück zum Esstisch, an dem Pietro schon wieder Platz genommen hatte.

Mafalda kam ohne Umschweife zur Sache. »Und was hast du jetzt über Beppes Verhaftung herausgefunden?«

Er schaute kurz erstaunt auf, lächelte dann und sagte: »Das kommt drauf an.«

»Das kommt drauf an? Worauf?«, fragte Mafalda entnervt.

»Ob ich die Schüssel mit dem Teig für die Krapfen auskratzen darf.« Pietro gluckste.

Mafalda hob die Hände zur Decke, rannte in die Küche und kam Sekunden später mit der Teigschüssel und einem Löffel zurück.

»Da! Ich habe sie extra beiseitegestellt. Maria wollte sie schon einweichen.« Sie stellte Schüssel und Löffel vor Pietro auf den Tisch. »Aber dafür will ich jetzt alle Details wissen.«

Pietro nickte und fing an, die Schüssel auszukratzen. »Eigentlich haben sie gar nichts gegen Beppe in der Hand. Zumindest soweit ich das beurteilen kann. Keine Ahnung, welcher Richter da einen Haftbefehl erlassen hat. Hätte Beppe einen guten Anwalt, wäre er morgen wieder draußen.«

Mafalda nickte erleichtert, als sie das hörte.

»Beppe ist wohl Mitglied in einem obskuren Internetforum«, fuhr Pietro fort. Als er Mafaldas fragenden Blick sah, fügte er hinzu: »Das ist wie so ein Anschlagbrett im Supermarkt, über das man Ideen, Verkäufe oder Meinungen austauschen kann. In diesem Fall geht es halt um teuflische Kunst.«

»Teuflische Kunst?« Mafalda war irritiert und kniff die Augen zusammen.

»Ja, so nennen sie es, teuflische Kunst«, wiederholte Pietro. »Es geht um Kunst, meist Akte, eher frivol und unzüchtig. Und das wären Werke des Satans. So habe ich es zumindest verstanden.«

»Und was heißt das genau?«

»Die protestieren gegen die Ausstellung dieser Dinge. Und gerade jetzt waren ein paar davon in der Sonderausstellung in Venedig, in der Peggy Guggenheim Collection. Zwei oder drei von den Chaoten haben wohl auch dazu aufgerufen, sie zu vernichten.«

»Beppe auch?«

»Nein, der nicht, der war immer nur stiller Mitleser in diesem Forum«, antwortete Pietro bestimmt. »Die Kuratorin des Museums wusste wohl Bescheid. Sie hatte bereits mehrere Drohbriefe erhalten, aber das Ganze als Spinnerei abgetan.«

»Und warum haben sie Beppe jetzt genau verhaftet? Sie müssen doch irgendwas als Begründung genannt haben?«

»Da wird es komisch«, meinte Pietro. »Er ist wohl das einzige Forenmitglied weit und breit, das auch nur annähernd aus Venedig oder Umgebung kommt.«

Mafalda runzelte die Stirn.

»Auch der zuständige Sergente vor Ort, mit dem ich telefoniert habe, findet, dass Beppe eigentlich gar nicht in das Bild passt, das er sich von dem oder den Tätern gemacht hat«, erzählte Pietro weiter. »Aber der neue Commissario drüben in Venedig muss wohl ein Riesentrottel sein. Der war schon jahrelang im Polizeidienst und musste deshalb wohl oder übel befördert werden, als die Stelle frei wurde.«

»Du denkst also, dass Beppe unschuldig ist?«, fragte Mafalda.

»*Certo, nonna.* Das passt alles hinten und vorne nicht zusammen. Der Commissario hat sich da eine Story zusammengepuzzelt, damit er möglichst schnell Erfolge vorweisen kann. Beppe ist unschuldig. Kein Zweifel.«

»Aber wer war es dann?«

»Da tappen sie auch drüben in Venedig im Dunkeln. Schon allein, weil der Commissario keine weiteren Ermittlungen wünscht. Für den ist der Fall erledigt.«

8

Nachdem Pietro gegangen war, lag Mafalda in der Nacht noch lange im Dunkeln wach und starrte an die Decke ihres Schlafzimmers. Vor dem Zubettgehen hatte sie noch ihre Küche auf Vordermann gebracht. Solche Unordnung ließ sie nicht gerne bis zum nächsten Tag liegen. Das Aufräumen hatte sie wieder wach gemacht. Das und die Neuigkeiten über Beppe, die Pietro ihr erzählt hatte. Statt zu schlafen, lag sie nun grübelnd im Bett.

Nachts herrschte auf der Laguneninsel eine beinahe gespenstische Stille. Mafalda konnte Katzen noch drei Blöcke weiter miauen hören. Und das beunruhigte sie, denn sie mochte Katzen nicht besonders. Doch es waren nicht die Katzen, die ihr den Schlaf raubten.

Früher hatte sie jederzeit auf Salvatore zählen können, wenn sie nicht schlafen konnte und Gedanken in ihrem Kopf kreisten. Auch heute griff sie aus alter Gewohnheit auf die Betthälfte neben ihr. Doch die war leer. Ein Salvatore, der sie hätte beruhigen können, war nicht mehr da. Schon lange nicht mehr. Sie seufzte.

Der Commissario in Venedig hielt den Fall für abgeschlossen, Beppe saß auf dem Festland in Untersuchungshaft. Und so, wie ihr verstorbener Mann immer über das italienische Justizsystem geschimpft hatte, würde das auch heißen, dass er ohne fremde Hilfe lange dableiben müsste und der Fall als »erledigt« zu den Akten gelegt werden würde. Die Versicherung würde für die Schäden aufkommen, und alle wären glücklich. Außer Beppe. Es sei denn …

Sie drehte sich auf die andere Seite.

Es sei denn, jemand würde Beppe helfen. Und eine große Ungerechtigkeit verhindern. Lucia würde es nicht tun. Zumindest nicht aus eigenem Antrieb. Helfen würde sie vielleicht, aber nicht von sich aus tätig werden.

Andere Freunde hatte Beppe nicht, jedenfalls keine, von denen Mafalda wusste. Und auch Lucia hatte in dieser Hinsicht nichts erwähnt.

Sie wälzte sich wieder zurück.

Wer blieb da noch außer ihr? Wer sonst könnte Beppe helfen?

Irgendwann schlief Mafalda dann doch noch ein. Erst als die ersten Sonnenstrahlen durch das Fenster hereinschienen, wurde sie wach. Wobei »wach« nach dieser Nacht eigentlich das falsche Wort war. Ein wenig traurig schaute sie auf die leere Betthälfte neben sich.

»Dich könnte ich jetzt gut gebrauchen«, sagte Mafalda, mehr zu sich als zu ihrem Salvatore.

Dann setzte sie sich im Bett auf und blinzelte in die Sonne. »Aber ich weiß, wo ich dich finden kann.«

Keine zwanzig Minuten später stand sie frisiert und angezogen auf dem *campo* vor ihrem Haus und marschierte schnurstracks durch die schmale *calle* zum Canal Grande di Murano. An der kleinen *bar* an der Ponte Longo, die den Kanal an seiner engsten Stelle überspannte, trank sie schnell einen Cappuccino im Stehen und einen *caffè doppio* dazu. Dann ging sie über die Brücke zum Anleger auf der anderen Kanalseite. Die lag zwar etwas weiter von ihrem Haus entfernt, doch hier warteten auch weniger Touristen. Und die Chance, noch einen Sitzplatz zu ergattern, war größer, bevor die Massen der Tagesbesucher den Wasserbus an der nächsten Haltestelle stürmten. Von denen gab es auch am Morgen schon reichlich.

Bis zur Friedhofsinsel San Michele waren es nur vier Haltestellen, aber sobald sie die schützenden Kanäle von Murano verlassen hatten, war Mafalda froh, dass sie saß. Die frischen Frühlingswinde peitschten das Flachwasser der Lagune zu ordentlichen Wellen auf, und das *vaporetto* nebst Passagieren wurde gründlich durchgeschüttelt. Sie hätte es wohl kaum an der Haltestelle San Michele aus dem schwankenden Schiff an Land geschafft, wenn ihr der *marinaio* nicht geholfen hätte, nachdem er das Boot am Anleger festgemacht und die Absperrung geöffnet hatte.

Am Blumenstand neben der Haltestelle kaufte sie zwei kleine Sträuße mit leuchtend blauen Vergissmeinnicht und marschierte mit einem Strauß in jeder Hand auf den Friedhof. Ihr erster Weg führte sie zu dem wuchtigen Ehrengrab der Polizei, in dem ihr Sohn beerdigt war. Sie legte einen Strauß darauf und strich liebevoll über den marmornen Grabstein.

Dann ging sie weiter zu den turmartigen Grabwänden am Rande des Geländes, in die die Verstorbenen aus Platzmangel nach Ablauf einer festen Frist umgebettet wurden. Die Insel war als Friedhof der gesamten Lagune schlicht zu klein. Wie in Taubenschlägen, wie in einer Hochhaussiedlung des Jenseits stapelten sich hier die Überreste der Verstorbenen dicht über- und nebeneinander. Mafalda hätte lieber das alte Grab ihres Mannes am Südrand der Friedhofsinsel behalten. Doch sie kannte die Regeln und wusste, dass die Verwaltung sie unerbittlich umsetzte. Auch als Venezianer musste man sich glücklich schätzen, wenn man für seine Angehörigen hier eine Grabstelle fand und nicht aufs Festland ausweichen musste.

In einer halbrunden Nische fand sie ihren Salvatore. Man hatte ihn gleich über den zänkischen Nachbarn, der früher in Marias Wohnung direkt unter Mafalda und Salvatore gewohnt hatte, umgebettet. Zeitlebens waren sie nicht miteinander ausgekommen. Doch auch hier war die Friedhofsverwaltung unerbittlich. Umgebettet wurde streng nach Registriernummer und Grabstelle, so unsinnig diese Regelung im Einzelfall auch war. Mafaldas Protest blieb ungehört.

»*Ciao*, Salvatore! Wie geht's dir?« Mafalda zog einen kleinen Hocker zu sich heran, den jemand an einem der Gräber weiter links hatte stehen lassen.

Sie steckte die Blumen in die kleine Vase, die auf halber Höhe an der Wand angebracht war, füllte sie mit Wasser aus einer blechernen Gießkanne, die immer in der Nische bereitstand, und setzte sich auf den Hocker.

»Oh, Salvatore! Heute Nacht hätte ich dich gut gebrauchen können«, fuhr sie fort. »Du kennst doch noch Beppe, der damals aus dem Waisenhaus nach Murano gekommen ist? Er ist in Schwierigkeiten, und ich will ihm helfen. Aber ich weiß nicht, wie und wo ich anfangen soll. Du hättest so was immer gewusst.« Sie strich mit der rechten Hand sanft über die quadratische Grabplatte.

»Und ich kann ja sonst niemanden fragen. Pietro mustert mich schon ganz misstrauisch. Lucia redet viel und tut wenig.«

Sie rutschte unruhig auf dem Hocker hin und her. Padre Osman, der junge Pfarrer ihrer Kirche auf Murano, war im hinteren Teil der Friedhofsinsel aufgetaucht. Mafalda hatte ihn aus dem Augenwinkel gesehen. Er war aber weitergegangen, ohne sie zu begrüßen. Sie würde sich bemerkbar machen müssen, wenn sie ihn sprechen wollte.

»Padre Osman, *buongiorno!*«, rief sie ihm zu und winkte euphorischer, als es vielleicht einem Ort wie einem Friedhof angemessen war. Sie stand auf und ging zu ihm hinüber.

»*Buongiorno*, Signora Mafalda«, grüßte er sie mit gedämpfter Stimme. »Ich hatte Sie schon gesehen, dann aber sprechen gehört. Da wollte ich nicht stören.«

»Ach was! Nichts als Alte-Frauen-Geschwätz. Ich habe

mit meinem verstorbenen Mann geredet. Aber er kann mir ja nicht mehr antworten, deshalb kann das auch warten.«

Die älteren Damen der Kirchengemeinde auf Murano hatten Padre Osman schnell ins Herz geschlossen, nachdem er die Pfarrstelle auf der Insel vor fünf Jahren angetreten hatte. Mafalda war davon nicht ausgenommen. Mit seiner jugendlichen Energie, die aus den wachen grünen Augen sprühte, hatte er sie alle mitgerissen und die Gemeinde neu belebt, während für seinen in den Ruhestand gegangenen Vorgänger die seelsorgerische Tätigkeit zuletzt viel zu oft nur eine Pflichtübung gewesen war. Die Zahl der regelmäßigen Kirchgänger hatte sich mehr als verdoppelt, seit hier jeden Sonntag nicht mehr lustlos eine fotokopierte Predigt vom Blatt abgelesen wurde. Mafalda selbst suchte immer häufiger Padre Osmans Rat, wenn sie nicht mehr weiterwusste und niemanden sonst fragen konnte.

»Sie wirkten sehr aufgebracht …«, bemerkte der Padre.

Mafalda stutzte kurz. »Sì, Padre, etwas hat mir den Schlaf geraubt letzte Nacht.«

»Darf ich fragen, worum es geht?«, fragte er vorsichtig.

»Sì, Sie dürfen.« Mafalda nahm ihn am Arm und führte ihn zu einer kleinen Bank, die auf einer sonnigen Lichtung inmitten der Friedhofsinsel stand.

Es dauerte eine ganze Weile, bis Mafalda ihm ihr Herz ausgeschüttet hatte. Nach einigem Nachdenken wiegte der Padre den Kopf. »Ich denke, es wäre fast eine Sünde, wenn Sie sich nicht einmischen würden«, sagte er dann.

Mafalda schaute ihn verdattert an.

Er bemerkte ihren fragenden Blick. »Nun ja, im Buch des Herrn steht geschrieben: ›Du sollst nicht falsch Zeugnis reden wider deinen Nächsten.‹ Und wäre es nicht eine Lüge, wenn man behaupten würde, dieser Beppe sei schuldig und Sie würden nichts unternehmen?«

Mafalda lächelte listig. »Das ist aber eine sehr pragmatische Auslegung der Zehn Gebote, Padre!«

Er hob die Hände. »Dieser Beppe ist ganz offensichtlich eine arme Seele, die ohne fremde Hilfe nicht mehr auf die rechte Bahn zurückfindet. Wenn Sie ihm helfen wollen – meinen Segen haben Sie.«

Mafalda nickte. »Nur … wo soll ich anfangen? Ich habe so was noch nie gemacht. Deshalb wollte ich hier meinen Salvatore fragen. Aber der kann mir ja leider nicht mehr antworten.«

»Fahren Sie hin. Ins Museum. Drängeln Sie sich rein, wenn es sein muss! Schauen Sie sich um, machen Sie sich ein Bild von der Lage. Von da aus werden sich die nächsten Schritte wie von selbst finden«, sagte der Padre. »Der Herr wird Sie leiten!«

Mafalda nickte wieder. Es war nicht so, dass ihr diese Idee nicht auch schon gekommen wäre. Aber erst Padre Osman hatte das alles so prägnant auf den Punkt gebracht und sie bestärkt.

»Ins Museum also?«, fragte sie mehr rhetorisch.

»In die Peggy Guggenheim Collection, ja«, bestätigte Padre Osman. »Schauen Sie sich aufmerksam dort um, und alles Weitere wird sich finden.«

Mafalda dankte ihm, verabschiedete sich und machte sich sofort auf den Rückweg nach Murano. Sie würde Hilfe brauchen, das war ihr klar. Um drüben in Venedig weiterzukommen, würde sie Almas lexikalisches Wissen und Lucias weltgewandtes Auftreten benötigen. Den Spürsinn und den feinen Instinkt brachte sie selbst mit. Klatsch und Tratsch auf Murano waren ihr Schule genug gewesen: So leicht konnte ihr niemand etwas vormachen.

Sie stieg schon beim Anleger Murano Navagero aus und ging direkt zu Almas Haus am Fondamenta Lorenzo Radi. Das Haus hatte eine Klingel, doch aus alter Gewohnheit benutzte sie die nicht. Stattdessen schrie sie laut Almas Namen zum angelehnten Fenster im ersten Stock. Einmal. Zweimal. Dreimal. Erst dann öffnete sich das Fenster, und Alma steckte ihren Kopf nach draußen.

»Was gibt es?«, rief Alma ungehalten nach unten.

»Ich gehe ins Museum. Morgen. Und du kommst mit! Lucia auch. Ich sag ihr gleich noch Bescheid«, rief Mafalda nach oben. »Wir treffen uns um neun am Anleger Navagero!«

Auf eine Antwort wartete sie nicht.

9

*W*ir hätten wirklich vorher noch in die Bar Il Sole auf einen *caffè* gehen sollen. Wieso die Eile?«, maulte Lucia undamenhaft, nachdem das *vaporetto* vom Anleger Murano Navagero abgelegt hatte. Neun Uhr war entschieden zu früh für ihre Verhältnisse. Alma schaute hilfesuchend zu Mafalda herüber, doch die verdrehte nur die Augen, als sie Lucia so lamentieren hörte.

Die Schnellbootlinie von Murano zur Piazza San Marco fuhr so früh im Jahr noch nicht. Sie mussten also wohl oder übel die normale Ringlinie nehmen, die vor jedem einzelnen Anleger stoppte, beim anschließenden Zusammenprall mit der Station alle Reisenden durchschüttelte, um sich dann ein oder zwei Minuten später wieder schwankend in Bewegung zu setzen. Dennoch würden sie bei den Giardini im Osten Venedigs noch einmal umsteigen müssen, um an ihr Ziel, den Anleger Santo Spirito, zu gelangen. Mehr als eine Stunde würden sie so unterwegs sein. Eine kleine Weltreise für sie. Oft machten sie das nicht.

Die Masse der Pendler hatte das Boot am Fondamenta

Nove verlassen, der ersten Haltestelle in Venedig von Murano aus gesehen. Die drei Frauen konnten sich nun im vorderen Teil des Bootes einander gegenübersetzen. Natürlich erst, nachdem Lucia unter lautem Hinweis, es würde ziehen, theatralisch sämtliche Fenster geschlossen hatte. Bis sie damit fertig war, fuhren sie schon an der steinernen Verteidigungsmauer des altehrwürdigen Arsenale im Nordosten der Stadt vorbei.

»Wonach suchen wir eigentlich genau?«, fragte Lucia, die in dem abgenutzten Plastikstuhl hin und her rutschte, um die beste Sitzposition zu finden.

Mit ihrem dunkelblauen Wollmantel und der farblich passenden Kappe auf dem Haar wäre sie auch für spontane Wintereinbrüche gut gerüstet gewesen. Dabei war für heute ein weiterer Frühlingstag angesagt, was sie jedoch nicht daran hinderte, beständig an ihrem hellblauen Seidenschal zu nesteln und jeden neuen Fahrgast lautstark darauf hinzuweisen, dass er die Fenster und Schiebetür geschlossen zu halten hätte.

»Wir werden sehen«, entgegnete Mafalda, die mit ihrem wattierten Mantel, der riesigen Handtasche und einem Schirm für den Fall der Fälle ausgestattet war. »Ich würde mir vor Ort gerne erst einmal ein Bild von der Lage machen. Schauen, ob mir etwas seltsam vorkommt. Auf eine Eingebung hoffen, wenn ihr so wollt.«

Alma schüttelte den Kopf. »Und wie sollen wir damit bitte Beppe helfen? Das verstehe ich nicht.«

»Wir müssen entweder klar seine Unschuld beweisen

oder für einen guten Anwalt Geld zusammenlegen, damit er wieder rauskommt«, erklärte Mafalda.

Lucia war schon immer recht gut betucht gewesen. Ihr eigenes und vor allem das Geld ihres Mannes Francesco und ihre kinderlose Ehe hatten ihr zeitlebens einen gehobeneren Lebensstil ermöglicht. Alma und Mafalda ging es nicht schlecht, die Pensionen ihrer verstorbenen Männer waren recht üppig. Zumindest gemessen an dem Zeitpunkt, an dem die beiden verwitwet und in Rente gegangen waren. Aber von diesem Geld einen Anwalt für Beppe zu finanzieren würde ihre Finanzen doch in eine Schieflage bringen. Sich selbst zunächst genau im Museum umzusehen war für den Moment eindeutig die günstigere Option.

»Ich habe mit Padre Osman gesprochen«, fuhr Mafalda nach einer kurzen Pause fort. »Er meinte, es könnte nicht schaden, sich in der Peggy Guggenheim Collection umzuschauen. Alles Weitere würde sich finden.«

»Die Wege des Herrn sind unergründlich«, murmelte Alma mit leichtem Spott vor sich hin, was ihr einen strengen Blick von Mafalda und Lucia einbrachte. Seit Alma es vor vielen Jahren nach zahlreichen vergeblichen Versuchen aufgegeben hatte, schwanger zu werden, hatte sie keine Kirche mehr von innen gesehen. Diesem Entschluss war sie auch treu geblieben, als ihr geliebter Mann vor neun Jahren von ihr gegangen war.

Mittlerweile war das aus rostigen Auspuffrohren dunklen Dieselruß ausstoßende *vaporetto* an den östlichsten Stadtteilen von Venedig angekommen. Rechter Hand erstreckte sich hinter der Haltestelle San Pietro di Castello die schier endlose Werft der städtischen Verkehrsbetriebe, in denen die Fährboote längst vergangener Baureihen neben denen vor sich hin rosteten, die dort auf ihren baldigen Einsatz warteten. Dazwischen wippten derzeit nicht gebrauchte Anlegestellen auf den Wellen, mit den kleinen Wartehäuschen oben darauf und der markanten orangefarbenen Beschilderung. Sie waren hier im Hafen vertäut und hofften auf bessere Tage.

»Wo hast du eigentlich deinen Stock gelassen, Alma?«, erkundigte sich Mafalda. Heute war von Almas Leiden nichts mehr zu sehen.

»Zu Hause. Damit er dort Wurzeln schlägt«, antwortete Alma ein wenig unwirsch.

»Eine Blitzheilung?«, fragte Mafalda lächelnd.

»*Beh* ... Jedenfalls kein Umzug in den Süden, wie ihn die Dottoressa empfohlen hat.« Alma fuchtelte abwehrend mit den Händen. »Nein, ich habe da ... ich habe etwas Neues.«

Hinter dem Hafen im Viertel Sant'Elena reckten sich die völlig unvenezianischen Mietskasernen aus den Siebzigerjahren, massig mit ihren vier Etagen, in den Himmel. Wer hier wohnte, mochte es klischeefrei, pragmatisch und preisgünstig. Touristen verirrten sich nicht in diese Gegend. Mafalda erinnerte sich dunkel, dass sie hier mal eine entfernte Verwandte besucht hatte. Eine Großcousine mütterlicherseits.

»Was genau hat Pietro über den Anschlag auf die Bilder herausgefunden?«, fragte Alma.

Mafalda stutzte kurz und konzentrierte sich dann wieder auf den Anlass der heutigen Fahrt. »Dass Beppe den Plan mit irgendwelchen Leuten im Internet abgesprochen hat. Das wäre teuflische Kunst, so hat Pietro es mir erzählt, und die dürfe man nicht ausstellen.«

»*Beh* … Beppe würde niemals was mit anderen Menschen zusammen machen, im Internet oder im echten Leben. Er hat in den zwanzig Jahren in meinem Gartenhaus nicht einen einzigen Menschen zu Besuch gehabt«, sagte Lucia.

»*Sì!* Das genau ist der Punkt.« Mafalda wippte mit dem ausgestreckten Zeigefinger in Lucias Richtung. »Er passt überhaupt nicht in das Bild, das die hohen Herren bei der Polizei sich vom Täter gemacht haben. Wenn wir das deutlich machen können, dann ist Beppe so gut wie raus.«

»Ist das nicht etwas sehr naiv gedacht? Wie sollen wir das *beweisen?* Wir, drei alte Schachteln?«, fragte Alma.

Mafalda schlug sich mit den flachen Händen auf die Oberschenkel und atmete tief aus. »Das, *cara mia*, hoffe ich, vor Ort herauszufinden.«

Das *vaporetto* schaukelte jetzt stärker. Gerade war es der Autofähre zum Lido begegnet, und die Bugwellen dieses deutlich größeren Schiffs schüttelten sie jetzt ordentlich durch. Hier draußen auf dem weit offenen Lagunenbecken zwischen Venedig und dem Lido war das Wasser immer rauer. Und die Begegnung mit Fähren oder gar riesigen Kreuzfahrtschiffen machte es nicht besser.

»War das gerade St. Elena?«, fragte Lucia.

Alma schaute angestrengt durch die beschlagenen Scheiben und versuchte, mit der Hand ein Guckloch frei zu wischen. Die elektronische Haltestellenanzeige, die die Stadt vor wenigen Jahren für ein kleines Vermögen hatte nachrüsten lassen, war schon im darauffolgenden Sommer wieder schrittweise außer Betrieb gegangen und mittlerweile auch akustisch endgültig verstummt.

»Ich denke schon«, sagte Alma und schaute aus den Fenstern auf der anderen Seite des Bootes. »Ja, da drüben liegen San Sèrvolo und die Universität. Die nächste Station ist dann Giardini. Da müssen wir raus.«

Mafalda zog sich am Haltegriff hinter ihrem Stuhl nach oben, während das *vaporetto* nach dem Ablegen vom Ufer schwankte. Ihre Freundinnen wollten sie zurückhalten, weil sie noch genügend Zeit bis zur nächsten Haltestelle hätten. Doch sie wussten es besser und blieben still. Mafalda hätte ohnehin nicht auf sie gehört. Erst kurz vor dem Anleger Giardini folgten sie ihr. Mafalda war von der Gischt schon ordentlich nass gespritzt worden. Sie hatte zunächst Mühe, an Land zu kommen, weil sich das Boot zwanzig Zentimeter auf und ab bewegte und der Anleger auch ordentlich schwankte. Erst zu dritt, sich bei den Händen fassend, schafften sie es mit einem beherzten Schritt an Land.

»Ich hätte sowieso nie gedacht, dass Beppe sich überhaupt für Kunst interessiert«, sagte Lucia, während die drei auf ihr Anschlussboot warteten. Sie nestelte wieder an ihrem Schal und zog ihn nach oben, um sich vor dem Wind zu schützen. »Damit ist er doch eigentlich schon raus, oder?«

»Nicht ganz«, entgegnete Mafalda und kniff den Mund zusammen. »Ganz genau habe ich das auch nicht verstanden. Aber weil Beppe in dieser Internetgruppe war, hat die Polizei ihn ja erst gefunden. Er war der einzige Venezianer da. Die haben gegen die Sonderausstellung und andere Bilder des Museums gehetzt, weil die irgendwie verwerflich oder anzüglich wären.«

»Das hätte ich ihm gar nicht zugetraut«, sagte Lucia sichtlich verblüfft und schaute auf die Lagune hinaus.

»Von solchen Chaoten gibt es immer mehr«, meinte Alma. »Die finden sich online, und dann schimpfen sie über alles, was elitär, erotisch oder sonst wie anzüglich ist. Das wären Werke des Teufels, sagen sie.«

Mafalda nickte. »So hat mir das Pietro auch erklärt.«

»Ich kann mir Beppe gar nicht bei so was vorstellen«, sagte Lucia.

»Du vergisst, wie leichtgläubig er immer war«, erwiderte Alma. »Er hat doch jede Woche etwas Neues gepredigt.«

»Aber ich denke auch, dass er da in irgendwas hineingeraten ist.« Mafalda lehnte sich nachdenklich zurück. »Das klingt alles viel zu verrückt für Beppe. Zumindest verrückter als alles, was er bisher getan hat.«

Das nächste Boot näherte sich dem Anleger, krachte mit immer noch halber Kraft gegen die Haltestelle, und die drei Damen wurden von der Wucht des Aufpralls beinahe umgeworfen. Mafalda blickte den Bootsmann vorwurfsvoll an, als sie das *vaporetto* betraten, doch der schaute durch sie hindurch.

Das Boot der Linie 6, das direkt vom Lido kam, war fast leer. Sie gingen die kleine Treppe links hinunter in den Innenraum und setzten sich auf die harten Plastikstühle. Diese Linie umfuhr die Touristenmassen an der Piazza San Marco und der Riva degli Schiavoni. Dafür musste man mit der feuchten Enge und dem rostigen Ambiente einer der älteren noch im Einsatz befindlichen Bootsgenerationen vorliebnehmen. Die Kabine war unbeheizt, und durch die im Wind klappernden Pendeltüren drangen kalte Luft und Wasserspritzer nach drinnen.

Die lauten Dieselmotoren ließen alles und jeden im Boot vibrieren und machten eine Unterhaltung unmöglich. Mafalda blickte hinüber zum noblen Fünfsternehotel Danieli, gleich neben dem Dogenpalast. Dort hatten sie und Salvatore ihre Hochzeitsnacht verbracht. Alle Verwandten hatten zusammengelegt, um den üppigen Preis – mehr als ein Monatsgehalt – für die eine Übernachtung bezahlen zu können. Dafür hatte sie auf einer Etage mit Elizabeth Taylor gewohnt, ein Umstand, der ihr damals den Schlaf geraubt hatte und auch noch Jahrzehnte später den wesentlichen Punkt ihrer Erzählungen von ihrer Hochzeit ausmachte.

Der Dogenpalast zog in einiger Entfernung an ihnen vorbei, der Campanile an der Piazza San Marco gleich danach und die Kirche von San Giorgio Maggiore mit dem kleinen Hafen voller sich im Wind hin und her bewegender Segelboote auf der anderen Seite.

Dazwischen schipperten *vaporetti*, Gondeln und Taxiboote durch das aufgewühlte Wasser, das der Kapitän mit stoischer Ruhe durchkreuzte, ohne auch nur ein einziges Mal von seinem Kurs abzuweichen. Sie hielten erst lange nach der Punta della Dogana, dem alten Zollamt von Venedig, an der Haltestelle Spirito Santo auf der dem Canal Grande abgewandten Seite des Viertels nur wenige Meter von der Peggy Guggenheim Collection entfernt.

Geschützt durch die gegenüberliegende Insel Giudecca war die Lagune hier etwas ruhiger, und Mafalda und Alma konnten ohne Hilfe aussteigen. Das hinderte Lucia freilich nicht daran, sich von dem jungen Bootsmann an Land helfen zu lassen und ihn liebenswürdig anzulächeln.

»Er könnte dein Enkel sein!«, tadelte Alma sie.

»Sie sagt, das gilt erst dann, wenn sie wirklich Enkel hat«, meinte Mafalda spitz.

»Dann eben ein Pfleger. Er würde einen vortrefflichen Pfleger abgeben.« Alma kicherte leise in sich hinein.

»Könnte ich jetzt bitte endlich einen *caffè* bekommen?«, nörgelte Lucia, ohne den bissigen Kommentaren ihrer beiden Freundinnen auch nur einen Hauch von Aufmerksamkeit zu schenken.

10

Pietros und Angelos Wohnung lag in einem schmucklosen, pastellgelb gestrichenen Neubau am Fondamenta Cristoforo Parmense im ruhigen Nordwesten von Murano. In diesem verschlafenen Winkel der Insel waren die Mieten noch billig, die Dächer weitgehend regendicht und die Mauern halbwegs trocken. Von den zwei kleinen Fenstern ihrer Dachwohnung im zweiten Stock hatten sie einen weiten Blick über die Lagune von Venedig bis hinüber zu den Schornsteinen und Hafenanlagen von Marghera auf dem Festland.

Pietro hatte sich einen gemütlichen Sonntagvormittag gemacht und ging – in zerknittertem T-Shirt und Boxershorts, mit zerzausten Haaren und einem frisch gebrühten Cappuccino in der Hand – aus der Küche in den nüchternen, weiß getünchten Flur mit dem hellen Terrazzoboden, als Angelo, der gerade vom Joggen zurückkam, die Wohnungstür öffnete und eintrat.

»Hallo Mitbewohner«, grüßte Angelo Pietro distanziert. »Wie war das Abendessen bei deiner Großmutter?«

Pietro zog eine Schnute. Er hatte keine Lust, auf Angelos Sticheleien einzugehen. »Es war wieder sehr lecker«, antwortete er ausweichend.

Angelo nickte. Doch in seinem Blick lag eine Spur von Verletztheit. »Bestimmt hat sie dir wieder ein nettes Mädchen zum Heiraten vorgestellt?«

»Du weißt, dass sie das nicht lassen kann.«

»Oh, ich wüsste einen Weg. Du könntest deinen Mitbewohner mal mit zum Essen nehmen.« Beim Wort »Mitbewohner« malte er Gänsefüßchen in die Luft und zeigte dann auf sich.

»Du weißt, dass sie noch nicht so weit ist«, antwortete Pietro müde.

»*Certo.* Sie ist Ende siebzig. Wie lange willst du noch warten? Und außerdem glaube ich, dass *du* es bist, der noch nicht so weit ist.«

Pietro schaute Angelo ein wenig verloren an.

»Glaubst du denn, sie ist blind?«, bohrte Angelo weiter. »Sie kennt uns schon ewig, sie weiß, dass wir hier zusammenwohnen. Und sie ist auch sonst über jeden Klatsch und Tratsch im Bilde, der hier auf der Insel die Runde macht.«

Pietro ging auf Angelo zu und küsste ihn. »Ich werde mit ihr reden. Versprochen!«

Angelo verdrehte die Augen, küsste Pietro zurück und tippt ihm mit dem Zeigefinger auf die Brust. »Nächstes Mal will ich mit zum Essen. Du sagst doch immer, was für eine tolle Köchin sie ist.«

»Du musst unter die Dusche.« Pietro gab Angelo einen Klaps und schob ihn in Richtung Badezimmer. Ihre Wellnessoase war zwar eigentlich eher eine fensterlose Waschdusche von weniger als zwei Quadratmetern als ein vollwertiges Badezimmer, aber sie erfüllte ihren Zweck.

Pietro nippte an seinem Kaffee und ging zurück in die Küche. Diese war nur ein langer Schlauch mit einer einfachen weißen Küchenzeile an der rechten Seite. Erst weiter hinten, vor dem Fenster zum Garten, wurde der Raum etwas weiter. Hier standen der schmale Küchentisch nebst zwei Stühlen, Espressomaschine und Toaster. Pietro stellte seine Tasse unter die Kaffeemaschine und wollte sich setzen, als sein Telefon klingelte. Es war Anna.

»*Ciao*, Anna. Wie geht's?«, sagte er, nachdem er das Gespräch angenommen und sich gesetzt hatte.

»*Ciao*, Pietro. Ich bin hier gerade auf der Arbeit und habe etwas für dich herausgefunden.«

»Auf der Arbeit? Es ist Sonntag!«, antwortete Pietro irritiert.

»*Sì*. Der ideale Wochentag, um ungestört in den Archiven und den Akten zu wühlen«, sagte sie.

»Sie lassen dich schon allein an ihr Allerheiligstes, ihre Aktenordner?«, fragte Pietro belustigt.

»*Sì*. Sie meinten, es wäre einfacher, wenn ich für alles Schlüssel hätte. Dann kann ich ihnen ohne fremde Hilfe überallhin Kaffee bringen. Das Jurastudium hat sich also schon gelohnt.«

»Und was hast du herausgefunden?«

»*Nonna* Mafalda und du, ihr seid doch an dieser Sache mit Beppe und den Bildern interessiert?«

Für einen Moment war Pietro sprachlos. »Darüber haben wir kaum gesprochen, als du da warst«, sagte er nach einer kurzen Pause zögerlich.

»Emilia aus der Bar Il Sole hat es mir erzählt. Außerdem habe ich Padre Osman getroffen. Der findet mich noch immer scharf und wollte mich wohl mit seinem Insiderwissen beeindrucken. Und den Rest hat mir Angelo gestern Abend berichtet.«

»Seit einer Woche zurück in Murano und schon wieder voll integriert.« Pietro lachte.

Angelo kam mit dem Duschhandtuch um die Hüfte aus dem Bad. Die Haare hatte er im Nacken mit einem Gummi zusammengehalten. Er zeigte mit fragendem Gesichtsausdruck auf das *telefonino*.

»A n n a«, formte Pietro lautlos mit den Lippen.

»*Ciao*, Anna!«, rief Angelo. Und leiser zu Pietro: »Stell doch mal auf laut.«

»Angelo, *ciao!*«, tönte es blechern aus dem Mobiltelefon.

»Also, was steht nun in deinen Akten?«, fragte Pietro, der leicht ungeduldig wurde.

Aus dem Telefon war lautes Tippen zu hören.

»Wir verwenden jetzt schon diese neuen Computer, weißt du?«, erwiderte Anna. »Auch wenn der Commissario meint, das wird sich nicht durchsetzen. Er möchte immer alles ausgedruckt vorgelegt bekommen.«

»Und welche Informationen finden sich in deinem Computer?«

»Kurz gesagt, dass dieser Beppe ein Bauernopfer ist. Der Commissario hier, der die Ermittlungen leitet ...«

»Luigi Alvise?«, hakte Pietro nach.

»Genau der«, antwortete Anna. »Der war eigentlich schon reif für die Rente, als er vor einem Jahr zum Commissario befördert worden ist. Aber nach vierzig Jahren im Job stand ihm die Beförderung wohl zu. Also mussten sie ihn wohl oder übel nehmen. Bürokratenlogik in Reinkultur.«

»So was hatte ich auch schon gehört«, meinte Pietro.

»*Sì*. Und der geht jetzt Ende des Monats wirklich in Rente. So wie das hier für mich aussieht, möchte er zum Abschluss noch schnell einen großen Ermittlungserfolg präsentieren.«

»Das heißt?«, fragte Pietro.

»Das heißt, dass ich hier schon beim oberflächlichen Lesen mehrere Punkte gefunden habe, die diesen Beppe vollkommen entlasten. Aber am Ende der Akte steht trotzdem, dass die Ermittlungen auf Anordnung des Commissario nach nur einem Tag eingestellt werden und eine Anklage gegen den Mann vorbereitet werden soll. Den Schaden an den Kunstwerken sollen die Versicherungen regeln, weil er keinerlei Vermögen hat.«

»Das kann er doch nicht machen!«, entfuhr es Pietro.

»Die Aktennotiz des Sergente, der das hier alles verfasst hat, klingt auch nicht so, als ob er mit dieser Entscheidung sehr glücklich wäre«, sagte Anna.

»Inwiefern?«, fragte Pietro.

Anna tippte und las dann vor: »Meine Empfehlung, entlastende Erkenntnisse zugunsten von Herrn Giuseppe Scarpa zu prüfen, wurde durch den Commissario abgelehnt und die Beendigung der Ermittlungen angeordnet.«

»Und das darf der einfach so?«, wollte Angelo wissen, der sich mit einer Tasse Tee und einem Schokoladencroissant an den Küchentisch gesetzt und die ganze Zeit aufmerksam zugehört hatte.

»Sagen wir es mal so«, antwortete Anna. »Ich bin jetzt erst seit einer Woche hier, aber der Führungsstil des Commissario scheint mir sehr antiquiert, fast monarchisch zu sein. Nach oben ins Ministerium buckelt er, und nach unten tritt er und duldet keinen Widerspruch.«

»Scheint ja ein angenehmer Zeitgenosse zu sein«, meinte Angelo, schob die Krümel seines Croissants mit der rechten Hand über den Küchentisch und über die Tischkante in die linke Hand und warf sie durch das offene Küchenfenster nach draußen.

»Ich hab zumindest in einer Woche hier noch niemanden getroffen, der etwas Gutes über ihn gesagt hätte«, ließ Anna sie wissen.

»Kannst du mir die Akte rüberschicken?«, fragte Pietro. »Bisher habe ich alles nur aus zweiter Hand. Ich bin über den Anschluss bei den *Carabinieri* nicht an alles rangekommen.«

»Ist schon unterwegs. Ich habe die Akte abfotografiert und dir geschickt. Aber von mir hast du das nicht!«

Just in diesem Moment fing Pietros *telefonino* an, wild zu vibrieren.

»Ja, versprochen. Es kommt gerade an. Danke für deine Mühe!« Er nahm sein Mobiltelefon in die Hand, um nachzuschauen.

»Sehen wir uns mal wieder?«, rief Angelo von der anderen Seite des Küchentischs herüber.

»Gern. Ich schreibe dir«, sagte Anna und verabschiedete sich.

Angelo hatte das Gummi aus seinen Haaren gelöst.

»Mach das nicht«, bat Pietro.

Angelo schaute ihn erstaunt an. »Was?«

»So gut aussehen«, antwortete Pietro.

»Bringt mir das eine Einladung zum Abendessen bei deiner Großmutter ein?«, fragte Angelo grinsend.

»Vielleicht. Ich denke darüber nach, *Mitbewohner*«, erwiderte Pietro, stand auf und ging ins Bad.

11

W ir sind doch gleich da!«, rief Mafalda und war schon in die kaum mannsbreite *calle* vorgeprescht, die sich von der Kaimauer neben der Anlegestelle Spirito Santo quer durch das Viertel in Richtung Canal Grande und der Peggy Guggenheim Collection zog. Lucias Bitte um Kaffee ignorierte sie noch immer geflissentlich. Zu nah war sie jetzt an ihrem Ziel, als dass sie nochmals eine Pause zu machen bereit gewesen wäre.

Ihr Weg führte sie durch einen Rundbogen unter einem Haus hindurch. Zur Linken folgte eine verwitterte Backsteinmauer auf die nächste. Nur kleine, schwarz vergitterte Fenster öffneten sich wie Bullaugen zur Gasse. Rechts, kaum einen Meter von der gegenüberliegenden Mauer entfernt, stand das nächste Haus, schmutzig grau verputzt. Es roch feucht, manchmal auch schimmelig, zuweilen auch nach Urin und Taubenkot. Lucia rümpfte die Nase, doch Mafalda schritt unbeirrt vorneweg, das Ende der schmalen *calle* als festes Ziel im Auge.

Einige Meter später wurde es heller. Ein kleiner Kanal

kam von links, bog direkt vor ihnen ab und folgte ihrem Weg geradeaus. An der Ecke gegenüber schaute ein Kind von einer Dachterrasse irritiert auf die drei Damen herunter. Mafalda bog links auf eine kleine Steinbrücke in eine weitere Gasse ab, und wenige Meter später standen sie vor dem Haupteingang der Peggy Guggenheim Collection, einem schmiedeeisernen Törchen mit der Nummer 701 darüber, die Tür eingefasst mit einem strahlend weißen Marmorrahmen.

Mafalda wandte sich entschuldigend nach hinten: »Wenn ich jetzt irgendwo stehen geblieben wäre, hätte ich mich hier vielleicht nicht mehr hineingetraut.«

Lucia, ohne Kaffee noch schlechter gelaunt als normalerweise um diese Uhrzeit, schaute finster. »Es ist ein Museum, meine Liebe! Sie öffnen für Besucher. So wie uns.«

»Ich habe so was noch nie gemacht«, sagte Mafalda, noch immer atemlos.

»Du bist noch nie in einem Museum gewesen?«, polterte Lucia, die sie bewusst missverstand.

Mafalda sah sie befremdet an. »Natürlich bin ich das. Aber nur als normale Besucherin.«

»Und wir sind ja keine normalen Besucher«, ergänzte Alma.

»Sag das denen da drinnen, und sie schmeißen uns gleich in hohem Bogen wieder raus!«, frotzelte Lucia.

»Lasst uns reingehen.« Mafalda drückte die Klinke des schmiedeeisernen Tors herunter.

Es öffnete sich quietschend, Mafalda schritt hindurch in den von hohen Mauern umgrenzten Garten und wollte dem Schild zur Kasse nach links folgen, um Eintrittskarten zu kaufen. Doch ein Streifenpolizist kam von rechts aus dem Hauptgebäude angerannt.

»*No*, Signora, Entschuldigung. Es ist geschlossen«, sagte er beflissen und zeigte auf die Tür. »Haben Sie das Schild nicht gesehen?«

Mafalda trat wieder aus der Tür nach draußen, kramte in ihrer Handtasche, zog ihre Lesebrille hervor und setzte sie auf. Da stand in der Tat in kleinen Buchstaben, von zarter Hand mit dünnem Stift geschrieben: Geschlossen.

»Hast du nicht angerufen, ob sie heute wieder offen haben?«, fragte Lucia ungehalten.

Mafalda nickte. »Natürlich. Ab zehn Uhr, sagte die Stimme auf dem Band. Und jetzt ist es …«

»Halb elf.« Alma runzelte die Stirn.

»Die werden die Ansage nicht ausgetauscht haben«, meinte Lucia.

Mafalda wandte sich an den Polizisten: »Sergente! Wir sind extra aus Murano angereist. Könnten wir nicht trotzdem …«

»Milano?«, fragte der Sergente zurück.

»Nein, Murano, nicht Milano«, antwortete Mafalda.

Der Hinweis auf die unglaublich weite Anreise beeindruckte ihn nicht sonderlich.

»Tut mir leid. Vielleicht morgen«, sagte er. Er schüttelte den Kopf und zog das Törchen wieder zu.

»Das hatte ich mir jetzt irgendwie anders vorgestellt«, meinte Mafalda leicht verdattert.

»Und dafür bin ich extra früh aufgestanden!«, beschwerte sich Lucia und ging langsam in die schmale Gasse zurück, über die sie gerade gekommen waren.

»Warte, Lucia. Ich werde ganz sicher nicht noch mal diese Weltreise mit dem *vaporetto* machen. Ich gehe zum Fondamente Nove und nehme das Boot ab dort«, sagte Alma und zeigte in die andere Richtung.

Mafalda war immer noch konsterniert, dass ihre Pläne sich so unvermittelt in Luft aufgelöst hatten, und blickte zwischen Alma und Lucia hin und her. »Lasst uns wenigstens das *vaporetto* ab Accademia bis Rialto nehmen und dann zu Fuß weitergehen«, sagte sie nach kurzem Nachdenken ein wenig abwesend.

Lucia nickte mit hängendem Kopf und nachlassender Energie und kam zu den beiden anderen zurück. Nach ein paar Metern bog die Gasse scharf nach rechts ab und folgte dem Ufer eines kleinen Kanals. Die Sonne stand mittlerweile so hoch, dass die Gebäude auf der anderen Seite hell angestrahlt wurden. Ihre Seite des Kanals lag aber im Schatten. Mafalda schob die Henkel ihrer Tasche über ihren Unterarm und steckte die Hände in die Taschen ihres Mantels, um sich ein wenig zu wärmen.

Am Ende des Kanals folgte eine weitere kleine Gasse, dann gingen sie über einen Platz und überquerten eine steinerne Brücke. Lucia schnaufte, hielt sich am Geländer fest und schaute kurz nach rechts, wo in einiger Entfernung die Fähren und Gondeln über den Canal Grande schipperten. Doch Alma und Mafalda waren schon einige Meter vorausgelaufen und schauten jetzt ungeduldig zurück zu Lucia, die ihre Hand nur widerwillig vom Geländer nahm und ihnen folgte. »Kommst du?«, riefen sie.

Die *calle* wurde jetzt immer enger. Hier mussten sie im Gänsemarsch gehen, um den ihnen entgegenkommenden Menschen ausweichen zu können.

»Ich kann nicht glauben, dass du dich nur auf die Bandansage des Museums verlassen hast!«, rief Lucia, die als Letzte kam, Mafalda nach vorne zu.

Alma, die als Erste lief, drehte kurz ihren Kopf nach hinten. »Und was wäre deine Alternative gewesen, Lucia?«

Lucia knurrte leise.

»Ich frage mich immer noch, ob es nicht einen anderen Weg hinein gegeben hätte«, überlegte Mafalda. Sie unterdrückte nur knapp ein »Wenn nur mein Salvatore noch da wäre!«, das ihr auf der Zunge lag.

»Morgen ist auch noch ein Tag«, murmelte Alma. »Irgendwann müssen sie ja wieder aufmachen.«

»Aber dann muss der arme Beppe noch eine weitere Nacht in Haft bleiben!«, protestierte Mafalda.

»Hattest du ernsthaft mit einem Blitzerfolg am ersten Tag gerechnet?«, fragte Lucia von hinten. Mafalda schwieg.

Während die drei in angestrengter Unterhaltung durch die *calle* marschierten, hatten sie ein ordentliches Tempo erreicht und ihre angestrengten Mienen und die Art, wie sie beim Reden miteinander alles und alle anderen ignorierten, hatte etwas Respekteinflößendes. Jedenfalls waren es jetzt die ihnen entgegenkommenden Touristen, die ihnen auswichen, und nicht umgekehrt.

Die Gasse endete irgendwann an einer breiteren Querstraße. Alma blieb unschlüssig stehen. »Rechts oder links?«

»Rechts. Da vorn ist die Haltestelle«, entgegnete Mafalda und ging voraus. Wenige Meter später sahen sie die hölzerne Brücke Ponte dell'Accademia und links daneben die Haltestellen der Vaporetti.

»Los!«, rief Mafalda. »Das Boot kommt gerade.«

Die drei bahnten sich ihren Weg durch die Menschenmenge zur Haltestelle, wo das Boot der Linie 2 angelegt hatte und die Fahrgäste schon an Land strömten. Wenig später gingen sie an Bord, dicht gedrängt zwischen den anderen Menschen. An einen Sitzplatz war nicht zu denken, schon ein stabiler Haltegriff war Luxus.

»Entschuldigung! Dürfte ich mal durch?« Resolut, wie sie sein konnte, bahnte Mafalda sich und ihren zwei Freundinnen den Weg zur anderen Seite des Bootes, wo sie drei Haltestellen später wieder aussteigen müssten. Mafalda und Alma klammerten sich an die Reling fest, und Lucia, die hinter ihnen stand, hielt sich abwechselnd an den Schultern ihrer Freundinnen fest, als sich das *vaporetto* ruckartig vom Ufer entfernte.

12

Die Silhouetten der Palazzi am Canal Grande zogen langsam an ihnen vorbei. Doch sie hatten keine Augen für diese Schönheiten, die alle anderen Passagiere der Touristenlinie mit offenem Mund staunend bewunderten. Mafalda hatte das Gefühl, Beppe, ihren Salvatore und die halbe Welt enttäuscht zu haben, und schaute verkniffen auf die sich kräuselnden Wellen an der Wasseroberfläche. An Almas grüblerischem Gesichtsausdruck konnte Mafalda ablesen, dass ihre Freundin gerade bis ins Detail durchrechnete, wie viel wohl ein Anwalt oder ein Detektiv für Beppes Fall kosten würde. Jemand, der anstelle von drei alten Damen die Arbeit der Profis machen konnte. Manchmal war sie wirklich leicht zu durchschauen. Lucias hektisch suchende Blicke zeigten deutlich, dass sie immer noch an nichts anderes als den ersten *caffè* dachte und auf der Suche nach der nächstbesten *bar* entlang des Weges war.

»Nächster Halt Rialto«, rief der Bootsmann laut über das Deck. Nicht dass man die in weitem Bogen den Kanal überspannende steinerne Rialtobrücke von hier aus übersehen konnte. Aber die 2 war die Touristenlinie, und da wusste man nie. Kurz vor dem Anleger musste das *vaporetto* noch einer Gondel und einem Taxiboot ausweichen und erreichte die Anlegestelle dadurch mit etwas mehr Geschwindigkeit als beabsichtigt.

Der Aufprall weckte Mafalda und Alma aus ihren Tagträumen. Lucia hatte Mühe, sich an ihnen festzuhalten. Wenig später wurden sie von den aussteigenden Menschenmassen nach draußen gedrängt, erst über den Anleger und dann noch weiter. Am Fuß der Rialtobrücke standen ein paar Tische vor einer kleinen *bar*. Und während die Touristenwalze weiter auf die Brücke zurollte, konnten die drei hier zur Seite ausweichen und für einen Moment stehen bleiben.

Alma atmete tief durch. »Wir müssen da lang.« Sie zeigte auf die *calle* hinter der Brücke.

Doch Lucia schüttelte energisch den Kopf. »Ich gehe keinen Schritt weiter ohne einen *caffè*«, sagte sie und setzte sich an einen der drei Tische.

Mafalda wollte protestieren, aber der Gedanke, einen Moment auszuruhen, war auch für sie gerade sehr verlockend. Und andere Sitzgelegenheiten gab es im weiteren Umfeld nicht.

So war es an Alma, lautstark zu protestieren. »Ja, bist du denn wahnsinnig geworden? Du kannst dich doch nicht in diese Touristen-Nepp-Bude setzen. Hier kostet ein Getränk mehr als deine Rente!«

»Keinen Meter weiter ohne *caffè!*«, wiederholte Lucia

und tippte energisch mit dem rechten Zeigefinger auf den Tisch.

Mafalda ließ sich zögerlich neben ihr nieder. »Vielleicht ... wenn wir nur einen *caffè* ...?«

Alma verdrehte die Augen, setzte sich auch und drehte sich dann in Richtung des Kellners. »Die Weinkarte für die beiden *principesse*, aber *presto!*«, rief sie.

»Nicht nötig«, rief Lucia dem Kellner zu. »Wir nehmen drei *caffè* und drei Prosecco vom Fass!«

Alma schaute sie entgeistert an. »Das mit der Weinkarte war ein Witz«, sagte sie einigermaßen konsterniert.

»*Beh* ... woher sollte ich das wissen?«, antwortete Lucia, winkte gespielt mit der rechten Hand und lächelte dabei nonchalant.

Plötzlich ertönten ein lauter Knall und lautes Geschrei auf dem Kanal direkt vor ihnen. Ein Taxiboot war mit einer Gondel zusammengestoßen, und das in der Gondel sitzende amerikanische Touristenpaar nur knapp dem sicher geglaubten Ertrinken entgangen. Der Gondoliere schrie den Taxifahrer an, und der schrie in gut italienischer Manier zurück. Die Amerikaner, die von alledem kein Wort verstanden, brüllten nun ihrerseits abwechselnd den Gondoliere und den Taxichauffeur an, was diese beiden erst verdutzt zur Kenntnis nahmen und dann gemeinsam die Amerikaner anschrien.

Am Ufer hatte sich eine stattliche Menschentraube gebildet, die dem wilden Treiben auf dem Wasser folgte. Auch ihr Kellner stand reglos mit dem Tablett auf dem Arm da und verfolgte das Geschehen.

Lucia schnippte mit den Fingern. »Entschuldigung, der Prosecco wird warm!«, rief sie zu ihm hinüber. Er quittierte dies mit einem verärgerten Blick und bahnte sich pflichtschuldig, das Tablett in die Höhe haltend, den Weg durch die Passanten.

»Eben hat sie noch behauptet, es wäre der Kaffee, ohne den sie den Tag nicht überleben würde«, zischte Alma Mafalda leise zu.

Der Kellner lud die Gläser und Tassen scheppernd auf dem Tisch ab und verschwand dann sofort wieder zu den anderen Gaffern am Rande des Kanals, noch bevor Mafalda »Mille grazie!« sagen konnte. Lucia nahm einen beherzten Schluck aus ihrem Prosecco-Glas und widmete sich erst dann ihrem caffè. Alma fummelte ihre Lesebrille aus der Jackentasche und warf einen misstrauischen Blick auf den Kassenzettel, der auf ihrer Untertasse lag, aufmerksam beäugt von Mafalda. Dass Alma beim Anblick des Betrages nicht ohnmächtig wurde, entschärfte Mafaldas schlechtes Gewissen ein wenig dafür, dass sie Lucia nachgegeben und der Kaffeepause an diesem sonst nur von Touristen bevölkerten Ort zugestimmt hatte.

Sie hob ihr Prosecco-Glas und prostete ihren beiden Freundinnen zu. »Auf Beppe und die Kunst! Und darauf, dass beide möglichst nichts miteinander zu tun haben.« Dem konnte auch Alma zustimmen, und Lucia hob ebenfalls ihr Glas, verschämt kichernd, weil sie den ersten Schluck Prosecco schon vor ihren Freundinnen genommen hatte.

Der Gondoliere hatte die beiden schimpfenden Amerikaner mittlerweile an Land abgesetzt. Ob auf seinen oder ihren Wunsch war in dem allgemeinen Durcheinander nicht auszumachen. Das Paar stand nun einigermaßen verschüchtert am Ufer auf der anderen Seite der Rialtobrücke, während der Gondoliere und der Taxifahrer einträchtig nebeneinander in Richtung San Marco davonfuhren und einander abfällige Bemerkungen über die *turisti* zuriefen.

Die Menschen am Ufer hatten sich zerstreut, und rund um die Brücke war so etwas wie Ruhe eingekehrt, so es denn so etwas an einem Ort wie diesem überhaupt gab. Mafalda hielt ihr Prosecco-Glas in der Hand und starrte einige Augenblicke ins Leere, bis direkt vor ihr ein weiteres Taxiboot durch die Brückenenge fuhr. In diesem Moment schoss es ihr blitzartig durch den Kopf: Keiner der Polizisten würde je einen Meter zu viel laufen! Alle würden sich mit dem Boot zum Museum bringen lassen. Am schmalen Anleger vor der Peggy Guggenheim Collection müsste es heute zugehen wie an einem Taubenschlag. Es wäre unmöglich, alle Ankommenden dort zu kontrollieren.

Mafalda schnellte hoch, leerte ihr Glas, kramte unter den erstaunten Blicken ihrer Freundinnen in ihrer Tasche und legte drei Scheine für die Rechnung auf die Untertasse. Sie winkte einem Bootsführer zu und rief: »Taxi!«

Almas Augen weiteten sich, und selbst Lucia rief entsetzt aus: »Ja, bist du denn komplett von Sinnen! Ein Taxi hier, bei den Preisen?«

Doch Mafalda beschwichtigte sie. »Vertraut mir! Das Taxi geht auf mich. Ich hatte da gerade eine Idee.«

Alma und Lucia sahen sich schulterzuckend an und folgten Mafalda leicht schwankenden Schrittes in das Taxiboot, das direkt neben ihnen angelegt hatte. Wobei das Schwanken womöglich auch dem Prosecco zuzuschreiben war.

»Kannst du uns bitte erklären, was es jetzt mit dieser Eskapade auf sich hat?«, fragte Alma aufgebracht, nachdem das Wassertaxi von der Kaimauer abgelegt hatte. Mafalda hatte nur flüchtig in Richtung San Marco gezeigt, was der Taxifahrer als Zeichen zum Ablegen verstanden hatte.

Sie drehte sich zurück zu Alma und nickte. »Ganz einfach. Beziehungsweise ich hoffe, dass es ganz einfach ist. Hast du jemals einen Beamten in Venedig zu Fuß gehen sehen?«

Alma schüttelte den Kopf. »*No.* Die lassen sich überallhin mit dem Boot kutschieren.«

»Genau«, antwortete Mafalda. »Und entsprechend viel Betrieb dürfte am Anleger des Guggenheim-Museums am Canal Grande herrschen.«

»Du meinst …« Alma sah mit zusammengekniffenen Augen weiter vor sich hin.

»Da könnte sie recht haben«, sagte Lucia und kam Mafalda zu Hilfe. »Ich bin vor Jahren mal mit dem *vaporetto* vorbeigefahren, als sie eine offizielle Veranstaltung hatten. Da ist niemand zu Fuß gekommen, alle mit dem Boot.«

»Und was sagen wir, wenn uns jemand fragt, wer wir sind?«, erkundigte sich Alma noch immer zweifelnd.

»Das Sondereinsatzkommando der Terrorabwehr aus Rom zum Beispiel«, erwiderte Mafalda.

»W-was?«, stotterte Alma.

»Natürlich nicht«, sagte Mafalda leicht verärgert, drehte sich weg und schaute auf das offene Wasser. »Wir könnten sagen, wir seien Expertinnen für die Versicherungen der Kunstwerke.«

»Welcher Versicherung?«, fragte Alma.

»Mal der, mal der«, sagte Lucia. »Immer der anderen. Das könnte klappen.«

Mafalda deutete mit ihrer linken Hand in Lucias Richtung. »Mal die, mal die, siehst du«, sagte sie zu Alma.

»Ist das nicht illegal?«, wollte Alma wissen.

»Nicht wenn die Türen sperrangelweit offen stehen und sie jeden reinlassen«, sagte Lucia.

Das Taxi war mittlerweile den Canal Grande entlang am Ca' Rezzonico vorbeigefahren, Alma würde sich also bald entscheiden müssen. Viel Zeit blieb ihr bis zur Ankunft am Museum nicht mehr.

»Einverstanden«, sagte sie mit einigem Zögern. »Aber ich weiß von nichts, wenn sie uns erwischen.«

Mafalda drehte sich in Fahrtrichtung. »*Al museo* Peggy Guggenheim«, sagte sie zu dem Fahrer, der stramm und aufrecht im schwarzen Anzug hinter dem Steuerrad stand.

»*Direttamente?*«, fragte der zurück.

»*Sì!* Direkt zum Anleger«, antwortete Mafalda. Und: »*Quanto costa?*«

»Sechzig Euro«, antwortete der Chauffeur.

Mafalda seufzte, nahm drei weitere Scheine aus ihrer Tasche und gab sie dem Taxifahrer. Sie hoffte nur, dass dieses teure Vergnügen seinen Preis wert wäre.

Am Museum angekommen stauten sich schon mehrere Boote an dem kleinen Anleger. Nach einigen Augenblicken des Wartens und emsigen Kommens und Gehens konnten sie endlich anlegen und aussteigen. Niemand fragte sie, wer sie waren oder was sie hier wollten.

»Lasst mich das mal machen«, sagte Lucia und ging als Erste die Treppen nach oben.

Alma folgte dicht hinter ihr, den Kopf leicht gesenkt, als ob man sie so weniger sehen könnte. Lucia betrachtete im Vorbeigehen mit einer Mischung aus Neugier und Abscheu die abstrakte Skulptur eines nackten Mannes, der auf einem Pferd saß und dessen Mannespracht sich deutlich hervorhob.

»Es heißt *L'Angelo della Città*, ›Der Engel der Stadt‹, und ist von Mario Marini. Ein Kunstwerk von Weltrang. Und nicht, was du wieder denkst«, zischte Alma, der Lucias Blick nicht entgangen war.

»Na, ich weiß ja nicht«, entgegnete Lucia, schüttelte uneinsichtig den Kopf und ging weiter vor ihren Freundinnen her.

»An deiner Rolle als Kunstexpertin musst du noch arbeiten«, flüsterte Alma schnippisch in Lucias Richtung.

»Sssh!«, machte Mafalda gleichermaßen nervös wie verärgert.

Die Tür von der Wasserseite aus hatten sie durchschritten, und niemand hatte sie nach ihrem Anliegen gefragt oder sie am Betreten gehindert. Mafalda schaute sich unschlüssig um, wo sie mit ihrer Suche beginnen sollten.

»Die Sonderausstellung ist im Gartenhaus.« Alma zeigte

auf die Tür mit der Aufschrift *Giardino* auf der anderen Seite des Gebäudes.

Lucia ging wortlos voraus durch die doppelte Flügeltür, und die beiden anderen folgten ihr in den gepflasterten Garten. Der Polizist, der sie vorhin am Eingang für Fußgänger zurückgewiesen hatte, beachtete sie nicht. Auch die anderen Dienstbeflissenen mit und ohne Uniform auf dem Gelände – und derer gab es viele – liefen unablässig mit wichtigtuerischen Mienen durch die Gebäude und den Außenbereich, ohne einander oder die drei Frauen zu beachten.

Wann immer sie an einer der Skulpturen im Garten vorbeikamen, schaute Lucia kurz abfällig darauf und rümpfte die Nase.

»Du weißt schon, dass wir da sind, um zu beweisen, dass es keine Werke des Teufels sind, *cara mia?*«, tadelte Mafalda sie.

»Trotzdem … mein Geschmack ist es nicht«, antwortete die Gescholtene und schaute wenig erfreut auf das Standbild zweier nackter Frauen, eine auf dem Schoß der anderen sitzend. »*Luciano Minguzzi. Due figure*«, las sie von dem im Boden eingelassenen Messingschild vor. »Komische Figuren«, murmelte sie vor sich hin.

Gerade als sie das Gartenhaus betreten wollten, kam eine mehr als gertenschlanke Frau im mausgrauen Kostüm auf sie zu. »Darf ich fragen, wer Sie sind?«

»Expertinnen. Für die Versicherung«, erwiderte Lucia mit ungerührter Miene wie aus der Pistole geschossen.

»Gut, dass Sie endlich da sind! Ich bin Simonetta Dal Bosco, die Kuratorin des Museums. Sie sind bestimmt wegen dem Fini da? Kommen Sie.« Sie öffnete die Tür zum Gartenhaus und ging ihnen voraus. Alma, Lucia und Mafalda schauten sich kurz verblüfft an und folgten ihr. So einfach hatten sie es sich nicht vorgestellt, hier vorgelassen zu werden.

»Da ist es.« Signora Dal Bosco zeigte auf ein Gemälde an der gegenüberliegenden Wand, kaum größer als eine Zeitung. »*Shepherdess over the Sphinxes.* Hirtin über den Sphinxen. Von Leonor Fini. Es hängt sonst drüben im Hauptgebäude. Aber jetzt haben wir es hier herübergeholt, weil es thematisch so gut zur Sonderausstellung passt.«

Alma schaute ehrfürchtig auf das Gemälde der halb nackten Frau mit dem Hirtenstab, die über eine Reihe barbusiger Fabelwesen, halb Löwinnen, halb Frauen, wachte. Mafalda sah sofort einen dunklen Fleck über der Brust einer der Sphinxen, fast genau wie der, den sie auf ihr Toskana-Gemälde gemacht hatte. Sie beugte sich vor und begutachtete den Fleck aus der Nähe.

»Ist es nicht eine Schande?«, rief die Kuratorin, die Mafaldas Blick gefolgt war. »Wie kann man so etwas nur einem solchen Kunstwerk antun?«

»Haben Sie hier irgendwelche Kameras?«, erkundigte sich Lucia und sah sich in dem Raum um.

»Nicht hier im Gartenhaus. Noch nicht«, antwortete Signora Dal Bosco sichtlich betreten. »Im Haupthaus ist die neue Anlage fast fertig. Hier sollten nächsten Monat die Arbeiten beginnen.«

»Fast bedeutet nicht, oder?«, hakte Lucia nach, und die Museumskuratorin nickte betreten.

»Und da leihen Ihnen die Museen einfach so ihre wertvollsten Bilder aus? Ohne Absicherung?«, rief Alma ungläubig.

»Es waren ja immer Aufsichten anwesend«, erwiderte Signora Dal Bosco zögerlich und verknotete die manikürten Finger. »Das war ja der wesentliche Teil des Sicherheitskonzepts.«

»Am Donnerstag auch?«, fragte Lucia.

Die Museumskuratorin wich Lucias Blick aus und schaute zu Boden. »Nicht alle … leider«, antwortete sie. »Zwei waren krank, und die Agentur konnte so schnell keine Vertretung schicken. Also musste eine Aufsicht auf beide Häuser und den Garten aufpassen.«

»Unglaublich!«, stöhnte Mafalda und verdrehte die Augen. »Keine Kameras und keine Aufsichten. Und da machen Sie trotzdem auf?« Ohne Aufzeichnungen und Zeugen würde Beppes Unschuld nur schwer zu beweisen sein.

Signora Dal Bosco wurde das Gespräch zusehends unangenehm. Die Idee zu schließen, weil sie nicht genügend Personal hatte, war ihr offenbar nicht gekommen.

»Schauen Sie sich ruhig um«, wechselte sie das Thema. »Ich bin im Haupthaus, wenn Sie mich noch brauchen.« Sie flüchtete durch die Tür zum Garten, ohne eine Antwort abzuwarten.

»Ich hatte es mir schlimmer vorgestellt«, meinte Mafalda nach kurzer Pause.

»Was?«, fragte Alma. »Die magere Bohnenstange eben? Die *war* schlimm!«

»*No!* Den Fleck. Den Schaden.« Mafalda zeigte auf die dunkle Stelle auf dem Bild. »Ich hab das zu Hause mal kurz ausprobiert, und da sah es schlimmer aus.«

»Kaum zu glauben, dass sie hier keinerlei Kameras und nur Aufsichten haben«, sagte Lucia und schaute sich nochmals im Raum um.

»Das scheint mir nicht das einzige Problem zu sein«, erklärte Alma. »Uns lassen sie ohne Aufsicht allein. Wir könnten jedes der Bilder aus dem Rahmen nehmen und in unsere Handtaschen stopfen.«

Außer den dreien war niemand im Gartenhaus, das einst Peggy Guggenheim bewohnt hatte, bevor man es nach ihrem Tod zum Ausstellungsraum umgebaut hatte.

»*Beh* ... wir sind über das Wasser gekommen. Auf diesem Weg kommen nur die guten Menschen. Diebe schleichen sich durch das Tor zur *calle* herein.« Mafalda hob lächelnd die Hände. Lucia konnte sich ein Kichern nicht verkneifen.

»Ist das das einzige Bild, das hier beschädigt ist?«, fragte Alma und lief durch die angrenzenden Räume.

Mafalda schaute kritisch auf den schwärzlichen Fleck, der die Brüste eines der Zwitterwesen aus Löwin und Frau bedeckte. »Nach dem, was sie im Radio gesagt haben, hatte ich mir die Schäden deutlich größer vorgestellt.« Sie unterdrückte nur mühsam den Impuls, ihr Taschentuch aus der Handtasche zu nehmen und dem Fleck mit Tuch und Spucke zu Leibe zu rücken.

»Wenn es keinerlei Videoaufzeichnungen gibt, wie sollen wir dann Beppes Unschuld beweisen?«, fragte Lucia und starrte einigermaßen ratlos durch das Fenster in den Garten.

»Wenn es Videoaufzeichnungen gegeben hätte, dann hätte die Polizei die sowieso schon ausgewertet«, antwortete Mafalda. »Aber vielleicht erfahren wir von den Aufsichten noch etwas.« In Almas Richtung fügte sie hinzu: »Hast du noch andere Schäden gefunden?«

»Nein, nichts«, rief Alma aus dem Nebenraum. »Der Fleck auf der Sphinx ist der einzige hier.«

»Dann lasst uns drüben im Haupthaus nachschauen. Vielleicht werden wir ja da noch fündig.« Mafalda öffnete die Tür zum Garten und ging ihren beiden Freundinnen voraus nach draußen.

An der *Due-Figure*-Skulptur im Garten war mittlerweile eine Studentin mit Bürste und einem Eimer voll Seifenlauge zugange. Offenbar hatte diese auch etwas von dem Schmutzöl abbekommen, und Mafalda und ihre Freundinnen hatten es vorhin nicht gesehen. Lucia blickte ungläubig die junge Frau an, die mit der Bürste hingebungsvoll die Brüste der beiden Figuren bearbeitete.

Mafalda wollte schon die Tür zum Hauptgebäude öffnen, als sich Lucia an ihr vorbeidrängte. »Wir hatten gesagt, ich gehe voran«, sagte sie, und Mafalda musste es wohl oder übel akzeptieren.

Kaum hatten sie das Haupthaus betreten, stürzte Signora Dal Bosco auf sie zu. »Ich hatte Sie vorhin gar nicht nach Ihren Namen gefragt. Sie sind …?«

Unrechtmäßig hier eingedrungen, dachte Mafalda und sah sich schon mit Schimpf und Schande im hohen Bogen rausgeworfen werden.

Die direkte Art, mit der die Kuratorin auf sie zukam, traf die drei Frauen unvorbereitet. Offenbar hatte sie sich entschieden, in die Offensive zu gehen. Mafalda schob Lucia, die ohnehin schon vor ihren beiden Freundinnen stand, noch ein kleines Stückchen weiter nach vorn und ließ so keinen Zweifel daran, dass sie nicht die Absicht hatte, selbst zu antworten.

»Ich … ich bin Lucia …« Lucia schaute sich hilfesuchend im Raum um. Auf die Idee, sich vorab eine falsche Identität für ihre Ermittlungen zurechtzulegen, war keine von ihnen gekommen. Ihr suchender Blick fiel durch die geöffnete Tür auf den Canal Grande und die hölzerne Accademia-Brücke im Hintergrund. »Lucia Dal Ponte«, platzte es gerade noch rechtzeitig heraus, bevor ihr Stottern Misstrauen erwecken konnte. »Versicherungsexpertin. Ich bin hier, um den Schaden zu begutachten. Mit meinen Assistentinnen«, fügte sie schon deutlich selbstsicherer hinzu. Sie hatte zu ihrer Rolle zurückgefunden.

»Sehr erfreut«, antwortete die Kuratorin und schaute irritiert zwischen Mafalda und Alma hin und her, als wundere sie sich, warum die beiden in ihrem Alter noch arbeiteten. Andererseits beruhte Kunstexpertise oft auf jahrelanger Erfahrung, und deshalb waren drei ältere Damen als Expertinnen für die Versicherer von Kunstwerken nicht gänzlich unwahrscheinlich.

Auch Mafalda musterte Simonetta Dal Bosco jetzt genauer. Wenn es keine Videoaufzeichnungen gab, dann würde der Weg zum Beweis von Beppes Unschuld wohl nicht an dieser Frau vorbeiführen. Schmal wie eine Zypresse stand sie in ihrem hellgrauen Tweedkostüm vor ihnen, mit ihrem dunkelgrauen Halstuch, den streng zum Pferdeschwanz nach hinten gebundenen grau-schwarzen Haaren und keiner Spur von Make-up oder Lippenstift in dem von kleinen Falten gezeichneten Gesicht. Fast wie ein Stummfilmstar aus einem Schwarz-Weiß-Film, der sich im Jahrhundert geirrt hat.

»Welche Kunstwerke sind denn noch betroffen?« Lucia schaute sich suchend im kleinen Hauptraum des Gebäudes um.

»Neben dem Fini, den Sie schon gesehen haben, und einer Minguzzi-Skulptur im Garten noch ein Bild von Max Ernst aus dem Haupthaus.« Sie zeigte in die dem Gartenhaus gegenüberliegende Richtung. »Das haben wir schon zum Restaurator gebracht.«

Mafalda konnte sich des Eindrucks nicht erwehren, dass Signora Dal Bosco irgendetwas an ihnen seltsam vorkam. Die Kuratorin musterte die drei Freundinnen kritisch. »Wenn Sie wegen dem Fini hier sind, dann möchten Sie sich vermutlich auch noch vom Zustand des anderen Finis, *Petit Sphinx Hermite*, kleine Einsiedlersphinx, überzeugen?«

Lucia wollte schon nicken, als Alma ihr ins Wort fiel: »Aber der hängt doch in der Tate Gallery in London?«

Signora Dal Bosco lächelte gekünstelt. »Oh ja, natürlich, das habe ich wohl durcheinandergebracht«, entgegnete sie. Diesen Test hatten sie bestanden.

»Ich hatte es mir irgendwie schlimmer vorgestellt«, warf Mafalda nachdenklich ein.

»Wir haben Glück gehabt«, sagte die Kuratorin, und ihr Lächeln wirkte fast ein wenig erleichtert. »Von der Skulptur werden wir wohl alles abwaschen können. Und die beiden Bilder werden sich wohl wieder in den alten Zustand zurückversetzen lassen.«

»Welches Bild hing denn da?« Mafalda zeigte auf einen leeren Fleck zwischen zwei Bildern an der Wand zu ihrer Linken.

»Wie meinen Sie?«

Mafalda ging näher an die Wand heran. Die Bilder der Ausstellung waren mit Drähten an Schienen an der Decke befestigt, dadurch gab es keine Nägel und Löcher in den Wänden an Stellen, an denen früher einmal Bilder gehangen hatten.

Und dennoch vermeinte Mafalda einen winzigen Farbunterschied an der Wand zu erkennen. So als wäre die Wandfarbe hinter einem Bild weniger stark ausgeblichen als daneben. Genau wie bei dem Ölgemälde von der Toskana, das lange in ihrem Wohnzimmer hing, bevor sie es irgendwann abgenommen und hinter die Anrichte gestopft hatte: Das Nagelloch hatte sie mit Zahncreme verfüllen können. Doch die Wand war da, wo das Bild gehangen hatte, für immer ein wenig heller geblieben. Das hatte sie irgendwann so in den Wahnsinn getrieben, dass sie die ganze Wand hatte streichen lassen.

»Da hat doch ein Bild gehangen«, hakte Mafalda nach. »Wurde das auch beschädigt und schon zur Restaurierung gebracht?«

»Nein, ganz sicher nicht. Da war nichts«, antwortete Signora Dal Bosco lächelnd. »Wie kommen Sie darauf?«

»Nur so ein Gefühl.« Mafalda musterte die Wand misstrauisch.

»Nein, nein, da müssen Sie sich irren.« Simonetta blickte hilfesuchend zu ihrem Assistenten, der gerade hinter ihr den Raum betreten hatte. »Bitte haben Sie Verständnis, meine Damen. Die Herren von der Polizei wollten mich noch mal sprechen. Wenn Sie noch Fragen haben, rufen Sie mich doch die nächsten Tage an, oder schreiben Sie mir. Am besten schreiben Sie. Dann können wir alles auf dem Dienstweg klären. Oder schauen Sie in die Unterlagen hier. Da finden Sie auch alles, was Sie wissen müssen.«

Ohne weitere Verabschiedung nahm sie ihrem Assistenten ein dünnes Mäppchen ab und reichte es Lucia herüber. Dann drehte sie sich auf dem Absatz um, deutete ihrem Mitarbeiter mit dem Arm in Richtung der Eingangstür und verschwand Augenblicke später mit ihm außer Sichtweite. Nur das laute Klappern ihrer Absätze auf dem abgenutzten Parkettboden war noch zu hören, als sie schon längst im Nebenraum verschwunden war.

»Hier ist etwas faul«, raunte Mafalda ihren Freundinnen mit gedämpfter Stimme zu.

»Nicht hier«, zischte Lucia und bedeutete ihr zu schweigen. Sie nahm Alma beim Arm und schob sie Richtung Ausgang zur Kanalterrasse. »Lasst uns gehen.«

Draußen angekommen protestierte Alma: »Du willst doch nicht schon wieder so ein sündhaft teures Taxi nehmen.«

»Sssh!«, fuhr Mafalda sie von hinten an. Und Lucia flüsterte ihr zu: »Willst du durch den Besuchereingang gehen und dich verdächtig machen?« Auf eine Antwort wartete sie nicht und winkte gleich das nächste Taxiboot heran.

Kaum waren sie eingestiegen und hatten abgelegt, fing Mafalda wieder an zu poltern. »Da ist doch was faul! Ich bin sicher, dass da an der Wand ein Bild gehangen hat. Und habt ihr die Schäden gesehen? Den an der Statue putzen sie schon wieder weg, und die anderen würde ich wahrscheinlich auch mit Lappen und Spülmittel wieder wegbekommen! Und deswegen sitzt Beppe im Gefängnis?«

»Wohin möchten Sie?«, fragte der Taxifahrer von vorn. Erst in diesem Moment bemerkten sie, dass sie in das Boot eingestiegen waren, ohne dem Fahrer ein Ziel zu nennen. Mafalda hatte nur flüchtig in Richtung Rialto gedeutet.

Alma fasste sich zuerst. »All'Accademia«, sagte sie, und der Taxifahrer schaute sie wegen des nur wenige hundert Meter entfernten Fahrziels abfällig an. Lucia drückte ihm wortlos zwanzig Euro in die Hand, die dieser erst entgeistert anschaute, sie dann in seine Tasche steckte und kopfschüttelnd die Fahrt fortsetzte, ohne den Betrag ins Taxameter einzutippen. Zwei Minuten später standen sie direkt an der Accademia-Brücke wieder an Land.

13

*A*ngelo steckte sich einen frittierten Tintenfischring in den Mund. »Und es gibt überhaupt keine konkreten Beweise? Nur Indizien?«, fragte er Pietro immer noch kauend.

Über ihnen kreisten laut gurrend mehrere Möwen, jeden Moment bereit, auf den Teller niederzustürzen und mit der Beute von dannen zu fliegen. Doch solange sich Angelo an seinem Essen zu schaffen machte, trauten sie sich nicht heran.

»Soweit ich das sehen kann – nichts«, erwiderte Pietro mit zusammengekniffenen Augen über die ausgedruckten Akten gebeugt, die Anna ihm zugeschickt hatte.

Seine Brille hatte er zu Hause aus reiner Schusseligkeit gepaart mit einer Portion Eitelkeit vergessen. Trotz der hellen Nachmittagssonne hier auf dem *campo* vor der Bar Il Sole hatte er einige Mühe, die abfotografierten und dann wieder ausgedruckten Seiten und die handschriftlichen Zusätze zu entziffern. Angelo und er waren wie fast jeden Sonntag hergekommen, um zu frühstücken. Und wie fast jeden Sonntag war es früher Nachmittag geworden, bis sie eingetroffen waren.

»Sie haben keinen Beweis, dass Beppe in der Guggenheim Collection war. Er hat ausgesagt, dass er den Donnerstag zu Hause verbracht hat. Allein, wie immer. Also auch ohne Zeugen«, fuhr Pietro fort und raschelte mit den Blättern.

»Und wie haben sie es damit geschafft, den Richter zu überzeugen?«, fragte Angelo, zerdrückte nochmals das Zitronenviertel über den auf braunem Papier liegenden Tintenfischringen und steckte sich einen weiteren Bissen in den Mund.

»Sie haben das Drohschreiben von dieser Internetgruppe an das Museum. Custode della Virtù, Wächter der Tugend, nennen die sich. Und das ist wohl authentisch«, entgegnete Pietro und blätterte weiter.

In diesem Moment kam Emilia mit zwei neuen *cappuccini* an den Tisch der beiden. Sie hatte nur »Beppe« gehört, aber das reichte für sie aus, um sich einzumischen.

»Wie geht es Beppe? Ist er immer noch im Gefängnis?«, wollte sie wissen. Natürlich kannte sie die Antwort. Es waren die Aktenkopien auf Pietros Schoß, auf die sie liebend gern einen Blick geworfen hätte. Das Logo des Innenministeriums oben auf jeder Seite war nicht zu übersehen.

Pietro hatte Emilia nicht kommen gehört, raffte die Aktenkopien schnell zusammen und drückte sie erschrocken an seine Brust.

»Beppe? Ich … ich denke schon«, antwortete er stotternd.

»*Beh*, ich dachte, dass du vielleicht was Neues rausgefunden hast.« Sie zeigte auf Pietros Akten.

»*No*, das ist Sache der Kollegen in Venedig«, winkte er ab.

Pietro erkannte an Emilias ungläubigem Gesichtsausdruck nur zu gut, dass sie seiner Ausrede keinen Glauben schenkte und das Gefühl zu haben schien, dass ihr Informationen vorenthalten wurden. Was sie grundsätzlich für unrechtmäßig hielt, wie jeder wusste, der sie genauer kannte. Mit einem verschnupften »Sicher« stellte sie die Kaffeetassen ab und ging wieder hinein.

»Dass ich dich noch mal bei etwas Illegalem ertappe«, sagte Angelo mit einem breiten Grinsen.

Pietro warf ihm einen genervten Blick zu, während er versuchte, die hastig zusammengedrückten Papierblätter wieder in die richtige Reihenfolge zu bringen.

»Sag mir bitte rechtzeitig Bescheid, wenn du mal etwas wirklich Illegales planst, damit ich dich davon abhalten kann«, fuhr Angelo nach einer kurzen Pause lachend fort. »Du bist einfach ein zu schlechter Schauspieler, um irgendjemanden davon zu überzeugen, dass du im Recht bist. Vielleicht ist es dieses Ich-bin-schuldig-Neonschild auf deiner Stirn oder etwas anderes. Ich weiß es nicht.«

Pietro zog es vor, die kleine Stichelei zu ignorieren. Er nahm ein braunes Zuckertütchen aus dem Behälter in der Tischmitte, öffnete es vorsichtig und gab den Inhalt in seinen Cappuccino. Der Schaum mit dem Zucker war so fest, dass der Löffel nach dem Umrühren fast darin stecken blieb.

»Der ermittelnde Sergente hat hier noch auf einem Extrablatt ganz unmissverständlich geschrieben, dass er die vorliegenden Indizien für nicht ausreichend hält, um Beppe zu verdächtigen oder in Haft zu nehmen«, sagte er, während er den rechten Zeigefinger über die Zeilen des vor ihm liegenden Blattes gleiten ließ.

»Das ist ja nicht neu. Das hat Anna ja schon am Telefon erzählt«, unterbrach ihn Angelo ungeduldig.

»Und trotzdem haben sie es gemacht«, antwortete Pietro. »Das muss der Commissario angeordnet haben, mit Deckung von ganz oben, wie Anna schon gesagt hat.«

Plötzlich stand Angelo auf.

»Signora Mafalda, *buongiorno!*«, sagte er, und Pietros Großmutter antwortete mit einem flapsigen: »*Salve*, Angelo«, küsste ihren Enkel, der sich überrascht zu ihr umgedreht hatte, zur Begrüßung auf die Stirn und setzte sich ungefragt auf den leeren Platz am Tisch der beiden. Vom Nachbartisch zog sie einen freien Stuhl heran und legte ihre Handtasche und ihren jetzt am Nachmittag ein wenig zu warm gewordenen Mantel ab.

»Ich habe das Gefühl, als wäre ich einen Marathon gelaufen«, stöhnte sie, als sie sich erschöpft zurücklehnte. Emilia steckte den Kopf aus der *bar* und nickte ihr zu. Mafalda grüßte zurück. »Eine Flasche Wasser bitte und einen *caffè doppio!*«, rief sie ihr zu.

»Waren Sie in der Peggy Guggenheim Collection?«, fragte Angelo neugierig.

»Zweimal«, antwortete Mafalda energisch. »Und beim zweiten Mal hat es geklappt!«

»Und?«, fragte Pietro.

»Da ist etwas so was von faul!«, redete sich Mafalda in Rage. »Auf zwei Bildern gibt es kleine Flecken. Viel kleiner, als ich mir das vorgestellt hatte. Und an einer Statue im Garten war auch einer. Aber den hatten sie schon fast wieder weggeputzt, als wir da waren.«

Sie machte eine Pause, weil Emilia mit ihrem *caffè* und der Flasche Wasser kam. Mafalda nippte am *caffè*, goss sich ein Glas Wasser ein und leerte es in einem Zug.

Als Emilia in sicherer Entfernung war, erzählte sie leise weiter. »Wir haben uns als Expertinnen der Versicherung ausgegeben und sind über die Wasserseite rein. Anders wären wir nicht reingekommen. Wir hatten es zuvor schon von der Landseite versucht.«

Angelo schnalzte mit der Zunge. »Signora Mafalda, in Ihnen steckt mehr kriminelle Energie, als ich Ihnen zugetraut hätte!«

Mafalda kniff die Augen zusammen und schaute ihn finster an. Sie nahm den Keks von ihrer Untertasse, warf ihn für ihre Verhältnisse ausgesprochen nachlässig auf das Pflaster – die Spatzen würden ihn schon finden – und trank noch einen Schluck *caffè*. »Sie haben keine Videoaufzeichnungen, *niente*, gar nichts! Sie wollten da wohl was einbauen, aber die neue Anlage ist noch nicht in Betrieb. Und dann waren am Donnerstag auch noch zwei Aufsichten krank, und die eine konnte nicht alles gleichzeitig im Auge behalten.«

»Das ist wohl leider normal«, antwortete Pietro. »Ich hab mich ein bisschen umgehört. Die meisten Museen sind schrecklich schlecht oder gar nicht gesichert. Und wenn sie Videoüberwachung haben, dann ist die Technik uralt und liefert bestenfalls Standbilder in Briefmarkengröße.«

Angelo nickte. »Man denkt immer, die wären gesichert wie Fort Knox. Aber das gilt wohl nur für die Mona Lisa und ähnliche Kunstwerke.«

»Was weißt du denn davon?« Pietro schaute ihn überrascht an.

Angelo antwortete ernst: »Ich bin Mitglied in einer Hackergruppe und …«

»Das will ich gar nicht wissen!«, unterbrach ihn Pietro und fuchtelte abwehrend mit den Händen. Dabei hätte ein Windstoß beinahe die auf seinem Schoß liegenden Blätter weggeweht. Er konnte sie im letzten Moment hastig festhalten.

»Jedenfalls weiß ich nicht«, fuhr Mafalda unbeeindruckt fort, »wie ich jetzt die Schuld oder Unschuld von Beppe beweisen soll. Ohne Videos und ohne Zeugen.«

»Er hat ausgesagt, dass er an dem Donnerstag zu Hause war.« Pietro zeigte auf den Papierstapel auf seinem Schoß.

»Sicher. Allein und ohne Zeugen wie immer?«, fragte Mafalda ungehalten und neigte den Kopf zur Seite.

Pietro nickte verhalten.

»Nicht mal Lucia hat ihn kommen und gehen sehen an dem Tag.« Mafalda schlug sich mit den flachen Händen auf die Oberschenkel.

»Und die Polizei scheint die Indizien für ausreichend zu halten«, fügte Angelo hinzu.

»Und dann war da noch dieses angeblich nicht fehlende Bild«, erzählte Mafalda. Doch schon im Sprechen bereute sie diesen Satz, denn ohne weitere Recherche war es noch zu früh, um über ungelegte Eier zu reden.

»Welches Bild?«, fragte Pietro.

»*Niente.* Da habe ich mich nur verplappert«, wehrte Mafalda ab. Sie trank noch einen Schluck Wasser und sagte dann: »Ich muss jetzt auch los. Lucia und Alma kommen heute Abend zu mir, und ich muss uns noch etwas Schnelles kochen.«

Sie drückte sich an den Armlehnen nach oben, stand auf, schwang sich den Mantel über die Schultern und griff nach ihrer Handtasche. Zum Abschied wuschelte sie Pietro am Hinterkopf durch die Haare. »Wir sehen uns«, verabschiedete sie sich, verschwand in Richtung des Kirchturms und ging nach Hause.

Mafalda hatte sich die letzten Stufen zu ihrer Wohnungstür schon am Geländer hochgezogen, hatte schnell aufgeschlossen und den Mantel an die Garderobe gehängt. Anschließend war sie schnurstracks ins Wohnzimmer gegangen und hatte sich vollkommen erschöpft in den großen hellgrünen Sessel fallen lassen. Fast zweimal zu Fuß durch Venedig und als vermeintliche Versicherungsexpertin durch die Guggenheim Collection – das war deutlich mehr, als sie sich sonst zumutete. Doch lange ausruhen konnte sie sich nicht. Schließlich würden Alma und Lucia noch zum Abendessen vorbeikommen, und sie hatte nichts vorbereitet oder eingekauft.

Mafalda stand rastlos wieder auf und ging in die Küche. Misstrauisch beäugte sie den Inhalt des Kühlschranks. Ein Stück Speck hatte sie immer da, und von der selbst gemachten Hühnerbrühe war etwas übrig, Erbsen waren im Eisfach. Sogar die Petersilie auf der Fensterbank sah noch ganz passabel aus. Ihr Salvatore hatte immer gesagt, dass er sie allein wegen ihres *risi e bisi* jederzeit noch mal heiraten würde. Und das, obwohl sie aus rein praktischen Gründen immer tiefgekühlte Erbsen statt frischer Schoten dafür verwendete. Oder vielleicht gerade deswegen.

Sie gab Butter in die Pfanne und stellte sie auf den Herd. Dazu einen ordentlichen Schuss Olivenöl, natürlich das gute *extra vergine* von ihrer Cousine aus der Toskana. Dann schnitt sie den Speck in Würfel und fügte ihn hinzu. Eine Zwiebel noch und etwas Petersilie, etwas später die Erbsen und etwas von der Hühnerbrühe, dann musste das Ganze erst einmal anschwitzen. Ganz hinten im Vorratsschrank fand sie noch eine Packung Vialone-Reis aus dem Piemont. Den nahm sie nur für das *risi e bisi*, für nichts anderes. Sie schüttete den Reis in die Pfanne und goss die restliche Fleischbrühe hinein. Dazwischen hatte sie Zeit, den Tisch zu decken. Zum Schluss würzte sie das Ganze mit Salz, Pfeffer und rieb ein paar Flocken Parmesan darüber.

Mafalda kostete vorsichtig mit einem Kochlöffel. »Du hast es nicht verlernt«, murmelte sie zufrieden. Mit diesem urvenezianischen Gericht wurden schon die Dogen drüben in Venedig verwöhnt. Alma und Lucia würde es sicher auch schmecken.

Die Türklingel summte. Mafalda war keine Minute zu früh fertig geworden. Sie ging in den Flur und öffnete die Tür.

»Du hattest recht!« Grußlos stürmte Alma an ihr vorbei in die Wohnung, drückte der verdutzten Mafalda im Vorbeigehen ihren Mantel in die Hand und eilte weiter ins Wohnzimmer. Mafalda hängte den Mantel an die Garderobe und folgte ihr. »*Salve*, Alma. Bist du schon so hungrig?«

Alma stutzte kurz, fing sich aber sogleich wieder. »Nein, das Bild, also das, was fehlte. Du hattest recht! Da hat bis vor Kurzem eines gehangen. Ein sehr wertvolles sogar!«, redete sie im Stakkato weiter.

»Es wird ausgeliehen sein. Oder bei einem Restaurator«, entgegnete Mafalda, nicht weil sie daran glaubte, sondern um Alma ein wenig zu beruhigen.

»*No!* Das hätte sie doch sagen können, diese Bohnenstange von Kuratorin!«

Mafalda nickte. »Ich verschwinde nur rasch in der Küche«, sagte sie. Gerade hatte ihr Kurzzeitwecker geklingelt. Kaum hatte sie das Gas abgedreht, stand Alma mit einem Zeitungsausschnitt wedelnd im Türrahmen.

»Schau mal! Der *Gazzettino* vom vorletzten Dienstag. Da siehst du es.« Alma zeigte auf ein Bild im oberen Drittel der Seite.

Mafalda hatte Almas Angewohnheit, die Zeitungen der letzten Monate fein säuberlich in Stapeln aufzubewahren, für den Fall, dass sie noch einmal etwas nachlesen wollte, immer belächelt. Aber heute schien diese Marotte ihr tatsächlich einmal einen Fang eingebracht zu haben.

Sie nahm ihre Lesebrille aus dem Küchenregal und versuchte, sie aufzusetzen. Doch die Brillenkette hatte sich verheddert und ließ sich nicht entwirren. Letztlich kapitulierte Mafalda und hielt sich die Brille mit beiden Händen vor die Augen.

Auf dem Zeitungsfoto war deutlich zu sehen, dass zwischen den beiden Bildern, die sie heute Morgen gesehen hatten, letzte Woche noch ein weiteres Bild gehangen hatte. Kaum schuhkartongroß und auf dem Zeitungsfoto auch nur sehr schlecht zu erkennen.

»Du hattest recht«, wiederholte Alma und tippte noch immer mit dem Zeigefinger auf die Zeitungsseite, die sie mit der anderen Hand in die Höhe hielt.

In diesem Moment klingelte es wieder, und Mafalda ging zur Tür. Es war Lucia. »*Salve*, Lucia. Komm rein!«

Gemeinsam gingen die zwei ins Wohnzimmer. »Alma hat schon etwas rausgefunden«, berichtete Mafalda und zeigte dabei auf Alma, die mittlerweile wieder am Esstisch stand und dort in einem Berg von Zetteln wühlte, bis sie schließlich fand, wonach sie offenbar gesucht hatte.

»Das ist es!«, rief sie und hielt eine Seite mit einem Bild nach oben. Lucia schaute erst Alma, dann Mafalda fragend an.

»Sie hat im *Gazzettino* von letzter Woche ein Foto gefunden, darauf ist das Bild zu sehen, das meiner Meinung nach heute Vormittag im Museum fehlte, und ...«

»Etwas unscharf«, fiel Alma Mafalda ins Wort, wohl auch, weil sie ihren Ermittlungserfolg nicht mit ihr teilen wollte.

»Ich verstehe immer noch nicht, was ein Bild, das mal da war und nun weg ist, mit Beppes Schuld oder Unschuld zu tun hat«, sagte Lucia verwirrt.

»Das weiß ich auch nicht. Noch nicht«, entgegnete Mafalda. »Aber für den Moment ist das unser einziger Anhaltspunkt.« Nachdem Lucia immer noch wenig überzeugt wirkte, fuhr sie fort: »Padre Osman hat mir gesagt, wenn ich in der Peggy Guggenheim Collection stünde, würde ich schon finden, wonach ich suche. Aber alles, was ich gefunden oder gesehen habe, war dieses fehlende Bild.«

»Es könnte ausgeliehen sein. Oder irgendwo zur Aufarbeitung«, meinte Lucia und runzelte die Stirn.

»Das kam mir auch zuerst in den Sinn«, sagte Mafalda. »Aber das hätte Signora Dal Bosco uns doch sagen können. Stattdessen hat sie behauptet, dass da nie ein Bild gehangen hat. Was falsch ist, wie du hier in der Zeitung sehen kannst.« Mafalda hatte Almas Zeitungsausschnitt genommen und reichte ihn Lucia.

»*Sì*. Da hängt es.« Lucia strich die Zeitungsseite glatt. »Vielleicht hat sie sich ja einfach nur geirrt oder es vergessen?«, überlegte sie laut.

Das brachte Alma wieder auf den Plan. »Das glaube ich nicht«, sagte sie bestimmt. Bedächtig zog sie das Blatt, nach dem sie gesucht hatte, hinter ihrem Rücken hervor und hielt es triumphierend hoch. Auf Mafaldas fragenden Blick fügte sie mit wissendem Lächeln hinzu: »Man vergisst nicht einfach mal so eines der wertvollsten Bilder der ganzen Sammlung.«

»Wie wertvoll?«, fragte Lucia wie aus der Pistole geschossen.

»Sehr wertvoll! Das mit dem Wert von Kunstwerken ist so eine Sache. Der Kunstliebhaber, der es für die Peggy Guggenheim Collection ersteigerte, hat sechsundvierzig Millionen Pfund bei Sotheby's in London dafür bezahlt. Seitdem gehört es dem Museum und sollte eigentlich auch für immer dableiben. Also ist es jetzt eigentlich unbezahlbar.«

Mafalda sah, wie Lucia im Kopf und mit allen Fingern rechnete und wurde ungehalten. »Das ist sehr viel Geld. Unabhängig vom Wechselkurs.« Mit diesen Worten beendete Mafalda Lucias Rechenversuche.

Lucia zog ein wenig den Kopf ein ob Mafaldas barschem Ton und nickte stumm.

Alma hielt jetzt wieder ihren Zettel hoch. »Jackson Pollock. *Bildnis einer Dame mit Hund.* Es galt lange als verschollen. Doch dann tauchte es vor zwei Jahren bei besagter Auktion in London auf.«

Lucia starrte irritiert auf das Bild, das Alma ihr vors Gesicht hielt. Eine Art Strichmännchen mit ovalem Kopf und breitkrempigem Hut, gezeichnet mit dicken Pinselstrichen in schwarzer Ölfarbe. Daneben ein Klecks, vielleicht der Hund, und im Hintergrund jede Menge mythische Symbole ohne sofort erkennbaren Bezug. »Dafür hätte ich keine sechsundvierzig Millionen Pfund ausgegeben«, murmelte sie ungläubig.

»Keine von uns«, bemerkte Mafalda grinsend. »Schon wegen der dafür fehlenden Millionen.«

»Das Bild war fast achtzig Jahre lang verschollen. Hätte der Vorbesitzer es damals nicht einem Galeristen gezeigt, hätte man gar nicht gewusst, dass es existiert«, trug Alma wie vom Blatt ablesend vor. »Als es vor zwei Jahren plötzlich in der Auktionsliste auftauchte, geriet die ganze Kunstwelt in Aufruhr. Es wurden mehrere Experten eingeholt, ob das Bild überhaupt echt sei, weil es ja niemand vorher gesehen hatte. Niemand, der noch am Leben war, jedenfalls.«

Mafalda fragte sich, ob Alma dieses Wissen auch aus ihren Zeitungsstapeln hatte und wie weit dieses papierne Archiv auf dem Dachboden ihres Hauses wohl zurückreichte.

»Und, war es echt?«, fragte Lucia.

»Hundertprozentig«, antwortete Alma nickend. »Und dieses ganze Theater hat den Preis für das Bild bei der Auktion natürlich ordentlich nach oben getrieben.«

»Auf sechsundvierzig Millionen Pfund?«, fragte Lucia in einer Mischung aus Unglauben und Belustigung, während sie das für ihren Geschmack viel zu abstrakte Bild vor ihrer Nase betrachtete.

»Etwas mehr als hundert Milliarden Lire, wenn du es genau wissen willst«, fuhr Mafalda sie genervt von der Seite an. »Ich denke, die Nachkommastellen können wir uns sparen.« So langsam fragte sie sich, ob sie für einen Kriminalfall um Kunstwerke mit Lucia die richtige Partnerin hinzugezogen hatte.

Lucia schaute sie beleidigt an.

»Das war nicht so gemeint!«, entschuldigte sich Mafalda. »Setzt euch. Das Essen ist schon fertig.« Augenblicke später trat sie mit der großen gusseisernen Servierpfanne ins Wohnzimmer und stellte sie auf den Esstisch. In der Küche hatte sie noch einmal Pfeffer und Parmesan frisch über die Pfanne gerieben und das Ganze noch mit klein geschnittener Petersilie garniert.

Sowohl Alma als auch Lucia hielten erwartungsvoll ihre Teller bereit, als Mafalda die Servierkelle in die Hand nahm und über die duftende Pfanne hielt. Der lange Fußmarsch durch Venedig hatte sie alle hungrig gemacht. Und Mafaldas köstliches *risi e bisi* genossen sie nicht zum ersten Mal.

Beim Essen diskutierten sie, warum die Kuratorin abgestritten haben könnte, dass an der fraglichen Stelle im Museum ein Bild gehangen hatte, kamen jedoch zu keiner vernünftigen Erklärung. Alles in allem war Signora Dal Boscos Verhalten zumindest merkwürdig, hätte sie doch jede nachvollziehbare Erklärung problemlos anführen können. Aber vielleicht waren die drei ihr ja auch einfach nicht wichtig genug gewesen, und sie hatte sie nur schnell loswerden wollen. Alles war möglich.

14

Bis ihr Zug abfahren würde, hatten Mafalda und Pietro noch etwas Zeit. Es war wieder einmal einer ihrer nächtlichen Spontanentschlüsse gewesen, dass sie heute, am Montag, Beppe besuchen müsste, weil der ja nun schon seit Freitag im Gefängnis saß und sich dort niemand richtig um ihn kümmerte. Niemand aus Murano jedenfalls. Was Mafaldas Vorstellung von »niemand richtig kümmern« entsprach. Da es wohl noch etwas länger dauern würde, Beppes Unschuld zu beweisen, wollte sie ihn zumindest persönlich sehen und ihm etwas Zuspruch geben.

Für Beppe zu sorgen beinhaltete für Mafalda zuallererst, einen Kuchen mitzubringen. Den hatte sie ihm extra gebacken, eine *torta veneziana* mit Blätterteig, Puddingcreme und Amarenakirschen. Mitten in der Nacht war sie dafür aufgestanden. Den Blätterteig hatte sie für Notfälle immer im Gefrierfach, ein Glas Amarenakirschen stand auch stets in ihrem Vorratsschrank und die *crema* hatte sie frisch angerührt. Erst danach, kurz vor sechs Uhr, hatte sie Pietro angerufen und ihn gebeten, sie nach Padua zu begleiten. In Uniform, weil das in Italien bekanntlich Eindruck machte.

Genau genommen hatte sie zweimal angerufen. Beim ersten Mal hatte Angelo aufgelegt, ohne ein Wort zu sagen. Erst beim zweiten Mal hatte Mafalda ihren Enkel erreicht. Pietro, von ihrem Anruf aus dem Tiefschlaf gerissen, hatte wohl zugesagt. Zumindest meinte sie das aus seinen Wortfetzen herausgehört zu haben, bevor er auflegte, ohne eine Antwort von ihr abzuwarten.

Sie hatte ihn gebeten, sich auf der Arbeit kurzfristig freizunehmen und sich mit ihr um kurz nach acht Uhr am Anleger Murano da Mula zu treffen. Zu ihrer großen Überraschung war er pünktlich erschienen, auch wenn sie Zweifel hatte, ob er wirklich schon wach war, seinem ferngesteuerten Auftreten nach zu urteilen. Unter dem mit dunklen Regenwolken verhangenen Himmel waren sie in Richtung Venedig zum Bahnhof Santa Lucia gefahren. Viel geredet hatte er dabei nicht, das hatte sie erledigt. Doch sie hatte erhebliche Zweifel, ob er sich später noch an ein einziges Wort würde erinnern können.

Sie saßen am Tresen in der kleinen *bar* am Bahnhof, den alle *ferrovia*, Eisenbahn, nannten, weil es in Venedig nur einen einzigen Bahnhof gab. Das bombastische Gebäude war noch von Benito Mussolini errichtet worden, der für dessen Erbauung mehrere mittelalterliche Stadtquartiere und eine Kirche hatte abreißen lassen.

»Hörst du mir denn gar nicht zu?«, fragte sie ihn irgendwann und rüttelte an seiner Schulter, nachdem er nur müde blinzelte. Die Art und Weise, wie ihr Enkel sie schläfrig anschaute und sich dabei an seinem Cappuccino festhielt, genügten ihr als Antwort. Auf dem *vaporetto* von Murano war die Heizung ausgefallen. Aber auch der eiskalte Wind, der durch jedes Fenster und jede Tür ins Bootsinnere kroch, hatte ihn nicht wecken können, so schien es ihr.

»Ob du mir nicht zuhörst, habe ich dich gefragt«, wiederholte Mafalda und winkte dem Barista, er möge ihr einen weiteren *caffè doppio* machen.

»Doch«, antwortete Pietro zögerlich. »Wieso?«

»Weil ich dich gefragt habe, ob du dir einen anderen Grund denken kannst, warum das Bild nicht mehr dort hängt.«

»Welches Bild?«, fragte Pietro begriffsstutzig.

Mafalda stöhnte leise. Und hätte der Barista ihr nicht in diesem Moment ihren *caffè* über den Tresen zugeschoben, wäre ihr vermutlich etwas Unflätiges herausgerutscht. Sie schüttete ausnahmsweise zwei Tütchen Zucker in die Tasse und rührte um, bis der Löffel in dem dunkelbraun-süßen Gemisch von selbst stehen blieb.

Sie wollte gerade den ersten Schluck nehmen, als ihre Ärztin Carola Albini die *bar* durch die Tür auf der anderen Seite des wuchtigen Marmortresens betrat. Schnell setzte Mafalda die Tasse wieder auf die Untertasse und schob beides zu Pietro herüber.

Der Dottoressa war das nicht entgangen. »Trinken Sie den ruhig, ich brauche um diese Uhrzeit auch einen«, sagte sie, als sie zu ihnen trat. »Nur von Ginsengtee werde ich heute bestimmt nicht wach.« Sie drehte sich zum Barista: »Einen doppelten *caffè* und zwei *tramezzini!*«

Mafalda nahm Pietro ihre Kaffeetasse wieder weg. »Sie sollten ein süßes Teilchen dazu nehmen«, sagte sie zu der Ärztin. »Die sind köstlich. Mit Himbeerkonfitüre und Vanillecreme gefüllt. Und jeden Morgen frisch gemacht.« Ohne eine Antwort abzuwarten, winkte sie dem Barista, zeigte auf das üppig gezuckerte Gebäck in der hell beleuchteten Glasvitrine und dann auf Carola, Pietro und sich.

»Was führt Sie um diese Uhrzeit hierher?«, fragte Mafalda ihre Ärztin und griff nach der puddinggefüllten Blätterteigtasche, die ihr der Barista gerade hingestellt hatte.

»Verona. Ein Ärztekongress. Zur Fortbildung«, antwortete die Dottoressa, biss in ihr Gebäckstück und nuschelte: »Die sind wirklich köstlich.« Sie beugte sich über ihre Tasse und atmete tief ein, so als ob sie ihren *caffè* inhalieren könnte, um schneller wach zu werden.

»Das Ministerium besteht darauf,« fuhr sie fort. »Ich habe alle anderen Termine geschwänzt. Verona ist die einzige verbliebene Möglichkeit, sonst verliere ich meine Zulassung.«

Mafalda nickte. »Die liebe Bürokratie!«

»Genau. Zwei Tage in Verona. Achthundert Euro für den Kurs und zweihundert für den Rest. Dann noch viermal die Einladungskarte unter den Scanner halten und versuchen, bei den Vorträgen nicht einzuschlafen. Das bringt mir zwölf Punkte, und damit habe ich alles beisammen für die Bürokraten im Ministerium. Dafür gönne ich mir ein Zimmer in einem schäbigen Innenstadthotel mit Blick auf die Arena von Verona. Und mit etwas Glück werde ich die halbe Nacht vom Gesang eines amerikanischen Tenors für die Bustouristen in der Arena wach gehalten.« Sie starrte verdrossen ins Leere. »Als hätten wir davon in Italien nicht genug. Tenöre meine ich.« Die Dottoressa war wirklich schlecht gelaunt heute.

Mafalda grübelte, aber sie konnte sich nicht erinnern, jemals in Verona gewesen zu sein. Der Kitsch um Romeo und Julia und den Balkon, auf dem Julia niemals wirklich gestanden hatte, zog Jahr für Jahr Zehntausende Touristen an. Italiener, deren Land von jeher reich war an schönen Orten, ließen sich davon eher selten beeindrucken.

»Wohin fahren Sie denn?«, fragte Carola neugierig.

»Nach Padua. Um … um jemanden zu besuchen«, antwortete Mafalda nach einigem Zögern. Den genauen Grund ihres Ausflugs wollte sie nicht so ohne Weiteres preisgeben.

Die Dottoressa murmelte etwas Unverständliches. »Wie bitte?«, fragte Mafalda nach. Carola schaute erstaunt auf zu ihr und bemerkte dann erst ihren Fehler. Ein paar Brocken Schwedisch fanden auch nach so vielen Jahren auf Murano immer noch den Weg in ihr ansonsten makelloses Italienisch. »*Bene!*«, sagte sie. »Dann fahren wir im gleichen Zug. Wir sollten langsam zum Bahnsteig gehen.«

Sie trank ihren *caffè* aus, bezahlte und bekam vom Barista eine braune Papiertüte überreicht. Dann legte sie ihren Mantel über den Arm und ging mit Mafalda nach draußen in die Bahnhofshalle. Erst vor der Tür bemerkte Mafalda, dass Pietro fehlte. Suchend schaute sie sich um und entdeckte ihn immer noch zusammengesunken über seiner Tasse am Tresen sitzen. Erst nach mehrmaligem Winken sah er sie und schlurfte ihr mit hängenden Schultern hinterher.

Vor der Tür zog die Dottoressa ein weiteres Gebäckstück aus der Papiertüte. »Die brauche ich heute. Nervennahrung!«

Mafalda verkniff sich einen Kommentar an ihre immer eine gesunde Lebensweise predigende Ärztin und suchte derweil die Anzeigetafeln nach dem Abfahrtsbahnsteig des *Regionale Veloce* nach Verona ab.

Es war eines dieser Meisterstücke italienischer Organisation, dass die Bahnsteige der abfahrenden Züge erst im allerletzten Moment angezeigt wurden, wenn diese schon in den Bahnsteig des Kopfbahnhofs einrollten, um wenige Minuten später wieder die Rückreise anzutreten. Jeder Eisenbahner kannte die genaue Gleisnummer auswendig. Die meisten Pendler auch. Sie änderte sich praktisch nie. Aber das Gros der Fahrgäste staute sich in der zugigen und lauten Querhalle, nur um sich dann in letzter Minute ihren Weg durch den riesigen Bahnhof zu ihrem Gleis suchen zu müssen.

»Gleis neunzehn. Er fährt immer von Gleis neunzehn«, erklärte die Dottoressa kauend, nachdem sie sich die Zuckerstreusel mit einer kleinen Serviette teilweise erfolgreich vom Mund abgewischt hatte.

»Wenn er von Gleis neunzehn abfahren würde, würde es ja auf der Anzeigetafel stehen«, beharrte Mafalda.

Sie merkte, wie ihre Ärztin immer unruhiger wurde.

Doch wenn sie den Ratschlägen der Dottoressa schon in ihrer Arztpraxis nicht folgte, dann würde sie das hier, im Bahnhof, erst recht nicht machen! Minuten später, die Abfahrtszeit war beinahe erreicht, wurde endlich wegen einer Störung der Anzeigetafel per Lautsprecher das Gleis angesagt. Auf dem großen Bildschirm der Tafel sah man nur die Akteure einer Werbung für ein Luxuskaufhaus an der Rialtobrücke seltsam schockgefrostet lächeln. Die wartenden Massen machten sich auf zu Gleis neunzehn, einem Außenbahnsteig im neu erbauten Seitenflügel des Bahnhofs für Regionalzüge, der von der Haupthalle nur durch eine schmale Doppeltür zu erreichen war, durch die gerade jetzt die ankommenden Reisenden in der Gegenrichtung strömten.

Nach einigem Gerenne und gehörig schnaufend hatten sie endlich ein Dreierabteil im Obergeschoss des vierten Waggons des doppelstöckigen Zuges gefunden. Aber erst nachdem Mafalda eisern jeden ihr angebotenen Platz in den Seniorenabteilen abgelehnt hatte. Kaum hatten sie sich gesetzt, fuhr der Zug los und ratterte über die Weichen des Bahnhofsvorfelds in Richtung Festland.

Die Dottoressa zog ein weiteres süßes Teilchen aus der Papiertüte und fing an, es genüsslich zu verspeisen. Das gab Mafalda Gelegenheit, sie ausgiebig zu mustern. Als sie sich vor vierzig Jahren auf Murano niedergelassen hatte, war sie die einzige echte Blondine auf der Insel gewesen. Das allein hatte gereicht, um allen Männern den Kopf zu verdrehen. Doch Carola hatte nur Augen für Piero gehabt, in den sie sich im Badeurlaub in Lido di Jesolo verliebt hatte und dessentwegen sie vom großen Stockholm ins kleine Murano umgezogen war.

Die Liebe hielt nicht lange. Aber als sie zu Ende war, da hatte die Dottoressa schon ihr Medizinstudium abgeschlossen, eine Arztpraxis auf Murano übernommen, und an eine Rückkehr war nicht mehr zu denken. Denn da hatten längst Venedig und seine Lagune Pieros Platz in Carolas Herzen eingenommen. Ob es später noch andere Männer gegeben hatte, wusste Mafalda nicht. Wenn, dann war Carola sehr diskret geblieben und hatte sich nichts anmerken lassen. Aber vielleicht galt ihre Liebe ja auch nur noch der Arbeit.

Nach ihrer Ankunft hatte es viele Neublondinen auf Murano gegeben. Aber mehr als gelb-strähnige Versuche, italienisches Schwarzhaar in blondes zu verwandeln, waren es nicht gewesen, und die Experimente waren meist beim nächsten Friseurbesuch eiligst wieder rückgängig gemacht worden. Ob Carolas blonde Haare heute noch echt waren, vermochte Mafalda nicht sicher zu sagen. Aber mit ihrer üppigen, gelockten Mähne wäre sie auch heute noch die Attraktion jeder Siebzigerjahre-Party gewesen, auch wenn mittlerweile einige Falten ihr dezent geschminktes und etwas breiter gewordenes Gesicht zierten.

Als der Zug über die fünf Kilometer lange Ponte della Libertà in Richtung Festland rollte, zog draußen an ihnen die Lagune von Venedig vorbei mit ihren vielen hektisch fahrenden Taxibooten und den bedächtigeren Fischerjollen, die in den heftig aufstiebenden Gischtwellen der schnelleren Boote Mühe hatten, die Balance zu wahren. Aus ihrer erhöhten Position im Obergeschoss des Zuges wirkte es fast ein wenig, als würden sie über das Wasser schweben.

»Was wollen Sie denn nun wirklich in Padua?«, fragte die Dottoressa, die mittlerweile auch ihr drittes Gebäckstück verspeist hatte und danach deutlich besserer Laune war. »Wenn ich mich richtig erinnere, haben Sie es doch immer kategorisch abgelehnt, Venedig in Richtung Festland zu verlassen?«

»*Murano* zu verlassen«, korrigierte Mafalda. »Und es ist nur ein Kurzbesuch. Bei einem Freund, der sich derzeit dort aufhält.«

Die Dottoressa nickte lächelnd.

Mafalda sah aus dem Fenster und fragte sich, ob das Wort »Freund« wirklich zutreffend war. Doch in den letzten drei Tagen hatte sie sich so intensiv um Beppes Angelegenheiten gekümmert, dass es sich nun fast anfühlte, als gehöre er schon seit Jahren zur Familie. Der Zug hatte die Lagune mittlerweile verlassen und rollte durch schmutzig graue Industrieanlagen und unansehnliche Wohnblocks aus Beton auf den Bahnhof von Mestre zu, dem einzigen Halt bis Padua.

Mafalda fasste sich ein Herz. »Kennen Sie eigentlich Beppe? Aus Navagero? Der ist doch bestimmt auch Patient bei Ihnen«, fragte sie. Und als Carola nicht sofort antwortete, setzte sie hinzu: »So viele Arztpraxen gibt es doch nicht auf Murano.«

»Wieso fragen Sie?«

»Ich …« Mafalda überlegte, wie viel sie über Beppe preisgeben sollte. Aber im Moment war ihr jedes Mittel recht, um an weitere Informationen zu kommen. Und die würde sie von der Dottoressa kaum bekommen, wenn sie nicht mit der Wahrheit herausrücken würde. »Ich bin auf dem Weg zu Beppe.«

Pietro räusperte sich.

»*Wir* sind auf dem Weg zu Beppe«, erklärte Mafalda. »Er wird beschuldigt, an dem Anschlag auf die Peggy Guggenheim Collection beteiligt gewesen zu sein, und sitzt deshalb in der *Casa Circondariale* in Padua in Untersuchungshaft.«

Carola sah sie erschrocken an. Der aktuelle Klatsch und Tratsch hatte sie offenbar noch nicht erreicht. »Ich kann mir nicht vorstellen, dass er so was getan haben soll.«

»Ich auch nicht. Und deshalb will ich ihm helfen. Es tut ja sonst niemand«, sagte Mafalda und rutschte auf ihrem Sitz hin und her. »Glauben Sie als Ärztin, dass er zu so was in der Lage ist? Rein menschlich?«

»Dazu darf ich Ihnen leider nichts sagen«, antwortete die Dottoressa zurückhaltend.

»Aber er ist doch Patient bei Ihnen?«, hakte Mafalda nach.

»Auch das darf ich Ihnen nicht beantworten«, sagte die Dottoressa freundlich, doch deutlich bestimmter.

Unzufrieden wandte Mafalda den Blick wieder nach draußen, wo jetzt die Vororte Venedigs entlang der Brenta mit ihren prächtigen Villen, den kleinen, geduckten Bürgerhäusern und den spitzen Kirchtürmen einer nach dem anderen an ihnen vorbeizogen.

Der Dottoressa schien ihr etwas zu schroffer Ton mittlerweile leidzutun. »Aber natürlich kenne ich Beppe. Jeder auf Murano kennt ihn. Und es wundert mich, dass die Polizei ihn überhaupt mit dem Anschlag in Verbindung bringt.«

Mafalda schaute sie fragend an.

»Nun ja, verstehen Sie mich nicht falsch«, fuhr Carola fort. »Das klingt jetzt nicht sehr schmeichelhaft. Aber ich glaube nicht, dass Beppe zu so einer durchorganisierten Unternehmung fähig wäre. Zumindest nicht aus eigenem Antrieb.«

Mafalda nickte. »Das ist sicherlich ein gutes Argument. Zum richtigen Zeitpunkt mit den richtigen Materialien in die Peggy Guggenheim Collection zu gehen und dort die Sicherheitsvorkehrungen zu …« Sie stockte, weil sie sich an die fehlende Videoüberwachung und die erkrankten Aufsichten im Museum erinnerte. »Zum richtigen Zeitpunkt vor Ort zu sein, um das alles umzusetzen«, fuhr sie fort. »Dazu gehört schon einiges an Organisation.«

»Sehen Sie«, sagte die Dottoressa. »Ich mag Beppe, aber ich kann mir nicht vorstellen, dass er so etwas fertigbrächte.«

Der Zug war ohne Halt über die schnurgerade Schnellfahrstrecke von Mestre nach Padua gefahren, bremste dann rapide ab und fuhr in den Bahnhof Padova Centrale ein. Und wie immer hatte sich Mafalda schon von ihrem Platz erhoben, bevor der Halt angesagt wurde oder der Zug auch nur annähernd zum Stehen gekommen wäre.

»Grüßen Sie Beppe von mir«, sagte die Dottoressa

zum Abschied, während Mafalda sich mit der einen Hand krampfhaft an einem der Haltegriffe neben der steilen Treppe zum Ausgang festhielt und mit der anderen den Karton mit dem Kuchen umklammerte. »Und vielen Dank, dass Sie sich um ihn kümmern. Sie tun das Richtige! Meine Unterstützung haben Sie!«

»Das war jetzt sehr freundlich von ihr«, sagte Mafalda zu Pietro, nachdem sie ausgestiegen waren. »Aber weitergebracht hat mich das nicht. Sie hätte mir wirklich sagen können, ob Beppe ihr Patient ist.«

»Sie darf nicht. Ärztliche Schweigepflicht. Das ist wie bei mir. Ich darf ja auch nicht über Dienstangelegenheiten reden«, erwiderte Pietro.

Mafalda schaute ihn schief an. »Oh, wird der Herr Carabiniere dann auch seine *nonna* in Zukunft im Unwissenden lassen?«

»Wie würde es dir gefallen, wenn sie mit jedem auf Murano über Details aus deiner Krankenakte reden würde?«

»Da gibt es nichts …« Mafalda suchte nach Worten.

»Nichts, was du nicht sowieso jedem erzählen würdest?«, fragte Pietro lächelnd.

»Auch … Nein … So in der Art …«, antwortete Mafalda.

»Der Bus fährt gleich. Wir müssen die Linie U09 in die Innenstadt nehmen. Es dauert nur zehn Minuten.« Pietro nahm sie am Arm. »Ich habe uns schon am *telefonino* online Tickets gekauft.«

Mafalda verstand kein Wort, vertraute aber darauf, dass

Pietro das Richtige tun würde. »*Bene.* Und dann sind wir schon da?«

»Fast. Noch zwanzig Minuten mit einem anderen Bus in Richtung Stadtgrenze. Beppe residiert nicht in der besten Lage.«

Mafalda nickte stumm und schaute sich entgeistert auf dem von Asphalt und Beton dominierten grauen Bahnhofsvorplatz um. Sie würde niemals verstehen, warum jemand diesem oder einem anderen Ort den Vorzug vor ihrem Murano geben konnte.

15

Der kleine Dieselbus ratterte gemächlich durch die Vororte von Padua. »Mir ist gleich aufgefallen, dass eine hellere Stelle an der Wand zu sehen war. So als ob da vor Kurzem noch ein Bild gehangen hätte«, sagte Mafalda leise und beugte sich zu Pietro hinüber. »Und als die Museumschefin dann gesagt hat, da hätte nie ein Bild gehangen, bin ich richtig misstrauisch geworden.«

»Und du hattest recht?«, fragte Pietro mit normaler Stimme. Mafalda legte den Zeigefinger an die Lippen und schaute sich erschrocken um, so als ob ihnen jemand zuhören könnte.

Doch die Wahrscheinlichkeit war gering: Die altersschwachen Dieselbusse der Linie U11 fuhren nur noch zum Gefängniskomplex der Regione Padova. Und die wenigen Passagiere, die da hinwollten, hielten lieber Abstand von den anderen Reisenden und blieben für sich.

»Nicht so laut«, flüsterte Mafalda Pietro hinter vorgehaltener Hand zu. »Das ist der Bus zum Gefängnis. Da weiß man doch nie, wer mithört.«

Pietro lachte. »Das ist ein Linienbus. Hier fahren ganz normale Leute mit. Du zum Beispiel.«

Mafalda musterte die an beiden Armen bis hinab zu den Händen tätowierte Frau mit dem strähnigen Blondhaar im vorderen Teil des Busses abfällig. »Ich weiß ja nicht!«, fauchte sie.

Dann besann sie sich wieder auf den eigentlichen Gegenstand ihres Gesprächs: das fehlende Bild an der Wand im Hauptgebäude der Peggy Guggenheim Collection. »Alma hat es herausgefunden«, flüsterte sie Pietro zu. »Ein Foto im *Gazzettino* von vorletzter Woche. Da ist das Bild noch zu sehen. Es ist nicht das wertvollste Bild der ganzen Sammlung, aber hat wohl schon einige Millionen Pfund gekostet, bevor es dem Museum geschenkt wurde.«

»So einen Verlust sollte man doch bemerken«, sagte Pietro irritiert.

»*Sí.* Sollte man meinen«, flüsterte Mafalda. »Es kann natürlich sein, dass es für alles eine gute Erklärung gibt oder sie uns nur abwimmeln wollte. Aber komisch ist es schon.«

»Ich kann mich ja mal umhören, wenn ich wieder zu Hause bin«, schlug Pietro vor.

»Ja, tu das bitte. Ich weiß nicht, warum, aber mein Bauch sagt mir, dass dieses Bild der Schlüssel zum Beweis von Beppes Unschuld ist.«

»In den Akten stand nichts dazu, ob Beppe zu so einer Tat überhaupt in der Lage wäre. Rein organisatorisch. Die Dottoressa hat da vorhin einen wichtigen Punkt genannt.«

Mafalda nickte. »Deswegen möchte ich ja auch mit

Beppe reden. Vielleicht kann er mir ja noch etwas anderes sagen als das, was in den Akten steht. Wenn früh am Morgen so eine Schwadron Polizisten bei ihm einfällt und ihn aus dem Bett holt, wird er bestimmt nicht sehr gesprächig gewesen sein.« Mafalda dachte daran, wie missmutig sie jeden Morgen war, bevor sie ihren ersten *caffè* getrunken hatte, und gruselte sich allein bei der Vorstellung.

Auf dem Haltestellenanzeiger blinkte jetzt der Name der Station Due Palazzi 25, und eine Bandansage forderte alle Fahrgäste auf, den Halteknopf zu drücken, wenn sie hier aussteigen wollten. Bis auf Mafalda und Pietro war das nur die Tätowierte aus dem vorderen Busteil. Mafalda musterte sie noch einmal abfällig, während sie wartete, bis sich die Türen öffneten.

Der Bus fuhr schwungvoll durch ein Schlagloch, was die an den Türen Stehenden beinahe zu Boden geworfen hätte. Unter lautem Quietschen hielt der Bus am staubigen Straßenrand, der dem Schild daneben nach wohl die Haltestelle sein sollte, und die Türen öffneten sich.

Nach dem Aussteigen schaute Mafalda sich befremdet um. Hier zeigte sich Norditalien wirklich von seiner hässlichsten Seite: sandige Felder, heruntergekommene Bauernhöfe und seltsam unbewohnt wirkende Eigenheime, die sich hinter mehr als mannshohen Zäunen versteckten. Eine schnurgerade Straße, auf beiden Seiten eingezäunt, führte auf das schon von Weitem sichtbare Gefängnisgebäude zu, eine Trutzburg aus grauem Beton ohne Fenster und mit Stacheldraht auf den Mauern.

Mafalda war in diesem Moment sehr froh, in Pietros Begleitung anzukommen. Wäre sie allein gewesen, wäre sie wohl unverrichteter Dinge umgekehrt. Es dauerte eine kleine Ewigkeit, bis sie über die lange Stichstraße, bewacht von Kameras auf beiden Seiten, das Eingangstor des Gefängnisses erreicht hatten.

Pietro drückte den schmutzig weißen Knopf der rostigen Klingelanlage und wischte sich gleich danach instinktiv die Hände an einem Taschentuch ab. Es dauerte eine Weile, bis sich jemand über die Gegensprechanlage mit einem unhöflich scheppernden »Sí?« meldete. Pietro gab sein Anliegen durch. Kurz danach summte ohne weitere Nachfrage der Türöffner, und sie traten in die triste Vorhalle.

Tageslicht hatte dieser Raum wohl noch nie gesehen. Die wenigen Fenster waren nicht nur vergittert, sondern zusätzlich mit einem Blickschutz aus Milchglas versehen. Die Schmutzschicht darauf filterte auch das restliche Tageslicht heraus. Es roch nach altem Linoleum und Desinfektionsmitteln. Die spärliche Möblierung, ein paar wahllos in einer Reihe aufgestellten Stühle als Wartebereich sowie ein Kleiderständer, wurde beleuchtet von einer Reihe von Neonröhren, die von der Decke herabhingen. Die vorletzte blinkte nervös, doch das schien niemanden zu stören, oder man hatte sich über die Jahre daran gewöhnt.

Am hinteren Ende der Halle gab es einen verglasten Schalter. Jemand schob einen dicken graugrünen Vorhang hinter der Glasscheibe beiseite, mal sanfter, mal energischer, denn die Gardinenhaken schienen immer wieder zu klemmen. Ein mürrisch dreinblickender Beamter in Gefängnisuniform wuchtete sich auf den Schreibtischstuhl hinter der Scheibe.

»Scarpa, Giuseppe«, rief er ins Mikrofon durch die blechern klingende Lautsprecheranlage. Pietro hob die Hand und ging mit Mafalda im Schlepptau auf den Schalter zu.

»Sie hätten Ihren Besuch eigentlich vorab anmelden müssen«, sagte der Beamte ohne Gruß und ohne sie eines Blickes zu würdigen. »Aber da Herr Scarpa erst seit Freitag hier ist, kann ich eine Ausnahme machen. Stellen Sie sich bitte nacheinander vor die Kamera.« Er zeigte auf eine kleine Aufnahmelinse, die an der Glasscheibe angebracht war.

Pietro tat dies zuerst und schob dann Mafalda davor. Sie blinzelte unsicher und begriff gar nicht, was da gerade geschah, folgte aber lieber den Anweisungen des sehr einschüchternd wirkenden Beamten. Alles hier mutete sehr beklemmend an. Ein Gefängnis hatte sie noch nie von innen gesehen.

»*Bene*«, sagte der Beamte und tippte auf seinem Computer herum. »Ihre Papiere bitte.«

Mafalda und Pietro legten ihre Ausweise in das kleine Dokumentenfach unter der Glasscheibe. Der Beamte betätigte einen Hebel und zog es zu sich. Er tippte erst noch weiter und schaute dann irritiert auf die Nachnamen in den Ausweisen.

»*Signora e signore Cinquetti* …«, las er laut. »In welchem Verwandtschaftsverhältnis stehen Sie zu Signore Scarpa?« Er spähte misstrauisch durch die Scheibe.

Pietro wollte schon antworten, doch Mafalda puffte ihn

in die Seite. Sie hatte so eine Frage schon geahnt. »Ich bin seine Tante«, sagte sie. »Mütterlicherseits«, fügte sie noch hinzu in der Hoffnung, damit eine Erklärung für die verschiedenen Nachnamen zu liefern.

Der Beamte schüttelte stoisch den Kopf und legte die Ausweise zurück in die Transportschublade. »Tut mir leid. Nur Eltern und Kinder.«

Mafalda schaute ihn unglücklich an. »Aber ich bin seine einzige lebende Verwandte«, sagte sie. Pietros strenger Blick bedeutete ihr, dass ihm diese kleinen Notlügen langsam etwas zu weit gingen. Schließlich war er in Uniform hier, also quasi in offizieller Funktion.

»Nur direkte Angehörige. So sind die Regeln«, erklärte der Beamte. »Tut mir leid.« Er schob ihre Ausweise zurück und zog ihnen den Vorhang vor der Nase zu.

Mafalda wollte an die Glasscheibe klopfen, doch Pietro hielt sie am Arm zurück und schüttelte den Kopf.

In diesem Moment kam ein schlaksiger junger Mann im schlecht sitzenden Discounteranzug durch die gesicherte Drehtür. »Sie wollten zu Signore Scarpa? Bitte entschuldigen Sie, ich habe es gerade von drinnen gehört.«

Mafalda und Pietro schauten sich erstaunt an. »Sì. Wir wollten ihn besuchen. Man will uns aber nicht reinlassen.« Mafalda blickte böse zum Schalter mit dem geschlossenen Vorhang.

»Nur Verwandte ersten Grades, sì«, sagte der Schlaksige. »Darf ich mich vorstellen? Ich bin Stefano Romano, der Anwalt von Signore Scarpa.«

Mafalda musterte ihn erstaunt von oben bis unten. Dem Aussehen nach hätte sie ihn selbst als Gerichtsboten als wenig vertrauenerweckend angesehen. »Wann hat Beppe ... Signore Scarpa Sie denn engagiert?«, fragte sie irritiert.

»Ich bin sein Pflichtverteidiger«, entgegnete er, und Mafalda nickte verstehend.

»Und wann wird er endlich freigelassen?«, fragte sie.

»Wieso?« Der Anwalt sah sie irritiert an.

»Weil es keinerlei Beweise gegen ihn gibt, zum Beispiel«, erklärte Mafalda mit zusammengekniffenen Augen.

»Aber doch einige Indizien.«

»Indizien, Indizien!«, rief Mafalda und wiegte sich von einer Seite zur anderen. »Arbeiten Sie für ihn oder für die Staatsanwaltschaft? Dass jemand wie Beppe ... wie Signore Scarpa gar nicht im Stande wäre, so eine ausgefeilte Tat zu begehen, zählt wohl gar nicht?«

»Ich muss mir die Akte noch mal gründlich durchlesen. Dazu hatte ich noch keine Zeit«, sagte der Anwalt leicht abwesend. »Aber jetzt habe ich noch einen Termin in Vicenza.« Mafalda verdrehte die Augen, und er hob die Hand wie zum Abschied.

»Haben Sie ihn wenigstens gesprochen? Geht es ihm gut?«, rief sie ihm kleinlaut und mit sorgenvoller Stimme hinterher, als er schon fast zur Tür hinaus war.

»Er hat nicht viel gesagt.« Der Türsummer ertönte, und der Anwalt verschwand durch die Metalltür nach draußen.

Mafalda war auf hundertachtzig. Dies wäre kein guter Zeitpunkt für die Dottoressa gewesen, ihren Blutdruck zu messen. Sie schaute Pietro an und zeigte auf die Ausgangstür. »Der ist höchstens zwölf!«, rief sie empört, ballte die Fäuste und blies die Wangen auf. Sie lief zwischen dem Schalter und der Tür hin und her und starrte dabei auf den verschlissenen Linoleumboden.

Irgendwann blieb sie stehen und schaute Pietro an. »Wenn wir Beppe nicht bald helfen, sitzt er noch Weihnachten hier drin. Weil der da …« Sie zeigte in Richtung Ausgang, wo der Pflichtverteidiger verschwunden war. »Der da wird ihn nicht rausholen!« Sie stampfte mit dem rechten Fuß auf. »Der hat ja noch einen Termin in Vicenza«, äffte sie ihn nach.

»*Nonna*, lass uns gehen. Wir können hier heute nichts mehr erreichen«, bat Pietro mit leiser Stimme. »Ich hatte mir fast gedacht, dass wir als Fremde nicht zu ihm gelassen würden. Aber du warst heute früh so optimistisch. Da wollte ich dir die gute Stimmung nicht verderben.«

»Fremde?«, rief Mafalda empört und schaute auf den Karton mit dem Kuchen, der immer noch auf dem Tisch vor ihr stand. Dann warf sie Pietro einen kampfeslustigen Blick zu. »Nicht ohne meine Torte abgegeben zu haben!«, rief sie in einem Ton, der keinen Widerspruch duldete.

Mit acht energischen Schritten ging sie wieder auf den Schalter zu und hämmerte mit der Faust so heftig an die Glasscheibe, dass diese bebte. Der Vorhang dahinter wurde schnell zur Hälfte beiseitegeschoben – diesmal in einem Ruck und ohne dass sich die Gardinenhaken verklemmten. Der Beamte schaute sie erschrocken an. Mafalda stellte den

Kuchen auf die Ablagefläche vor dem Schalter. »Können Sie den bitte Herrn Scarpa geben? Mit Grüßen von Mafalda!«

»Das ist nicht möglich«, sagte der verdatterte Beamte.

»Wenn das nicht möglich ist, dann sollten Sie den da schnellstens von der Wand abhängen!«, rief Mafalda erzürnt und zeigte auf das schief hängende, ausgeblichene Bild des Papstes, das hinter dem Beamten an der fleckig weißen Wand hing.

Der Mann schaute hinter sich, öffnete dann nach kurzem Zögern eine Klappe an der Seite neben dem Schalter und bedeutete Mafalda, den Kuchen zu ihm hinüberzuschieben.

»Es ist eine *torta veneziana!*«, rief sie. »So was Leckeres kennt ihr hier gar nicht auf dem Festland.«

»Demnach hattest du auch einen schönen Tag,« sagte Angelo. Der Ärger über den missglückten Besuch bei Beppe im Gefängnis in Padua war Pietro noch immer anzusehen, auch nachdem er Angelo in aller Ausführlichkeit davon berichtet und sich den Frust von der Seele geredet hatte.

Die zwei saßen auf ihrer angestammten Bank an der Kaimauer vor ihrer Wohnung und blickten hinaus auf die Lagune. Sie trugen dicke Kapuzenpullover, aber nachdem sich im Tagesverlauf das Wetter deutlich gebessert hatte, war der Abend einfach zu schön, um ihn drinnen zu verbringen. Zwischen ihnen lag ein Pappkarton mit Pizza, daneben standen zwei Gläser und eine Flasche Rotwein.

»Ich wusste ja, dass die Chancen schlecht waren, zu Beppe vorgelassen zu werden«, sagte Pietro erschöpft und

traurig. »Aber wenn sie sich etwas in den Kopf gesetzt hat ...
Du kennst meine *nonna*.«

»Nicht so gut, wie mir lieb wäre.« Angelo legte den Kopf
zur Seite.

Pietro nahm einen kräftigen Schluck aus dem Weinglas.
»Das ist jetzt kein guter Zeitpunkt für deine Scherze«, sagte
er, und Angelo nickte.

»Es war kein Scherz«, entgegnete der nachdenklich.

Für einen Moment fürchtete Pietro, dass Angelo hartnäckig bleiben würde. Es beruhigte ihn sehr, dass dieser das
Thema wechselte. »Ich war heute auch nicht untätig und habe
das Museum und dessen Chefin ein wenig durchleuchtet.«

Pietro sah ihn an. »Und?«

»Nicht viel. Eigentlich sogar nichts. Vorfälle wie diesen
hat es noch nie gegeben. In der Presse ist nur Lob zu finden.
Die Stadtverwaltung äußert sich auch durchweg positiv. Ich
denke, die sind froh, dass es da noch eine Sehenswürdigkeit
gibt, die die Touristen von der Rennstrecke zwischen Rialto
und San Marco weglockt.«

Pietro nickte. »Und die Chefin? Die Kuratorin?«

»Untadeliger Lebenslauf. Prädikatsexamen. Lange Tätigkeit als Assistentin des Direktors in Florenz, in den Uffizien.
Dann ein kurzes Intermezzo bei der Tate in London. Mehrere veröffentlichte Artikel in anerkannten Fachmagazinen.
Eine echte Koryphäe, Meisterin ihres Fachs. Seit sechs Jahren ist sie hier die unumschränkte Herrscherin über den Palazzo Venier dei Leoni. Und gern gesehener Gast bei jedem
offiziellen Anlass der Stadt.«

»So jemand klaut doch keine Bilder«, sagte Pietro und schaute in die Weite der Lagune hinaus.

»Ich habe Anna gebeten, ob sie in den Akten des Innenministeriums etwas über sie findet«, sagte Angelo und nahm sich ein Stück von der Pizza Capricciosa aus dem Karton.

Pietro schaute ihn erstaunt an. »Es gibt mal eine Datenbank, in die du nicht reinkommst?«

Angelo grinste, hob die rechte Hand entschuldigend zur Seite und biss von seinem Stück Pizza ab, hielt die Pizza dann zu Pietro herüber, der sich leicht vorbeugte und auch einen Happen nahm.

Als Angelos *telefonino* klingelte, legte er das Pizzastück zurück in den Karton und nahm das Gespräch an. Auf dem Display war Annas Gesicht zu sehen.

»*Salve*, Anna.«

»*Ciao*, Angelo.«

»Pietro ist auch hier.« Angelo hielt das Telefon etwas weiter von sich weg, damit sie beide zu sehen waren.

»Pizza in der untergehenden Sonne?«, sagte Anna. »Jetzt bin ich ja ein kleines bisschen neidisch.«

»Wo bist du denn?«, fragte Pietro.

»Auf der Arbeit«, antwortete Anna und ließ die Mundwinkel nach unten hängen.

»Um diese Zeit noch?«, fragte Angelo überrascht.

»Ja, ich komme nur ungestört an die Computer, wenn mein Chef Feierabend hat. Sonst geht er immer schon um halb vier, aber heute ist er bis sieben geblieben.« Sie drehte die vor ihr liegende Computertastatur um und hielt sie triumphierend ins Bild. »Aber er war so freundlich, seine Passwörter unter der Tastatur zu notieren.«

»Das geht schon wieder in so eine Hackerrichtung – ich bin nicht sicher, ob ich das mithören will.« Pietro schaute mit gerunzelter Stirn zwischen Anna und Angelo hin und her.

»Entspann dich, Pietro«, sagte Anna. »Ich habe meinem Chef gesagt, dass ich die Kaffeemaschine nach Dienstschluss gründlich reinigen möchte, und er hat mir das anstandslos abgekauft. Und niemand zwingt ihn, seine Passwörter unter die Tastatur zu schreiben.«

»Und wie hast du die gefunden?«, fragte Pietro immer noch leicht ärgerlich zurück.

Anna machte ein Gesicht wie ein Unschuldslamm. »Auf der Rückseite des Bildes von seiner Frau war es nicht, da lag es doch nahe …«

Pietro räusperte sich.

»Jedenfalls«, fuhr Anna fort, »gibt es über eure Kuratorin nichts, keinen einzigen Eintrag. Bis auf den mit der Anzeige wegen des Anschlags von letzter Woche.«

»So was in der Art hatte ich auch schon herausgefunden«, sagte Angelo. »Exzellenter Abschluss, geschätzte Fachkraft, lupenreine Karriere und geschätzter Gast. Keinerlei Auffälligkeiten.«

»*Sì*, das stimmt«, sagte Anna. »*Allerdings* …« Sie betonte jeden Buchstaben des Wortes, während sie es gedehnt ins Telefon sprach.

»Allerdings was?«, fragten Angelo und Pietro im Chor nach.

»Ich habe die Akte von Beppe noch mal durchgeschaut. Und da hab ich etwas Interessantes gefunden. Beziehungsweise nicht gefunden. Nicht mehr.«

Angelo hob die Augenbrauen.

»Wie, nicht gefunden?«, fragte Pietro.

»Nicht mehr, wie gesagt«, antwortete Anna. »Der Eintrag des ermittelnden Sergente, der den Verdacht gegen Beppe für ungerechtfertigt hält, ist aus der Akte entfernt worden. Komplett und spurlos.«

»Das ist eigenartig.« Nachdenklich schaute Pietro hinaus aufs Wasser.

»Das ist mehr als eigenartig.« Anna nickte. »Denn eigentlich kann man zu den elektronischen Akten nur Einträge hinzufügen, aber nichts löschen. Nicht mal der Commissario kann das. Zumindest nicht ohne Hilfe von der IT. Ich dachte mir, ihr solltet das wissen.«

»*Grazie mille*, Anna«, sagte Angelo.

»Gerne doch. Und ich nutze die Ungestörtheit heute Abend, um noch etwas weiter rumzuschnüffeln. Der Reinigungsdienst des Museums, die Security … Da sind ja noch zig andere Leute jeden Tag am Arbeiten.«

»Das ist toll, Anna«, sagte Pietro.

Anna lächelte. »Aber das nächste Mal gebt ihr mir vorher Bescheid, wenn ihr Pizza an der Lagune esst! Oder würde ich da euren romantischen Abend stören?«

»Wir sehen uns«, sagte Angelo lachend, und Anna legte auf.

»Schade«, meinte Pietro und legte ihm den Arm um die Schulter.

»Wieso?«

»*Nonna* hat diese Signora Dal Bosco irgendwie gefressen. Mit dem fehlenden Bild und dass sie das Fehlen dann geleugnet hat. Ich glaube, sie dachte, dass die was damit zu tun hat, dass die eigentlich hinter dem Anschlag auf die Bilder steckt. Und dass sie damit dann Beppes Unschuld beweisen könnte.«

»Nur weil nichts in den Akten steht, heißt das ja noch nicht, dass sie nicht daran beteiligt war«, gab Angelo zu bedenken.

Pietro legte den Kopf auf seine Schulter und seufzte. »Ja, aber das war unsere einzige einigermaßen heiße Spur. Und die ist jetzt gerade sehr lauwarm bis kalt geworden.«

16

Mafalda hatte sich nach der Rückkehr aus Padua auf einen ruhigen Abend zu Hause eingestellt. Aber dann hatte sie im Briefkasten eine Nachricht von Alma vorgefunden: *Hab dich nicht angetroffen. Lucia (!) hat etwas zum Fall recherchiert. Ich erzähle es dir morgen. Alma.*

Eigentlich war Mafalda zu müde, um noch etwas zu unternehmen. Unschlüssig lief sie in der Wohnung hin und her, setzte sich dann in ihren Lieblingssessel und schaltete den Fernseher ein. Einige Minuten wechselte sie rastlos von Sender zu Sender. Schließlich stand sie wieder auf, setzte den Hut auf, zog ihren Mantel an und machte sich auf den Weg.

Zu wem eigentlich? Alma oder doch Lucia? Das wusste sie im ersten Moment noch nicht so richtig. Hauptsache reden, denn sonst würde sie die ganze Nacht wieder nur grübeln. Während sie eilig im beginnenden Halbdunkel durch die Calle delle Conterie lief, den wärmenden Hut auf dem Kopf und den Mantelkragen weit nach oben gezogen, redete sie immer wieder mit sich selbst, was ihr irritierte Blicke der Passanten einbrachte. Für die Schönheiten der Gegend hatte sie heute kein Auge.

Nein, zu Lucia zu gehen wäre keine gute Idee. Die war vermutlich wieder unterwegs oder gab mit ihrem Mann Francesco eine Soirée für dessen noble Freunde. Oder sie lieferte sich mit ihm eine ihrer ständigen Kabbeleien. Zu Lucia ging man nicht unangemeldet oder uneingeladen.

Zu Alma schon eher. Die wird um diese Zeit sowieso allein zu Hause vor einem Fernsehquiz sitzen, dachte Mafalda, als sie den kleinen Kanal am Campo San Donato überquerte und dann links in Richtung von Almas Haus abbog.

Dessen Eingangstür war so wie meist nicht verschlossen und die Klingel ohnehin seit Jahren kaputt. Tagsüber hätte Mafalda laut nach oben zu Alma in den ersten Stock gerufen. Aber sie wusste, dass dies ihrer Freundin abends nicht recht war, denn sie wollte keinen Streit mit den Nachbarn. Mafalda betrat das schmale Treppenhaus mit den über die Jahrhunderte ausgetretenen Stufen und dem immer leicht modrigen Geruch. Oben angekommen klopfte sie kurz und trat mit einem flüchtig genuschelten »Permesso« in die Wohnung, sobald sie Alma rufen hörte. Zumindest dachte sie, sie hätte Alma rufen gehört.

Doch offenbar hatte sie sich geirrt, denn Alma war bei ihrem plötzlichen Eintreten erschrocken vom direkt gegenüber der Eingangstür stehenden Esstisch aufgesprungen. Und neben ihr – mit weit geöffnetem Mund, einer Serviette um den Hals und in karierten Filzpantoffeln – saß Enzo, Mafaldas Apotheker, einen Bissen Essen vor sich auf der Gabel.

»Na, wenn du nun schon hier hereingestürmt bist, dann kannst du auch mitessen«, sagte Alma trocken. Sie hatte sich als Erste wieder gefangen, zeigte auf den freien Stuhl neben sich und holte Besteck sowie einen weiteren Teller aus der Küche. Mafalda setzte sich und sah Enzo immer noch so verdattert an, als hätte sie einen Geist vor sich.

»Es fing an, als wir festgestellt haben, dass es Zeitverschwendung ist, wenn … wenn jeder von uns für sich …«, stotterte er. »Also jeder von uns muss ja kochen. Für sich selbst. Und das ist doch Zeitverschwendung.«

Alma kam mit dem Teller und dem Besteck zurück und stellte beides etwas lauter auf den Tisch vor Mafalda, als sie das wohl unter anderen Umständen getan hätte. »Wir sind doch alle erwachsen«, sagte sie. »Enzo wohnt bei mir.«

Mafalda brachte immer noch kein Wort heraus. Erst jetzt fiel ihr auf, dass Alma ganz entgegen ihrer bisherigen Gewohnheiten ein geblümtes Kleid trug und ihre Haare dezent anders frisiert hatte. Und war das Rouge auf ihren Wangen oder ein Zeichen ihrer Aufgeregtheit, was sie da sah?

»Weshalb bist du denn so übereilt hergekommen?«, fragte Alma.

»Ich … also … ja …«, stammelte Mafalda, den Blick immer noch ungläubig auf Enzo gerichtet. Dann fasste sie sich und schaute zu Alma, die zu ihrer Rechten saß. »Du hattest mir einen Zettel in den Briefkasten gelegt, dass Lucia etwas herausgefunden hat. Über unseren Fall …«

Alma hob die Augenbrauen. »Ach, darum geht es. Das hätte doch bis morgen Zeit gehabt. Ich fand es nur bemerkenswert, dass unsere Lucia etwas aus eigenem Antrieb recherchiert hat. Damit hatte ich nicht gerechnet.«

Mafalda stocherte in der Portion *bigoli in salsa*, die vor ihr standen. Dicke Nudeln mit einer Sauce aus Zwiebeln und Sardellen. Dieses Gericht war eigentlich eine alte Armenspeise, aber deswegen nicht minder lecker. Es war nicht so, dass es ihr nicht schmeckte. Alma war eine mehr als passable Köchin, wie sie fand. Aber es waren die überraschenden Neuigkeiten des Abends, und damit meinte sie mehr Enzo als Lucia, die ihr den Appetit verdorben hatten.

Sie erinnerte sich an die vielen Nachmittage, die sie bei Enzo in seiner Apotheke verbracht hatte. Sie hatte in ihm nie mehr als einen Freund gesehen, wenn auch einen sehr guten. Und doch fühlte sie sich ein wenig hintergangen, ihn hier mit ihrer besten Freundin zu ertappen.

»Es schmeckt wirklich köstlich«, sagte Enzo zu Alma. »Könnte ich bitte noch etwas davon haben?«

Alma kicherte wie ein Teenager, verschwand kurz in der Küche und kam mit dem Topf und einem großen Löffel zurück. »So viel du willst, *amore*«, sagte sie lächelnd, und Mafalda schaute immer noch irritiert zwischen beiden hin und her und fühlte sich wie im falschen Film. Das weiß gekalkte Esszimmer mit den wenigen kleinen Bildern und der eiskalten Energiesparbeleuchtung hatte eher das Flair einer Bahnhofswartehalle. Aber für Alma und Enzo, so schien es Mafalda, war es, als würden überall Blumen blühen und Schmetterlinge umherfliegen.

»Was hat Lucia denn jetzt herausgefunden?«, fragte sie ungeduldig, nachdem Alma den Topf in die Küche zurückgebracht hatte und sich wieder gesetzt hatte.

Alma schaute für einen Moment irritiert. »Ach das«, sagte sie dann. »Lucia hat bei allen bekannten Restauratoren herumtelefoniert. Es sind wohl mehrere Bilder zu einem von ihnen gebracht worden. Drei, wenn sie ihren Gesprächspartner richtig verstanden hat. Die Verbindung war anscheinend sehr schlecht.« Alma seufzte. »Wenn das stimmt, müssen wir wohl in Betracht ziehen, dass der Pollock auch dabei ist. Vielleicht eine routinemäßige Auffrischung. Mit so etwas kenne ich mich nicht aus.«

Mafalda antwortete nur mit »Oh!«. Und in diesem »Oh« steckte eine Spur von Enttäuschung. »Aber das hätte sie uns doch sagen können?«, fügte sie nach kurzem Nachdenken an.

»Simonetta Dal Bosco?«, fragte Alma zurück. »Ich hatte nicht den Eindruck, dass wir bei unserem Besuch so etwas wie Freundinnen geworden sind. Nicht mal ansatzweise.« Sie lachte heiser, faltete dann ihre Hände zusammen und legte den Kopf leicht zur Seite. »Ich habe mich da wohl etwas mitreißen lassen«, sagte sie, ohne Mafalda konkret als diejenige zu benennen, von der sie sich hatte mitreißen lassen. »Aber nun ist es ja gut, es scheint sich aufgeklärt zu haben.«

»Es ist nicht gut für Beppe«, sagte Mafalda mit einem deutlich weniger glücklichen Unterton als Alma eben.

Alma wiegte den Kopf. »Ja, keine Kameras, keine Zeugen

und keine andere heiße Spur. Da wird es wohl schwer werden, seine Unschuld zu beweisen.«

Mafalda schaute Alma streng an. Für sie klangen ihre letzten Sätze so, als wollte sie aufgeben, als hätte sie jeden Glauben an einen schnellen Erfolg verloren. Ihre Blicke schienen Alma nicht entgangen zu sein. Sie räusperte sich verlegen, schaute kurz zu Enzo und dann an die Decke, bevor sie sich wieder direkt an Mafalda wandte: »Vielleicht ist ja doch mehr dran an der Sache mit den schlampigen Ermittlungen und dem Commissario, so wie es in den Polizeiakten stand. Vielleicht sollten wir da noch mal nachhaken.«

Mafalda blickte statt einer Antwort nur stumm auf Enzo und sah Alma danach eindringlich an.

»Oh, Enzo«, sagte Alma nach einem Moment des Zögerns. »Er weiß alles. Wir haben keine Geheimnisse voreinander.«

Mafalda schaute auf das Messingkreuz an der Wand und sandte im Stillen ein Stoßgebet zum Himmel, dass sie endlich aus diesem Albtraum erwachen möge.

Am nächsten Morgen fragte sie sich immer noch, ob der Vorabend nur ein schlechter Traum gewesen war. Es war mittlerweile Dienstag. Der Gedanke an Alma und Enzo, vertraut bei Alma zu Hause, ihre Freundin mit Rouge auf den Wangen und im geblümten Kleid, schien ihr zu absurd, um wahr zu sein. Zumindest bis sie später am Vormittag, als sie schon auf ihrem Stammplatz auf dem Campo San Donato vor der Bar Il Sole saß, Alma in einem anderen bunten Kleid über die Kanalbrücke kommen sah. Sie musste groß shoppen gewesen sein.

Mafalda blickte selbstkritisch an sich herunter. Nachdem Alma sich so herausgeputzt hatte, würde sie mit ihrer weißen Bluse und dem karierten Rock spätestens nach Lucias Eintreffen reichlich altmodisch und aus der Zeit gefallen aussehen. Es war nicht so, dass sie ihre Sachen nicht mehr mochte. Aber sie mochte sie halt schon sehr lange. Und erst durch Almas plötzliche Verwandlung wurde ihr das klar.

»*Salve*«, sagte Alma, als sie Mafaldas Tisch fast erreicht hatte. Statt einer Begrüßung zeigte Mafalda auf das für Alma ungewöhnliche Kleid. »Oh, das ist nur so ein altes Ding, das schon viel zu lange in meinem Schrank den Staub angezogen hat.«

Mafalda nickte. »Soso. Bei dir ist ja so einiges entstaubt worden die letzten Tage.« Sie konnte sehen, wie Alma unter ihrem Rouge rot anlief. Doch bevor sie noch etwas sagen konnte, unterbrach Emilia, heute im dunkelblauen Jogginganzug, die Unterhaltung der beiden und stellte *caffè* und *ombra* auf den Tisch.

»Ich musste gar nicht so lange herumtelefonieren«, sagte Lucia wenig später zu Mafalda, während sie sich an ihrem Weinglas festhielt und Almas optische Veränderungen misstrauisch aus dem Augenwinkel musterte. Noch immer saßen sie an ihrem Stammtisch in der Bar Il Sole, wo Lucia, heute im sonnenblumengelben Kleid mit Perlenkette und Perlenohrringen, soeben zu Alma und Mafalda gestoßen war.

»Die verschmutzten Bilder sind zum Studio Zanchetta gebracht worden. Studio Loredano Zanchetta, Restaurazione e Conservazione in Castello beim Campo Santa Maria Formosa«, erklärte Lucia mit einem selbstzufriedenen Grinsen.

»Und ein drittes Bild wohl auch«, sagte Mafalda zerknirscht. Lucia schaute sie erstaunt an und blickte dann böse zu Alma, die ihren Ermittlungserfolg vorab verraten haben musste und damit ihren großen Auftritt verdorben hatte. »*Sì*, drei«, sagte sie pikiert. »Wenn ich es richtig verstanden habe.«

»Dann ist der Jackson Pollock wohl auch da«, sagte Alma von der Seite. »Es hat also alles seine Richtigkeit. Kein Bild ist verschwunden. Aber wir stehen damit leider quasi wieder am Anfang.«

»Aber warum hat mir das diese …«, Mafalda fiel der Name nicht ein, »… diese Bohnenstange …«

»Simonetta. Simonetta Dal Bosco«, half ihr Alma aus.

»Genau die«, sagte Mafalda. »Warum hat sie mir das nicht einfach gesagt, als ich sie gefragt habe?« Die Enttäuschung über ihre eben noch heiße Spur, die so plötzlich kalt geworden war, saß immer noch tief.

»Wir hatten nicht den besten Start – das sagte ich doch schon«, antwortete Alma. »Wenn man mit dieser Signora Dal Bosco überhaupt einen guten Start haben kann.«

Lucia zuckte mit den Schultern. »Sie wird ihre Gründe gehabt haben. Vielleicht wollte sie uns nur loswerden.«

»Was haben wir denn sonst noch an Anhaltspunkten?«, fragte Alma in die Runde.

»Jemand bei der Polizei hat wohl die Passagen, die Beppe

entlasten, aus den Akten gelöscht«, erwiderte Mafalda. »Das hat mir Pietro erzählt. Und das geht eigentlich gar nicht. Das ist in so einem Computer gespeichert, und man kann nichts löschen, nur hinzufügen, meinte Pietro.«

Lucia runzelte die Stirn. »Aber das macht unseren Fall doch eher noch komplizierter, oder? Wenn es keine Beweise mehr gibt, die Beppe entlasten?«

»Nicht unbedingt«, gab Alma zu bedenken. »Es könnte auch ein Indiz dafür sein, dass jemand etwas verbergen wollte, dass jemand etwas verbergen musste.«

»Entweder das«, Mafalda nickte Alma zustimmend zu, »oder es geht dem Commissario wirklich nur um sein Ego.« Sie warf den herbeigeeilten Spatzen ihren Kaffeekeks zu, was Alma und Lucia dazu veranlasste, ihre Kekse schnell von der Untertasse zu nehmen und sich synchron in den Mund zu schieben.

Alma war anzusehen, dass sie grübelte, so angestrengt, wie sie ihren Keks kaute. »Wie meinst du das? Mit seinem Ego?«, fragte sie Mafalda.

»Das habe ich euch noch nicht erzählt«, sagte Mafalda lächelnd. »Pietro hat das herausgefunden. Der Commissario ist ein eitler Pfau kurz vor der Rente. Der hat den Job wohl nur bekommen, weil er nach all seinen Dienstjahren an der Reihe war. Und jetzt möchte er dem Ganzen noch einen krönenden Abschluss verpassen. Das war jedenfalls Pietros Eindruck.«

Alma schüttelte ungläubig den Kopf. »Und was heißt das für unseren Fall?«, fragte Lucia.

Mafalda holte tief Luft und antwortete: »Dass zumindest die Möglichkeit besteht, dass er Beppe als Bauernopfer benutzt, um diesen krönenden Abschluss schneller herbeizuführen.« Sie hob entschuldigend die Hände. »Pietro hat mir das so gesagt. Und Anna hat wohl auch so etwas gehört. Aber es scheint mir durchaus plausibel.«

»Wir sollten systematischer vorgehen«, sagte Alma und stand auf, um die Kekshüllen in den Müllcontainer am Rande des *campo* zu werfen. Im Gehen, den Kopf zu Mafalda und Lucia gedreht, fuhr sie fort: »Ich meine, wenn wir nur eine Spur verfolgen, stehen wir möglicherweise in ein paar Tagen wieder vor dem Nichts. Und das bringt uns nicht weiter.«

Mafalda nickte. »Das wäre nicht in Beppes Interesse. Was ist denn zum Beispiel mit dem Reinigungsdienst? Gibt es da jemand, der verdächtig ist?«

»Ich habe ja eine Haushälterin«, antwortete Lucia blasiert. »Vielleicht hat sie Kontakte in der Branche. Ich könnte sie fragen.«

Mafalda verdrehte die Augen und sah, dass auch Alma genervt war. Sie ignorierte Lucias blasierten Kommentar. »Der Sicherheitsdienst kommt grundsätzlich auch infrage.«

Lucia lächelte ein wenig verächtlich. »Sicherheitsdienst. *Beh!* Ich habe meine Zweifel, ob uns schlecht bezahlte Hilfskräfte, die den ganzen Tag lang gelangweilt in der Ausstellung herumsitzen, wirklich weiterhelfen können«, antwortete sie und lachte gekünstelt.

»Nicht die Aufsichten«, entgegnete Mafalda. »Der Sicherheitsdienst. Irgendjemand muss doch die Absicherung des Museums im Blick haben und den ganzen Komplex außerhalb der Öffnungszeiten bewachen. Wenn es einen Sicherheitsdienst gibt, dann wusste der bestimmt auch davon, dass es derzeit keine funktionierende Videoüberwachung im ganzen Haus gab«, sagte Mafalda mit erhobenem Zeigefinger.

»Und was ist mit den Aufsichten?«, fragte Alma in die Runde. »Lucia, deine Skepsis in allen Ehren. Aber ich finde, die sollten wir nicht aus dem Auge verlieren. Nicht nur die, die an dem Tag Dienst hatte, sondern auch die, die sich krankgemeldet hatten und damit wussten, dass die Museumsaufsicht unterbesetzt war?«

Mafalda nickte. »Guter Gedanke. Denen sollten wir auf die Finger schauen.«

»Ich will euch ja nicht ausbremsen. Aber wann habt ihr zuletzt eine engagierte und motivierte Museumsaufsicht gesehen?«, plauzte Lucia etwas barsch dazwischen. »Das sind doch alles nur Studenten, die mit offenen Augen auf einem Hocker in der Ecke sitzen und den Rausch vom Vorabend ausschlafen. Die sind irgendwie anwesend und sollen groben Unfug verhindern. Mehr nicht!«

Alma reagierte verstimmt auf Lucias Ausbruch. »Es ist ja wohl nicht so, dass wir zu viele Anhaltspunkte haben und uns leisten könnten, einigen nicht nachzugehen.« Sie legte die Stirn in Falten und fragte dann Mafalda: »Aber wie sollen wir überhaupt herausfinden, wer da an dem Tag gearbeitet hat? Diese Simonetta Dal Bosco wird es uns kaum verraten.«

»Diese Arbeit hat uns glücklicherweise die Polizei schon abgenommen«, erwiderte Mafalda. »In den Akten, die mir Pietro gegeben hat, sind alle Personen mit Namen und Adresse aufgeführt. Das dürfte uns die Sache deutlich erleichtern.«

»Pietro gibt dir seine Akten zum Lesen?«, fragte Alma erstaunt. Mafalda zuckte mit den Schultern. »Ein paar zerknitterte Kopien. Sie lagen heute früh in meinem Briefkasten«, antwortete sie. »Wahrscheinlich wollte er sie mir nicht persönlich geben. Quasi offiziell. Aber wer soll es denn sonst gewesen sein? Und in den Akten stand alles drin.«

»Ich finde, wir sollten gleich morgen noch mal rüberfahren. Nach Venedig. In die Peggy Guggenheim Collection. Und uns dort im Umfeld umsehen«, schlug Lucia vor. Dass Mafalda vertrauliche Akten auf undurchsichtigen Wegen erhalten und gelesen hatte, schien sie nicht sonderlich zu schockieren.

Alma nickte. »Dann brauchen wir aber unbedingt ein besseres Alibi als beim letzten Mal«, meinte sie. »Ich hatte bei unserem ersten Besuch die ganze Zeit über so ein flaues Gefühl im Magen, als ob wir jeden Moment auffliegen würden.«

»Beh … du findest, wir brauchen ein Alibi für drei alte Frauen, die in der Nachbarschaft herumschnüffeln und alles beobachten?«, fragte Mafalda mit einem leicht mitleidigen Lächeln. Alma nickte stumm, während Lucia bei »alte Frauen« wie gewohnt missbilligend die Augenbrauen hob.

»Außerdem sind da so viele Touristen, dass uns niemand

bemerken wird. Und in der Ausstellung geben wir uns weiterhin als Expertinnen der Versicherung aus, sollte jemand fragen«, sagte Lucia.

»Dann treffen wir uns morgen früh um acht am Anleger?«, fragte Mafalda.

»Um neun«, erwiderte Lucia. »Das Museum öffnet sowieso erst um zehn. Und ich möchte außerdem nicht wieder ohne *caffè* von euch durch die halbe Stadt gejagt werden.«

»Vorher kann ja jede von uns noch ein bisschen herumtelefonieren. Alte Freunde anrufen, überfällige Gefallen einfordern. Vielleicht finden wir da ja schon etwas Neues heraus«, meinte Alma.

»Ich gebe euch die Adressen der Aufsichten nachher am Telefon durch«, sagte Mafalda. »Auch wenn du glaubst, dass das nichts bringt«, sagte sie zu Lucia, »finde ich immer noch, dass das einen Versuch wert ist.« Sie nickte, stand auf und verabschiedete sich.

Das Wetter war zu schön, um direkt von der Bar Il Sole wieder nach Hause zu gehen. Außerdem hatte die Dottoressa Mafalda regelmäßige Spaziergänge verordnet – und die waren noch die am wenigsten bittere Pille aus ihrem Arsenal. Statt also an der kleinen Galerie in der Calle delle Conterie links abzubiegen und dann geradeaus auf dem schnellsten Weg nach Hause zu gehen, entschloss sich Mafalda spontan, rechts abzubiegen und zwischen den Wohnhäusern an der schmalen Calle Brussa mit ihren kleinen Vorgärten, die sich hinter schmiedeeisernen, weinbelaubten Zäunen und Toren versteckten, entlangzuschlendern.

Etwas weiter die Gasse hinunter wandte sie sich wiederum nach rechts, in Richtung der Neubauhäuser an der Calle San Bernardo, die die Stadtverwaltung vor einigen Jahren im zuvor unbebauten Norden von Murano hatte erbauen lassen, um dringend benötigten Wohnraum für alle diejenigen zu schaffen, denen die Altbauten auf den Inseln zu unmodern, zu schwer beheizbar oder schlicht und einfach zu feucht waren.

Auf dem Weg grübelte sie vor sich hin. Wirklich zufrieden war Mafalda mit dem Ergebnis des Gespräches in der *bar* nicht. Vor allem brachte es sie der von ihr erhofften baldigen Freilassung von Beppe nicht näher. Und die wäre nicht nur für Beppe wichtig, der jetzt fern seiner gewohnten Heimat in einer Gefängniszelle saß. Inzwischen war es in den wenigen Tagen auch für Mafalda selbst wichtig geworden, denn sie wollte nur zu gerne die Bestätigung, dass sie recht hatte. Außerdem war Beppe zu helfen überraschenderweise die erfüllendste Tätigkeit, die sie seit Langem ausgeübt hatte. Da war etwas, das ihr unbewusst in ihrem Leben gefehlt hatte. Und über die letzten Tage hatte sie mehr und mehr gefühlt, dass sie gefunden hatte, was sie zuletzt vermisst hatte.

Insofern unterschied sie sich nicht allzu sehr vom Commissario drüben in Venedig, der sich auf der Suche nach einem krönenden Abschluss seiner Polizeikarriere durch einen prompten Ermittlungserfolg vorschnell auf Beppe als Täter eingeschossen hatte. Andererseits kam Mafalda der Gedanke, dass es doch etwas weit hergeholt war, einen Menschen unschuldig hinter Gitter zu bringen, nur um das eigene Ego zu füttern und als erfolgreicher Commissario in Rente zu gehen. Oder doch nicht? Mafalda war sich nicht sicher.

Insgeheim hatte sie wie der Commissario gehofft, den Fall rasch aufzuklären und Simonetta Dal Bosco als Täterin zu überführen. Das hatte ihr Bauchgefühl gesagt, als sie drüben in der Peggy Guggenheim Collection stand, genau so wie Padre Osman es ihr prophezeit hatte. Doch diese Lösung schien nun ausgeschlossen, unmöglich, verbaut – mit Signora Dal Bosco als untadeliger Fachfrau ohne echtes Motiv.

Inzwischen kamen ihr sogar leichte Zweifel, ob sich Beppe nicht doch von seinen Internetfreunden zu einer Dummheit hatte überreden lassen. Waren sie alle vielleicht voreilig von seiner Unschuld ausgegangen und hatten sich so in eine Sackgasse verrannt?

Sie schob den Gedanken schnell wieder beiseite, verärgert, weil sie überhaupt daran gedacht und an ihren Instinkten gezweifelt hatte. Wenn sie denen nicht mehr trauen konnte, wie wollte sie dann Beppe helfen und den wahren Täter überführen?

Über dem Grübeln war Mafalda fast am Canale di San Mattia angekommen, der ihren Teil der Inseln von Murano von dem weiter nördlichen Sacca San Mattia abtrennte, wo auf einer künstlichen Insel die Sportplätze lagen. Und eine Menge unerschlossenen Brachlands dazu. Um diese Tageszeit, am frühen Nachmittag, war es zwischen den hässlichen

Betonneubauten mit den verwaschenen und schon etwas in die Jahre gekommenen grau-gelben Fassaden menschenleer. Die Bewohner waren vermutlich alle im vorderen Teil der Insel oder drüben in Venedig bei der Arbeit. Jedenfalls nicht hier im Norden von San Donato auf Murano. Nur das Schnattern der vorbeischwimmenden Enten und das Gekreische der Möwen waren zu hören. Und in der Ferne hupte ab und zu ein Fährboot oder ein *vaporetto*.

Mit einem Mal vernahm Mafalda ein Zischen, das nur von kurzen Pausen unterbrochen wurde, dafür leise, aber deutlich hinter den Müllkübeln an der Stirnseite des Wohnblocks zum Kanal hin. Kein Tier, eher ein technisches Geräusch, als wenn Luft aus einem Fahrradreifen entwich. Hätte es denn Fahrräder auf Murano gegeben. Neugierig spähte Mafalda um die Ecke.

Vor der fleckigen, unverputzten Wand hockte ein junger Mann im blauen Kapuzenpulli, mit dunkler Sonnenbrille und tief ins Gesicht gezogener Basecap und sprayte vermutlich – Mafalda konnte es nur hören und nach wie vor nicht sehen – ein Graffito an die Hauswand. Als sie näher kam, fiel ihr Blick auf das gleiche Motiv, das sie vor einigen Tagen weiter vorn in der Calle Angelo dal Mistro auf dem Nachhauseweg entdeckt hatte und das sie erst störend und dann doch charmant und sympathisch gefunden hatte: das kleine Mädchen mit der Ratte an der Hand. Nur dass das kleine Mädchen diesmal nicht in eine Pfütze sprang, sondern einen Luftballon steigen ließ.

Jetzt wusste Mafalda auch, wo sie eine Skizze dieser

Ratte schon einmal gesehen hatte. Leise ging sie noch ein paar Schritte heran. »Dass du meinen Pietro auch immer gut behandelst!«

Der junge Mann ließ vor Schreck seine Spraydose fallen und kippte beinahe zur Seite. Langsam drehte er sich, stand auf und nahm die Sonnenbrille ab. »Signora Mafalda, *buongiorno!*« Nachdem Mafalda ihn zurückgegrüßt hatte, hob er die Spraydose auf und schaute mit entschuldigendem Grinsen zwischen dem Graffito und Mafalda hin und her. »Sie werden mich doch nicht verpetzen?«

»*Certo no*, Angelo. Ich habe mich sogar ein bisschen in deine Bilder verliebt. Das Mädchen erinnert mich an mich früher, so schwer du dir das jetzt auch vorstellen kannst. Und die Ratte ist die gleiche wie die in dem Bilderrahmen im Flur von eurer Wohnung, richtig?« Angelo nickte. Mafalda blickte an der Hausmauer hinauf. »Die hätte schon lange einen neuen Anstrich gebrauchen können. Und so …« Sie zeigte auf das Graffito. »So sieht es gleich viel freundlicher aus. Jeder, der hier mit dem Boot vorbeifährt, kann es sehen.«

Angelo grinste. »Das war der Plan.« Nach kurzer Pause fuhr er fort: »Und wegen Pietro …?«

»Ich höre«, sagte Mafalda mit einem spöttischen Lächeln.

»Sie wissen …?«

Mafalda tippte Angelo rhythmisch mit dem Zeigefinger auf die Brust. »Du bist noch nicht so lange hier, mein Junge«, sagte sie. »Doch vor einer Mafalda Cinquetti kann niemand auf Murano etwas verbergen.«

Angelo nickte stumm.

»Aber zu Pietro …«, Mafalda legte den Zeigefinger an die Lippen, »… kein Wort. Ich will, dass er es mir selbst sagt, wenn er sich denn endlich mal traut.«

Angelo lachte gelöst.

»Ich bin da übrigens noch auf eine Sache gestoßen, die für den Fall mit Beppe interessant sein könnte, Signora Mafalda«, sagte er.

Mafalda machte eine abwehrende Handbewegung. »Mafalda bitte. Oder gleich *nonna*. Schließlich bin ich …«, sie zögerte kurz, »… deine Schwiegergroßmutter!«

»Mafalda, sehr angenehm.« Er führte sie am Arm zu einer Bank am Kanalufer. »Was ich Ihnen … dir erzählen wollte: Ich bin auf einige interessante Punkte gestoßen, was diese Internetfreunde von Beppe betrifft.«

»Die, die den Drohbrief an die Peggy Guggenheim Collection geschrieben haben?«, fragte Mafalda, und Angelo nickte. »Erzähl«, bat Mafalda interessiert, nachdem sie sich auf die Bank gesetzt hatten.

»Also … das ist so … Es gibt das öffentliche Forum, in dem jeder mitlesen und mitreden kann, der möchte. Wie in einer großen Kneipe zum Beispiel, wo alle durcheinanderreden, manch einer auch sehr abwegige Ideen hat. Aber wenn sie genug getrunken haben, dann grölen alle gemeinsam im Chor.«

Mafalda nickte. So weit kam ihr das Szenario vertraut vor.

»Und dann gibt es dieses zweite Forum. Mehr so wie ein

Hinterzimmer zur Kneipe, zu dem nicht jeder Zugang hat. Da wird es ernster. Da wird Tacheles geredet. Da werden Aktionen durchgesprochen. Da wird strategisch geplant.«

»*Eh* … und so, wie du das sagst, Angelo, konntest du in diesem zweiten Forum vermutlich mitlesen?«, fragte Mafalda.

Angelo grinste selbstzufrieden.

»Du schon und Beppe vermutlich nicht?«, fragte Mafalda weiter.

Angelo nickte. »Genau. Beppe war nur bei denen, die vorn in der Kneipe herumgegrölt haben. Und da war er eigentlich recht sittsam und hat nicht viel gesagt oder geschrieben, soweit ich das sehen konnte.«

»Und was haben sie in diesem Hinterzimmer besprochen?«, fragte Mafalda. Das Wort »Hinterzimmer« versah sie mit ihren Fingern mit Gänsefüßchen.

»Dass sie ein Bauernopfer brauchen. Wenn sie mal auffliegen sollten.«

»*Dio mio!*«, rief Mafalda. »Es scheint beinahe so, als wäre Beppe für praktisch jeden in seinem Umfeld das perfekte Bauernopfer. Erst für die Polizei und jetzt auch für seine sogenannten Freunde im Internet!«

Angelo nickte. »Die haben ihn benutzt. Eiskalt benutzt. Gleich mit Namen benannt. Als sie die Aktion mit dem Drohbrief an die Peggy Guggenheim Collection geplant haben, hatten sie vereinbart, dass sie alle auf Tauchstation gehen sollten, nachdem der Brief verschickt wurde.«

»Und weil der arme Beppe praktisch jedem ungefragt

Namen und Wohnort mitteilt, ist der Verdacht sofort auf ihn gefallen.« Mafalda schlug sich mit den Händen auf die Oberschenkel.

»Das war ihr Plan«, bestätigte Angelo. »Und was auch noch interessant ist: Außer dem Drohbrief waren keine weiteren Aktionen geplant. Zu keinem Zeitpunkt!«

Mafalda schaute Angelo erstaunt an. »Das heißt, es gab keinen Anschlag auf die Bilder?«

»Keinen durch Beppes Internetfreunde jedenfalls«, antwortete Angelo. »Der Plan war von Anfang an, mit dem Drohschreiben möglichst viel Aufmerksamkeit auf ihr Anliegen zu lenken und dann wieder unterzutauchen.«

»Auch wenn sie damit Beppe ins Gefängnis gebracht hätten«, sagte Mafalda und schaute entgeistert auf ein paar Enten auf dem Kanal, die sich um etwas Essbares balgten.

»Nicht wirklich«, entgegnete Angelo. »Denn ohne den Anschlag bleibt ja nur das Drohschreiben. Und dafür wird man gerügt oder bekommt vielleicht Sozialstunden auferlegt. Aber ins Gefängnis kommt man dafür nicht.«

Mafalda nickte. Und nach einigem Nachdenken fragte sie: »Könntest du dieses Forum … könntest du diese Nachrichten nicht mal ausdrucken? Damit ich das der Polizei vorlegen kann? Denn wenn von der Gruppe nie mehr als ein Drohschreiben geplant war, dann können sie die Vorwürfe gegen Beppe ja kaum aufrechterhalten.«

Angelo wiegte den Kopf. »Ich bin nicht sicher. Die haben in den Foren nur Fantasienamen verwendet. In dem zweiten Forum sogar andere als im ersten. Beppe war der Einzige, der unter seinem echten Namen aufgetaucht ist. Das würde gar nichts beweisen.«

»Aber kann die Polizei nicht feststellen, von welchem Anschluss das geschrieben wurde? Ich habe mal im Radio gehört, dass sie so was machen können«, sagte Mafalda hoffnungsvoll.

Angelo schüttelte den Kopf. »*No*, nicht in diesem dunklen Teil des Internets. Und schon gar nicht die Polizei in Venedig. Die haben immer noch auf dem Dachboden ihre Schreibmaschinen eingemottet, für den Fall, dass sich das mit diesen Computern nicht durchsetzt. Tut mir leid.«

»Du musst dich nicht entschuldigen, Angelo.« Mafalda tätschelte seine rechte Wange. »Im Gegenteil. Du hast mir sehr weitergeholfen. Ich weiß jetzt definitiv, dass Beppe nichts angestellt hat. Ich war nämlich so langsam ins Zweifeln gekommen. Jetzt müssen wir nur noch herausfinden, wer es ihm in die Schuhe schieben wollte.«

Sie stand auf und nahm ihre Handtasche von der Bank. »Gleich morgen fangen wir an. *Grazie mille* für deine Hilfe!« »Kann ich nachher noch etwas bei dir vorbeibringen?«, fragte Angelo. Mafalda schaute ihn verdutzt an.

»Pietro muss nicht unbedingt etwas davon erfahren«, sagte er und grinste verschmitzt.

Mafalda hob die Augenbrauen. »Wir sind seit einer Minute per du und jetzt willst du schon Geheimnisse mit mir vor meinem Enkel haben? Geht das nicht etwas zu schnell?«, fragte sie amüsiert.

Angelo wedelte beschwichtigend mit den Händen. »Nur

eine Kleinigkeit. Zur Sicherheit. Pietro muss es nicht unbedingt wissen. Oder zu viele Fragen stellen.«

Mafalda knurrte etwas ungehalten: »Von mir aus. Ich bin nachher zu Hause.« Angelo lächelte und nickte.

»Danke nochmals für deine Hilfe«, sagte Mafalda. Dann drehte sie sich zur Hauswand mit dem Graffito hinter ihnen um und zeigte darauf. »Du hast die Schnurrhaare der Ratte vergessen.«

17

»Und wieso gehen wir damit nicht zur Polizei?«, fragte Lucia ungehalten und klappte den Mantelkragen hoch. Wie verabredet hatte sie sich mit Mafalda und Lucia an diesem Mittwochmorgen am Anleger in Murano getroffen, und jetzt saßen sie gemeinsam zwischen den morgendlichen Pendlern im *vaporetto* von Murano nach Venedig.

Das Wetter war über Nacht umgeschlagen, eiskalter Wind peitschte über die Lagune, und die Erinnerung, dass sie gestern Mittag noch im Sommerkleid auf der Terrasse der Bar Il Sole gesessen hatte, erschien Lucia wie ein weit zurückliegender Traum.

»Der Winter ist zurückgekehrt«, entfuhr es Alma beim Aussteigen am Fondamenta Nove, wo dicke, nasse Schneeflocken aus allen Richtungen auf sie einzustürmen schienen und sich am Boden zu einer klebrigen Masse verbanden. Wer meinte, Venedig sei zu jeder Jahreszeit schön, hatte es noch nie bei Schneematsch und Schneeregen gesehen.

»Wir können damit nicht zur Polizei gehen, weil wir nicht beweisen können, wer wirklich hinter den Gesprächen in diesem Internetforum steht«, sagte Mafalda, als sie vorsichtig auf den rutschigen Landungssteg trat, zu Lucia, die hinter ihr ging. »Die haben Fantasienamen gebraucht, und man kann das wohl nicht nachverfolgen. So hat mir das Angelo zumindest erklärt.«

»Aber heißt das jetzt, das Beppe definitiv unschuldig ist?«, fragte Alma, die voranging.

»Wenn man denn je an seiner Unschuld gezweifelt hat, dann ja«, rief Mafalda durch den laut pfeifenden Wind und die Pendler, die sich lautstark verabschiedeten. Doch Alma schien sie bei all dem Lärm nicht zu verstehen, und Mafalda bedeutete ihr und Lucia mit den Händen, in die nächste Gasse abzubiegen, wo es ruhiger und windgeschützter wäre.

»Beppe ist damit in jedem Fall entlastet«, sagte Mafalda, als man endlich wieder sein eigenes Wort verstehen konnte, und blickte zwischen den Freundinnen vor und hinter ihr hin und her. »Nur können wir das im Moment noch nicht beweisen. Diese Gruppe ist nicht für den Anschlag auf die Bilder verantwortlich. So etwas Konkretes hatten die nie geplant. Beppe hat höchstens den Drohbrief in den Briefkasten geworfen, mehr definitiv nicht.«

Alma seufzte einigermaßen erleichtert: »Das ist gut. Das ist sogar sehr gut! Als wir gestern so ganz ohne jede Spur dasaßen, sind mir doch ein paar kleine Zweifel gekommen, ob wir uns da nicht in etwas verrannt haben.«

»Nicht mein Beppe!«, rief Lucia. Mafalda musterte sie, weil sie nicht glauben konnte, wie schnell aus Beppe, dem großzügig geduldeten Untermieter, für Lucia eine Art Familienmitglied geworden war.

»Wonach suchen wir denn heute?«, fragte Alma, die wieder vorweglief und plötzlich an einer T-Kreuzung vor einem verrosteten Tor unschlüssig stehen blieb.

»Zuallererst nach dem Weg«, antwortete Mafalda knurrig. »Links ist es kürzer, glaube ich.«

Heute wollten sie den Fußweg vom Fondamenta Nove zur Rialtobrücke nehmen und ab dort mit dem *vaporetto* weiterfahren, anstelle die endlose Bootsfahrt um Venedig herum zu machen. Das war zwar ein Stück weiter zu laufen, sparte aber insgesamt immer noch eine halbe Stunde oder mehr. »Hier entlang«, sagte Mafalda entschlossen an der nächsten Kreuzung und bog nach rechts in die Calle del Fumo ein, nachdem sie sich einen Moment hatte orientieren müssen.

Sie ging schnellen Schrittes voraus, und ihre Freundinnen hatten Mühe, mit ihr mitzuhalten. Der Wind wehte ihnen kalt durch die Gasse entgegen. Aber wenigstens verirrten sich nur wenige Schneeflocken in die kaum zwei Meter breite Häuserschlucht. »Weiter vorn ist ein hübsches Restaurant mit einer von Weinlaub überrankten Terrasse. Da habe ich schon mal mit Pietro gegessen«, sagte Mafalda.

»Auf der Terrasse könnte es heute etwas frisch werden«, brummte Alma.

»Ich habe auch noch kein bisschen Hunger«, erklärte Lucia und zog ihren Mantelkragen noch etwas höher.

»Ich werde mir den Tag im Kalender markieren, Lucia.«

Mafalda stiefelte weiter grimmig dem Wind entgegen. »Ich hatte auch nicht vor, da zu essen. Aber danach müssen wir nur einmal links, dann gleich rechts, dann geradeaus, rechts und zweimal links. Dann sind wir fast bei Rialto.«

»Ich weiß schon, warum ich nicht stricke ...«, murmelte Lucia. »Ich habe komplett die Orientierung verloren.«

Mafalda zeigte auf das Restaurant, von dem sie erzählt hatte. »Die Seezunge war himmlisch!«

Nach weiteren zwei Abbiegungen blieb Alma stehen. »Ich weiß überhaupt nicht mehr, wo wir sind.« Die auf die Backsteinmauern gemalten Wegweiser-Schilder *Per San Marco* und *Per Piazzale Roma* halfen ihr nicht wirklich weiter, denn die gab es an jeder Hausecke. Und zu keinem der beiden Orte waren sie gerade unterwegs. »Wir hätten doch die etwas längere Strecke über San Zanipolo nehmen sollen«, murrte sie. »Da kenne ich mich wenigstens aus!«

Wie durch ein Wunder standen sie irgendwann auf einem kleinen Campo, von dem nach links über eine Brücke eine weitere Gasse abzweigte, aus der noch ein paar verspätete Pendler herbeieilten. Aus der *calle* von rechts erschien ein eifriger Reiseleiter mit einer Busladung chinesischer Touristen im Schlepptau, die für diese Gegend ausgesprochen früh unterwegs waren.

»Das sieht hier schon sehr nach Rialto aus«, murmelte Lucia mit Blick auf die Reisegruppe.

»Wir müssen nach links!«, rief Mafalda und ging voraus über die kleine Brücke, immer der Touristengruppe hinterher. In der Tat war ab hier auch wieder der Wegweiser *Per Rialto* an den Hausmauern zu sehen.

»Ich habe mich übrigens mal über die Sicherheitsfirma erkundigt, die du mir genannt hast, Mafalda«, sagte Alma.

»Das Istituto di Vigilanza Occhipinti?«, fragte Mafalda.

»*Sì*. Die sind neu in der Stadt und haben ihren Hauptsitz in Mestre. Und bewachen in letzter Zeit so ziemlich alles, was in Venedig mit Kunst und Sehenswürdigkeiten zu tun hat.«

»Dann scheinen sie exzellente Beziehungen zum Bürgermeister zu haben«, kommentierte Lucia mit einem spöttischen Grinsen.

»Da wären sie nicht die Ersten.« Mafalda seufzte laut. »Hast du irgendetwas Besonderes über die Firma herausgefunden?«

»Nicht wirklich«, antwortete Alma. »Beim Personal setzen sie auf eine wilde Mischung aus Süditalienern und Osteuropäern. Doch das ist für die Branche nicht wirklich ungewöhnlich. Ansonsten scheinen sie aber gute Arbeit zu leisten. Die sind seit knapp zehn Jahren im Süden tätig und haben sich jetzt ebenfalls hier im Norden ausgebreitet. Wie auch immer, der Chef von dem Laden ist ein gewisser Calogero Occhipinti. Der muss wohl ein Sizilianer alter Schule sein: machohaft, derb, grobschlächtig. Und mit uns als Frauen wird er wohl kaum auf Augenhöhe reden. Wir sollen uns jedenfalls vorsehen, wurde mir gesagt.«

»Und die sind allein für die Bewachung der Ausstellung zuständig?«, fragte Mafalda.

»Jein. Nur nachts, wenn ich das richtig verstanden habe«, entgegnete Alma. »Tagsüber wohl nur die Aufsichten. Wir sollten zur Sicherheit noch mal nachfragen.«

»Aufsichten, von denen es am letzten Donnerstag bekanntlich nur eine gab«, merkte Mafalda an.

Die chinesischen Touristen waren rechts in das Luxuskaufhaus Fondaco dei Tedeschi abgebogen, das das alte venezianische Hauptpostamt an gleicher Stelle ersetzt hatte. Die Anziehungskraft italienischer Luxusmarken war offenbar noch größer als die der hiesigen Sehenswürdigkeiten.

Mafalda bog zielsicher in die nächste *calle* rechts ab. Hier würden sie nach wenigen Metern seitlich auf den Canal Grande und die Rialtobrücke stoßen, ohne dass sie sich den Weg durch die nun in Massen aus Richtung Festland drängenden Tagestouristen bahnen müssten.

»Und die Aufsichten sind direkt bei der Peggy Guggenheim Collection angestellt? Oder kommen die auch von einer externen Firma?«, wollte Mafalda wissen.

»Nein, die arbeiten direkt für das Museum«, antwortete Alma.

Sie gingen jetzt über die Stufen des östlichen Endes der Rialtobrücke, immer geradeaus, zur Anlegestelle der *vaporetti*. Doch das war leichter gesagt als getan, denn von rechts, aus Richtung Piazzale Roma, der Umsteigestelle der Busse und Trams vom Festland, ergoss sich ein nicht enden wollender Strom von mit Handys und Selfiesticks bewaffneten Touristen. Es war fast unmöglich, diese Massen zu kreuzen und geradeaus weiterzugehen. Um ein Haar wären sie nach links in Richtung San Marco abgedrängt worden, und Mafalda hatte Alma komplett aus den Augen verloren.

Erst nach der Brücke fanden sie wieder zueinander. Es war die Stelle, an der sie letzten Samstag *caffè* und Prosecco getrunken hatten, bevor sie mit dem Taxi zum Museum gefahren waren.

»Warum bauen sie nicht einfach eine Kopie der Brücke auf das Festland? Dann hätten wir hier wieder unsere Ruhe!«, schimpfte Mafalda, und sowohl Alma als auch Lucia nickten.

Früher hatten Wind, Regen und Schneefall die Zahl der Tagestouristen zuverlässig nach unten gedrückt, und die Einheimischen hatten als Ausgleich für das schlechte Wetter ihre Stadt zur Abwechslung für sich allein gehabt. Doch diese Zeiten waren lange vorbei, und die Touristen bewegten sich mittlerweile das ganze Jahr lang unablässig zwischen Flughafen, Piazzale Roma und San Marco hin und her.

Mafalda brauchte einen Moment, um sich wieder zu fangen. »Wo waren wir? Ach ja – die Aufsichten! Demnach ist diese Simonetta Dal Bosco auch deren Vorgesetzte?«, fragte sie.

»*Sì*. Es gibt aber noch einen Personalmanager. Der arbeitet jedoch in einem Büroturm in Mestre und ist nur für die Einstellungen und Gehaltsabrechnungen zuständig«, erklärte Alma.

Mafalda war wieder losgelaufen, immer die Haltestelle im Blick. »Und das Reinigungsteam?«, wollte sie von Lucia wissen.

»Meine Haushälterin wusste nichts. Sie ist aus Rumänien und versteht auch kaum mehr als ein paar Sätze von dem, was ich sage. Aber ich habe herumtelefoniert. Unter einem falschen Namen natürlich.« Lucia nickte wichtig. »Da arbeitet nur eine Frau aus der näheren Umgebung. Die kommt jeden Morgen zwischen sieben und neun, wischt einmal feucht durch und entfernt die Spinnweben. Wenn sie verhindert ist, dann kommt ihre Tochter.«

»Demnach hat sie einen Schlüssel?«, fragte Mafalda, als sie ihr Ticket vor den Entwerter am Eingang der Haltestelle hielt.

»So wie der Sicherheitsdienst auch.« Lucia nickte. »Und der Gärtner. Der kommt einmal die Woche frühmorgens. Der Großteil des Gartens ist ja mit Steinen gepflastert. Viel mehr als das Laub wegzurechen macht der also nicht.«

Mittlerweile standen sie alle drei zwischen den übrigen Wartenden auf dem schwankenden Schwimmplateau der Haltestelle.

»Aber ist es nicht vollkommen unerheblich, wer noch einen Schlüssel hatte? Der Anschlag ist am Tag passiert. Wer auch immer da reinwollte, musste doch an den Kassiererinnen am Eingang vorbei«, gab Alma zu bedenken.

»Das stimmt. Da arbeiten zwei Damen mittleren Alters, am Wochenende kommt noch ein älterer Herr zur Unterstützung hinzu«, sagte Mafalda. »Der einzige Weg in die Ausstellung geht an der Kasse vorbei. Das hat mir eine Bekannte gesagt, die in einem der Nachbarhäuser regelmäßig ihre Tochter und Enkel besucht.«

»Und das weiß sie, weil sie da regelmäßig ihre Tochter ein Haus weiter besucht?«, fragte Lucia spöttisch.

Mafalda wischte Lucias Bedenken energisch mit einer Handbewegung davon. »Die Tochter ist die Nachbarin des älteren Herren, der am Wochenende die Kassiererinnen unterstützt. Es gibt nur den einen Weg nach drinnen, das hat er ihr bestätigt.«

»Es sei denn, man kommt vom Wasser aus«, bemerkte Lucia. »So wie wir letzten Samstag?«

»Nein, der Eingang vom Wasser ist wohl geschlossen, wenn nicht genügend Aufsichten im Haus sind, meinte meine Bekannte. Der Nachbar ihrer Tochter hat das gesagt. Das müsste eigentlich auch letzten Donnerstag so gewesen sein. Der normale Ausstellungsbetrieb läuft ohnehin nur über den Eingang vom Land aus.«

»Gibt es denn keine Notausgänge?«, fragte Alma.

Mafalda nickte. »Die gibt es. Zwei sogar. Aber die Türen kann man nur von innen öffnen. Und das würde sofort einen Alarm auslösen.«

»Ein Hinweis des älteren der beiden Nachbarn der jüngeren Tochter deiner entfernten Bekannten?«, fragte Lucia belustigt dazwischen. Mafalda holte tief Luft, atmete gleich wieder aus und sagte kein Wort. Nur die Augen verdrehte sie ein wenig.

Das *vaporetto* war mittlerweile unter der Rialtobrücke erschienen und hatte sich seinen Weg zum Anleger gebahnt. Nachdem alle Aussteigewilligen von Bord gegangen waren, war es fast leer. Mafalda, Alma und Lucia fanden drei Sitzplätze im Inneren des Bootes. Bei dem Wetter – seit ein paar Minuten hatte wieder leichter Schneefall eingesetzt – wollte niemand auf den unüberdachten Plätzen am Bug des *vaporetto* sitzen.

»Wir sollten trotzdem die Kassiererinnen fragen, ob nicht jemand von der Reinigung oder der Security tagsüber da war. Wenn die persönlich bekannt sind, werden sie vielleicht auch so durchgelassen«, gab Alma zu bedenken.

»Wieso konzentrieren wir uns eigentlich nur auf das Personal und nicht auf die Besucher?«, fragte Lucia.

»Weil wir Beppe als Besucher und Täter mittlerweile sicher ausschließen können«, sagte Mafalda, »und es sowieso wahrscheinlicher ist, dass das jemand gemacht hat, der sich genau mit den Örtlichkeiten auskennt.«

»Außerdem werden die wohl kaum Buch über ihre Besucher führen«, meinte Alma. »Und selbst wenn, dann wären das viel zu viele, um die alle zu befragen. Damit haben wir über das Personal die besten Chancen, einen Täter dingfest zu machen. Wenn es einer der Besucher war, werden wir das wohl nie herausfinden.«

Das *vaporetto* nahm mittlerweile Kurs auf den Anleger Accademia. »Lasst uns noch eine Station weiter bis Salute fahren und dann zurücklaufen«, schlug Mafalda vor. »Das ist ein paar Meter kürzer. Bei diesem Wetter«, sie schaute angewidert hinaus in das Schneetreiben, »spare ich mir gerne jeden unnötigen Meter zu Fuß.«

»Ich denke, wir sollten direkt reingehen«, sagte Mafalda, nachdem sie vor der Pforte zum Museum angekommen waren. »Wenn es hier draußen noch etwas zu untersuchen gibt, würde ich das lieber bei besserem Wetter machen.«

»Treten wir wieder als Expertinnen der Versicherung auf, oder kaufen wir Eintrittskarten?«, erkundigte sich Alma.

»Ich würde Karten kaufen«, erwiderte Mafalda. »So können wir ein bisschen mit den Kassiererinnen schwatzen und ihnen vielleicht etwas Brauchbares entlocken.«

Lucia drängte sich entschlossen nach vorn. »Trotzdem würde ich meine beiden Assistentinnen bitten, mir den Vortritt zu gewähren«, sagte sie mit einem blasierten Lächeln.

»Das war ein Fehler. Wir hätten ihr niemals diese Rolle überlassen dürfen.« Alma sah zu Mafalda.

Anders als letzten Sonntag wurden sie diesmal an der schmiedeeisernen Pforte nicht zurückgewiesen. Die Kasse zur Linken war besetzt mit einer müde dreinschauenden Mittvierzigerin mit aschblondem Haar. Sie trug ein blau-weiß gestreiftes Strickkleid, das ihr nicht wirklich schmeichelte. Nachdem die drei ihre Schuhe auf den extra dafür bereitgestellten Abtretern vom Schneematsch befreit hatten, kauften sie die Eintrittskarten und ließen sich den Rundgang durch die Ausstellung erklären.

»Eine Frage noch … Dürfen wir die Mäntel mit reinnehmen, oder müssen wir die abgeben?«, wollte Mafalda wissen. »Ich habe zwar nichts dabei. Aber vermutlich möchten Sie nicht, dass man irgendwas in den Manteltaschen mit in die Ausstellung nimmt?«

»Nein, nein, lassen Sie die mal an«, sagte die Kassiererin. »Zur Ausstellung und ins Gartenhaus müssen Sie zweimal durch den Garten. Das könnte sonst kalt werden.«

Alma, Mafalda und Lucia warfen sich bedeutungsschwangere Blicke zu.

»Ist denn die komplette Ausstellung schon wieder zugänglich?«, fragte Alma. »Ich meine, wegen dieser schrecklichen Sache letzte Woche?«

»Aber sicher! Bis auf die betroffenen Bilder ist alles zu sehen. Und an deren Stelle haben wir Reproduktionen aufgehängt, solange sie beim Restaurator sind«, erklärte die Kassiererin.

Damit wussten sie schon mehr, als sie gehofft hatten, hier an der Kasse in Erfahrung bringen zu können. Offenbar konnte ein jeder zumindest bei schlechtem Wetter mit dicken Jacken und Mänteln ins Gebäude, ohne kontrolliert zu werden. Außerdem hatte man es nicht mal nach dem Anschlag von letzter Woche für nötig gehalten, die Sicherheitsmaßnahmen zu erhöhen.

»Wie nachlässig«, murmelte Mafalda leise.

»Ich glaube es nicht!«, empörte sich Alma.

Und Lucia zischte: »So wie die den Zugang kontrollieren, könnte wirklich jeder hier rein.«

»Meine Damen!«, rief Lucia ihre Freundinnen zur Ordnung. »Es ist nicht wirklich hilfreich, wenn wir hier wie ein Haufen aufgescheuchter Teenager auftreten. Also etwas Haltung bitte!« Die beiden anderen nickten betroffen.

Mafalda wollte vorangehen. Doch Lucia hielt sie am

Arm zurück und schritt als Erste durch die Tür ins Haupt-gebäude, zuerst durch die Schulhof Collection, die sie beim letzten Besuch nicht gesehen hatten, dann weiter ins Haupt-haus des Palazzo Venier dei Leoni.

Hier schien die Ordnung wiederhergestellt worden zu sein. Anstelle der Polizisten und Fachleute wandelten aber-mals vereinzelte Besucher durch das Gebäude. Und schon allein das gedämpfte Licht mit den Spots auf den einzelnen Bildern und der Duft nach frisch eingewalztem Bohner-wachs ließ eine Hektik, wie sie letzten Samstag hier noch geherrscht hatte, an diesem Ort geradezu unmöglich er-scheinen.

Mafalda stürmte vorweg in die Mitte des Gebäudes, dort, wo sie vergangene Woche noch die Lücke an der Wand aus-gemacht hatte. Und da hing tatsächlich eine Fotografie des Jackson Pollock mit einer aufgedruckten Bemerkung, dass das Original derzeit restauriert würde.

Hinter sich hörte sie plötzlich das Geklapper von Ab-sätzen auf Holzparkett. »*Signore!* Welch unerwarteter Be-such! Sie hätten sich ankündigen können, dann hätte ich auch Zeit für Sie gehabt. So jedoch …« Die Museumschefin brach mitten im Satz ab und verzog mit säuerlicher Miene den Mund.

»Wir machen immer unangekündigte Kontrollbesuche«, sagte Lucia, den abweisenden Unterton der Begrüßung ig-norierend.

Simonetta Dal Bosco nickte ausdruckslos. »Sie hätten sich trotzdem anmelden sollen.« Nach kurzem Schweigen setzte sie hinzu: »Es gibt ja auch nichts mehr zu begutachten. Die beschädigten Bilder sind beim Restaurator, und hier sind alle Spuren beseitigt.«

Mafalda fragte sich, wie sie den Satz mit den beseitigten Spuren wohl gemeint haben könnte. »Auch dieses?«, fragte sie und zeigte auf das Foto des Pollock.

»Bitte?«, fragte die Museumsleiterin irritiert zurück.

»Ob auch dieses Bild beim Restaurator ist, von dem Sie beim letzten Mal gesagt haben, es hätte niemals da gehangen?«

»Sagte ich das?«

Alle drei nickten.

»Nun, da müssen Sie mich falsch verstanden haben«, erklärte Simonetta Dal Bosco mit unbewegter Miene. »Ich bedaure, dass ich so kurzfristig nicht mehr Zeit für Sie habe«, fuhr sie fort. Doch ihr Gesicht drückte statt aufrichtigem Bedauern eher Überdruss und Hochmut aus. »Aber ich muss leider weiter.« Sie wedelte mit den Händen und machte lautstark klappernd auf dem Absatz kehrt.

»Eine Frage noch«, sagte Lucia und unterbrach damit ihren groß inszenierten Abgang. Die Kuratorin drehte sich wieder um und schaute Lucia mit ungehaltenem Blick an. »Ist die Videoüberwachung mittlerweile in Betrieb?«

»Selbstverständlich!«, antwortete Simonetta Dal Bosco mit einem kühlen Lächeln und wandte sich wieder zum Gehen.

»Und die Aufsichten?«, fragte Mafalda.

»Sind alle da«, antwortete die Museumsleiterin, stolzierte

davon, ohne sich noch einmal umzudrehen, und gestikulierte zu den beiden Wänden, wo zwei mäßig engagierte und dem Sekundenschlaf nahe Kunststudenten mit Zeichenblöcken und mit zerzausten Haaren auf kleinen Klappstühlen hockten und offenbar für Ordnung in der Ausstellung zu sorgen hatten.

»Was für eine Schreckschraube«, murmelte Alma.

Lucia hob den rechten Zeigefinger. »Aber eine anerkannte Koryphäe. Komplett untadelig und damit komplett ungeeignet als Verdächtige, wenn ich euch daran erinnern darf.«

Mafalda knurrte: »Ich kann sie trotzdem nicht ausstehen!«

Lucias Worte hatten die Aufmerksamkeit eines der Studenten geweckt. Neugierig schaute er die drei Damen an, die sich anders als alle anderen Besucher kaum für die Kunstwerke und mehr für sich selbst zu interessieren schienen. Lucia bemerkte seinen Blick und raunte ihren beiden Freundinnen leise zu: »Lasst uns in den Garten gehen, da sind wir ungestört.«

Mafalda und Alma schauten sich irritiert im Raum um und folgten ihr nach draußen.

»Der muss der Schreckschraube doch nachher bestimmt Bericht erstatten«, erklärte Lucia. »Da wollte ich nicht, dass er uns belauschen kann.«

»Ich bin noch immer nicht sicher, wonach wir heute suchen«, sagte Alma.

»Nach einer Eingebung für Mafalda, die plötzlich alles

auflöst und aufklärt.« Lucia schaute Mafalda ein wenig vorwurfsvoll an.

»Immerhin wissen wir jetzt, dass man hier auch mit Mantel und ohne Kontrolle reinkommt«, verteidigte sich Mafalda.

»Was den Kreis der Verdächtigen auf alle Besucher am letzten Donnerstag ausdehnt, als die Hälfte der Aufsichten krank war. Besonders hilfreich ist diese Erkenntnis nicht!«, erwiderte Lucia patzig.

»Wer ist denn das?«, fragte Alma plötzlich und schaute zu einem Fenster im Erdgeschoss des Gartenhauses, direkt hinter der Kasse. Sowohl Mafalda als auch Lucia folgten mit erschrockenen Blicken Alma, die auf das Fenster zuging. In der Dunkelheit hinter den halb offenen Fensterläden war nicht viel mehr zu erkennen als ein stechendes Paar Augen. Aber die hatten gereicht, um Almas Misstrauen zu wecken.

»Darf ich fragen, was es hier zu sehen gibt?«, fragte sie und schob die Fensterläden auf. Ein finster dreinblickender Mann Mitte dreißig mit kantigem Kinn, kurz geschorenen schwarzen Haaren und einer Fantasieuniform kam zum Vorschein.

»Nichts. Ich mach hier nur meinen Job«, erwiderte der Mann nach kurzem Zögern.

»Und Ihr Job wäre?«, wollte Mafalda wissen.

»Sie beobachten, unter anderen. Und die anderen Besucher. Wir sind seit dieser Woche hier für die Sicherheit zuständig«, antwortete er und deutete auf seine Uniform.

»Wenn ich das richtig verstanden habe, dann gibt es hier

tagsüber gar keinen Sicherheitsdienst?«, fragte Mafalda mehr sich selbst als den Uniformträger. »Letzte Woche jedenfalls noch nicht, oder?«

»Dazu darf ich Ihnen keine Auskunft geben«, antwortete er kühl, ohne eine Miene zu verziehen.

Simonetta Dal Bosco erschien aus der Dunkelheit und trat neben ihn ans Fenster. »Dies geschieht auf Bitten Ihrer Versicherung. Das müssten Sie doch eigentlich wissen«, sagte sie spitz und schaute mit gerunzelter Stirn zwischen Lucia, Alma und Mafalda hin und her.

Das Misstrauen der Museumsleiterin hatte Mafalda und ihre Freundinnen kalt erwischt. Bis eben hatten sie noch den Eindruck gehabt, dass sie zwar ungebetene, anstrengende und nervige Besucher für sie waren, diese aber nie wirklich daran gezweifelt hatte, dass sie drei hier wirklich im Auftrag der Versicherung tätig waren.

Lucia fand als Erste in ihre Rolle zurück. »Das hatte ich euch noch nicht erzählt«, sagte sie betont entspannt zu ihren beiden Freundinnen. »Wir hatten empfohlen, die Ausstellung ab sofort ganztags zu bewachen.« Alma und Mafalda nickten eilig.

»Und natürlich war es vollkommen unnötig, Eintrittskarten zu kaufen. Schließlich sind Sie dienstlich hier«, sagte Simonetta Dal Bosco mit nicht zu deutender Miene. Der Sicherheitsmann sah sie irritiert an, und auch Mafalda und Alma brachten noch immer kein Wort heraus.

»Manchmal ist es besser, sich unangekündigt und aus der Sicht eines normalen Besuchers ein Bild von der Lage zu machen«, erklärte Lucia der Kuratorin. Sie hatte offenbar Gefallen an ihrer Rolle gefunden und agierte zusehends sicherer.

»Wie Sie meinen«, sagte Simonetta Dal Bosco. »Aber es gibt hier nichts, was ich Ihnen gegenüber im Dunkeln lassen würde.«

Lucia deutete auf den Uniformierten. »Mit Ausnahme der Erweiterung des Auftrags für eine Sicherheitsfirma, von der ich nicht weiß, nach welchen Kriterien sie ausgesucht wurde.«

»Das geschah auf Empfehlung des Bürgermeisters«, antwortete die Museumsleiterin kühl. »Die Firma hat nur die besten Referenzen.«

»Mit Ausnahme eines Anschlags auf zwei unter ihrer Bewachung stehende Bilder in der letzten Woche«, sagte Lucia, die sich zunehmend in Rage redete. »Oder waren es drei?«

»Das war außerhalb ihrer bisherigen Dienstzeit, das wissen Sie doch längst!« Simonetta Dal Bosco funkelte Lucia böse an.

Lucia wandte sich ihren beiden Freundinnen zu. »Ich denke, wir haben genug gesehen«, verkündete sie in leicht arrogantem Ton. »Der Zweck unseres Kontrollbesuchs ist erfüllt.« Sie nickte der Kuratorin und dem Sicherheitsmann zum Abschied zu und ging, Mafalda und Alma im Schlepptau, auf den Ausgang zu.

»*Dio mio*, das war knapp«, flüsterte Alma erleichtert, sobald sie außer Hörweite waren.

»Die hätte uns wirklich in die Enge getrieben, wenn du

nicht so beherzt gekontert hättest, Lucia«, sagte Mafalda glucksend.

»Ich hätte das keine Minute länger ausgehalten«, stöhnte Lucia. »Ich konnte mich partout nicht mehr an den Tarnnamen erinnern, den ich der Bohnenstange letzten Samstag genannt habe.«

»Lucia Dal Ponte«, half ihr Alma aus.

»Das hätte mir vorhin einfallen sollen!« Lucia schnaubte. »Ich weiß nicht, wie es euch geht, meine Lieben, aber ich könnte auf den Stress einen Grappa vertragen. Und zufällig kenne ich eine kleine *bar* gleich da vorn.«

»Es hätte mich gewundert, wenn du keine gekannt hättest«, sagte Mafalda immer noch glucksend. »Aber gegen einen kleinen *caffè* mit einem Schuss Grappa für die Nerven hätte ich auch nichts einzuwenden.«

»Wenn du die *bar* meinst, an die ich denke, dann müssen wir hier rechts«, sagte Alma, als sie vor der alten Backsteinfassade der Kirche San Gregorio standen.

»Die an dem zugeschütteten Kanal?«, fragte Lucia. Und das traf zwar auf viele Gassen in Venedig zu, aber hier in der Gegend nur auf die eine.

Alma nickte und ging voraus.

18

*D*ie kleinen Bistrotische und -stühle standen noch draußen vor der kleinen *bar* am Rio Terrà dei Catecumeni hier in der stilleren Ecke des Sestiere Dorsoduro. Doch wegen des eisigen Windes drängten sich sämtliche Gäste dicht an dicht am Tresen im Innern des Lokals.

Der zugeschüttete Kanal vor den Türen bildete eine der wenigen breiteren Gassen in diesem Teil von Venedig, und es würde, wäre das Wetter besser gewesen, hier Sonnenlicht statt des immerwährenden feuchten Schattens auf die kleine Terrasse vor dem Haus und durch dessen Fenster fallen.

So früh am Morgen waren hier nur Einheimische anzutreffen. Die Touristen bevorzugten den direkten Weg zwischen der Accademia-Brücke, der Peggy Guggenheim Collection und der großen Kathedrale Santa Maria Salute, vor der man mit dem *vaporetto* in Richtung San Marco und Dogenpalast übersetzen konnte. Das blieb nicht den ganzen Tag so, wie die ausgeblichenen Fotos von Mikrowellenmahlzeiten hinter dem Tresen vermuten ließen. Aber für den Moment war man unter sich. Veneziano und Italienisch waren die einzigen hier gesprochenen Sprachen.

»Wir sind wohl nicht sonderlich erfolgreich als Detektivinnen«, bemerkte Alma und schaute etwas verloren auf das kleine Weinglas, das sie langsam hin und her schwenkte.

»Ich habe es mir zumindest einfacher vorgestellt«, murrte Mafalda und wärmte sich die eiskalten Hände an ihrem *caffè corretto*.

Die drei hatten sich einen Tisch im hinteren Teil der *bar* gesucht, um sich besser unterhalten zu können. Hier war es immer noch laut vom ständigen Kommen und Gehen und dem lautstarken Streit zweier bei diesem Wetter arbeitsloser Gondolieri quer über den Tresen hinweg. Aber hier konnte man wenigstens das eigene Wort noch verstehen.

»*Beh*, also ich fand es ganz reizvoll«, sagte Lucia, mittlerweile wohl auch von ihrem doppelten Grappa leicht beschwingt. »Aber für Beppe haben wir in der Tat immer noch nicht viel erreicht.«

»Da muss jetzt endlich was passieren!«, verkündete Mafalda bestimmt. »Sonst sitzt er bis zum Prozess oder sogar noch länger hinter Gittern.«

»Und was genau willst du unternehmen, was wir nicht die letzten Tage schon versucht hätten?«, wollte Alma wissen.

Mafalda schaute auf und sagte nach kurzem Nachdenken: »Ich muss mit diesem Sergente sprechen! Dem, der Beppe für unschuldig gehalten hat.«

»Der wird kaum so ohne Weiteres einen Termin für dich freimachen«, bemerkte Alma lakonisch, und Lucia nickte.

»Es sei denn, ich nehme jemanden Offizielles mit, Pietro zum Beispiel. Oder Anna. Ja, Anna wäre gut, die arbeitet bei der Staatsanwaltschaft. Das wird Eindruck machen.«

»Das könnte klappen«, meinte Lucia und leerte den Rest ihres Grappas in einem Zug.

»Ich rufe sie gleich mal an«, sagte Mafalda und suchte in ihrer Handtasche nach ihrem *telefonino*. Aber das lag natürlich zu Hause auf dem Spitzendeckchen neben dem Festnetzapparat. Sie blickte hilfesuchend zu Alma. »Hättest du vielleicht …?«

Alma verdrehte die Augen. »Ich glaube es nicht! Es heißt Mobiltelefon, weil es mobil ist, und nicht, weil es zu Hause am Ladekabel hängt.« Sie reichte Mafalda ihr *telefonino*.

Mafalda wählte. Ihr Mobiltelefon mochte sie ständig vergessen, alle Nummern hatte sie aber im Kopf. Und ihr erster Impuls war immer noch, nach einer Telefonzelle zu suchen, wenn sie von unterwegs jemanden erreichen wollte.

»Hallo? Anna? *Nonna* Mafalda. Ich brauche deine Hilfe«, rief sie, das Telefon ungelenk an Ohr und Mund haltend. Dann lauschte sie. »Heute nicht? Aber morgen vielleicht?« Und nach kurzem Zuhören: »Gut, dann hole ich dich morgen früh um acht ab, wenn es dir recht ist.« Anna schien zugestimmt zu haben, denn Mafalda verabschiedete sich mit »*Ciao*. Wir sehen uns morgen.« Sie gab Alma ihr *telefonino* zurück, die kurz auf den Bildschirm schaute und dann kopfschüttelnd den roten Auflegeknopf drückte.

»Was willst du eigentlich von dem Sergente wissen?«, fragte Lucia.

Mafalda zuckte mit den Schultern. »Der hat doch in den Ermittlungsbericht geschrieben, dass Beppe den Anschlag gar nicht begangen hat. Das würde ich gern noch mal in seinen eigenen Worten hören. Vielleicht weiß er ja auch noch mehr, als in den Akten steht.«

Am Donnerstagmorgen stand Mafalda vor der breiten Eingangstür zur Questura di San Marco der venezianischen Polizei und traute sich nicht einzutreten. Völlig außer Atem vom kleinen Marathonlauf vom Anleger Ospedale bis hierher hielt sie sich mit der Hand am Türrahmen fest.«

»Lass uns reingehen, *nonna* Mafalda«, sagte Anna.

Mafalda gab sich einen Ruck und schritt durch die Tür. Es war kurz vor neun Uhr morgens, und über der Eingangshalle lag der Duft von Bohnerwachs und frisch gebrühtem Kaffee. Der Sergente würde im dritten Stock arbeiten, hatte ihnen der Portier gesagt, nachdem Mafalda die Frage, ob sie einen Termin hätten, bejaht hatte.

Anna und sie gingen auf die ausgetretene Holztreppe zu, die nach oben führte.

»Hast du denn einen Termin?«, fragte Anna Mafalda irritiert.

»Natürlich nicht! Mit welcher Begründung hätte ich den denn machen sollen?« Mafalda schüttelte den Kopf. »Aber wenn die hier immer noch so chaotisch arbeiten wie zu den Zeiten meines seligen Salvatore, dann müssen wir nur lange genug behaupten, dass wir einen Termin haben, dann wird man uns das auch abnehmen.«

Anna musste grinsen. Ähnliches hatte sie wohl auch bei der Staatsanwaltschaft schon mehrfach erlebt.

»Ich …«, begann Mafalda und sah Anna an. »Signora Morano von der Staatsanwaltschaft und ich haben einen Termin bei Sergente Sartori«, erklärte Mafalda der blassen Sekretärin im Vorzimmer zu den Büros der dritten Etage in einem Ton, der keinen Widerspruch duldete.

Die Sekretärin blätterte sichtbar müde und orientierungslos in einem über und über mit handschriftlichen Notizen bekritzelten Kalender, der vor ihr auf dem Schreibtisch lag. »Ich kann keinen Termin finden«, sagte sie gedehnt.

»Ich habe angerufen«, antwortete Mafalda bestimmt, so als ob ein Anruf ihr in jedem Fall den Weg ins Büro des Sergente ebnen würde.

Die Sekretärin blinzelte nochmals ratlos über das vor ihr liegende Kalenderblatt und entschied sich dann, lieber klein beizugeben, als möglicherweise einen Fehler zu begehen. »Wen darf ich melden?«, fragte sie.

»Cinquetti, Mafalda. Mein Mann war *capitano* bei den *Carabinieri* auf Murano.« Doch dieser Zusatz machte auf die Vorzimmerdame wohl weniger Eindruck, als Mafalda erhofft hatte. Jedenfalls lief sie, ohne die Miene zu verziehen, voraus, bedeutete den beiden Frauen mit einer Geste, auf den Wartestühlen an der Seite des schmalen Ganges Platz zu nehmen, und verschwand hinter einer der Türen am hinteren Ende des Ganges.

Anna und Mafalda setzten sich und schauten sich neugierig um. Der mit grauem Linoleum bedeckte, fensterlose

Flur war abgesehen von vier Stühlen und mehreren wuchtigen eisernen Radiatoren älterer Bauart an den Wänden komplett leer. Kreisrunde Abdrücke auf dem Boden schienen daran zu erinnern, dass hier einmal jemand vergeblich versucht hatte, Pflanzen am Leben zu erhalten. Die Wände waren blassgelb getüncht. Oder vielleicht waren sie einmal weiß gewesen, aber der Zahn der Zeit hatte sie vergilben lassen. Dick ummantelte Strom- und Telefonkabel verzweigten sich von unterhalb der Decke und mündeten in Bakelitschaltern neben jeder der vielen Türen. Und obwohl Rauchen hier wie in allen öffentlichen Gebäuden vermutlich schon seit vielen Jahren verboten war, lag immer noch ein unterschwelliger Geruch von kaltem Zigarettenrauch in der Luft.

Die Sekretärin kam aus einer anderen Tür zurück als aus der, durch die sie eben getreten war. Es gab also noch Verbindungen zwischen den einzelnen Zimmern, ohne dass man den Gang betreten musste.

»Der Sergente wird Sie aufrufen, sobald er Zeit hat«, sagte sie und ging, ohne eine Antwort abzuwarten, wieder zu ihrem Schreibtisch am Eingang.

Wenig später öffnete sich die Tür links hinten, in der die Sekretärin vorhin verschwunden war. »Signora Cinquelli?«, fragte ein kleiner, leicht untersetzter Mann in Polizeiuniform mit schütterem grauschwarzem Haar in ihre Richtung.

»Cinquetti. Mafalda Cinquetti«, berichtigte Mafalda im Aufstehen und zeigte dann auf Anna neben ihr. »Und das ist

Signorina Morano von der Staatsanwaltschaft Venedig.« So wie sie dies sagte, klang es, als würde Anna spätestens nächste Woche zur obersten Chefin der Behörde befördert werden. Aber wenigstens verzichtete sie diesmal auf den Hinweis auf ihren Mann. »Wir möchten Sie gern in einer dringenden Angelegenheit sprechen.«

»Das sagte mir meine Sekretärin schon«, erwiderte der Sergente, während Mafalda und Anna an ihm vorbei durch die Tür in sein Büro traten. »Aber ich erinnere mich gar nicht, dass wir einen Termin gehabt hätten.«

»Ich hatte angerufen«, log Mafalda erneut und setzte sich ungefragt auf einen der Besucherstühle vor dem über und über mit Akten und anderen Papieren belegten Schreibtisch.

»Nehmen Sie doch …« Sergente Sartori stockte, als er sah, dass erst Mafalda und dann Anna sich schon setzten. »Worum geht es?«, fragte er, nachdem er den Schreibtisch umrundet und sich auf dem Stuhl dahinter niedergelassen hatte.

»Giuseppe Scarpa. Der Anschlag auf die Peggy Guggenheim Collection«, antwortete Mafalda geradeheraus.

Sergente Sartori rutschte auf seinem Stuhl hin und her und kritzelte dann auf einen Notizblock, der vor ihm auf dem Schreibtisch lag. »Dann sollten Sie wissen, dass die Ermittlungen zu diesem Fall schon abgeschlossen sind.«

»Vielleicht zu voreilig«, sagte Mafalda. Der Sergente sah erstaunt auf und ließ den Kugelschreiber fallen. »Bin ich richtig informiert, dass Sie die abweichende Meinung zur Schuld von Signore Scarpa formuliert haben?«, fragte Mafalda.

»Woher wissen Sie das?«, fragte der Sergente irritiert zurück.

»Den Eintrag, der wenig später wieder aus den Akten entfernt wurde?«, fuhr Mafalda fort. »Obwohl das technisch eigentlich gar nicht möglich ist?«

»Woher wissen Sie das?«, wiederholte der Sergente.

»Das tut nichts zur Sache«, antwortete Mafalda. »Entscheidend ist doch, dass ich es weiß. Und dass ich genau wie Sie von der Unschuld von Signore Scarpa überzeugt bin.«

Sergente Sartori nickte. »Das ist in der Tat einer der seltsamsten Fälle, die mir in meiner Karriere untergekommen sind.«

»Dann liege ich also richtig mit meiner Vermutung, dass Signore Scarpa unschuldig im Gefängnis sitzt?«, hakte Mafalda nach.

»Wenn es nach mir geht, definitiv«, antwortete der Sergente. »Aber das wissen Sie ja wohl schon, wenn Sie meine Beurteilung des Falles gelesen haben.«

»Wer könnte denn Zugriff auf die elektronische Akte gehabt haben?«, fragte Anna. »Solche Unterlagen sind doch normalerweise streng gesichert?«

Der Sergente starrte ins Leere. »Als sie das neue System vor fünf Jahren eingeführt haben«, sagte er schließlich, »da haben sie uns erklärt, dass es gar nicht möglich ist, etwas wieder zu löschen.« Er blickte auf und sah Anna direkt in die Augen. »Und dennoch passiert es in letzter Zeit gelegentlich.«

»Ein Softwarefehler?«, fragte Mafalda. Und in diesem

Moment war sie froh, dass sie sich gestern noch von Angelo die ganze Technik hatte erklären lassen, sodass sie jetzt wenigstens halbwegs verstand, wovon Anna und der Sergente redeten.

Sergente Sartori schüttelte energisch den Kopf. »Dafür passiert es zu zielgerichtet. Ein Fehler würde zufällig auftreten. Hier verschwinden immer wieder ...«, er suchte nach einem passenden Wort, »... unliebsame Daten. Außerdem wird das System in ganz Italien verwendet. Wenn da ein Fehler vorliegt, dann macht das ganz schnell die Runde. Schließlich arbeiten wir alle jeden Tag damit.«

»Wer kann es denn gewesen sein?«, fragte Mafalda.

»Ich habe mir auch schon meine Gedanken gemacht«, erklärte der Sergente. »Es müsste auf jeden Fall jemand aus der Technikabteilung sein, drüben in Mestre oder sogar in Rom. Nur die haben überhaupt die Möglichkeit dazu.«

Mafalda musste an Angelo denken und fragte sich, ob er nicht auch die Möglichkeit hätte, sich in die Datenbanken der Polizei zu hacken. Nach allem, was sie in den letzten Tagen und Wochen über ihn herausgefunden hatte, würde sie es ihm zutrauen.

»Aber die von der Technik haben ja keinen Grund, kein Motiv, so etwas zu tun. Also muss jemand von oben mit im Spiel sein. Eigentlich von ganz oben, denn sonst würde es einen Vorgesetzten geben, der davon etwas mitbekommen würde«, sagte der Sergente.

»Der Chef der Questura?«, fragte Anna.

»Möglich. Oder einer der *commissari*«, überlegte der

Sergente und fixierte dabei fest seinen Schreibtisch. Dann blickte er auf, schaute Mafalda in die Augen und sagte: »Ich habe jedenfalls noch bei keinem meiner Fälle so viel Druck von oben bekommen, dass ich den Fall abschließen, stillhalten und mit meiner Meinung hinter dem Berg halten soll. Subtiler Druck. Kein direkter.«

Mafalda wunderte sich ein wenig, dass der Sergente so gesprächig war. Weitaus gesprächiger, als sie es sich erhofft hatte. Aber offenbar hatte sie einen wunden Punkt getroffen, und der Sergente schien förmlich darauf zu brennen, sich endlich mit jemandem austauschen zu können. »Was meinen Sie mit subtilem Druck?«, fragte sie.

»Ich habe ein Glückwunschschreiben des Commissario bekommen. Für meine ausgezeichneten Leistungen bei der Aufklärung dieses Falles.«

»Und?«, fragte Mafalda.

»Das war letzten Freitag. Gerade mal vierundzwanzig Stunden nach dem Anschlag auf die Bilder. Da hatte ich meinen Bericht noch nicht einmal zur Hälfte geschrieben.«

»Denken Sie, der Commissario hat etwas mit dem Anschlag zu tun?«, fragte Anna. Der Sergente drehte sich zu ihr und sah sie erschrocken an.

»Das kann ich mir nicht vorstellen!«, antwortete er nach kurzem Nachdenken und schüttelte energisch den Kopf.

»Hätte er denn ein Motiv?«, wollte Mafalda wissen.

Sergente Sartori schaute sie kurz an, blickte auf seinen Schreibtisch und sah dann wieder zu ihr herüber. »Keins, von dem ich wüsste. Der Commissario hat mit Kunst nichts am Hut. Er ist auch mit Signora Dal Bosco ...«

»Der Direktorin der Ausstellung?«, fragte Anna dazwischen.

»*Sì*, genau der, mit der ist er auch nicht persönlich bekannt. Sie haben sich bei der Befragung nach dem Anschlag einander vorgestellt. Ich war dabei.« Er schaute wieder zu Mafalda herüber, atmete tief durch und faltete die Hände. »Aber er ist ein eitler Gockel. Hat seit seiner Beförderung zum Commissario die gefälschten Uhren vom Strand in Jesolo gegen echte eingetauscht. Und ist, wie man hört, verzweifelt auf der Suche nach einem herausragenden Ermittlungserfolg als krönenden Abschluss für seine Karriere.« Er beugte sich zu Mafalda und sagte: »Wenn Sie das mit einem Motiv meinen ...«

»Das wäre ein Motiv für die Manipulation der Ermittlungsakten.« Mafalda nickte. »Aber würde er auch so weit gehen, dafür einen Anschlag auf die Peggy Guggenheim Collection zu inszenieren und jemand anderes dafür ins Gefängnis zu schicken?«

Anna und Mafalda schauten den Sergente gespannt an, während der nachdachte. »Ich glaube nicht«, erwiderte er schließlich nach einigem Nachdenken. »Wenn er damit auffliegen würde, wäre er ein Krimineller. Und seine ganze Karriere würde darüber in Vergessenheit geraten.«

Er spielte nervös mit den Kugelschreibern auf seinem Schreibtisch. »Die Aktenmanipulation dagegen«, fuhr er fort, »dürfte ihm persönlich kaum anzuhängen sein. Und wenn herauskommen würde, dass Signore Scarpa unschuldig ist, dann würde das vielleicht sein Renommee beschädigen. Aber bis dahin wäre er ja ohnehin schon in Rente, den Orden vom Innenministerium hätte er längst einkassiert und niemand würde sich mehr ernsthaft für die ganzen Vorgänge interessieren.«

»Also kein Motiv?«, fragte Anna unzufrieden.

»Nicht von seiner Seite. Zumindest meiner Meinung nach.« Der Sergente nickte.

»Und Signore Scarpa?«, fragte Mafalda.

»Ist unschuldig. Mein Gefühl trügt mich da nicht, was auch immer in den Akten steht! Und es ist gut, dass sich jemand darum bemüht, dies zu beweisen.« Er warf ihr einen anerkennenden Blick zu.

Unter anderen Umständen hätte sich Mafalda mehr über dieses Lob gefreut, wäre ihr nicht mit dem Commissario gerade ein weiterer Verdächtiger abhandengekommen, ohne dass sich eine neue Spur aufgetan hätte. Sie sah kurz aus dem Fenster auf die bröckelnden Fassaden auf der gegenüberliegenden Kanalseite. Dann schaute sie unentschlossen erst zu Anna und wieder zum Sergente. »Was würden Sie mir raten, was ich jetzt tun sollte?«

Sergente Satori setzte sich gerade auf und sagte: »Dranbleiben! Unbedingt! Signore Scarpa ist unschuldig. Er hätte an mehreren Stellen des Museums gleichzeitig zuschlagen müssen, sonst wäre er selbst von der einzigen an besagtem Donnerstag anwesenden Aufsicht bemerkt und gestoppt worden. Außerdem wäre er gar nicht in der Lage, so einen

Anschlag zu planen und durchzuführen. Dafür ist er nicht der Typ, wenn Sie verstehen?«

Mafalda nickte. Sie verstand. Es waren genau die Gedanken, auf die sie auch schon die Dottoressa auf ihrer Fahrt nach Padua gebracht hatte. Beppe mochte dazu in der Lage sein, allerlei Unsinn anzustellen. Ein so komplexes Vergehen … ja, Verbrechen, das eine mindestens ebenso ausgefeilte Vorplanung erforderte, war ihm nicht zuzutrauen. Das hatte der Sergente richtig erkannt.

»Wenn Sie das also bei seiner Gerichtsverhandlung vorbringen, dann kann ich mir nicht vorstellen, dass er verurteilt wird«, sagte der Sergente. Dann machte er eine Pause. »Für vorher sehe ich allerdings schwarz. Denn diese Argumente habe ich auch schon dem Untersuchungsrichter und der Staatsanwaltschaft mitgeteilt. Aber die waren beide nicht sonderlich interessiert. Oder von anderer Stelle vorinstruiert.«

»Der Staatsanwalt vielleicht«, sagte Mafalda und schaute zu Anna, ob die sich angesprochen fühlte. Anna zeigte keine Regung. »Aber bei einem Richter«, fuhr Mafalda fort, »sollte man doch meinen, dass er an Recht und Gesetz gebunden ist und sich in seinen Entscheidungen nicht von außen beeinflussen lässt.«

»Glauben Sie mir, Signora«, in die Augen des Sergente trat ein Anflug von Resignation, »er wäre nicht der Erste.«

Mafalda steckte ihre Hände in die Manteltaschen, als sie wieder draußen am Kanal vor der Questura standen. »Ich muss irgendetwas tun. Sonst werde ich noch verrückt!«, schimpfte sie. »Ich denke, ich werde dem Restaurator einen Besuch abstatten. Ob das viel bringt, weiß ich nicht. Aber irgendwas muss ich doch machen«, sagte sie und stampfte mit dem rechten Fuß auf. »Kommst du mit?«

»Ich hab leider keine Zeit«, erwiderte Anna. »Die Arbeit … Irgendwann werden sie selbst mich vermissen.«

Mafalda nickte stumm und schaute zu Boden.

»Aber viel Erfolg, *nonna* Mafalda«, sagte Anna zum Abschied und drückte ihren Oberarm.

19

Das Atelier des Restaurators lag in der Nähe der Basilika Santa Maria Formosa, nicht weit also für venezianische Verhältnisse, zumindest wenn man die richtigen Abzweige kannte und nicht früher oder später in einer Sackgasse vor einem Kanal endete. Mafalda kannte die Gegend noch gut, weil hier bis vor einigen Jahren eine gute Freundin von ihr gewohnt hatte. An der Calle Larga San Lorenzo hatte sie sich von Anna getrennt, die durch einen Rundbogen in eine kaum erkennbare Gasse verschwunden war. Ein paar Schritte weiter musste Mafalda dann selbst in eine kleine Gasse abbiegen, weil ihr sonst geradeaus ein Kanal den Weg versperrt hätte. Die *calle* war jetzt so schmal, dass sie einem mit einer Schubkarre entgegenkommenden Lieferanten in einen Hauseingang ausweichen musste.

Das Wetter wollte sich heute nicht recht zwischen verregnetem Frühlingstag und Vorsommer entscheiden. Die Travertinsteine am Boden waren nass und rutschig, und die bröckelnden Putzfassaden an beiden Seiten der Gasse rochen immer noch nach der Feuchte des Winters. Mafalda war bemüht, nicht an den Seiten anzustoßen. Der bröselnde Putz hätte sich sonst fest in das Wollgewebe des Mantels gegraben und unschöne Flecken hinterlassen.

Nach einer kleinen Brücke und einem Pudelfriseur erreichte sie den großen hellen Campo, auf dem die Basilika Santa Maria Formosa stand. Hier musste sie kurz innehalten und tief durchatmen. Die engen, dunklen Gassen hatte sie nie wirklich lieben gelernt. Auf Murano waren sie zwar auch nicht viel breiter, aber die Häuser waren um einiges niedriger und die Gassen dadurch bei Weitem nicht so dunkel und schluchtartig wie in diesem Teil von Venedig.

Sie ging bedächtig über den Platz am Kirchturm vorbei in das kleine Eiscafé hinter der weiß getünchten Basilika, in dem sie immer einen *caffè* trank, wenn sie in der Gegend war. Die Gelateria im Schatten der Kirche war winzig. Wenn jemand am Tresen stand, dann war dahinter kaum noch ausreichend Platz, um hindurchzugehen. Mafalda stellte sich mit ihrer Tasse ans hintere Ende des Tresens. Da wurde sie von den ständig herein- und herauslaufenden Kunden, die den Laden zu einem kleinen Taubenschlag des Viertels machten, weniger gestört.

Sie grübelte, wonach sie gleich bei dem Restaurator suchen müsste. Von den eigentlichen Arbeiten an den Bildern verstand sie nicht viel. Also nicht dass sie die Flecke nicht von den Bildern hätte entfernen können – das hätte sie zweifelsohne gekonnt! Aber fachgerecht wäre das wohl kaum gewesen. Sie zuckte mit den Schultern. Wie schon bei dem Besuch beim Sergente zuvor würde sie wohl hoffen müssen, vor Ort neben allgemeinem Geplänkel wenigstens den Hauch einer neuen Spur zu entdecken. Mafalda zahlte ihren *caffè* und machte sich auf den Weg.

Sie verließ den Campo Santa Maria Formosa rechts von der Gasse, aus der sie gekommen war, folgte der schmalen *calle* über eine Brücke und bog an der nächsten Kreuzung bei dem alten venezianischen Spezialitätenrestaurant ab. Hier musste ihrer Erinnerung nach das Haus des Restaurators zu finden sein.

Die Hausnummer passte, wie in Venedig üblich eine mit roter Schrift in ein Oval über die Tür gemalte vierstellige Nummer. Ein Namensschild gab es nicht, stattdessen eine für Venedig sehr untypische, blank geputzte Edelstahlklingel. Neben der Eingangstür sah sie eine moderne Lampe mit eingebauter Überwachungskamera. Sie klingelte kurz entschlossen und lächelte dann nach oben in Richtung Lampe.

»Wer ist da?«, knarzte es unhöflich aus der Lautsprecheranlage.

»Mafalda Cinquetti. Ich hatte angerufen«, antwortete sie. Die kleine Notlüge mit dem Anruf und dem Termin hatte in der Questura schon so gut geklappt. Warum sollte sie es nicht noch einmal versuchen? Die Stimme im Lautsprecher verstummte für einen Moment. Ihr Gegenüber schwieg, schien kurz zu überlegen, aber dann ertönte der Summer, Mafalda schob die Tür auf und trat ins Haus.

»Ich erinnere mich gar nicht, dass wir einen Termin gehabt hätten, Signora …?«, fragte ein klein gewachsener Mann im blauen Kittel, mit wirrem Grauhaar und zwei

Brillen gleichzeitig auf der Nase, als sie den großen Raum am Ende des Flurs betrat.

»Mafalda Cinquetti. Ich hatte angerufen«, wiederholte Mafalda selbstsicher nach altbewährtem Rezept.

»*Va bene.* Dann kommen Sie doch bitte herein! Worum geht es genau?«, fragte der Grauhaarige, dem Schild an seinem über und über mit Farbe bekleckerten blauen Kittel nach Loredano Zanchetta, der Inhaber und, wie Mafalda beim Blick durch das Atelier feststellte, zumindest derzeit einzige Restaurator der Firma.

»Um die Bilder der Peggy Guggenheim Collection«, entgegnete Mafalda. »Ich möchte mich danach erkundigen.«

»*Sì.* Die Bilder«, nuschelte er undeutlich und schaute fahrig in seinem mit Fotobänden, Kunstbüchern und Farbdosen überfrachteten Atelier umher. »Nehmen Sie doch Platz!«, bat er Mafalda schließlich. Doch seine Hand deutete ruhelos von einer Ecke des Raumes in die andere, ohne dabei einen Platz zu finden, auf den Mafalda sich auch wirklich setzen konnte. Der einzige halbwegs freie Stuhl, den sie erspähen konnte, war über und über mit Ölfarbe vollgekleckert. Ob getrocknet oder frisch – Mafalda wollte es lieber nicht herausfinden. Signore Zanchetta mochte ein Meister seines Fachs sein, die Hürden des Alltags in seinem Atelier meisterte er nicht. »Ja, deswegen komme ich vorbei«, sagte sie, nickte und blieb demonstrativ stehen.

»Weswegen?«, fragte der Restaurator sichtlich verwirrt und schaute dabei durch sie hindurch.

»Die Bilder«, wiederholte Mafalda etwas lauter und deutlicher. »Aus der Guggenheim Collection. Ich wollte mich danach erkundigen.«

»*Sì*. Schlimme Sache eigentlich. Aber zum Glück dilettantisch ausgeführt. Das sollte ich wieder hinkriegen«, brabbelte der Restaurator leise vor sich hin und ging leicht gebückt zu einer der Staffeleien. Sie konnte ihn kaum verstehen. Im Gehen stoppte er plötzlich, als ob ihn ein Geistesblitz durchfahren oder er sich einfach nur an irgendetwas erinnert hätte. Er drehte sich langsam zu Mafalda. »Darf ich fragen, wieso Sie sich dafür interessieren, Signora ...?«, fragte er dann lauter und den Blick fest auf sie gerichtet.

»Cinquetti. Mafalda Cinquetti. Das sagte ich doch schon.« Mafalda beschloss, so allgemein wie möglich zu bleiben. »Ich wollte nur gern wissen, ob die drei Bilder auch gut angekommen und hier sicher aufgehoben sind.«

Der Grauhaarige schüttelte den Kopf. »Tut mir sehr leid. Aber über die Bilder unserer Kunden darf ich Außenstehenden keine Auskunft geben.«

»Nur, ob sie gut angekommen sind?«, hakte Mafalda nach.

»Es tut mir wirklich leid. Aus Sicherheitsgründen. Ich darf nicht darüber reden. Ich habe vermutlich schon viel zu viel gesagt.«

Mafalda erkannte, dass sie so wohl nicht weiterkommen würde. »Ich bin im Auftrag von Signora Dal Bosco hier«, sagte sie rasch und ein klein wenig vernuschelt. Schon wieder eine Notlüge. Die Grenze des »Du sollst nicht lügen«

hatte sie an diesem Tag bereits überschritten, und mit etwas Glück würde sie von Padre Osman Rabatt auf diese kleinen Sünden erhalten. Schließlich ging es um einen guten Zweck, und zumindest nahm niemand dabei ernstlich Schaden.

»Ich bin hier im Auftrag von Simonetta Dal Bosco«, wiederholte Mafalda etwas deutlicher, als der Restaurator nicht reagierte.

»Oh, dann ist es natürlich etwas ganz anderes«, sagte er erfreut. »Das hätten Sie doch auch gleich sagen können.«

»Ich hatte es am Telefon gesagt«, log Mafalda routiniert weiter. Die Worte flogen ihr jetzt einfach so zu, ohne dass sie noch lange darüber nachdenken musste. Dieser Mann kam offenbar nicht auf die Idee, ihre Angaben auch nur ansatzweise zu überprüfen. So einfach hatte sie sich das nicht vorgestellt. Als sie ihn vorhin so direkt nach dem Grund ihres Besuchs fragen hörte, hatte sie sich schon mit Schimpf und Schande vor die Tür gesetzt gesehen.

»Ich wollte nur wissen, ob die drei Bilder gut angekommen sind. Und natürlich, ob die Arbeiten vorangehen«, fuhr sie so jovial wie möglich fort.

Signore Zanchetta drehte sich um und zog einen schmutzig grauen Leinenvorhang zur Seite. Dahinter kam ein weiterer Raum zum Vorschein. Große, deckenhohe Fenster gingen zum angrenzenden Kanal hinaus und boten einen freien Blick auf das dunkelrot getünchte Haus mit den Spitzbogenfenstern aus Buntglas auf der anderen Seite, dessen makellose Fassade auf deutlich wohlhabendere Bewohner schließen ließ als die sonst hier im Viertel wohnenden Arbeiter und Handwerker.

»Ich arbeite am liebsten bei Tageslicht«, erklärte der Restaurator und schob seine beiden Brillen auf der Nase abwechselnd hoch und runter. Er zeigte auf zwei Staffeleien. Auf der linken stand das Gemälde *Shepherdess over the Sphinxes* von Leonor Fini, das Mafalda schon bei ihrem ersten Besuch in der Peggy Guggenheim Collection gesehen hatte. Nur der schmutzig ölige Fleck war nicht mehr zu sehen. Die andere Staffelei war mit einem Baumwolltuch verhängt.

»Möchten Sie einen Kaffee?«, fragte Signore Zanchetta. Aber Mafalda hatte gleich nach dem Öffnen des Vorhangs eine sehr unitalienische Pumpthermoskanne gesehen und befürchtete das Schlimmste. »*Grazie no*«, antwortete sie. »Ich hatte gerade schon einen.« Wenigstens das war keine Lüge.

Der Restaurator musterte sie misstrauisch, so als ob das kein Grund wäre, nicht noch einen zweiten zu trinken. Er griff nach einer benutzten Tasse, stellte sie unter die Kanne und pumpte einen durchsichtigen Filterkaffee hinein. Er nahm einen Schluck und verdrehte genüsslich die Augen. Mafalda schüttelte es innerlich. Sie konnte gar nicht hinsehen und starrte wie gebannt auf das Fini-Gemälde.

»Wie Sie sehen, konnte ich unserer Schäferin schon wieder zu altem Glanz verhelfen«, sagte er und zeigte auf die Stelle, auf der zuvor der Fleck gewesen war. Mafalda nickte anerkennend. »Ich bin mit diesem Bild gerade fertig geworden«, fuhr er fort. »Und nun kommt das andere dran.« Er sah zu der zweiten Staffelei, hielt dann inne und runzelte die Stirn. »Aber wieso fragen Sie nach drei Bildern, Signora?«

Mafalda sah ihn irritiert an.

Der Restaurator gestikulierte wild zwischen den beiden Staffeleien hin und her. »*Sono due.* Es sind zwei Bilder. Nicht drei. Die Schäferin und der Max Ernst.«

Mafalda riss die Augen auf. Lucia hatte von drei Bildern gesprochen. Sollte sie sich verhört haben? »Könnte ich das zweite bitte sehen?«, fragte sie aufgeregt.

Der Restaurator nickte, ging zu der rechten Staffelei hinüber und zog das Baumwolltuch von dem Bild herunter. »Ich habe es natürlich schon gereinigt. Dadurch sieht es etwas verändert aus. Etwas blasser als vorher«, erklärte er.

Mafalda schaute ungläubig auf das Bild. Sie hatte es noch nie zuvor im Original gesehen, nur auf dem leicht verwackelten Foto, das ihr Simonetta Dal Bosco Lucia zusammen mit anderen Unterlagen letzte Woche in der Peggy Guggenheim Collection gegeben hatte. Das hier hatte mit seinen bunten, dick aufgetragenen Farben und seiner Lebensfreude so gar nichts mit dem dunkel-depressiven Pollock-Bild gemein.

»Und diese beiden sind wirklich die einzigen Bilder, die Sie restaurieren sollen?«, fragte Mafalda immer noch ungläubig.

»Wenn ich es Ihnen doch sage! Ein Kurier hat sie gebracht. Und ich habe natürlich den Empfang mit Durchschlag bestätigt. Es waren zwei, nicht drei.«

Mafalda drehte sich auf der Stelle und schlug sich mit der

flachen Hand vor die Stirn. »So langsam verstehe ich«, murmelte sie vor sich hin. »Es ging immer um den Pollock. Nie wirklich um die anderen Bilder!«

»Was sagen Sie?«, fragte der Restaurator verwirrt.

Mafalda drehte sich in aller Ruhe wieder zu ihm um, blickte ihn an und sammelte sich. »Nichts. Danke für Ihre Zeit! Ich habe schon viel zu viel davon in Anspruch genommen«, entgegnete sie. »Bitte entschuldigen Sie meinen Irrtum. Es sind natürlich nur diese beiden Bilder.«

Signore Zanchetta schaute sie verwundert an, schwieg aber. Es war ihm anzusehen, dass er froh wäre, sie bald wieder los zu sein und ungestört weiterarbeiten zu können. Obwohl die einsetzende Dämmerung eine längere Arbeit wohl nicht mehr zulassen würde. Es war schließlich Anfang März, da ging die Sonne auch in Venedig noch recht früh unter.

Mafalda verabschiedete sich hastig und ging den Weg durch den Flur nach draußen. Auf der Gasse drehte sie sich zum Abschied noch einmal um, aber da hatte er die Tür schon hinter ihr zugeschlagen.

Sie öffnete ihre Tasche auf der Suche nach ihrem *telefonino*. Nur ganz kurz, denn im gleichen Moment fiel ihr ein, dass das natürlich immer noch zu Hause neben ihrem anderen Telefon lag. Wie gerne hätte sie jetzt die Neuigkeit mit Pietro oder ihren Freundinnen geteilt. Der Jackson Pollock war weg! Oder zumindest nicht bei dem Restaurator angekommen, so wie die Bohnenstange in der Peggy Guggenheim Collection behauptet hatte.

Mafalda war sicher, endlich so etwas wie einen Schlüssel zu diesem Fall gefunden zu haben. Wenn sie beweisen könnte, dass es bei dem Anschlag in erster Linie um den Jackson Pollock gegangen war, dann wäre Beppe raus. Dann wäre er unschuldig. Und sie müssten ihn freilassen. Sofort!

Sie schaute sich in der Gasse um. Mit der Dämmerung war dichter Nebel über die Stadt gezogen, und die obersten Etagen der Häuser waren kaum noch zu erkennen. Es war nicht allzu weit bis zur Peggy Guggenheim Collection. Zumindest aus ihrer Perspektive, der Perspektive von Murano, gesehen. Sie würde zum Museum gehen! Sie würde Simonetta Dal Bosco zur Rede stellen. Gleich jetzt! Und mit etwas Glück würde sie ihr ein Geständnis entlocken können. Denn wer, wenn nicht sie, sollte den Pollock entwendet haben?

Mafalda überlegte – der kürzeste Weg zum Museum führte an San Marco vorbei über die Ponte dell'Accademia. Aber da würde sie die Tagestouristen, die sich jetzt bei Einbruch der Dämmerung massenhaft vom Markusdom über Rialto zur Piazzale Roma wälzten, mehrfach kreuzen müssen. Keine gute Idee. Sie entschied sich, das *vaporetto* ab San Zaccaria nach Zattere zu nehmen und so die ganzen Menschenansammlungen zu umgehen, so gut es ging.

Bis zum Anleger waren es kaum mehr als fünfhundert Meter. Die Fäuste geballt und tief in ihre Gedanken versunken, überquerte Mafalda den Campo Santa Maria Formosa, diesmal ohne einen Stopp für einen *caffè* einzulegen, sich die Bilder der hier malenden Künstler anzusehen oder auch nur einen Gedanken daran zu verschwenden, die Tauben zu füttern.

Schnaufend wie eine Dampflokomotive lief sie unbeirrt über die steinerne Ponte de Ruga Giuffa in die dahinter liegende Gasse. Die Menschen, die ihr in dem schmalen Durchgang entgegenkamen, wichen ihr mit verwunderten Blicken aus. Doch Mafalda bemerkte sie nicht. Sie war wie in Trance. Es hätte nicht viel gefehlt, und sie hätte einen Feuerwehrhydranten aus dem Weg geräumt, der an einer der kleinen Kreuzungen rot und eng geduckt an einer Hausmauer stand.

Die Gasse führte nun unter einem backsteinernen Bogen unter einem Haus hindurch. Jeder andere hätte hier kurz innegehalten und auf der Karte nach dem richtigen Weg gesucht, doch nicht Mafalda. Zwar kannte auch sie nicht jede einzelne Gasse in diesem Teil der Stadt. Doch als echte Venezianerin hatte sie dieses Gefühl, welche die richtige war und welcher der tunnelartigen Durchgänge unter einem Haus zwar scheinbar in die richtige Richtung führte, aber einige Meter später in einer Sackgasse vor einem Kanal endete.

Nach dem Durchgang bog die Gasse scharf rechts und wenige Meter später wieder scharf links ab. Einen anderen Abzweig gab es nicht. Und doch musste sich Mafalda ihren Weg an verunsicherten Touristen vorbei bahnen, die hilflos auf die grob gezeichneten Stadtpläne ihrer Hotels starrten. Ihre fragenden Blicke ignorierte sie vollständig, sie sah sie nicht einmal.

Nach einer weiteren Brücke bog sie rechts ab. Ab hier ging der Weg ein paar Meter in Richtung San Marco, und die vielen Menschen auf dem Nachhauseweg erschwerten das Vorwärtskommen erheblich. Doch Mafalda wusste, dass sie hundert Meter weiter wieder links abbiegen müsste, bei der schicken *trattoria* für die Touristen mit den weiß gedeckten Tischen und den übereifrigen Kellnern, die jeden, der auch nur ansatzweise nach Tourist aussah, in mindestens acht Sprachen gleichzeitig ansprachen und in das Lokal zu locken versuchten. Gleich gegenüber dem Restaurant lag eine kleine Weinbar mit hohen Holzstühlen an dem zum Bartresen umfunktionierten Ladenfenster für die Einheimischen.

Dort hatte sie sich schon einmal mit Lucia auf eine *ombra* getroffen und sich über die Touristen auf der anderen Straßenseite lustig gemacht, die erst den aggressiven Anwerbeversuchen der Kellner erlagen und dann ihre überteuerten Spaghetti mit Messer und Gabel aßen. Nach der Weinbar bog sie links ab, und schon wurde es wieder etwas ruhiger.

Auf den ruhigen Campo San Zaccaria verirrten sich nur wenige Menschen, weil der nur zwei Zugänge hatte, die zudem nicht einander gegenüberlagen. Für Menschen, die schnell irgendwo hinwollten, also nicht die ideale Verbindung. Keine der Rennstrecken der Touristen führte über diesen Platz. Aber Mafalda wusste, dass sie so nur wenige Meter weiter den Anleger ihres *vaporetto* erreichen würde.

Die *bar* auf dem Platz gab es schon eine kleine Ewigkeit. Hier hatten Salvatore und sie, nachdem sie nach ihrer Hochzeitsnacht im Hotel Danieli ausgecheckt hatten, noch in aller Ruhe einen *caffè* und ein Glas Prosecco getrunken und dabei den Giebel der Kirche von San Zaccaria bewundert, der seitlich von der aufgehenden Sonne angestrahlt worden war. Kichernd wie Teenager waren sie damals über den Platz geschlendert. Daran erinnerte sich Mafalda auch heute noch genau, selbst wenn sonst gerade andere Gedanken sie beherrschten. Als sie an der *bar* vorbeilief, ja, vorbeistürmte, warf sie kurz einen wehmütigen Blick zur Seite auf die kleinen Tische, die heute wie damals draußen standen. Nur waren sie heute unbesetzt, und der Giebel der Kirche schräg gegenüber versank nach oben hin im dichten Nebel.

Ein paar Meter weiter öffnete sich die Gasse zu der breiten Uferpromenade Riva degli Schiavoni, auf der sich um diese Zeit nur wenige Touristen aufhielten und die so den Einheimischen auf dem Nachhauseweg vorbehalten war. Gegenüber hätte man eigentlich die Kirche San Giorgio Maggiore sehen müssen und zur Rechten, hinter dem Dogenpalast, die Basilika Santa Maria della Salute. Aber heute hatte der Dunst diese Sehenswürdigkeiten von Venedig verschluckt. Mafaldas *vaporetto* der Linie 5.2 lag bereits abfahrbereit am Anleger. Das nächste Schnellboot würde um diese Tageszeit erst in zwanzig Minuten kommen. Mafalda verschwendete keine Zeit, spurtete über die Brücke zum Anleger, fuchtelte hastig mit ihrer Venezia-Unica-Karte vor dem Lesegerät herum und betrat dann, nach dem das erlösende Piepen ertönt war und die Schranken sich geöffnet hatten, im letzten Moment das Boot.

Der Bootsmann hatte sie kommen sehen und auf sie gewartet. Direkt nach ihr schloss er mit routinierten Handgriffen das Schiebetor des *vaporetto* und löste die Taue vom Poller.

Mafalda ging gar nicht erst nach unten ins Bootsinnere. Sie würde ohnehin an der nächsten Haltestelle aussteigen müssen. Das *vaporetto* war im langsam abebbenden Feierabendverkehr schneller unterwegs als sonst und kam ohne die zu anderen Zeiten nötigen Ausweichmanöver ans Ziel. Dank seines stetig rotierenden Radars konnte der Steuermann das Boot schnurgerade durch das nebelverhangene Bacino San Marco lenken. Die sonst vorbeiziehende Silhouette von Venedig blieb schemenhaft im Dunkeln. Mafaldas Gedanken drehten sich ohnehin um wichtigere Dinge.

Aus den Augenwinkeln bemerkte sie einen finster aussehenden Mann, der sie von der anderen Seite des Bootes musterte, ab und zu auf sein Mobiltelefon schaute und dann wieder zu ihr, als ob er sie mit einem darauf gespeicherten Bild vergleichen wollte. Als sie auf den Anleger Zattere zufuhren, steckte er sein *telefonino* in die Tasche und näherte sich Mafalda langsam. Ihr fiel auf, dass er das so unauffällig wie möglich tat. Sie stand wie immer schon direkt am Ausgang, als die vier massiven Marmorsäulen des römisch anmutenden Kirchenportals von Santa Maria del Rosario aus dem Nebel erschienen und das *vaporetto* langsam abbremste.

Der Bootsmann machte das *vaporetto* fest, öffnete das Schiebetor, und Mafalda ging sofort über den Anleger an Land, der Fremde in einigen Metern Entfernung hinter ihr. Dieser Mann kam ihr komisch vor. Viel mehr als ein Gefühl war es nicht, und bei so vielen Menschen auf engem Raum wie eben an Bord des *vaporetto* passierte es schon mal, dass man sich unversehens anstarrte. Doch ihr Bauchgefühl sagte ihr, dass es kein Zufall war. Wollte dieser Mann etwas von ihr? Sie kannte ihn doch gar nicht! Was sollte ein fremder Mann von ihr, einer einfachen Rentnerin aus Murano, wollen? Nach reicher Beute für einen Raubüberfall sah sie nun gewiss nicht aus.

Mafalda blieb kurz vor der Kirche stehen und schaute unentschlossen in die Gasse neben der Kirche und dann über den Uferweg Fondamenta Zattere ai Gesuati. Links, neben der Kirche entlang, würde sie auf geradem Wege zur Ponte dell'Accademia am Canal Grande kommen und von da aus direkt zur Peggy Guggenheim Collection. Doch die *calli* waren eng, und um diese Zeit würden ihr viele Menschen entgegenkommen.

Sie entschloss sich, am Ufer des Canale della Giudecca weiterzugehen und erst später in die kleinen und verwinkelten Gassen abzubiegen, die sie auch an ihr Ziel bringen würden. Irritiert nahm sie aus dem Augenwinkel wahr, wie sich zu ihrer Rechten ein gigantisches Kreuzfahrtschiff wie ein Raumschiff in einer Theaterkulisse durch den Nebel schob.

Mafalda hatte keine Zeit, um stehen zu bleiben und zu schauen. Sie musste Simonetta Dal Bosco aufsuchen und sie zu dem Jackson Pollock befragen. Der Dame im Museum Fragen über die Dame mit dem Hund stellen. Nach der Ponte degli Incurabili bog sie links ab in eine enge Gasse.

Der schmale Eingang war mit Graffiti beschmiert und die unverputzten Backsteinwände wirkten im Dämmerlicht wenig einladend. Beunruhigt nahm sie wahr, dass wenige Meter hinter ihr der Fremde in das ansonsten menschenleere Viertel eingebogen war.

Unter einem niedrigen Durchgang hindurch trat sie auf einen kleinen *campo*, der an einen Kanal grenzte. Hinter sich hörte sie immer noch die Schritte des Fremden. Rechts von ihr öffnete sich ein länglicher Innenhof. Aber alle Haustüren waren verriegelt und verrammelt. Dem Aussehen der Häuser nach schien hier auch schon lange niemand mehr zu wohnen. Zumindest war in keinem der Fenster Licht zu sehen.

Es half nichts! Es ging nur geradeaus weiter. An der nächsten Kreuzung blieb sie kurz unschlüssig stehen. Der Weg bog nach rechts ab, das war klar. Denn auf der anderen Seite endete die Gasse wenige Meter weiter vor einem Kanal. Jedoch stand dort das schmiedeeiserne Tor zu einem kleinen Innenhof offen. Mafalda schlüpfte hindurch und versteckte sich, so gut es ging, im Dunkel. Insgeheim schimpfte sie mit sich, weil sie ihr *telefonino* zu Hause vergessen hatte. Jetzt hätte sie es gut gebrauchen können.

Vielleicht würde der Mann ja auch einfach weitergehen. Die Nachricht über das Verschwinden des Pollock-Bildes hatte Mafalda ein wenig aus der Bahn geworfen. Zudem war es finster und dunstig, da war sie schon immer leicht zu verunsichern gewesen. Plötzlich bewegte sich die schmiedeeiserne Tür. Erst langsam, dann schneller, und die alten

Scharniere quietschten. Im Licht der Laternen konnte sie den dunklen Umriss des Kopfes des Fremden erkennen.

»Spielen wir Verstecken?«, fragte dieser mit tiefer, knarziger Stimme und unverkennbarem sizilianischem Dialekt.

Mafalda holte tief Luft. »Lassen Sie mich sofort gehen, oder ... oder ich schreie!«, stammelte sie.

»Wer sollte Sie hier hören?« Der Mann schaute sich grinsend um. »Und wenn doch, dann wird man es für einen Hund halten, der den Mond anheult. Oder den nächstbesten Hydranten.«

»Was wollen Sie?«, fragte Mafalda atemlos.

»Ich schätze es nicht, wenn man sich in meine Geschäfte einmischt«, entgegnete der Fremde. Mafalda verstand nicht und schaute ihn nur stumm an.

»Die Guggenheim Collection. Das ist mein erstes richtig großes Ding in dieser Stadt. Und niemand wird mir dabei in die Quere kommen!« Er zeigte auf Mafalda.

Sie schaute sich hilflos um. »Hören Sie, ich bin eine alte Frau ...« Als er nicht reagierte, fügte sie hinzu: »Was kann ich Ihnen denn schon tun?«

»Sie haben schon mehr als genug getan«, murmelte der Fremde und kam einen Schritt auf Mafalda zu.

»Stehen bleiben!«, schrie Mafalda und zog etwas aus ihrer Handtasche. Sie hatte den Verschluss schon vorsichtig geöffnet, als der Fremde den kleinen Innenhof betreten hatte.

Er lachte höhnisch. Sehen konnte sie das nicht, zumindest nicht deutlich, dazu blendete sie das Gegenlicht aus der hell beleuchteten *calle* hinter ihm zu sehr. »Eine hübsche Spielzeugpistole haben Sie da!«, sagte er und fingerte an seiner Manteltasche nach einer Zigarette. »Wollen Sie mir damit vielleicht Feuer geben?«.

»Die hat mir der Mann meines Enkels im Internet besorgt«, presste Mafalda hervor und hielt die Waffe fest mit beiden Händen umklammert nach vorn, direkt auf das Gesicht des Fremden gerichtet.

»Na, das scheint mir ja ein besonderes Früchtchen zu sein«, sagte er und trat noch näher an sie heran.

»Gehen Sie sofort einen Schritt zurück, oder …«

»Oder was?«

»Oder Sie werden herausfinden, ob das eine Spielzeugpistole ist oder nicht«, brachte Mafalda mit zittriger Stimme hervor.

»Das Risiko gehe ich ein.« Der Fremde machte einen weiteren Schritt auf Mafalda zu.

Sie kniff die Augen zusammen, schaute zur Seite, hörte fast auf zu atmen. Die Handtasche hatte sie fallen gelassen. Mit beiden Händen hielt sie die Pistole so fest, dass ihre Knöchel sich weißlich verfärbten. Ihre Hände mochten zittern, doch den Lauf der Waffe hielt sie sicher auf sein Gesicht gerichtet. Mit dem rechten Zeigefinger drückte sie auf den Abzug. Erst vorsichtig, dann beherzter und schließlich richtig. Sie hatte das oft genug im Fernsehen gesehen.

Der Knall war leiser als erwartet. Doch der Fremde war sichtlich erschrocken, rief laut *»Merda!«*. Beim Abdrücken musste sie die Waffe leicht nach unten gesenkt haben. Der Aufprall auf seiner Brust war so heftig, dass er ein paar

Schritte in die Gasse hinter ihm zurückwich. Das nutzte Mafalda und zielte jetzt höher, auf sein Gesicht, genauso wie Angelo es ihr erklärt hatte. Diesmal schaute sie genau hin.

Der Abzug klickte, das Geschoss löste sich, und der Fremde wurde im Gesicht von der Flüssigkeit getroffen. Er schrie auf, hielt sich die Hände vor die tränenden Augen. »Was haben Sie getan?«, schrie er wütend im tiefsten sizilianischen Dialekt und taumelte durch die *calle*.

Mafalda hielt die Pistole immer noch fest in ihren Händen. Aber sie nutzte sein orientierungsloses Schwanken, um ihre Handtasche mit links vom Boden aufzuheben und mit der Waffe in der rechten Hand auf die Gasse hinauszueilen, die Tür hinter sich zuzuziehen und davonzurennen, wegzulaufen, sich in Sicherheit zu bringen, so schnell es ihr nur irgendwie möglich war. Sie hatte keine Ahnung, wohin genau. Sie lief und lief, über den kleinen *campo*, durch den Durchgang, zwischen den Backsteinmauern hindurch, bis sie wieder vorn am Canale della Giudecca stand und rechts abbog, das Fondamenta Zattere Allo Spirito Santo entlang.

Schon auf der Brücke über den kleinen Seitenkanal sah sie ein Taxiboot auf dem offenen Gewässer. »Taxi!«, rief sie laut. Als der Fahrer nicht zu ihr schaute, schrie sie noch einmal. Dreimal insgesamt. Dann sah sie der Fahrer, nahm Kurs auf die Kaimauer und nahm Mafalda an Bord.

Sie bemerkte gerade noch rechtzeitig, dass sie immer noch die Pistole in der rechten Hand hielt und damit nach dem Taxi gewunken hatte. Rasch ließ sie sie in ihrer Handtasche verschwinden, bevor das Boot das Ufer erreichte und sie einsteigen konnte.

»Los!«, war alles, was sie hervorbrachte, und sie zeigte in Richtung San Marco. Das Taxiboot legte ab, und Mafalda ließ sich in die weichen roten Plüschkissen der Kabine fallen. Am Ufer sah sie undeutlich im Nebel einen Mann aus der engen Gasse kommen und sich nach allen Richtungen umsehen. War das der Sizilianer? Eigentlich konnte er das nicht sein, denn sie hatte ihn mit ihrem Tränengasgeschoss direkt getroffen. Aber mittlerweile war sie zu weit weg, um den Mann genau zu erkennen.

Erst jetzt spürte sie die Kälte der Nacht, ein eiskalter Schauer lief ihr über den Rücken. Mafalda stöhnte leise und zog ihren Mantelkragen nach oben, während das Taxi in den Nebel auf dem Canale di Giudecca eintauchte.

20

*U*nd du hast wirklich keine Ahnung, wer das war?«, fragte Lucia, während sie ein Schnapsglas aus einer Flasche mit ihrem Lieblingsgrappa üppig füllte und es zu Mafalda über den Tisch schob. Sie nahm ein zweites Glas, schenkte ein und leerte es in einem Zug.

»Ich habe nicht die geringste Ahnung«, antwortete Mafalda, immer noch aufgeregt. In Mantel und Stiefeln saß sie in dem plüschigen Lehnsessel in Lucias Wohnzimmer. Alma hatte Lucia gleich herbeigerufen, nachdem Mafalda ihr völlig aufgelöst und atemlos aus einer der wenigen noch verbliebenen Telefonzellen alles berichtet hatte. Sie hielt Mafaldas Hand und strich ihr über den Arm. Nicht dass das auf diese wirklich beruhigend wirkte. Immer noch angespannt und erregt erzählte sie weiter: »Es war dunkel, ich konnte kaum was sehen. Aber er hat mit sizilianischem Dialekt gesprochen. Da bin ich mir sicher! Und er hatte so ein kantiges Gesicht und einen richtig fiesen Blick.«

»Sizilianisch?«, wiederholte Alma, griff nach ihrem *telefonino* und fing an, wild darauf herumzutippen. »War es der hier?«, fragte sie nach einer Weile und zeigte Mafalda ein Bild.

Mafalda zog die Lesebrille aus der Manteltasche, schaute mit zusammengekniffenen Augen auf das *telefonino* und zuckte zusammen.

»Genau der war es!«

Alma nickte. »Calogero Occhipinti, der Chef der Sicherheitsfirma der Peggy Guggenheim Collection«, sagte sie. »Als du ›sizilianisch‹ gesagt hast, musste ich an den denken.«

»Aber was sollte der von Mafalda wollen?«, fragte Lucia und streichelte ihre Grappaflasche.

Alma zuckte mit den Schultern. »*Beh* … Ich weiß es nicht. Vielleicht sind wir ihm auf die Füße getreten, als wir gestern in der Ausstellung waren. Erinnert ihr euch, wie misstrauisch uns der Mann von der Security beobachtet hat?«

»Ich solle mich nicht in seine Geschäfte einmischen, hat er gesagt. Das sei sein erstes großes Ding in der Stadt«, erzählte Mafalda.

Alma nickte. »Das würde passen! Vielleicht hat er etwas mit dem Verschwinden des Pollock-Gemäldes zu tun.«

»*No!* Ich bin sicher, dass es Simonetta Dal Bosco ist«, erklärte Mafalda entschieden. »Ich habe da ein ganz sicheres Gefühl. Das war mir sofort klar, als der Restaurator mir gesagt hat, dass er nur zwei Bilder bekommen hat und nicht drei.«

Lucia legte ihr die Hand auf den Unterarm. »Aber warum sollte die so was machen? Das haben wir doch schon wieder und wieder besprochen. Sie hat kein Motiv! Sie würde nur ihre Karriere ruinieren. Sie hat zu hart gearbeitet, um das jetzt alles aufs Spiel zu setzen.«

»Du solltest zur Polizei gehen«, befand Alma, doch Mafalda winkte ab. »Heute nicht. Ich gehe morgen zu Pietro und sage es ihm.«

»Und du hast wirklich auf ihn geschossen?« Lucia musterte ihre Freundin misstrauisch. Das klang gar nicht nach der Mafalda, die sie kannte.

»Angelo hat mir die Pistole gegeben. Zur Sicherheit, wie er meinte«, erwiderte Mafalda. »Er hat sie aus dem Internet. Eine Tränengaspistole. Eigentlich harmlos, aber doch sehr effektiv.«

»Ich kann trotzdem kaum glauben, dass du abgedrückt hast«, sagte Alma lächelnd. In ihrer Stimme klang neben der Belustigung auch ein wenig Stolz und Bewunderung mit.

»Ich verschwinde jetzt jedenfalls in die Küche und sorge für etwas Essbares«, verkündete Lucia. »Und du«, sie legte ihre rechte Hand auf Mafaldas linke, »du schläfst heute in meinem Gästezimmer und nicht allein in deiner Wohnung.«

»Wird das Francesco denn nicht stören?«, fragte Mafalda.

»*Beh* … Der ist wieder mal auf einer seiner Geschäftsreisen, wie er das immer nennt«, sagte Lucia. »Wir sind also unter uns.« Sie ging in die Küche.

Mafalda schaute Alma irritiert an. Alma zuckte mit den Schultern. »Der Haushälterin hat sie heute freigegeben. Lassen wir uns überraschen, was sie auftischt.«

»*Pesce al forno!* Überbackener Fisch und Meeresfrüchte aus dem Ofen.« Lucia strahlte, als sie mit einer großen Silberplatte aus der Küche zurückkam und diese auf dem Esstisch abstellte. »Garnelen, Scampi, Wolfsbarsch, Steinbutt, Jakobsmuscheln und noch eine Spezialität, die mir gerade nicht einfällt. Nehmt Platz, es wird kalt! Ich hole noch schnell die Beilagen.«

Alma und Mafalda setzten sich und schauten misstrauisch auf den Teller, schon allein, weil Lucia bisher nie als besonders gute Köchin in Erscheinung getreten war. Auch hatte es vorher nicht aus der Küche nach gebackenem Fisch geduftet. In Lucias eigenem Ofen konnte der Fisch also kaum gebacken worden sein.

Lucia kam mit zwei Schüsseln aus der Küche zurück. »*Patate arrosto.* Ofenkartoffeln mit Rosmarin und grüne Bohnen mit Speck. Bedient euch!«

Sie nahmen sich reichlich, und es schmeckte köstlich. Mafalda meinte, an der würzigen Marinade der Fische und Meeresfrüchte das Rezept der *trattoria* am Fondamenta Andrea Navagero gleich um die Ecke zu erkennen. Aber sie schwieg, weil es so köstlich schmeckte und es so guttat, nach dem Schrecken des heutigen Tages mit ihren besten Freundinnen bei wunderbarem Essen und einer Flasche Prosecco zu sitzen.

Am nächsten Morgen wachte Mafalda erholt auf. Sie hatte fantastisch geschlafen. Das mochte an dem Gefühl gelegen haben, in Lucias Haus sicher aufgehoben zu sein. Oder auch an den drei Flaschen Prosecco und den diversen Gläschen Grappa, die sie gestern Abend zum Essen getrunken hatten.

Lucia schlief wie immer lange in den Tag hinein. Mafalda legte ihr einen kleinen Zettel auf den Esstisch, auf den sie »*Mille grazie!*« geschrieben und wie ein kleines Mädchen ein Herz darunter gezeichnet hatte, dann schlich sie leise auf Zehenspitzen nach draußen.

Es war noch vor neun Uhr an diesem Freitagmorgen, die Sonne schien, und die salzige Luft vom Meer wehte über die Lagune. Aber abgesehen von den laut kreischenden Möwen, die im Tiefflug auf der Suche nach einem Frühstück über die Kanäle flogen, war Murano wie ausgestorben. Als Mafalda über die kleine Brücke zum Campo San Donato ging, waren die eisernen Fenstergitter vor der Bar Il Sole noch verschlossen, und die Stühle waren übereinandergestapelt. Von Emilia, die wahrlich kein Morgenmensch war und deren Haar auch gegen Mittag meist noch zerzaust im Wind wehte, war weit und breit nichts zu sehen.

Mafalda ging schnell am Kirchturm von Santi Maria e Donato vorbei und betrat dann die Kirche durch den Haupteingang. Sie würde nicht lange brauchen, aber eine Kerze zu stiften fand sie das Mindeste nach all dem Glück, das sie gestern gehabt hatte. Padre Osman, wie Mafalda ein Frühaufsteher, hatte bereits aufgeschlossen. Mafalda entdeckte ihn durch die offen stehende Tür der Sakristei.

Sie überlegte kurz, zu ihm zu gehen und ihn zu grüßen, entschloss sich dann aber, ihr Glück nicht überzustrapazieren. Mit einem Ermittlungserfolg in den nächsten Tagen in der Hinterhand würden ihre kleinen Notlügen viel leichter zu beichten sein. Sie begnügte sich damit, drei Kerzen anzuzünden, wie immer zwei für ihre Lieben und dazu noch eine dafür, dass sie Occhipinti ohne einen Kratzer entkommen konnte. Dann verließ sie die Kirche wieder. Sie nahm die drei Stufen dahinter mit schnellen Schritten und lief an dem alten steinernen Brunnen vorbei auf die Gasse zu, die den *campo* mit ihrem Wohnviertel verband. Nachdem sie dem Sizilianer entkommen war, sprühte sie jetzt förmlich vor Energie. Der gute Schlaf in Lucias sicherem Gästezimmer hatte ein Übriges dazu getan. Am Platz vor ihrem Haus angekommen sah sie Maria, die auf dem Wäscheständer vor ihrem Fenster weiße Wäsche aufhängte, und winkte ihr zu.

»Maria, wie geht's?«, rief sie laut über den Platz, sodass die in der Ecke dösenden Tauben erschrocken davonflatterten. Maria grüßte schmallippig zurück. Allzu gesprächig war sie um diese Uhrzeit noch nicht.

»Anna war mir gestern eine große Hilfe drüben in Venedig«, sagte Mafalda, auch um ein bisschen Konversation zu betreiben und die Stille nach Marias knapper Antwort zu überbrücken.

»*Beh* … Dann scheinen Sie sie häufiger zu sehen als ich«, antwortete Maria. »Ich dachte, ich würde etwas mehr von dem Kind haben, jetzt wo sie wieder zu Hause wohnt. Aber sie ist ständig auswärts, nie zu Hause«, lamentierte sie.

»Aber sie war mir eine große Hilfe«, wiederholte Mafalda, die an diesem Morgen bester Laune war und keine Lust auf Marias morgendliches Gejammer hatte.

In ihrer Wohnung machte sie sich frisch und schlüpfte in ihren grünen Sommermantel. Ihr Wollmantel hatte bei der Flucht vor Occhipinti doch einige Flecken abbekommen. Sie nahm ihr *telefonino* und ihre Handtasche und trat aus dem Haus. Ihren Tauben, die wieder in der Sonne auf der anderen Platzseite dösten, rief sie zu: »Da, für euch!«, und warf ihnen ein paar Kekse hinüber. Dann drehte sie sich um und spazierte den *campo* hinunter in Richtung von Pietros und Angelos Wohnung.

Wenig später klingelte sie an deren Wohnungstür im Westen von San Donato. Angelo öffnete verschlafen mit zerzausten Haaren, in Micky-Maus-T-Shirt und karierten Boxershorts.

»Ist gestern wieder spät geworden, was?«, fragte Mafalda wohlwollend spöttisch.

Hinter ihm kam Pietro im Morgenmantel aus dem Bad in den kleinen Flur und wollte Mafalda schon grüßen. Doch Angelo war schneller: »*Buongiorno, nonna* Mafalda!«

Pietro und Mafalda schauten ihn erschrocken an. Er begriff, erstarrte kurz und fügte dann noch ein »Signora Mafalda« an.

»*Buongiorno, nonna!* Komm doch rein«, sagte Pietro, zog sie am Arm in die Wohnung und schob Angelo mit dem anderen Arm beiseite. »Möchtest du einen *caffè?*«

»Da sag ich nicht Nein«, antwortete Mafalda und setzte sich auf den Stuhl neben dem Küchenfenster in der engen Esstischecke. »Emilia hatte vorhin noch geschlossen. Sie ist ...«

»… zuweilen etwas nachlässig?«, ergänzte Pietro, als er die *caffettiera* auf den Herd setzte und das Gas mit einem Streichholz anzündete.

»Ich hätte ›kein Morgenmensch‹ gesagt«, antwortete Mafalda. »Aber ›zuweilen etwas nachlässig‹ trifft es auch.«

Pietro setzte sich ihr gegenüber, und Angelo war mit mittlerweile gekämmten Haaren und in Jeans, zerrissenen Jeans, aber immerhin einer Hose, aus dem Bad zurückgekommen und lehnte in der Küchentür. »Sag mal, *nonna* … Was führt dich so früh zu uns?«, fragte Pietro. »Zu mir?«, ergänzte er nach einem Moment des Nachdenkens, in dem sich Angelo und Mafalda bedeutungsvolle Blicke zuwarfen.

Mafalda setzte sich gerade auf ihrem Stuhl auf, hielt die Griffe ihrer Handtasche, die zusammen mit dem abgestreiften Mantel auf ihrem Schoß lag, fest mit beiden Händen umklammert.

»Ich bin gestern überfallen worden!«, erklärte sie mit einer eigenartigen Mischung aus Stolz und ihrer ohnehin schon guten Laune dieses Morgens.

Pietro starrte sie erschrocken an. »Du bist *was?*«

»Überfallen worden. Gestern. In Venedig. Von einem fiesen Sizilianer. Und ich möchte jetzt Anzeige erstatten«, sagte sie und nickte eifrig.

»Aber … aber warum hast du mich denn nicht gleich angerufen?«, stotterte Pietro. »Oder die Polizei vor Ort? Geht es dir gut? Ist dir was passiert?«

»Weil ich wollte, dass du den Fall übernimmst. Ich kann

dir nämlich den Täter frei Haus mitliefern. Als kleine Unterstützung für deine Karriere!«, erklärte Mafalda stolz und zwinkerte ihrem Enkel zu.

Sie fasste kurz die Ereignisse des gestrigen Abends zusammen. »Dann habe ich zweimal auf ihn geschossen, er ist herumgetaumelt, und ich konnte mit einem Taxi flüchten«, schloss sie.

»Du hast *was?*«, fragte Pietro fassungslos.

»Geschossen. Und das ist der zweite Grund, warum ich zu euch gekommen bin. Mir sind die Patronen ausgegangen, Angelo!«

Pietro schaute irritiert zu Angelo, der immer noch im Türrahmen lehnte. Die *caffettiera* drückte gerade unter lautem Blubbern die letzten Tropfen frisch gebrühten Kaffees nach oben, aber niemand schien davon Notiz zu nehmen oder den Herd ausschalten zu wollen.

Angelo hob abwehrend die Hände. »Ich hab ihr die Pistole nur für den Fall der Fälle gegeben.«

Pietro schaute entsetzt zurück zu seiner Großmutter. »Du hast mit einer Pistole auf den Sizilianer geschossen?«, fragte er geschockt.

Mafalda tätschelte Pietros rechte Hand, mit der er sich krampfhaft an der Tischplatte festhielt. »Womit sollte ich denn sonst geschossen haben, mein Goldstück? Und es war ganz harmlos. Nur mit Tränengas.« Dann stand sie auf, nahm die *caffettiera* vom Herd und goss den *caffè* in die drei bereitstehenden Tassen. »Vollkommen harmlos. Also für mich. Nicht für den Sizilianer.« Sie kicherte. »Aber in diesem Fall ungemein hilfreich.« Sie nickte Angelo zu und reichte ihm eine der Kaffeetassen.

»Aber wie habt ihr …? Wann habt ihr …?«, stotterte Pietro.

»Ich hatte die Tränengaspistole schon vor einiger Zeit online in China bestellt und sie ihr vorgestern vorbeigebracht. Da haben wir dann auch noch kurz Schießen geübt«, antwortete Angelo, als sei es das Normalste der Welt.

»Ich habe auf Anhieb die Vogelscheuche getroffen, mit der Maria die Tauben fernhalten will. Dreimal!«, sagte Mafalda stolz, stellte die zweite Kaffeetasse vor Pietro auf den Tisch und nahm einen Schluck aus ihrer. »Aber jetzt brauche ich neue Munition«, sagte sie zu Angelo. Der verschwand im Flur und durchwühlte den schmalen Garderobenschrank, der mehr wie ein Spind in einem Fitnessstudio aussah als wie ein anständiges Möbelstück.

Pietro verbarg sein Gesicht in den Händen. »Ich darf das alles gar nicht hören!«, rief er einigermaßen verzweifelt. Währenddessen hatte Angelo gefunden, wonach er gesucht hatte, und drückte Mafalda zwinkernd eine braune Papiertüte in die Hand.

Mafalda stand auf, verstaute die Tüte in ihrer Handtasche und nahm ihren Mantel vom Stuhl. Pietro schaute sie immer noch entgeistert an, zu entgeistert, um sich zu wehren, als sie ihm durch die Haare strich. »Kannst du bitte alles für die Anzeige vorbereiten? Ich komme dann noch mal vorbei, um eine Aussage zu machen und alles zu unterschreiben, falls das nötig ist.« Pietro nickte stumm. »Ich muss jetzt weiter. Ich habe gleich noch einen Termin bei der Dottoressa! Der Tag ist ja schließlich noch jung. Ich nicht, aber der Tag schon.«

Sie ging in Richtung Ausgang und flötete: »Wir sehen uns!« Noch während die Tür sich hinter ihr schloss, hörte sie Pietro Angelo leise fragen: »Ist das gerade wirklich passiert, oder träume ich nur schlecht?«

Carola Albini legte Mafalda die Blutdruckmanschette um den linken Arm. Sie war die einzige Patientin so kurz nach Öffnung der Praxis an diesem Freitagmorgen, und sie war direkt von der Treppe in das schmucklose, weiß getünchte Arztzimmer mit den hellgrauen Lamellenvorhängen vor dem einzigen Fenster gestürmt.

Die Dottoressa schüttelte besorgt den Kopf, pumpte nach und maß ein zweites Mal. »Das ist gar nicht gut«, sagte sie mit besorgter Miene. »Hundertachtzig zu einhundert. Das ist viel zu viel! Und das trotz der Tabletten.«

»Ach, die Tabletten«, sagte Mafalda und machte eine abwehrende Handbewegung. »Ich bin noch gar nicht dazu gekommen, die einzunehmen.«

Die Dottoressa runzelte die Stirn.

»Und ich möchte Ihren Blutdruck mal sehen, wenn Sie sich gerade eine Schießerei mit einem Ganoven geliefert hätten und dann mit einem Taxi geflohen wären.«

Ihre Ärztin schaute Mafalda misstrauisch an. Für einen Moment zog sie offenbar in Erwägung, dass Mafalda beim abendlichen Fernsehkrimi eingeschlafen sein könnte und sich den Rest hinzugeträumt hätte.

»Können Sie mir sagen, welcher Tag heute ist?«, fragte sie schließlich.

»*Beh* … Es ist Freitag, der 8. März. Mein Name ist Mafalda Cinquetti, und ich sitze hier in der Arztpraxis Carola Albini, weil Sie, verehrte Dottoressa, meinen, dass mein Blutdruck zu hoch sei. Und im Übrigen«, sie beugte sich vor, »danke der Nachfrage, bin ich im Vollbesitz meiner geistigen Kräfte!«

Als ihre Ärztin sie dennoch weiter sorgenvoll betrachtete, fügte sie hinzu: »Es war eine Schießerei, wenn ich es Ihnen doch sage! Gestern Abend drüben in Venedig, zwischen Zattere und der Peggy Guggenheim Collection. Ich habe zweimal geschossen und konnte dann fliehen.«

»Das klingt aber so gar nicht nach Ihnen«, sagte die Dottoressa.

»Fragen Sie …«, begann Mafalda. Aber während sie nach Namen suchte, wurde ihr klar, dass sie keine Zeugen für den gestrigen Vorfall hatte. In der Gasse waren nur Occhipinti und sie gewesen. Der Taxibootfahrer hatte sie zwar am Ufer hysterisch schreien und winken gesehen, aber das hier war Italien, und so etwas passierte alle fünf Minuten ohne besonderen Grund. Außerdem hatte sie sich den Namen des Taxichauffeurs und die Nummer seines Bootes nicht gemerkt. Auch bei der Anzeige, die sie bei Pietro am Küchentisch gemacht hatte, stand nur Aussage gegen Aussage.

»Es war so. Glauben Sie es mir! Ich habe schon Anzeige erstattet«, sagte Mafalda patzig nach kurzer Pause.

»Immer noch die Sache mit Beppe?«, fragte die Dottoressa. Mafalda nickte. »Sind Sie schon einen Schritt weiter?«

»Nun ja, seit gestern weiß ich zumindest, dass es eigentlich um ein bestimmtes Bild ging und der Anschlag auf die anderen Gemälde vermutlich nur inszeniert war«, erzählte Mafalda. »Wenn ich das noch beweisen kann, dann ist Beppe so gut wie frei.«

»Und worum ging es bei dieser Schießerei?«, fragte die Dottoressa immer noch etwas ungläubig. Mafalda konnte ihrem Blick ansehen, dass die Dottoressa davon ausging, dass sie gewaltig übertrieben hatte.

»Wenn ich das nur genau wüsste«, sagte Mafalda und schlug die Handflächen zusammen, wobei sie beinahe das Blutdruckmessgerät zu Boden riss. Die Dottoressa konnte es im letzten Moment festhalten und nahm Mafalda eilig die Messmanschette vom Arm ab.

»Wenn ich das nur wüsste«, wiederholte Mafalda. »Gestern Nachmittag hatte ich einen Fall und eine Verdächtige, die Gelegenheit gehabt hätte, das wertvollere Bild zu stehlen. Aber die hat kein Motiv. Und dann kam der Überfall. Der Täter hätte möglicherweise ein Motiv, ich weiß aber nicht, ob er überhaupt Gelegenheit gehabt hätte, das Bild zu entwenden.«

»Das klingt ... ein bisschen wirr ...«, sagte Carola langsam.

»Es geht mir gut!« Mafalda betonte jedes Wort. »Wissen Sie, Dottoressa, der Mann, der mich bedroht hat, ist der Chef der Sicherheitsfirma, die die Peggy Guggenheim Collection angestellt hat. Das weiß ich aber leider erst seit gestern Abend.«

»Und der hat Sie überfallen?«

»Ja. In einer dunklen Gasse zwischen Zattere und dem Museum. *Dio mio*, Gott weiß, was mit mir passiert wäre, wenn ich nicht die Pistole dabeigehabt hätte.«

Die Dottoressa schaute ein wenig erschrocken, aber Mafalda legte ihr beruhigend die Hand auf den Arm. »Ein besseres Spielzeug. Eine Schreckschusspistole, mit Tränengas, an sich harmlos, in meinem Fall aber äußerst wirkungsvoll.«

»Und warum hat der Sie überfallen?«

»Er hat gesagt, ich solle mich nicht in seine Geschäfte einmischen. Was auch immer das für Geschäfte sein mögen.« Mafalda stand auf und umkreiste das Plastikskelett neben der Eingangstür, das zur Grundausstattung aller Arztpraxen zu gehören schien. Sie tippte dem Knochengerüst erst an die Brust und dann an die Stirn – genau die beiden Stellen, auf die sie bei dem Sizilianer geschossen hatte. Das Skelett wippte zurück und bog sich wieder nach vorn in seine Ausgangsposition.

Mafalda drehte sich wieder zu der Ärztin um. »Bis letzte Woche war seine Firma nur nachts für die Bewachung zuständig. Was gibt es für ein besseres Argument für die Aufstockung seines Auftrags, als dass außerhalb seiner Arbeitszeiten ein Anschlag auf das Museum stattfindet? Ich denke, das wird es gewesen sein.«

»Aber Sie sagten, ein wertvolles Bild wäre verschwunden. Hätte es für ihn nicht gereicht, einfach den Anschlag auf die anderen Bilder zu inszenieren?«

Mafalda griff sich ans Kinn und runzelte die Stirn. »Da haben Sie allerdings recht.«

»Und woher kannte der Sie überhaupt? Vorher getroffen hatten Sie ihn ja wohl nicht, wenn Sie ihn gestern nicht erkannt haben.«

Mafalda nickte und schaute aus dem Fenster. »Ich habe mit einem seiner Angestellten gesprochen, als wir vorgestern im Museum waren. Vielleicht hat der meine Beschreibung durchgegeben oder ein Foto gemacht.« Dann drehte sie sich wieder zur Dottoressa. »Aber dass er das Bild nicht hätte stehlen müssen, weil der Anschlag allein gereicht hätte, das ist wirklich ein gutes Argument«, sagte sie und wackelte mit dem nach oben gestreckten Zeigefinger.

Mafalda setzte sich erneut auf den Patientenstuhl, nur um Augenblicke später von ihrer inneren Unruhe getrieben wieder aufzustehen. »Das ergibt alles immer noch keinen richtigen Sinn«, sagte sie und schaute auf die Uhr. »Ich würde mich ja gern noch länger mit Ihnen unterhalten, aber ich bin schon wieder zu spät dran.«

»Ihr Stammtisch in der Bar Il Sole?«, fragte Carola, und Mafalda nickte. »Aber versprechen Sie mir, die Blutdrucktabletten zu nehmen. Und nur entkoffeinierten Kaffee zu trinken.«

»Ganz bestimmt«, entgegnete Mafalda abwesend und verabschiedete sich. Mit ihren Gedanken war sie schon wieder ganz woanders.

21

Alma und Lucia warteten schon, als Mafalda auf ihren Tisch in der Bar Il Sole zuging. Alma schaute ungehalten auf ihre Uhr.

»Entschuldigt bitte! Die Dottoressa … Wenn die einmal zu reden anfängt, dann dauert es länger.«

»Was fehlt dir denn?«, fragte Alma.

»*Niente*«, antwortete Mafalda im Brustton der Überzeugung und winkte Emilia hinter dem Tresen zu, dass sie ihr ihren *caffè doppio* und ihre *ombra* bringen solle. »Ihr kennt das doch. Die will Gebühren schinden. Aber ich will sie nicht verärgern, wenn mal wirklich was sein sollte«, fügte sie hinzu und setzte sich auf den freien Stuhl neben ihren Freundinnen.

»Wie zum Beispiel, dass du alt wirst?«, fragte Alma, der Mafalda natürlich von ihren Blutdruckproblemen erzählt hatte, mit leicht ironischem Unterton.

»Können wir jetzt bitte das Thema wechseln?«, sagte Lucia einigermaßen ungehalten. Allein die Erwähnung von Alter und Altern hielt sie schon für ein Sakrileg.

»Ich habe dich heute früh vermisst«, fuhr sie, an Mafalda gerichtet, fort. »Wann hast du dich denn aus dem Haus geschlichen?«

»Entschuldige. Ich habe in deinem Gästezimmer ganz wunderbar geschlafen. Aber ich war früh wach und wollte dich nicht wecken. Es gab noch einiges zu tun.«

»Wie zum Beispiel die Dottoressa wegen einer nicht vorhandenen Krankheit zu besuchen«, knurrte Alma und erntete einen bösen Blick von Mafalda.

»Wo stehen wir jetzt eigentlich mit unserem Fall?«, fragte Lucia dazwischen. »Ich meine Occhipinti vom Sicherheitsdienst hat sich doch gestern mit dem Überfall auf dich mehr als verdächtig gemacht, oder?«

Mafalda wiegte den Kopf. »Ich weiß nicht. Die Dottoressa hat dazu vorhin ein paar wahre Worte gesagt.«

»Du redest mit ihr über den Fall?«, fragte Alma erstaunt.

»Es hat sich so ergeben«, antwortete Mafalda schmallippig, weil sie es nicht mochte, für schwatzhaft gehalten zu werden. Nicht mehr als ohnehin schon jedenfalls.

»Was ist jetzt mit Occhipinti?«, fragte Lucia ungeduldig.

»Nun, er hat vielleicht ein Motiv, den Anschlag auf die Bilder vorzutäuschen, aber keines, den Pollock zu stehlen. Zumindest keines, von dem wir bis jetzt wissen.«

»Das verstehe ich nicht«, sagte Lucia.

»Das ist doch ganz einfach«, mischte sich Alma ein. »Mit dem Anschlag auf die Bilder außerhalb seiner Dienstzeit konnte er die Verwaltung leicht überzeugen, dass sie auch tagsüber mehr Sicherheitspersonal vor Ort brauchen. Da reicht aber der reine Anschlag mit dem schmutzigen Öl. Ein Bild braucht er zusätzlich dazu nicht zu stehlen.«

»Genau.« Mafalda nickte. »Außerdem hat der Kerl mir gestern gedroht, er möge es nicht, wenn sich jemand in seine Geschäfte einmischen würde, und dabei auf mich gezeigt.« Sie holte Luft. »Wenn ich mir das noch mal genau durch den Kopf gehen lasse, dann hatte er vermutlich Angst, dass ich dafür sorge, dass ihm der neu gewonnene Auftrag wieder weggenommen wird, wenn ich ihn bei der Kuratorin madig mache.«

»Der hat Angst vor einer Rentnerin?«, fragte Lucia belustigt.

Alma deutete mit dem Zeigefinger auf Lucia. »Vergiss nicht, dass wir als Expertinnen der Versicherung in der Ausstellung waren. Und die Versicherung hat schon ein Wörtchen mitzureden, wenn es um die Absicherung der Kunstwerke geht.«

Lucia nickte. »Und dennoch konnte ich bei dieser Bohnenstange absolut nichts finden. Hat eine vollkommen saubere Weste.« Diese …« Sie suchte nach dem Namen. »… Simone… Simonetta Dal Bosco!«

In diesem Moment erschien Emilia mit Kaffee und Wein für Mafalda. Sie stellte beides auf den Tisch und sagte: »Signora Dal Bosco?« Sie seufzte. »Die Arme hat es auch nicht leicht!«

Die Köpfe von Mafalda, Alma und Lucia drehten sich abrupt zu Emilia um.

»Was meinen Sie damit?«, fragte Alma.

Emilia kicherte nervös. »Ich hab's nur gehört, aus zweiter Hand gewissermaßen. Eine Freundin wohnt in der Wohnung unter ihr drüben in Dorsoduro. Es gibt immer wieder Ärger mit ihrem Sohn.«

»Simonetta Dal Bosco? Die Kuratorin der Guggenheim Collection?«, fragte Mafalda ungläubig.

»Genau die«, antwortete Emilia und nickte bedeutsam. »Es gibt ständig Probleme mit ihrem Sohn Argiro. Es war sogar schon mehrmals die Polizei da.«

»Argiro Dal Bosco«, murmelte Alma leise vor sich hin. »Der Name kommt mir irgendwie bekannt vor.«

»Aus deiner Sammlung der letzten zehn Jahrgänge des *Gazzettino* vielleicht?«, fragte Mafalda spöttisch. Aber Alma bekam ihren Unterton offenbar nicht mit.

»Nein, ich bin nicht mehr ganz sicher«, sagte sie. »Aber ich glaube, der war Stammkunde bei uns im Jugendzentrum.«

»Drüben in Santa Maria della Pietà? Das muss doch schon Jahre her sein!«, warf Lucia ein.

»Fünf Jahre, mindestens«, meinte Alma nachdenklich.

Nach ihrer Pensionierung hatte Alma mehrere Jahre ehrenamtlich in der Jugendhilfe im Ospedale della Pietà gearbeitet. Früher hatte Antonio Vivaldi dort Waisenmädchen zu Chorsängerinnen mit engelsgleichen Stimmen von Weltruhm ausgebildet. Heute widmete man sich in denselben Räumlichkeiten irdischeren Problemen: Scheidungskindern, Ausreißern und allen anderen, die auf die eine oder andere Weise auf die schiefe Bahn geraten waren. Engel waren die wenigsten von ihnen. Und für Weltruhm reichte es auch nur selten.

»Was weißt du noch über ihn?«, fragte Mafalda neugierig.

Alma zuckte mit den Schultern. »Fast nichts«, entgegnete sie. »Er muss sehr häufig bei uns gewesen sein, sonst würde ich mich nicht an ihn erinnern. Ich glaube, er war bei einer Kollegin in Betreuung.«

»Kannst du die nicht fragen, ob sie noch Genaueres weiß?«

Alma schüttelte den Kopf. »Die ist schon lange drüben auf San Michele bei deinem Salvatore.« Sie meinte die Friedhofsinsel von Venedig.

»Aber es muss doch irgendwelche Akten geben, oder?«, mischte sich Lucia ein.

Alma nickte. »Wenn sie die nicht mittlerweile in den Computer übertragen haben. Dann wäre ich aufgeschmissen.«

»Kennst du denn da noch jemanden? Den du fragen könntest oder der dich reinlassen würde?« Lucia beugte sich gespannt vor.

Alma lächelte listig und zog ihren Schlüsselbund aus der Handtasche. »Kennen nicht. Aber ich habe den Schlüssel nie abgegeben.« Sie hielt einen rostigen eisernen Schlüssel mit Bart nach oben. »Wenn wir Glück haben, sind die Schlösser nicht ausgewechselt worden, denn der hier …«

»… ist noch aus der Zeit von Vivaldi?«, fragte Mafalda lächelnd.

»Vielleicht nicht ganz so alt«, antwortete Alma kichernd.

»Aber ich wollte ihn als Erinnerung aufheben. Vielleicht kann er uns ja nun noch einmal nützlich sein?«

»Gehen wir jetzt gleich?«, fragte Lucia und wollte schon aufstehen.

»Lieber nicht«, sagte Alma. »Es ist Freitag. Die arbeiten noch. Lasst uns morgen früh hingehen, samstags sind wir ungestört. Enzo kann uns bestimmt mit seinem Boot fahren, dann geht es schneller.«

Es klingelte in Mafaldas Handtasche. Doch sie machte keine Anstalten, ans *telefonino* zu gehen, und nippte ungerührt an ihrem Wein.

»Willst du nicht rangehen?«, fragte Lucia irritiert. Mafalda schaute fragend. »Dein Telefon. Es klingelt! Wenn du es neuerdings schon dabeihast, solltest du es auch benutzen«, sagte Lucia.

»Oh, sicher!«, rief Mafalda, kramte in ihrer Tasche und brachte das *telefonino* nach einigem Suchen zum Vorschein. Da klingelte es schon zum zweiten Mal, es schien also wichtig zu sein. Mafalda drückte ungelenk den grünen »Abnehmen«-Knopf und hielt das Gerät an ihr Ohr.

»Hallo. Hier spricht Mafalda Cinquetti.«

Am anderen Ende der Leitung raschelte es. Dann war eine männliche Stimme zu hören. »Gut, dass ich Sie noch erreiche!«

»Wer ist da?«, fragte Mafalda.

»Massimo Sartori hier. Sergente bei der Polizei von Venedig. Sie waren gestern bei mir wegen Signore Scarpa.«

Mafaldas Gesichtszüge hellten sich auf. »Sergente! Natürlich! Ich habe Sie nur nicht sofort an der Stimme erkannt«, sagte sie fast übermäßig liebenswürdig. »Gibt es etwas Neues in unserem Fall?«

»Unser Fall? Na, wenn Sie so wollen, ja«, sagte der Sergente. »Der Commissario hat mich gerade angerufen.«

»Commissario Alvise?«, fragte Mafalda zurück.

»Sì, genau der. Und so einen Anruf habe ich in meiner ganzen Karriere noch nicht erhalten.« Er klang düster.

»Was ist passiert?«

»Er hat mir klipp und klar gesagt, dass der Fall abgeschlossen wäre, und mir verboten, in dieser Sache noch tätig zu werden. Wenn doch, würde das Konsequenzen für mich haben.«

»Was haben Sie geantwortet?«, fragte Mafalda.

»Ich habe ihm natürlich versichert, dass ich nichts mehr in der Angelegenheit unternehmen würde. Der kann mir das Leben hier schon sehr schwer machen.«

»Und weshalb rufen Sie mich jetzt an?«

»Ja, das ist der zweite Punkt. Er hat wohl mitbekommen, dass da noch jemand privat ermittelt. Auf eigene Faust. Das war sogar der eigentliche Anlass für seinen Anruf. Vielleicht haben Sie ja meiner Sekretärin etwas gesagt, als Sie bei mir waren?«

Mafalda überlegte. »Ich erinnere mich nicht. Aber es wäre schon möglich.«

»Jedenfalls soll ich Ihnen sagen, dass Sie das sofort einstellen müssen. Sonst wird er sich auch bei Ihnen melden.«

»Das ist mein gutes Recht als Bürgerin!«, protestierte

Mafalda und wedelte Alma und Lucia, die ja nicht wussten, mit wem sie gerade telefonierte, und die sich wegen ihres lautstarken Ausbruchs Sorgen machten, beschwichtigend zu.

»Er war da leider sehr deutlich. Und laut. Er würde es nicht dulden, wenn an dem Fall herumgepfuscht würde, meinte er.«

»Dann sagen Sie ihm bitte ...«, begann Mafalda.

»*No!* Das eine Mal hat mir gereicht. Ich werde ihn nicht noch mal anrufen und mich ab sofort möglichst unauffällig verhalten. Ich habe Familie und muss hier noch ein Haus abbezahlen, und das weiß der Commissario auch.«

Mafalda knurrte. »Dann vielen Dank für Ihren Anruf, Sergente.« Er verabschiedete sich auch und legte auf.

Mafalda hielt das *telefonino* noch etwas unschlüssig in der Hand und schaute nachdenklich in die Ferne.

»Wer war das?«, fragte Alma.

»Commissario Alvise«, antwortete Mafalda. »Also eigentlich Sergente Sartori. Dem Commissario ist es wohl nicht recht, dass wir ermitteln. Wir sollen die Finger von dem Fall lassen.«

»Das kann er doch nicht ...!«, rief Lucia und plusterte sich auf.

»Er kann, und er hat«, sagte Mafalda. »Zumindest hat der Sergente mir gerade sehr deutlich gemacht, dass er in der Angelegenheit nichts mehr unternehmen wird.«

»Woher weiß der Commissario überhaupt von dir?«, fragte Alma verärgert.

»Es muss wohl mit meinem Besuch in der Questura zusammenhängen. Jemand hat es ihm erzählt.«

»Dann sollten wir die Questura ab jetzt meiden und trotzdem weitermachen«, sagte Lucia trotzig. »Ich werde meinen Beppe nicht einfach so hängen lassen!«

»Meinst du, der Commissario hat doch etwas mit dem Verschwinden des Pollock zu tun?«, fragte Alma Mafalda.

Die zuckte mit den Schultern. »Der Sergente meinte, das sei ausgeschlossen. Aber nach diesem Telefonat bin ich mir nicht mehr so sicher.«

»Wir sollten uns trotzdem erst mal auf diesen Argiro konzentrieren«, meinte Lucia. »Wenn der irgendwie Dreck am Stecken hat, wäre er vielleicht der schwarze Fleck auf Simonetta Dal Boscos weißer Weste, nach dem wir die ganze Zeit gesucht haben.«

Mafalda nickte. »Morgen früh also dann? Acht Uhr?«

Lucia machte einen Schmollmund.

»Du kriegst schon deinen *caffè!*«, beruhigte sie Mafalda. Und zu Alma sagte sie: »Kann uns Enzo morgen um acht hier an der Brücke mit seinem Boot abholen?«

Alma schaute unsicher zu Lucia, die von Enzo ja noch nichts wusste. »Wenn ich ihn zufällig vorher noch sehe …«

Mafalda drückte die Fingerspitzen der rechten Hand zusammen, hielt die Hand hoch und wippte damit vor und zurück. Ihr strenger Blick zeigte Wirkung.

»Wir werden beide um acht hier sein«, sagte Alma mit leicht gesenktem Kopf, und Lucia schaute erstaunt zwischen Alma und Mafalda hin und her. Lange würde Alma ihre

Romanze mit Enzo vor ihr nicht mehr verbergen können, das war Mafalda klar.

Die Luft war noch eiskalt an diesem Samstagmorgen, als Enzo Mafalda, Lucia und Alma mit seinem Boot nach Venedig fuhr. Sie waren jetzt schon auf Höhe der Friedhofsinsel San Michele, und die aufgehende Sonne strahlte die Häuserfassaden am Fondamenta Nove von Venedig hell an. Außer ihnen war so früh niemand auf dem Wasser unterwegs. Nicht mal ein *vaporetto* war zu sehen. Nur die immer präsenten Möwen kreisten über der Lagune.

Mafalda hielt sich am Haltegriff neben ihrem Sitz fest. Das Schwanken des Bootes, mehr eine Nussschale als ein richtiges Fortbewegungsmittel, war ihr unheimlich. Es hatte ihre Freundinnen einiges an Überzeugungskraft gekostet, sie in Murano überhaupt zum Einsteigen zu überreden.

Das Jugendhilfezentrum der Provinz lag in einer schmalen Gasse hinter der Kirche Santa Maria della Pietà, die sich eingezwängt zwischen mehreren Fünfsternehotels an Venedigs Uferpromenade Riva degli Schiavoni befand und sich mit ihren vier massigen Säulen und dem markanten, von ihnen getragenen Dach seit 1745 allen Bestrebungen widersetzte, an dieser exponierten Stelle etwas Rentableres zu errichten. Zu Zeiten Vivaldis hatte der Bau noch komplett anders ausgesehen. Aber sein Ruf hatte die Zeiten überdauert und das Ospedale della Pietà zu einer Institution der Lagunenstadt gemacht.

Als Enzo das Fondamenta Nove beinahe erreicht hatte,

bog er sanft links ab und lenkte sein Boot in Landnähe an dem riesigen Komplex des Krankenhauses Santi Giovanni e Paolo vorbei. Während Venedig noch zu schlafen schien, herrschte hier schon reger Betrieb, und mehrere Notarztboote steuerten mit Sirene und Blaulicht auf den Eingang der Lagune zu.

Erst nach dem Ospedale bog Enzo in den Rio di Santa Giustina ein, einen Kanal, der sie direkt und ohne weitere Umwege zur Riva degli Schiavoni bringen würde. In den gelb gestrichenen Häusern auf der rechten Seite erwachte allmählich das Leben. Eine Frau im zweiten Stock bemühte sich redlich, ihre frisch gewaschene Wäsche an einer quer vor die gesamte Fassade gespannten Zugleine zu befestigen. Eine andere Frau vollführte auf einer Dachterrasse seltsame Verrenkungen, vermutlich Yogaübungen.

Nach den ersten Brücken kreuzte der Kanal einen weiteren. Mehrere Taxiboote mit um diese frühe Uhrzeit noch ausgesprochen schlecht gelaunten Fahrern blockierten einander und die gesamte Durchfahrt. Doch Enzo blieb ruhig, versuchte das Fluchen auf ein für einen echten Venezianer geringes Maß zu drücken und fand schließlich sorgfältig navigierend einen Weg um die Taxiboote herum, die hier auf aus den angrenzenden Hotels abreisende Touristen warteten.

Der Kanal führte jetzt an der bröckelnden Rückwand der Kirche San Lorenzo vorbei. Die Fassade der Kirche hatte die Stadt vor einigen Jahren renoviert, die Rückseite aber komplett vergessen. An diesem Kanal war Venedig wie ausgestorben. Wäre nicht das unablässige Brummen und Klopfen von Enzos Außenbordmotor zu hören gewesen, wären sie in vollkommener Stille über das Wasser geglitten.

An der letzten Brücke vor der Uferpromenade, die gegenüberliegende Kirche von San Giorgio Maggiore war schon zu sehen, vertäute Enzo sein Boot an einem an der Kanalwand angebrachten Metallring, und die vier gingen vorsichtig über die glatten und bemoosten Steinstufen an Land. Eigentlich hätte Enzo hier nicht länger parken dürfen. Aber es war Samstag und auch noch recht früh. Und durch seine Tätigkeit als Apotheker kannte er auch alle wichtigen Leute auf Murano. Er war sich sicher, keine Strafe als Falschparker zu bekommen.

Über die kleine *calle* hinter der Brücke gelangten sie tiefer ins Viertel. Bei einem Luxushotel mit einem großen goldenen Schild über dem Eingang mussten sie links abbiegen. Das Hotel gab es noch nicht, als Alma hier angefangen hatte zu arbeiten. Aber mit den Jahren hatte sich diese Art Unterkunft überall ausgebreitet.

Vor einer unscheinbaren hölzernen Tür mit bis zur Unleserlichkeit mit Aufklebern überklebtem Messingschild blieb Alma stehen und hielt den eisernen Schlüssel hoch, der früher diese Tür immer für sie geöffnet hatte.

»Bist du sicher, dass das die richtige Tür ist? Da ist gar kein Schild«, sagte Mafalda irritiert.

Alma nickte. »Die historischen Räume sind weiter vorn in der Gasse. Aber da wir etwas mehr neuzeitlichen Komfort haben wollten als zu Vivaldis Zeiten, haben wir hier gearbeitet.«

»Drahtloses Internet für die Kinder?«, fragte Lucia belustigt. Mafalda schaute sie streng an. »Was?«, antwortete Lucia auf Mafaldas unausgesprochene Frage. »So was wollen die heute! Ohne drahtloses Internet musst du denen gar nicht kommen.«

»Uns ging es primär um zuverlässige elektrische Energie«, sagte Alma an Lucia gerichtet und verdrehte dabei die Augen. »Aber das ist ja auch schon ein paar Jahre her. Hoffen wir mal, dass er noch passt!« Sie steckte den Schlüssel ins Schlüsselloch. Sie drehte ihn, das Schloss knackte, und die Tür öffnete sich. »*Eccolo!*«, rief sie erfreut und trat ein.

Im Inneren war alles dunkel. Alma suchte nach dem Lichtschalter, fand ihn und schaltete die Deckenlampe ein. Die staubigen Neonröhren blitzten mehrfach hektisch auf und tauchten den Raum in ein kaltweißes Licht. Mafalda musste sich die Hand vor Augen halten, um nicht geblendet zu werden.

»Haben die hier Überwachungskameras?«, fragte Lucia, nachdem sie eingetreten war, und schaute sich suchend um.

»Ich denke nicht. Nicht wenn sie noch genauso schlecht finanziert sind wie damals«, antwortete Alma. »Bei uns waren sogar die Büroklammern regelmäßig knapp. Und im Winter haben wir nur in dicken Wollpullovern gearbeitet.«

»Wo müssen wir hin?«, fragte Mafalda und sah unschlüssig zwischen den Türen auf beiden Seiten des mit einem dicken dunkelgrünen Ölsockel gestrichenen Flurs hin und her.

»Ganz hinten rechts.« Alma zeigte auf die letzte Tür. »Dahinter geht es nach oben. Wir mussten die Akten auf den Dachboden räumen, nachdem das mit dem *aqua alta* immer schlimmer wurde und der Keller mehrmals pro Jahr unter Wasser stand.«

Alma ging voraus und öffnete die Tür zum Treppenhaus. Von hier aus führten schmale, ausgetretene Holzstufen steil nach oben, und es roch nach Staub und Bohnerwachs.

»Du bist sicher, dass das der Gebäudeteil mit dem neuzeitlichen Komfort ist?«, fragte Lucia schnaufend beim Hinaufsteigen der Treppe, die rechte Hand immer fest am Geländer.

Alma schaute missbilligend zu ihr zurück und knurrte: »Immerhin musstest du nicht die Akten von zehn Jahren diese enge Treppe hinauftragen!«

Lucia pfiff leise. Es war nicht ganz klar, ob dies anerkennend gemeint war oder ob ihre Lungen dieses Geräusch vor lauter Anstrengung von sich gaben.

Nach drei Etagen wurde die Treppe nochmals schmaler, fast zur einer Art Leiter, die sich im engen Rechtsbogen nach oben drehte. Oben angekommen drückte Alma die Klinke und gab der windschiefen Holztür einen kräftigen Fußtritt. Lampen gab es hier nicht. Doch es fiel genug Licht durch die Dachfenster, um die endlosen Reihen grob gezimmerter Kellerregale erkennen zu können, die sich unter der Last der darin gestapelten Aktenordner bogen.

»*Dio mio!* Dass das die alten Mauern und Fundamente tragen«, rief Lucia beim Anblick der übervollen Aktenschränke aus.

Alma griff wie selbstverständlich nach einer Taschenlampe, die an einem Bindfaden an einem rostigen Nagel
neben dem Türrahmen hing. »Ich hoffe, niemand von euch
hat eine Stauballergie?«, fragte sie mehr rhetorisch, zog drei
weitere Taschenlampen aus ihrer Jackentasche und reichte
sie Mafalda, Lucia und Enzo.

Mafalda schaute ein wenig überfordert über die Regale
mit den zum Teil quer liegenden Akten. »Wie ist das denn
hier sortiert?«, fragte sie. »Alphabetisch?«

Alma schüttelte den Kopf. »*No.* Nach dem Jahr des ersten Besuchs. Und dann nach dem Anfangsbuchstaben des
Vornamens.« Auf Mafaldas erschrockenen Blick fügte sie
hinzu: »Frag nicht! Das war ganz sicher nicht meine Idee.«

Alma schritt auf einen an der linken Wand stehenden
Schreibtisch zu, auf dem ein dickes Buch lag. »Zum Glück
gibt es eine Art Inhaltsverzeichnis, in dem alle Namen ver-
zeichnet sind«, sagte sie und schlug das Buch auf.

»Nach Vornamen sortiert?«, fragte Lucia grinsend.

»*Naturalmente*«, antwortete Alma, ohne Lucias Spott zu
bemerken, und schlug die Registerseiten mit dem Buchstaben A auf. »Da!«, rief sie. »*Argiro Dal Bosco. Campo San
Trovaso. Dorsoduro 1105*«, murmelte sie vor sich hin. Und
dann lauter: »*Erster Kontakt 03. Mai 2010.*« Sie drehte sich
um und erklärte: »Da muss er vierzehn gewesen sein. Vorher
sind wir nicht zuständig.«

Lucia rechnete im Kopf. »Das kommt hin«, sagte sie.
»Emilia meinte, er wäre jetzt knapp Mitte zwanzig. Wenn er
damals vierzehn war, wäre er jetzt dreiundzwanzig.«

Enzo, der das Geschehen bis jetzt stumm verfolgt hatte, fragte: »Bis zu welchem Alter ist die Jugendhilfe denn eigentlich zuständig?«

Alma legte das Hauptregister wieder an seinen Platz. »Bis das Problem gelöst ist oder bis unsere Schützlinge siebenundzwanzig sind.«

»Und wenn das Problem bis dahin nicht gelöst ist?«, wollte Enzo wissen.

»Dann wird das früher oder später ein Fall für die Polizei«, sagte Alma und seufzte. »Wenn es nicht vorher schon einer war.«

Mafalda nickte betroffen.

»Aber unsere Erfolgsquote war recht hoch«, sagte Alma lächelnd. »Sonst hätte ich mich auch nicht so in die Arbeit reingekniet.«

Sie ging zu dem Regal, an dem ein Klebezettel mit der Aufschrift *2010* befestigt war, suchte das Fach mit dem Anfangsbuchstaben A und fuhr mit dem Finger langsam über die Ordnerrücken. »*Achille Rossi … Adriano Esposito … Agostino Brambilla …*«, murmelte sie. Und dann: »Da! *Argiro Dal Bosco.*« Sie zog einen dicken Ordner aus dem Regal, blies den Staub von der Oberseite und ging mit Ordner und Taschenlampe zurück zu dem großen Schreibtisch.

Mafalda hielt ihre Taschenlampe über den Ordner, den Alma geöffnet hatte. Alma las den Eingangstext von Argiros erstem Besuch 2010. »*Vierzehn Jahre alt. Eltern geschieden. Lebt bei der Mutter. Alleinerziehend. Berufstätig. Schulschwänzer.*«

Sie blätterte um. »*Mit dreizehn hat er die Katze der Nachbarin geärgert*«, las sie weiter vor.

»So ein Unsinn steht in euren Akten?«, fragte Mafalda irritiert.

»Die Kollegin schien es für ein erwähnenswertes Vergehen zu halten«, entgegnete Alma schulterzuckend.

»Wenn die Nachbarskatzen meine Tauben und Spatzen verjagen, dann bekommen sie auch Ärger mit mir!«, erklärte Mafalda und stampfte so heftig mit dem Fuß auf, dass der Holzboden unter ihr knackte.

»*Sssh!*«, zischte Lucia zu ihr herüber.

Mafalda schaute sie schief an. »Wir sind doch die Einzigen hier im Gebäude.«

»Hoffentlich«, flüsterte Lucia und schaute zu Enzo, der am Eingang zum Dachboden Wache hielt.

Alma blätterte weiter. »*Wurde von der Polizei aufgegriffen, als er Touristen beim Hütchenspielen abgezockt hat ...*«

»*Beh ...* Dafür sollte er eher eine Belobigung erhalten«, warf Lucia ein. Mafalda wusste, dass ihr wie beinahe jeder oder jedem aus Venedig fast jedes Mittel recht war, um einen Teil der Touristenmassen abzuschrecken.

Alma schaute streng zu Lucia und fuhr fort: »*... während er eigentlich in der Schule hätte sein müssen.*«

Mafalda schaute Lucia an. »Da geht deine Belobigung dahin«, bemerkte sie trocken.

Lucia schüttelte den Kopf. »Blätter doch mal weiter«, sagte sie zu Alma. »Mit Hütchenspielen kommen wir hier nicht voran.«

Alma sah die Akte bis zum Ende durch und ging dann Seite für Seite zurück. »*Oktober 2017. Illegales Glücksspiel. Verurteilung auf Bewährung mit der Auflage, dass er an einer Therapie gegen seine Spielsucht teilnimmt.*«

»Und danach?«, fragte Mafalda.

»*Niente*«, erwiderte Alma. »Die Verurteilung ist der letzte Eintrag. Möglicherweise steht alles danach im Computer im Erdgeschoss. Aber da komme ich ohne Passwort nicht ran.«

Mafalda überlegte, ob es nicht sinnvoll gewesen wäre, Angelo wegen des Computers einzuschalten. Ein fehlendes Passwort würde ihn bestimmt nicht aufhalten. Andererseits zeichnete der Bericht auch so ein gutes Bild von Argiro. Wenn er rückfällig geworden war und wieder spielte, dann hätten er oder seine Mutter ein Motiv, den Pollock zu stehlen. Gemeinsam. Oder wenn er es allein getan hätte, dann würde Simonetta Dal Bosco ihn sicher decken. Jede italienische Mutter würde das tun.

»Wie können wir rausfinden, wo er jetzt wohnt? Oder was er jetzt macht?«, fragte Mafalda.

Alma sah wieder in die Akte. »Hier steht, dass er vor zwei Jahren immer noch bei seiner Mutter gewohnt hat.« Sie blätterte ein paar Seiten zurück. »2016 hat er ein Kunststudium abgebrochen. Danach nur noch Gelegenheitsjobs. Kellner in einer *trattoria* bei Rialto. Zeitungsausträger. Paketbote.«

»Alles Jobs, bei denen man im Vergleich mit Glücksspiel deutlich mehr verdienen könnte«, sagte Lucia nachdenklich.

»*Man* könnte, aber nicht er«, sagte Alma. »Bis zu seiner

Verurteilung 2017 hat er sein Glück immer überstrapaziert. Wenn er gewonnen hat, hat er weitergemacht, statt aufzuhören. Und dann alles wieder verloren. Und Schulden gemacht. Die seine Mutter dann bezahlen musste.«

»Vielleicht ist der Pollock ja eine Art Einsatz?«, überlegte Mafalda laut.

»Wenn er wieder mit dem Spielen angefangen hätte?«, fragte Lucia.

»Wäre das so unwahrscheinlich?«, antwortete Mafalda.

Alma schlug Argiros Akte zu. »Wie auch immer«, sagte sie und trug den Ordner zurück an seinen Platz. »Mehr als das werden wir hier nicht in Erfahrung bringen. Ich würde gern hier raus, bevor wir noch erwischt werden.«

Mafalda war noch immer ganz in Gedanken, während Alma Argiros Akte an ihren Platz ins Regal zurückbrachte. Erst der sanfte Druck von Almas Hand brachte sie dazu, Lucia und Enzo zu folgen, die bereits nach unten gegangen waren. Hinter sich hörte sie noch, wie Alma die alte Tür ins Schloss zog und ihr dann folgte. Bevor Alma unten die Eingangstür zuzog, hielt sie kurz inne und schaute nochmals wehmütig nach drinnen.

»Vermisst du die Arbeit?«, fragte Enzo und legte ihr die rechte Hand auf den Rücken.

Alma schüttelte den Kopf. »Es waren gute Zeiten. Und ich konnte vielen helfen«, sagte sie. »Aber auch ich hatte meine Argiros. Und die machten die meiste Arbeit und brachten nur selten Erfolg.«

22

In der Nacht zum Sonntag wälzte sich Mafalda ruhelos von einer Seite auf die andere. Noch auf der Rückfahrt vom Ospedale della Pietà hatte sie Anna angerufen und ihr von Argiro erzählt. Ein paar Stunden später rief Anna aus der Staatsanwaltschaft an und bestätigte Mafalda alles, einschließlich Argiros letzter Verurteilung wegen illegalen Glücksspiels. Sie war auf Mafaldas Bitten extra am Wochenende ins Büro gegangen, um nach Akten über Argiro zu suchen. Die Wohnadresse bei seiner Mutter schien auch noch zu stimmen, zumindest den Unterlagen nach.

Mafalda grübelte, wie sie den jungen Mann aufspüren könnte. Und ob er wirklich den Jackson Pollock hatte. Schließlich war das nicht das erste Mal, dass sie sich in eine Spur verrannt hatte, die sich dann wieder in Luft aufgelöst hatte. Direkt bei seiner Wohnadresse nachzufragen, quasi mit der Tür ins Haus zu fallen, schien ihr zu plump. Sie konnte sich lebhaft vorstellen, wie Simonetta Dal Bosco reagieren würde, wenn sie jetzt auch noch ungefragt in ihrem Privatleben herumschnüffelte. Fuchsteufelswild würde sie werden, da war sich Mafalda sicher.

Occhipintis Überfall vor drei Tagen machte ihr jetzt auch wieder zu schaffen. Am Freitag hatte sie auf Lucias Drängen noch eine zweite Nacht in deren Gästezimmer verbracht. Mafalda hatte das für unnötig gehalten, letztlich aber doch zugestimmt, hatte ihr das doch eine Garantie gegeben, dass Lucia pünktlich zur Fahrt mit Alma und Enzo in das Archiv der Jugendhilfe beim Ospedale della Pietà erscheinen würde.

Jetzt allerdings, wo sie wieder nachts allein zu Hause war, spürte sie die Nachbeben umso heftiger. Die anfängliche Euphorie war tiefen Sorgen gewichen. Was, wenn sie das nächste Mal nicht so viel Glück haben würde? Die nächtlichen Schreie der Katzen aus der Nachbarschaft war sie gewohnt, ebenso das Gurren der Tauben auf dem Dachfirst gegenüber. Doch als sie aufstand, um das Fenster zu schließen, sah sie einen Schatten vom *campo* in die Calle Motta verschwinden. Dachte sie zumindest, denn gesehen hatte sie ihn nur im allerletzten Moment aus dem Augenwinkel. Aber vielleicht war es ja doch nur eine Katze gewesen.

Mafalda nahm den Morgenmantel vom Haken an der Seite des Kleiderschrankes, legte ihn über ihre Schultern und knöpfte ihn am Kragen zusammen, ohne ihn richtig anzuziehen. Sie öffnete die Fensterläden und schaute auf den *campo* vor ihrem Haus. Nichts. Sie hatte sich das nur eingebildet. Bestimmt! Sie legte sich wieder ins Bett. Irgendwann, die Sonne ging schon fast wieder auf, fielen ihr die Augen zu, und sie schlief endlich ein.

Der Sizilianer verfolgte sie durch die Straßen von Murano. Irgendwann stand Argiro ihr plötzlich im Weg. Direkt vor dem Eingang zu der kleinen Werft am Fondamenta Lorenzo Radi im Nordosten der Insel. Mafalda hatte keine Ahnung, wie sie da hingekommen war. Aber sie wusste, dass Argiro ihr den einzigen Ausweg versperrte, denn wenige hundert Meter hinter ihr begann die Lagune, und andere Schleichwege gab es nicht.

Argiro hielt höhnisch grinsend ein Bild im goldenen Rahmen nach oben. Mafalda konnte nicht sehen, welches es war, aber sie konnte es sich denken. Sie wollte das Bild packen, aber Argiro warf es im letzten Augenblick zu seiner Mutter auf die andere Kanalseite hinüber. Die fing das Bild auf und lachte boshaft.

Hinter sich hörte Mafalda einen Mann im sizilianischen Dialekt sagen: »Ich schätze es nicht, wenn man sich in meine Geschäfte einmischt!« *Sie drehte sich um und sah Occhipinti auf sich zukommen. Vollkommen verängstigt drehte sie sich um. Doch Argiro war verschwunden. Sie lief. Rannte. Lief. Immer schneller. War völlig außer Atem. Wie durch ein Wunder holte Occhipinti, der so viel jünger und fitter war als sie, sie nicht ein.*

Mafalda wollte sich in Almas Haus flüchten. Sie drückte die Klinke und rüttelte an der Tür. Doch anders als sonst war die Haustür heute abgeschlossen. Sie rief laut nach Alma, aber die hörte sie nicht. Occhipinti näherte sich wieder. Mafalda rannte weiter.

An der Einmündung zum Canale di San Donato blieb sie stehen. Von der Kaimauer aus flogen Möwen laut kreischend nach oben, während dichter Nebel von der Lagune in den Kanal drückte.

Mafalda schaute sich orientierungslos um. Hier war sie schon tausendmal gewesen. Und doch fühlte es sich an, als wäre sie zum allerersten Mal an diesem Ort. Dunkel erinnerte sie sich, dass sie links am schnellsten zu sich nach Hause kommen würde. Oder zu Pietro, in Sicherheit im Posten der Carabinieri vorn am Canal Grande di Murano. Rechts käme sie zu Enzos farmacia. Aus irgendeinem unerfindlichen Grund erschien ihr die Apotheke als sicherer Zufluchtsort.

Plötzlich kam Simonetta Dal Bosco wie aus dem Nichts mit dem Bild in der Hand über die Brücke über den Rio San Matteo auf sie zu und lief an ihr vorbei. Um diese Zeit fährt doch gar kein vaporetto, das sie nach Venedig bringen könnte, dachte Mafalda verwundert. Wie erstarrt stand sie da und sah Simonetta Dal Bosco in Zeitlupe hämisch grinsend an sich vorbeilaufen. Erst im allerletzten Moment löste sie sich aus ihrer Starre, lief auf die Kuratorin zu und entriss ihr das Gemälde.

Sie drehte es um – es war der Jackson Pollock! Nur dass die Dame mit Hund auf dem Bild keine Dame mehr war, sondern Beppe, der wichtigtuerisch den rechten Zeigefinger in die Höhe hielt. Mafalda starrte entgeistert auf Beppes linkisches Lachen und auf den Hund, denn selbst der schien zu grinsen.

Simonetta Dal Bosco und Occhipinti näherten sich Mafalda. Beide fassten das Bild am Rahmen, die Kuratorin links, der Sizilianer rechts, und zerrten es in ihre Richtung. Lautlos löste sich die Leinwand vom oberen Rand des Rahmens, dann zerbrach dieser mit einem lauten Knacken, und das Bild riss von oben nach unten in zwei Hälften. Simonetta Dal Bosco und der Sizilianer taumelten, wankten in Richtung der Kaimauern und *stürzten mit lautem Platschen samt ihren Bildhälften in den grün-morastigen Kanal.*

Schweißgebadet fuhr Mafalda hoch und schrie: »No!« Ihr Schrei war in der halben Nachbarschaft zu hören, und selbst die Katzen gaben für einen Moment Ruhe. Mafalda schaute sich orientierungslos um, ihr Herz pochte heftig. Sie konnte ihren Pulsschlag in den Ohren hämmern hören. Es dauerte eine Weile, bis sie begriff, dass sie nur geträumt hatte. Blinzelnd erkannte sie die Konturen ihres Schlafzimmers. Sie schaute auf die Uhr. Es war kurz vor sieben. Durch die geblümten Gardinen des Fensters drangen die ersten Sonnenstrahlen.

Immer noch halb benebelt wankte sie in die Küche und hielt sich an jeder Tür am Rahmen fest. Sie nahm sich ein Glas und hielt es unter den geöffneten Wasserhahn. Dann ging sie zum Küchenfenster, stützte sich auf das Fensterbrett und leerte das Glas in einem Zug. »Was für eine Nacht«, murmelte sie vor sich hin, während sie draußen auf dem *campo* eine schmutzig graue Katze beim Morgenspaziergang beobachtete. Sie stellte ihre kleine, zerkratzte *caffettiera* auf den Herd und zündete die Flamme an. Während die Kaffeemaschine hinter ihr auf dem Herd blubberte, schaute sie wieder nach draußen auf den *campo*, auf dem gerade der Besitzer der *trattoria* von schräg gegenüber den Bereich um seine Terrasse mit einem Reisigbesen fegte. Die Spatzen, die auf dem Pflaster herumhüpften, protestierten lautstark, weil ihnen ihre Vorratskammer weggeräumt wurde. Vergeblich natürlich. Der Mann wirkte kaum wacher als Mafalda und ging mit langsamen Bewegungen seiner Arbeit nach.

Als der *caffè* endlich fertig war, goss Mafalda sich eine große Tasse davon ein. Doch er mochte ihr nicht schmecken, war zu bitter. Da half auch keine Milch. Mafalda seufzte, schaute kurz auf das schon etwas altbackene, trockene, salzlose Weißbrot mit den großen Löchern im Küchenregal. Sie nahm das Brotmesser aus der Schublade und legte es dann wieder zurück. Auf Frühstück hatte sie auch keinen Appetit.

Lustlos griff sie nach dem Staubwedel und fing an, jedes einzelne Möbelstück zu entstauben. Beim Putzen konnte sie sich für gewöhnlich am besten konzentrieren. Nicht jedoch heute, denn sosehr sie auch mit dem Staubwedel zugange war, es gelang ihr einfach nicht, die Puzzleteile dieses Falls zusammenzufügen.

Irgendwann war alles Putzbare geputzt, und Mafalda setzte sich, noch immer im Morgenmantel, in ihren Fernsehsessel und starrte auf den ausgeschalteten Bildschirm.

Das Telefon klingelte schrill, und Mafalda schreckte hoch. Es war kurz nach acht. Wer um Himmels willen würde wohl um diese Zeit an einem Sonntag anrufen? Sie ging zum Telefontisch hinüber und nahm den Hörer ab.

»Hallo?«

»Hallo. Alma am Apparat. Ich habe ihn gefunden!«

Mafalda stutzte. »Wen?«

»Na, Argiro natürlich«, sagte Alma.

»Wo?«

Mafalda war um diese Uhrzeit im Allgemeinen und nach

der durchwachten Nacht im Besonderen nicht die gesprächigste Person.

»Frag nicht«, antwortete Alma. »Die Kollegin von der Freundin einer ehemaligen Kollegin.«

»Und die weiß, wo wir ihn heute finden können?«

»Heute nicht«, antwortete Alma. »Aber morgen. Er soll wohl ein ganz großes Ding planen in einer Villa auf dem Lido. Poker! Mit ganz großem Einsatz.«

»Na, da scheint die Therapie gegen die Spielsucht ja voll angeschlagen zu haben«, sagte Mafalda mit sarkastischem Unterton und setzte sich mit dem Telefon in der Hand auf die Lehne ihres Fernsehsessels. Dann runzelte sie die Stirn. »Poker? Auf dem Lido? Warum nicht in Venedig, im Casino?«

Alma lachte leicht verächtlich. »Du bist schon lange nicht mehr hier im Casino gewesen, oder? Die haben die Roulettetische raus- und die Spielautomaten reingeräumt. Und statt Dinnerjacket mit Fliege oder Krawatte sind sie jetzt schon froh, wenn die Herren nicht in der Badehose vorbeikommen.«

Mafalda konnte sich wirklich nicht erinnern, wann sie zuletzt im großen Casino am Canal Grande gewesen war. Irgendwann hatte sie es sich einmal angeschaut. Weniger, weil sie sich für Glücksspiel begeisterte, sondern mehr, weil man so etwas als echte Venezianerin halt einmal gesehen haben musste.

Feine Roben, dicke Teppiche und qualmende Zigarren um die massigen Roulettetische waren ihr in Erinnerung geblieben. Und die abgedunkelten Räume für die Kartenspieler im obersten Stock. Aber Poker hatte sie immer nur aus der Entfernung interessiert, wenn sie ihrem Salvatore und seinen Kollegen von den *Carabinieri* zu Hause dabei zugeschaut und beim Servieren der Getränke heimlich für Salvatore die Karten der anderen Spieler inspiziert hatte.

»Außerdem meldet das Casino alle Gewinne direkt an die Guardia di Finanza, an die Finanzpolizei«, berichtete Alma weiter. »Und das ist vermutlich nicht etwas, worauf Argiro erpicht ist.«

Mafalda begriff. Nach seiner letzten Verurteilung war Argiro vermutlich nicht nur in allen Casinos in der Gegend für offizielles Glücksspiel gesperrt. Eine Nachfrage der Steuerbehörden bei … ja, bei wem auch immer … konnte er sich mit seiner Vorstrafe sicherlich auch nicht leisten.

»Weißt du, wo genau auf dem Lido das Ganze stattfinden soll?«, fragte sie.

»Noch nicht«, antwortete Alma. »Ich werde nachher noch ein bisschen rumtelefonieren. Eine Villa mit direktem Anleger zur Lagune. Davon gibt es ja nicht so viele. Vielleicht kann ich dir nachher in der Bar Il Sole mehr sagen. Um elf, wie immer?«

Mafalda schaute auf die Uhr. »Sagen wir halb elf. Ich möchte so bald wie möglich wissen, was du herausgefunden hast.«

»Bis halb elf dann«, sagte Alma und legte auf.

Um kurz nach zehn machte sich Mafalda frisch geduscht und frisiert auf den Weg zur Bar Il Sole. Schließlich war

Sonntag, und da achteten die Menschen auf Murano ganz besonders auf das Aussehen der anderen. Zumindest die Älteren, denn seit Pietro Angelo kennengelernt hatte, hatte er die von Mafalda mit Inbrunst gebügelten Stoffhosen in der Freizeit gegen zerrissene Jeans ausgetauscht. Sehr zu Mafaldas Missfallen und natürlich nicht ohne ihren Protest, was sie jedoch nicht davon abhielt, seine Polizeiuniformen weiterhin nach allen Regeln der Kunst zu plätten.

Kaum dass Mafalda draußen auf dem *campo* vor ihrem Haus war, spürte sie die Folgen von leerem Magen und fehlendem *caffè*. Müde und antriebslos schleppte sie sich durch die Calle de le Conterie. Für die duftenden Blüten entlang des Weges, die sich gerade erst geöffnet hatten, hatte sie kein Auge, genauso wenig für ihre Tauben, die sie hungrig von der hinteren Ecke des Platzes beäugten. Die drei Stufen zur Basilika am Campo San Donato hatte sie sonst immer frei und mit großen Schritten genommen. Heute hielt sie sich am rechten Geländer der Treppe fest und setzte vorsichtig einen Fuß vor den anderen. Ihr Kreuz schmerzte von den langen Fußmärschen der letzten Tage. Wie die Lollobrigida sehe sie aus, hatte Salvatore ihr immer geschmeichelt. Und Mafalda dachte ein wenig belustigt, dass dies nun, Jahrzehnte später, vermutlich wieder stimmen würde.

23

Den Weg an der Kirche vorbei zum *campo* kürzte Mafalda ab und tastete sich direkt an der Mauer entlang. Als sie um die Ecke bog, sah sie ihre Freundinnen vor der *bar* sitzen und wollte auf sie zugehen. Doch ihre Beine fühlten sich an wie Gummi. Ihr Blick verschwamm, und ihr wurde schwarz vor Augen.

»*Signora Mafalda, prego, signora Mafalda!*«, hörte sie Emilia hysterisch über sich kreischen und spürte, wie ihr Wasser ins Gesicht gespritzt wurde. Mafalda schüttelte sich und versuchte, sich die Flüssigkeit aus dem Gesicht zu wischen. Neben ihr kniete Alma und maß am Handgelenk Mafaldas Puls. Lucia stand mit sorgenvollem Blick dahinter.

Emilia schob Mafalda ihren Pullover als Kissen unter den Kopf und rief zu einer Freundin am Tresen herüber: »Ein Glas Wasser. Für Signora Mafalda. Schnell!«

Alma hatte mittlerweile Mafaldas Knöchel in die Hände genommen und hielt sie nach oben, um Mafaldas Kreislauf zu stabilisieren.

»Ein Grappa wäre mir lieber«, murmelte Mafalda, der Emilia gerade das Glas Wasser reichte.

»Es geht ihr schon wieder besser«, bemerkte Alma lakonisch. »Sie kann schon wieder herumnörgeln.«

»Lass meine Füße los!«, sagte Mafalda. »Die Leute können mir ja sonst wohin schauen.« Sie befreite ihre Knöchel aus Almas Händen, winkelte die Beine an und setzte die Füße auf den Boden.

Von Alma gestützt richtete sie sich auf. Den Wettstreit um die schönste Frisur würde sie an diesem Sonntag vermutlich nicht gewinnen. Langsam gingen sie zur *bar* hinüber, wo Lucia einen Stuhl an ihrem Stammtisch für sie bereithielt.

»Du musst besser auf dich aufpassen! Du bist keine zwanzig mehr«, sagte Lucia mit sorgenvollem Blick.

»Ich bin auch keine fünfzig mehr!«, fauchte Mafalda ungehalten. »Du übrigens auch nicht!«

Lucia verschränkte beleidigt die Arme.

»Schon viel besser, sagte ich doch«, murmelte Alma und schaute Mafalda gleichzeitig besorgt und vorwurfsvoll an.

Mafalda lehnte sich zurück. »Entschuldigt bitte. Ich habe schauderhaft geschlafen und noch schlimmer geträumt.«

Emilia kam mit ihrem Tablett und stellte eine große Flasche Wasser mit drei Gläsern in die Tischmitte sowie je einen *caffè* und einen *ombra* vor die drei Freundinnen. Alma schaute Emilia missbilligend an, schob Mafaldas Weinglas und Kaffeetasse von ihr weg und stattdessen die Wasserflasche und ein Glas zu ihr hinüber.

Mafalda schnitt eine Grimasse und zog ungerührt die Kaffeetasse zu ihrem Platz zurück. »Ich würde gern im Krisenfall alle verfügbaren lebenserhaltenden Maßnahmen in Anspruch nehmen. Also auch diesen *caffè!*«, blaffte sie Alma an. »Und bring mir noch zwei von den *tramezzini* mit *insalata russa!*«, rief sie Emilia hinterher, die schon fast wieder in der *bar* verschwunden war.

Alma spitzte die Lippen und betrachtete Mafalda so, wie man einen hoffnungslosen Fall anschaut. »Entschuldigung angenommen«, sagte sie nach einigen Augenblicken trocken, während Lucia immer noch die Arme verschränkt hatte.

Mafalda nahm drei Zuckertütchen, eines mehr als sonst, aus der Schale in der Tischmitte, riss sie auf und schüttete den Inhalt in ihren *caffè*. »Hast du noch etwas Neues über Argiro in Erfahrung bringen können?«, fragte sie Alma und rührte mit dem Löffel in ihrer Kaffeetasse, länger und ausführlicher, als das eigentlich nötig gewesen wäre. Doch durch das Rühren konnte niemand sehen, dass ihre Hände immer noch zitterten.

Alma setzte sich gerade auf. »Argiro? Ja. Das Pokerspiel findet morgen Abend statt, drüben auf dem Lido. Aber das hatte ich ja am Telefon schon gesagt.«

»Mir schon«, sagte Mafalda und deutete auf Lucia.

Alma nickte. »Lucia weiß auch schon Bescheid. Es ist eine Villa in der Via Isola di Lemno. Dort sind die einzigen Grundstücke, die über einen direkten Zugang zur Lagune verfügen. Von der Straße aus kann niemand sehen, wer von der Lagune aus ankommt oder abfährt.«

»Und vom Wasser aus auch nur die direkten Nachbarn«, ergänzte Mafalda.

»Die meisten dieser Villen stehen sowieso das halbe Jahr leer«, sagte Alma. »Die gehören irgendwelchen Neureichen vom Festland. Eigentlich ein Jammer: So schöne Häuser, und niemand wohnt darin! Die kommen nur an den Wochenenden und im Sommer her. Unter der Woche ist man ganz ungestört.«

»Perfekt für eine Partie illegalen Poker.« Mafalda machte eine beschwingte Bewegung mit ihrer Kaffeetasse und setzte zum Trinken an. Mit dem kräftigen, süßen Kaffee kehrten ihre Lebensgeister zurück. Hungrig biss sie in eines der beiden *tramezzini*, die Emilia gerade gebracht hatte.

Dann schaute sie zu Lucia, die sie grimmig ansah. »Bist du etwa immer noch beleidigt?«

»Du hast gesagt, dass ich nicht mehr fünfzig wäre«, antwortete Lucia patzig.

»Aber du *bist* keine fünfzig mehr!«, rief Mafalda wild gestikulierend. »Du bist nicht mal mehr sechzig.«

Lucia schaute beleidigt zur Seite und dann wieder zu Mafalda. »Das ist noch lange kein Grund, darauf rumzureiten.«

Mafalda hob abwehrend die Hände. »*Va bene, va bene*, Miss Murano! Ich werde es nicht mehr erwähnen.«

»Warum nicht gleich so?«, murmelte Lucia schmollend, griff nach ihrem Weinglas und nahm einen ordentlichen Schluck. Alma war derweil damit beschäftigt, die leeren Zuckertütchen von Mafalda im Papierkorb zu entsorgen, und wischte danach das Kondenswasser der Flaschen und Gläser mit einem Tuch vom Tisch. Lucia beäugte das alles abfällig aus den Augenwinkeln, stellte ihr Glas bewusst asymmetrisch zurück auf den Tisch und richtete sich in ihrem Stuhl auf. »Wie kommen wir denn jetzt an diesen Argiro heran?«

Alma schob Lucias Weinglas auf den ihrer Meinung nach einzig richtigen Platz und legte den Kopf schräg. »Bei seiner Mutter wohnt er leider derzeit nicht. Das habe ich schon überprüft. Diskret natürlich. Sie darf ja davon nichts mitbekommen. Das Pokerspiel ist für den Moment unsere einzige Chance, ihn zu erwischen.«

Noch bevor Mafalda antworten konnte, kamen Pietro und Angelo aus Richtung der Basilika angerannt. »Geht es dir gut, *nonna?*«, rief Pietro schon von Weitem völlig außer Atem.

Mafalda fühlte sich ein wenig überrumpelt vom plötzlichen Erscheinen der beiden jungen Männer. »J…ja«, antwortete sie zaghaft. »Wieso?«

»Emilia hat mich angerufen«, sagte Pietro, »und gesagt, dass du in Ohnmacht gefallen bist.«

Mafalda warf Emilia einen bösen Blick zu. Die zuckte als Antwort nur mit den Schultern. »Es geht mir gut. Nur ein kurzer Schwindel«, erklärte Mafalda ihrem Enkel. »Alma hat Argiro Dal Bosco ausfindig gemacht.«

»Wen?«, fragte Pietro und schaute sie verwirrt an.

»Oh, das kannst du ja noch gar nicht wissen«, antwortete Mafalda. »Die Dal Bosco hat einen Sohn. Argiro. Er ist der ein wenig vom rechten Weg abgekommene Sprössling der Kuratorin aus der Peggy Guggenheim Collection.« Mafalda erzählte kurz von ihren neuesten Erkenntnissen. »Er nimmt morgen an einem Pokerspiel in einer Villa auf dem Lido teil. Und wir überlegen jetzt, wie wir da reinkommen.«

»In die Villa Balistreri in der Via Isola di Lemno?«, fragte Angelo und zog zwei Stühle für sich und Pietro heran. Alle schauten ihn erstaunt an, und Alma nickte.

»Woher weißt du das jetzt schon wieder?« Pietro sah ihn irritiert an.

»*Beh* ... Ich arbeite da morgen als Kellner. Die Catering-Firma suchte jemand für nur einen Abend, der zuvorkommend servieren kann und Erfahrung in der Gastronomie hat. Und ...«

»Aber das trifft beides nicht auf dich zu«, unterbrach ihn Pietro.

»Das müssen die ja nicht wissen«, antwortete Angelo eingeschnappt. »Sie zahlen gut und wollten jemand, der nicht viele Fragen stellt.« Pietro verdrehte die Augen.

Alma deutete begeistert in Angelos Richtung. »Wieso und warum ist ja vollkommen unerheblich. Wichtig ist, er ist da!« Dann schaute sie zu Angelo. »Siehst du irgendeine Chance, uns drei da hereinzuschmuggeln?«

Angelo wiegte den Kopf. »Wir kommen mit dem kompletten Catering per Boot von der Lagune aus. Die Gäste auch. Wenn ihr also mit einem Boot ...«

»Das macht Enzo«, unterbrach ihn Alma.

»Dann sollte es eigentlich möglich sein«, sagte Angelo lächelnd. »Wieso genau wollt ihr da eigentlich rein? Nur um Argiro zu treffen?«

»Mafalda soll mit ihm Poker spielen«, erwiderte Lucia wie aus der Pistole geschossen.

Mafalda entglitten die Gesichtszüge. »Ich soll bitte was?«

»Mit ihm Poker spielen. Wir gehen hier doch alle mittlerweile davon aus, dass er den Jackson Pollock als Einsatz mitbringen wird.« Sie schaute sich auf der Suche nach Zustimmung in der Runde um.

»Nun, der Gedanke ist mir auch schon gekommen«, sagte Alma nachdenklich.

»Das ist viel zu gefährlich!«, protestierte Pietro aufgebracht. »Und kannst du überhaupt Poker spielen?«

»Sie hat deinem Großvater und seinen Kollegen jahrelang zugesehen«, antwortete Lucia ihm an Mafaldas Stelle. »Und mir immer danach erzählt, wie sie erst in die Karten der anderen geschaut hat und die Männer dann gemeinsam mit Salvatore über den Tisch gezogen hat.«

»Du übertreibst«, wandte Mafalda mit einer Mischung aus Scham und Stolz ein.

»Du hast es mir selbst erzählt«, konterte Lucia. »Die Kollegen haben das wohl zumindest vermutet. Aber Salvatore war ihr Chef ... Was sollten Sie tun?«

»Damit kennst du dich zumindest besser mit Pokern aus als Lucia und ich«, pflichtete Alma ihr bei.

»Das stimmt. Und das eine oder andere wird dabei hängen geblieben sein«, antwortete Mafalda zweifelnd. »Aber gegen Profis spielen?«

»Nur gegen zwei«, sagte Angelo. »Es sind nur zwei Gäste für den Pokerabend angekündigt.«

»Nur zwei«, wiederholte Mafalda. »Wie soll ich mich denn da hineinschmuggeln? Das fällt doch auf, wenn ich da ungefragt erscheine.«

Angelo grübelte kurz. »Wir könnten Argiros Pokerpartner unter einem Vorwand ausladen und dich«, Mafalda schaute ihn streng an, »ich meine natürlich Sie, Signora Mafalda, stattdessen als seine Gegnerin ausgeben. Dann müssten Sie nur gegen einen spielen. Gegen Argiro. Und der verliert sowieso immer.«

»Wissen wir denn, wer der andere Pokerspieler ist?«, fragte Lucia in die Runde.

»Er kommt wohl extra aus Neapel. Die Catering-Firma hat mir seine Nummer gegeben für alle Fälle. Er hat ja alles organisiert. Den Termin, die Villa, das Personal, die Verpflegung. Er muss zufrieden sein, hat mir die Firma eingebläut. Von Argiro war nie die Rede«, sagte Angelo.

»Und wenn der Herr aus Neapel das alles geplant und bezahlt hat, wie willst du ihn dann daran hindern anzureisen?«, fragte Mafalda.

»Wie gesagt, die Firma hat mir seine Nummer gegeben. Jemand«, Angelo grinste unverschämt und malte mit den Fingern kleine Gänsefüßchen in die Luft, »könnte ihn anonym anrufen und ihm sagen, dass die Polizei Wind von der Pokerpartie bekommen hat.«

»Bliebe immer noch das Problem des Pokerspiels mit Argiro«, wandte Mafalda ein. »Er mag zwar einen Hang zum

Verlieren haben, kennt sich vermutlich aber immer noch besser aus als ich.«

»Ich könnte Ihnen Tipps über einen kleinen Lautsprecher im Ohr geben, wenn Sie das beruhigt«, schlug Angelo vor. »Irgendwo müsste ich noch so ein Gerät rumliegen haben.«

Mafalda wedelte abwehrend mit den Händen. »Das würde doch auffallen … Ich mit so einem Knopf im Ohr. Das würden er niemals akzeptieren.«

»Ach was! Sagen Sie einfach, es wäre ein Hörgerät. Viele alte Frauen tragen Hörgeräte.« Als Angelo »alte Frauen« sagte, schaute ihn Lucia bitterböse an.

»Viele Menschen tragen Hörgeräte«, korrigierte sich Angelo etwas gedämpfter, der Lucias Blick sehr wohl wahrgenommen hatte.

»Ich weiß nicht, das ist mir irgendwie alles eine Nummer zu groß«, sagte Mafalda nachdenklich. »In Venedig herumzuschnüffeln und nach Beweisen für Beppes Unschuld zu suchen ist das eine. Aber …«

»Was aber?«, fragte Angelo, und Pietro boxte ihn für dieses »aber« sanft gegen den Oberarm.

»Aber eins auf große Dame machen und auf dem Lido professionell pokern, das ist eine ganz andere Nummer.«

»Und eine viel zu gefährliche Nummer«, beharrte Pietro.

Alma atmete tief ein, lehnte sich zurück und schaute hinauf zum Himmel. »Andererseits«, sagte sie, »denken wir hier doch mittlerweile alle, dass Argiro den Pollock hat. Und dass er nicht über genügend Bargeld als Einsatz für eine Pokerpartie verfügt.« Lucia und Mafalda nickten. »Wenn er das Gemälde als Einsatz für das Pokerspiel verwendet … und wenn er verliert«, Alma machte eine Kunstpause, »dann ist der Pollock weg, über alle Berge. Wir haben keine Beweise für Argiros Schuld, und Beppe kommt nicht frei.«

Mafalda starrte nachdenklich ins Leere. Lucia rutschte auf ihrem Stuhl hin und her. »Es ist natürlich deine Entscheidung«, sagte sie. »Allein deine. Aber ich finde, wir sollten es versuchen.«

»Ihr habt schon zu viel erreicht, um jetzt aufzugeben«, warf Angelo werbend ein, was ihm einen sanften Tritt vors Schienbein von Pietro einbrachte.

Mafalda zog ihr Weinglas wieder zu sich herüber und nahm einen kräftigen Schluck, denn den konnte sie jetzt gut gebrauchen. Dann setzte sie sich gerade auf und sagte: »Wir machen es. Also, *ich* mache es! Mit euch zusammen.« Sie deutete auf Angelo. »Angelo schmuggelt uns rein. Und ich werde dieses Hörgerät-Dings …«

»Ohrhörer«, ergänzte Angelo und schaute scheu in Lucias Richtung.

»Diesen Ohrhörer tragen, damit Angelo mir darüber Pokertipps geben kann.« Mafalda zeigte auf Alma und Lucia. »Ihr beide kommt bitte auch mit. Schon allein für meine Nerven. Wir denken uns noch eine gute Erklärung aus, warum genau ihr dabei seid.«

Mafalda sah, wie Pietro erst blass wurde und dann zu protestieren ansetzte. Mit einer etwas zu dominant geratenen Bewegung ihres Zeigefingers brachte sie ihn zum

Schweigen. Wenn sie sich einmal etwas in den Kopf gesetzt hatte, dann würde sie sich von niemandem wieder davon abbringen lassen. Auch nicht von Pietro. Mafalda war jetzt richtig in Fahrt. Sie deutete auf ihren Enkel. »Und du, Pietro, kommst bitte in Zivil mit, als mein Assistent. In Zivil, aber mit Dienstwaffe.«

»Das darf ich nicht!«, protestierte er.

»Keine Widerrede! Es würde mich ausgesprochen beruhigen, einen Polizisten mit Waffe dabeizuhaben. Für alle Fälle.« Dann schaute sie auf seine zerrissene Hose. »Und mit Zivil meine ich etwas Besseres als das da!«

Pietro nickte pflichtschuldigst.

»Und du, Angelo«, sagte sie, »du siehst so aus, als könntest du mir helfen, meine Pokerkenntnisse schon vorab ein wenig aufzufrischen?«

Angelo lächelte. »Aber gern doch. Heute Abend? Kochen Sie mir was Leckeres?« Pietro schaute erstaunt zwischen seinem Partner und seiner Großmutter hin und her. Mafalda merkte, dass er fragen wollte. Aber sie hatte nicht die Absicht, ihn über die genauen Gründe für diese neue Vertrautheit aufzuklären. Nicht bevor er mit ihr klar Schiff gemacht hätte jedenfalls.

»Sieben Uhr. Auf die Minute. Bei mir zu Hause«, sagte Mafalda und nickte.

»Ich könnte auch kommen«, meinte Pietro vorsichtig.

Mafalda beugte sich über den Tisch und kniff ihn in die Wange. »Es geht ums Pokern, mein Goldstück. Ich wüsste nicht, wie du uns dabei helfen könntest.«

»Was ist das Ziel?«, fragte Alma. »Also, was genau wollen wir morgen erreichen?«

»Gewinnen!«, antwortete Mafalda im Brustton der Überzeugung. »Wir müssen gewinnen. Es gibt keine andere Möglichkeit. Wenn er den Pollock als Einsatz dabei hat, ist das die einzige Möglichkeit, ihn zurückzubekommen. Wenn wir es nicht machen, schlägt jemand anderes zu und das Bild ist für immer verloren!«

»Und mit welchem Einsatz wollen wir spielen?«, fragte Alma.

»Wenn du nicht noch schnell ein paar Millionen auf deinem Rentenkonto ausfindig machst, werden wir bluffen müssen«, erklärte Mafalda.

»Das ist doch Wahnsinn!«, entfuhr es Pietro, und er schaute gen Himmel.

»Nicht wirklich«, sagte Mafalda. »Versetzt euch doch mal in Argiro. Der hat kein Geld und nur diese Chance, den Pollock als Einsatz zu verwenden, damit einen Haufen Geld zu gewinnen und danach das Bild wieder zurückzugeben.«

Lucia nickte. »Aber wenn er verliert, ist das Bild weg, er hat kein Geld, und diese beiden Dinge sind noch die geringsten seiner Probleme.«

»Genau«, sagte Mafalda. »Für Argiro geht es um alles, der wird hoch nervös sein. Und er ist allein. Aber ich, ich habe euch. Den ziehen wir über den Tisch!«

»Ich hab immer noch ein mulmiges Gefühl.« Pietro schüttelte den Kopf.

»Wie Alma schon sagte, wir haben nur zwei Optionen«,

verkündete Mafalda aufgeräumt. »Jetzt aufgeben und Beppe seinem Schicksal überlassen. Oder morgen Abend gewinnen und den Fall damit aufklären. Ich bin für gewinnen!«

»So kenne ich dich gar nicht …« Pietro schaute sie irritiert an.

Doch Mafalda war nicht mehr zu stoppen. »Ich habe das Gefühl, ich habe in den letzten Jahren viel zu oft klein beigegeben.« Sie trommelte mit dem Zeigefinger auf die Tischplatte, dass die Gläser und Tassen schepperten. »Hier und heute aber nicht.«

»Dann ist es beschlossen?«, fragte Alma und legte ihre Hand in die Tischmitte.

»Beschlossen!«, entgegnete Mafalda, legte ihre Hand auf Almas Hand, und Lucia tat es ihr gleich. Auch Angelo beugte sich vor und legte seine Hand auf die anderen. Pietro schaute zaghaft in die Runde und legte dann seine Hand vorsichtig obenauf.

»Beschlossen«, sagte Pietro mit fester, aber leiser Stimme.

»Das ist der Geist deines Großvaters!«, sagte Mafalda und fuhr ihm mit der freien Hand durchs Haar.

24

$\mathcal{P}$ietro und Angelo hatten sich verabschiedet. Emilia war eine Weile um Mafalda und ihre Freundinnen herumscharwenzelt und hatte herauszufinden versucht, was hier gerade vor sich gegangen war. Aber ohne Erfolg, keine von ihnen hatte Lust sie einzuweihen. Die Kellnerin wusste, wann es Zeit war, aufzugeben, zog beleidigt von dannen und ließ die drei wieder allein an ihrem Tisch zurück, mit ihren leeren Tassen und Gläsern vor sich.

»Du weißt aber schon, dass wir bis morgen Abend noch ein großes Problem zu lösen haben?«, sagte Lucia leise zu Mafalda.

»Welches Problem?«

»Das da«, sagte Lucia und zeigte mit der Hand an Mafalda hoch und runter. »Du kannst kaum glaubhaft als passionierte Pokerspielerin auftreten, wenn du aussiehst, als wären dein einziger Einsatz deine Rentenschecks.«

»Den Mantel habe ich beim Atelier Isabella in der Calle Scaleta gekauft«, protestierte Mafalda. Dieses lag in Laufweite der Rialtobrücke und war über viele Jahre eines der renommiertesten Geschäfte für Damenbekleidung in Venedig gewesen. »Das war …«

»Wenn der Satz mit neunzehnhundert weitergeht, müssen wir gar nicht lange darüber reden.« Lucia gestikulierte wild mit den Armen. »Isabella ist meines Wissens schon lange in Rente, und an der Stelle ihres Ateliers ist jetzt eine Manufaktur für Karnevalsmasken.«

Mafalda strich beleidigt mit der rechten Hand an ihrem Mantel herunter.

»Wir haben in etwa die gleiche Größe. Da finden wir in meinem Kleiderschrank bestimmt etwas«, sagte Lucia und legte das Geld für die Rechnung unter die Zuckerschale auf den Tisch. Mafalda verkniff sich den Hinweis auf die in den letzten Jahren bei Lucia hinzugekommenen Rundungen, zahlte auch und stand auf.

»Wir brauchen etwas Pompöses, ein Kleid, das zeitlose Eleganz und selbstverständlichen Reichtum ausstrahlt«, erklärte Lucia, als sie die Brücke über den Rio San Donato überquerten.

»Ich bin sicher, du hast genau so was in deinem Kleiderschrank«, erwiderte Mafalda, nicht ohne sarkastischen Unterton.

»Und eine Stola. Aus Pelz!«, sagte Lucia, nachdem sie Mafalda erneut ausführlich gemustert hatte.

»Kein Pelz! Ich würde niemals Pelz tragen«, protestierte Mafalda energisch.

Lucia lehnte sich zu ihr herüber und flüsterte: »Nur unter uns beiden … Er ist aus Polyester, wenn du es nicht weitererzählst.« Sie richtete sich auf und seufzte. »Manchmal ist Francesco schon ein richtiger Geizhals! Aber die Perlen sind echt«, fuhr sie mit einem Lächeln fort und strich mit der rechten Hand über ihre Kette.

»Ich würde auch keinen Pelz tragen, wenn Francesco kein Geizhals wäre«, murmelte Mafalda mürrisch vor sich hin.

Sie waren inzwischen am Postamt angekommen, wo der Rio San Donato in den größeren Canal Grande di Murano mündete. Ab hier ging der Weg zu Lucias Haus immer links am Kanal entlang, wo sich ein Muranoglas-Geschäft an das andere reihte.

Lucia schaute wieder zu Mafalda herüber, diesmal auf ihren Kopf. »Und deine Haare …«, lamentierte sie.

»Meine Haare sind prima! Ich lasse mir seit Jahren alle zwei Wochen diese Frisur bei Elvira in der Calle delle Agostiniane legen und war immer sehr zufrieden.«

»Ich weiß«, sagte Lucia säuerlich und schaute auf die gläsernen Broschen und Haarclips im Schaufenster des Geschäftes, an dem sie gerade vorübergingen. »Vielleicht eine Haarspange. Oder ein großer Hut … oder eine ausgefallene Sonnenbrille«, überlegte sie laut. »Und natürlich Make-up!«

»Wir könnten auch probieren, mich durch brennende Reifen springen oder in einer Manege vor Publikum auftreten zu lassen, wenn du mich schon unbedingt in einen Clown verwandeln willst«, beschwerte sich Mafalda.

Lucia verdrehte die Augen. »Nur wenn du darauf bestehst.«

Zwei Stunden später war Lucia immer noch in ihrem Ankleidezimmer mit Mafaldas Ausstattung beschäftigt. Allein der Gedanke, dass jemand ein eigenes Ankleidezimmer haben könnte, hatte Mafalda immer belustigt. Für sie hatten der alte doppeltürige Kleiderschrank, in dem es ein bisschen nach Mottenkugeln roch, und der Spiegel im Badezimmer immer gereicht.

Lucia hatte den Spiegel hinter ihrem Schminktisch mit einem Tuch abgehängt, nachdem Mafalda sich immer wieder neugierig darin betrachtet und am Ergebnis herumgemosert hatte. Jetzt war Lucia dabei, mit einem Make-up-Schwämmchen letzte Hand an Mafaldas Gesicht zu legen.

»Wenn du noch länger an mir herumpinselst, werde ich aussehen wie auf dem Jackson Pollock«, nörgelte Mafalda ungeduldig.

Lucia beugte sich kurz zurück und betrachtete ihr Werk. »Wie die Dame oder wie der Hund?«, gab sie mit unbewegter Miene zurück. Mafalda grunzte.

»Fertig!«, rief Lucia einige Momente später selbstzufrieden.

»Kann ich mich jetzt anschauen?«

»Erst noch das Kleid und die Schuhe!« Lucia holte einen geöffneten Schuhkarton vom Sessel neben sich und nahm die Schuhe heraus.

»In so etwas bin ich schon seit Jahren nicht mehr gelaufen«, sagte Mafalda beim Blick auf den Absatz der schwarzen Wildlederschuhe mit einer Schleife darauf, die vorne deutlich spitzer zuliefen als ihre bequemen flachen Treter.

Lucia winkte ab. »Das ist wie Fahrradfahren. Das verlernt man nicht.«

»Du weißt schon, dass Fahrradfahren in Venedig verboten ist?«, fragte Mafalda.

»Du sollst mit den Schuhen ja auch nur einen Ausflug zum Lido machen und nicht die zweihundertvier Steinstufen zum Campanile di San Marco hochsteigen«, erwiderte Lucia, drehte sich zur Seite und schaute aus dem Fenster. »Obwohl das vermutlich eine gute Übung wäre.«

Mafalda schlüpfte in die Schuhe und schaute Lucia unsicher an.

»Na los, aufstehen!«, sagte Lucia.

Mafalda hielt sich mit beiden Händen an dem Schminktisch fest, zog sich nach oben und blieb vorsichtig stehen. Erst nach einigen Momenten traute sie sich, langsam loszugehen, setzte den linken Fuß nach vorn, den rechten, etwas wackelig und dann zunehmend sicherer. Nach ein paar Schritten fühlte sie sich wohl in ihren neuen Schuhen, und sie lächelte Lucia an.

Die deutete auf Mafaldas cremefarbene Seidenbluse und den grün-beigen Wollrock, den sie immer noch trug. »Zieh jetzt mal das Kleid und die Stola an, die ich dir rausgelegt habe.«

Mafalda drehte sich beschwingt um, ergriff den Bügel mit dem Kleid und der Stola und verschwand im Nebenzimmer.

»Vielleicht ziehst du die Schuhe besser vorher noch mal aus«, rief Lucia ihr nach.

»Du tust ja gerade so, als würde ich das zum ersten Mal machen«, knurrte Mafalda zurück.

»Könnte ja sein, dass du es verlernt hast«, frotzelte Lucia.

»Fahrradfahren verlernt man nicht. Deine Worte!«, entgegnete Mafalda und erschien im neuen Outfit im Türrahmen.

Lucia nickte anerkennend. »Alle Achtung! Das nenne ich mal eine gelungene Verwandlung«, sagte sie, als Mafalda in dem schwarzen Glitzerkleid und der hellgrauen Pelzstola vor ihr stand.

»Ich will es sehen! Ich will es sehen!« Mafalda war hibbelig wie ein aufgekratzter Teenager.

»Einen Moment noch«, sagte Lucia, toupierte mit einer Bürste Mafaldas Haar nach oben und fixierte zum Schluss alles mit einem Hauch Haarspray. Dann schaute sie Mafalda noch einmal von oben bis unten an und nickte wieder. »Sì. So würdest du an jedem Poker- oder Roulettetisch der Welt akzeptiert werden.« Sie zog das Tuch vom Spiegel.

»Oh!«, machte Mafalda nur und starrte ungläubig auf ihr Spiegelbild.

»›Oh‹ trifft es ziemlich gut«, sagte Lucia, während Mafalda sich nach links und rechts wiegte und im Spiegel betrachtete.

Lucia griff in eine kleine Schale auf dem Schminktisch, in der mehrere Brillen lagen. »Vielleicht … ja! Diese hier«, sagte sie, nahm eine davon und setzte sie auf Mafaldas Nase. »Ja, das macht es perfekt«, bekräftigte sie zufrieden.

Mafalda drehte sich zum Spiegel und schaute verwundert auf die lila Brille mit den runden Gläsern, von der auf beiden Seiten mehrere strassbesetzte Tentakel nach außen waberten. »Damit sehe ich ja aus wie die alte Guggenheim!«

»Das war der Plan«, erwiderte Lucia.

Mafalda schaute sich vergnügt im Spiegel an, lief immer wieder auf und ab, drehte sich. Irgendwann fiel ihr Blick auf die große Wanduhr mit den goldenen Zeigern über der Tür zum Nebenzimmer.

»Geht die Uhr richtig?«, fragte sie ein wenig erschrocken.

»Ich denke doch«, antwortete Lucia.

»*Dio mio*. Schon halb sechs! Ich habe doch Angelo zum Essen eingeladen und muss noch kochen.«

»Dann solltest du dich langsam auf den Weg machen«, sagte Lucia. »Es sei denn, du machst es dir einfach und bestellst etwas bei …« Sie stoppte mitten im Satz, und Mafalda musste schmunzeln, weil ihre Freundin sich soeben beinahe verplappert hätte und das Geheimnis um die Herkunft des Abendessens vor einigen Tagen verraten hätte.

Mafalda lachte. »Aber vielleicht nicht in diesem Kleid und mit der Pelzstola, sonst …«

»… fällt noch jemand vor Schreck in den Kanal?«, sagte Lucia. Das brachte ihr einen strengen Blick von Mafalda ein, gefolgt von mädchenhaftem Gekicher.

»Das wollen wir doch nicht riskieren«, sagte Mafalda und ging ins Nebenzimmer, um sich umzuziehen.

Mafalda hatte bei Lucia zwar wieder ihre eigene Kleidung angelegt, das Make-up in der Eile aber drauf gelassen. Kaum war sie mit dem Kochen fertig, klingelte es an der Tür. Es war Angelo, der ganz gegen seine Gewohnheit auf die Minute pünktlich war. Als Angelo Pietros Großmutter sah, weiteten sich seine Augen vor Staunen, und er ließ einen anerkennenden Pfiff hören.

»*Di mio*, Signora Mafalda, wenn ich nicht schon so gut wie verheiratet wäre, würde ich Sie vom Fleck weg nehmen!«

Mafalda gab ihm gespielt eine kleine Ohrfeige. »Wir hatten uns auf ›nonna‹ und ›du‹ geeinigt, wenn Pietro nicht dabei ist. Und was hatten wir darüber gesagt, dass du meinen Pietro nicht unglücklich machen sollst?«, fragte sie lächelnd und verschwand in der Küche. Im Türrahmen drehte sie noch einmal um. »Was genau meintest du mit *fast* verheiratet?«

Angelo ignorierte die Frage geflissentlich. »Was gibt es denn zu essen?«, erkundigte er sich stattdessen und ließ seinen Blick erschaudernd über die Puttenstehlampe gleiten, von der ihm Pietro immer wieder erzählt hatte, die er aber noch nie gesehen hatte.

Mafalda kam mit einer dampfenden Servierpfanne aus der Küche zurück. »Setz dich doch.« Sie deutete mit dem Kopf auf den runden Esstisch am Fenster. »Es gibt *bigoli alle vongole*, Spaghetti mit Muscheln. Und danach *fegato, fagioli e polenta*, Leber mit Bohnen und Maisgrießbrei.«

Als sie Platz genommen hatten, füllte Mafalda Angelos

Teller. Genüsslich sog er den Duft der Muscheln ein. »Wann hast du das denn alles eingekauft und gekocht? Wir haben uns doch erst heute Mittag verabredet?«

Mafalda zuckte mit den Schultern. »Wie man das halt so kurzfristig macht – ich habe ein paar Packungen aus dem Gefrierschrank genommen, alles in der Mikrowelle aufgetaut, und fertig war das Essen!«

Sie sah, wie Angelo blass wurde. Mafalda kicherte. »Beruhige dich. Ich habe Susanna unterwegs mit dem *telefonino* angerufen, das ich jetzt ja immer dabeihabe, seit Occhipinti mich überfallen hat. Und als ich nach Hause kam, hing eine Tüte mit allen frischen Zutaten schon an meiner Türklinke. Sonntags hat Susanna zwar eigentlich zu, aber wir wissen alle, dass sie praktisch in ihrem *alimentari* wohnt.« Sie schob sich eine Gabel voll Nudeln in den Mund und seufzte. »Das ist ein Serviceniveau, das die Supermarktkette vorn am Canal Grande di Murano nie erreichen wird.« Sie nahm ihr Weinglas und prostete Angelo zu. »Salute!« Es war Pinot Grigio aus dem Veneto. Ein anderer Wein kam ihr nicht auf den Tisch.

»Es schmeckt köstlich«, nuschelte Angelo noch mit vom ersten Bissen halb vollem Mund, und Mafalda nickte dankend.

»Wie steht es denn jetzt genau um deine Pokerkenntnisse?«, fragte Angelo einige Minuten später, als sein Teller schon fast geleert war, was Mafalda aber nicht davon abhielt, ihm, ohne zu fragen, eine zweite Portion der Vorspeise zu geben.

»Tja. Wie gesagt habe ich Salvatore und seinen Kollegen immer zugesehen. Das ist allerdings schon zwanzig Jahre her«, erwiderte sie und musste schlucken. Als sie das letzte Mal mit Pokern in Kontakt gekommen war, hatte Angelo noch die Schulbank in der ersten Klasse einer *scuola elementare* gedrückt.

»Aber mit den grundsätzlichen Regeln bist du schon noch vertraut? Dem Kartengeben und den Blättern?«

Mafalda nickte. »Eine kleine Auffrischung könnte aber nicht schaden«, antwortete sie nach kurzem Zögern, und Angelo ahnte langsam, dass es ein langer Abend werden würde. Er zog ein speckiges und abgegriffenes Kartenspiel aus seiner Hosentasche, das Mafalda kritisch beäugte. Sie fragte lieber nicht, wovon das Spiel so abgenutzt war. »Vielleicht warten wir damit noch bis nach der Hauptspeise«, schlug sie vor und verschwand mit der leeren Servierpfanne in der Küche.

Angelo hörte Töpfe klappern. Dem lautem Zischen nach wurde etwas in eine Pfanne mit siedendem Fett geworfen. »Ich mache die Leber frisch, dann schmeckt sie besser!«, rief Mafalda aus der Küche herüber. »Es dauert nicht lange.«

Die Pause gab Angelo eine willkommene Gelegenheit, sich in Mafaldas Wohnzimmer umzusehen, von dem ihm Pietro schon so viel erzählt hatte, das er nun aber zum ersten Mal mit eigenen Augen sah.

Für Pietro war dies einer der wichtigsten Orte seiner Kindheit gewesen. Hier hatte er ungestört nach der Schule bei seiner Großmutter spielen können, wenn seine Eltern wieder einmal keine Zeit für ihn hatten. Erst recht, nachdem seine Mutter die Familie wegen eines anderen Mannes verlassen hatte. Die eigentümliche und in die Jahre gekommene Einrichtung von Mafaldas Wohnung hatte Pietro dabei ins Herz geschlossen. Mit Ausnahme der scheußlichen Stehlampe natürlich. Die hatte er schon damals nicht gemocht. An der Kaminwand über dem neobarocken Sessel mit dem ausgeblichenen Blümchenmuster hing ein Bild von einem toskanischen Weingut, das Pietro, wie Angelo wusste, ebenfalls scheußlich kitschig fand. Pietro hatte ihm erzählt, dass er seine Großmutter dabei ertappt hatte, wie sie mit Reisöl und Ruß an dem Bild herumexperimentiert hatte. Öl und Schmutz waren mittlerweile wieder säuberlich entfernt. Aber jetzt hing es wieder prominent an der weiß gekalkten Wand und stand nicht mehr hinter der Anrichte, hinter der Pietro es Jahre zuvor versteckt hatte. Jedenfalls hatte Pietro ihm das so erzählt. Dafür vermisste Angelo eine Bleistiftzeichnung eines Zirkusclowns an der Wand, über die Pietro mindestens genauso häufig gelästert hatte.

»Die Leber muss immer frisch gemacht werden, sonst wird sie zäh«, erklärte Mafalda, als sie mit drei dampfenden Schüsseln auf einem großen Tablett aus der Küche zurückkam. »*Il fegato, i fagioli e la polenta!* Die Leber, die Bohnen und der Maisgrieß«, sagte sie, als sie die drei Schüsseln nacheinander auf den Tisch stellte. »Nimm dir schon, ich bin gleich zurück.« Mafalda ging mit ihrem Tablett zurück in die Küche. Angelo ließ sich das nicht zweimal sagen und langte ordentlich zu.

Es war schon deutlich nach Mitternacht, als Angelo zurück in die Wohnung kam. Pietro war mit einem Buch auf der Brust auf dem Bett eingenickt.

»Was habt ihr so lange gemacht?«, fragte er schläfrig.

Angelo küsste ihn. »Ich erzähle es dir morgen«, sagte er und knipste das Licht aus.

25

Das Taxiboot mit Mafalda, Alma und Lucia an Bord glitt in der Nähe der Friedhofsinsel San Michele schnell und beinahe schwebend über das Wasser der Lagune auf die Häuserzeilen des Fondamenta Nove zu. Das Boot sollte die drei Freundinnen von Murano zum Lido bringen. Direkt von Murano durch die Enge zwischen der Insel Castello und den östlichsten Ausläufern des Stadtteils Sant'Elena wäre es schneller gegangen. Aber Mafalda hatte darauf bestanden, mit dem Taxi den Weg durch die Kanäle von Venedig zu nehmen. Sie wollte in der ihr immer noch etwas ungewohnten Aufmachung vor ihrem großen Auftritt auf dem Lido noch etwas von Venedig sehen und vor allem gesehen werden, das uritalienischste Hobby von allen.

Jetzt, wo das Taxi den kleinen Rio di Santa Giustina erreicht hatte, wurde das Boot langsamer, und Mafalda kam aus der kleinen Kabine an Deck und stellte sich neben den Bootsführer. Sie schaute über die im Licht der abendlichen Sonne fast glühenden Häuserfassaden und auf die den Kanal querenden steinernen Brücken mit den hektisch darüber laufenden Menschen.

Eigentlich hatte Enzo sie mit seinem Boot hinüber zum Lido bringen sollen. Doch diese Idee hatten sie in letzter Minute verworfen, was Mafalda die glamourösere Anreise im Taxi ermöglichte. Das herrschaftliche Taxiboot aus Teakholz passte auch sehr viel besser zu ihrem ausgefeilten Outfit als Enzos in die Jahre gekommene Fischerjolle.

Lucia hatte ganze Arbeit geleistet: Mafalda stand mit Pelzstola, Glitzerkleid und einem wärmenden Umhang aus Tweed bekleidet an Deck des Bootes und schaute durch ihre extravagante Brille auf das nicht minder glitzernde Wasser vor ihr. Als das Boot die Brücke an der Riva degli Schiavoni in Richtung des Bacino di San Marco passierte, hätten sie die Passanten auch gut und gerne für eine Teilnehmerin an der Biennale halten können, würde die nicht erst in zwei Monaten eröffnen.

Nachdem das Boot wieder offenes Wasser erreicht hatte, ging Alma unter Deck, wo sie ungestörter telefonieren konnte. Lange dauerte ihr Gespräch nicht, denn kaum fünf Minuten später kam sie wieder nach oben, schaute Mafalda mit bedeutungsvollem Blick an und sagte knapp: »Es hat geklappt.«

Lucia hatte auf die im Gegenlicht der untergehenden Sonne vor ihnen liegende Laguneninsel geschaut und sich erst umgedreht, als Alma gesprochen hatte. »Was hat geklappt?«, fragte sie und schaute zwischen Mafalda und Lucia hin und her.

»Enzo hat Argiro mit seinem Boot bei Sacca Fisola aufgelesen. Drüben auf der Giudecca«, antwortete Alma. »Argiro war so nervös, dass er sich nicht mal beschwert hat, dass statt eines Taxis nur Enzo mit seiner alten Jolle vorbeikam.«

»Ach, deshalb wolltest du unbedingt ein Boot mit Chauffeur zum Lido nehmen«, sagte Lucia zu Mafalda. »Ich hatte mich schon gewundert, weil das sonst so gar nicht deine Art ist.«

Mafalda nickte nur stumm und genoss weiter ihren großen Auftritt an Bord des Taxibootes. Sie waren weit und breit das einzige Boot auf dem um diese Uhrzeit schon recht leeren Bacino. Niemand konnte sie hören, vom Chauffeur abgesehen. Dennoch hielt Lucia vorsichtig die Hand vor den Mund und flüsterte leise: »Und das Bild? Hat er es dabei?«

Alma nickte und antwortete nebulös: »Ich denke schon.«

Mafalda wollte nicht riskieren, dass der Fahrtwind ihre sorgsam in Form gebrachte Frisur durcheinanderwehen könnte. Als das Boot sich weiter vom Ufer und den windgeschützten Kanälen entfernte, ging sie nach unten in die Kabine, dicht gefolgt von ihren beiden Freundinnen. Sie ließen sich in den weichen purpurroten Sitzpolstern nieder und schauten gespannt auf die Silhouette des Lido, dem sie sich Meter um Meter näherten.

»Ich denke, ich muss euch noch etwas erklären«, fing Mafalda unvermittelt an zu reden, und die erstaunten Blicke ihrer beiden Freundinnen trafen sie. »Wir werden heute nicht Poker spielen«, erklärte sie weiter.

»Nicht? Aber ich dachte …?«, fragte Alma, wurde aber

durch Mafaldas energisches Kopfschütteln unterbrochen. »Nicht, wenn es sich vermeiden lässt. Angelo und ich haben das lange durchgespielt«, erklärte sie. »Meine Pokerkenntnisse sind doch gehörig eingerostet. Oder sie waren nie so gut, wie ich es mir eingebildet habe.«

Lucia öffnete den Mund, so als ob sie reden wollte, beließ es dann aber doch dabei, nur mit den Backen Luft durch den offenen Mund zu blasen.

»Und was ist jetzt dein Plan?«, fragte Alma.

»Wie gesagt, bis zum Pokern wird es nicht kommen. Zumindest nicht, wenn wir es vermeiden können«, erklärte Mafalda mit leiser Stimme weiter.

»Und mit ›wir‹ meinst du uns?«, fragte Alma.

»Ja, wir. Pietro und Angelo sind auch bereits eingeweiht«, antwortete Mafalda.

»*Mir* erzählt ja niemand etwas«, echauffierte sich Lucia und schaute beleidigt auf die Lagune und die gegen das Boot schlagenden Wellen hinaus.

»Ich erzähle es dir ja jetzt, Lucia«, entgegnete Mafalda. Dass Lucias Schwatzhaftigkeit der Hauptgrund dafür war, ihre Freundinnen erst so spät in die Planänderung einzuweihen, ließ sie lieber unerwähnt.

»Jetzt, ja, jetzt, wo wir fast am Ziel sind. Wozu brauchst du uns dann überhaupt noch?«, antwortete sie theatralisch.

»Ich brauche euch zur moralischen Unterstützung. Wir machen alles wie besprochen – der große Auftritt, das arrogante Auftreten. Ich werde alles tun, um dieses Bürschchen Argiro gehörig einzuschüchtern. Aber ich brauche euch an meiner Seite«, sagte Mafalda und nahm beide Freundinnen bei den Händen, »um nicht aus der Rolle zu fallen.«

Alma war wie Lucia nicht in die Planänderung eingeweiht worden und darüber nicht minder verschnupft als Lucia, auch wenn sie sich dies nicht so direkt anmerken ließ. »Bürschchen!«, protestierte sie verschnupft. »Argiro ist Mitte zwanzig.«

»Und wohnt immer noch bei seiner Mutter«, konterte Mafalda.

»Wie fast alle italienischen Männer in diesem Alter«, raunzte Alma, die nicht so schnell klein beigeben wollte, zurück.

»Was ist denn jetzt euer neuer Plan?« Lucia malte beim Wort »Plan« kleine Gänsefüßchen in die Luft. Mafalda holte tief Luft, schaute zwischen den beiden Freundinnen hin und her und war schon drauf und dran, sie einzuweihen. Aber dann musste sie daran denken, dass Lucia kein Geheimnis länger als fünf Minuten für sich behalten konnte und dass Alma mit ihrer überkorrekten Art schon viel zu oft ihre wahren Absichten verraten hatte, ohne das so gewollt zu haben. »Ich erkläre euch das später«, sagte Mafalda und fügte noch ein »*Später!*« hinzu, als Lucia sich dagegen verwahren wollte. »Für euch ist heute nur wichtig, dass ihr euch verhaltet wie besprochen, mir nicht von der Seite weicht und mich bei allem, was ich mache, unterstützt.«

Alma nickte, und Lucia tat es ihr etwas zögerlicher gleich.

»Oder mich davor bewahrt, eine Dummheit zu machen, sollte ich aus der Rolle fallen«, sagte Mafalda glucksend, bevor sie still und voller Anspannung den Rest des Weges zurücklegten.

Kurz bevor sie in die Fahrrinne entlang des Lido einbogen, öffnete Mafalda die Kabinentür und sagte zu ihrem Fahrer: »Wir sind etwas früh dran, und ich möchte nicht unhöflich sein. Könnten Sie bitte ein paar Minuten bei Santa Maria Elisabetta warten, bis ich Ihnen Bescheid gebe?«

Der Fahrer nickte stumm, drehte bei und hielt vor dem Taxianleger am Lido. Mafalda, Alma und Lucia saßen ehrfürchtig stumm in der Kabine und blickten hinüber nach San Marco, wo die eben noch von der tief stehenden Sonne angestrahlten Umrisse der Stadt und des Dogenpalastes langsam in der Dämmerung entschwanden und dem Licht der Straßenlaternen und den Navigationslichtern der Boote Platz machten.

Mafalda schaute auf ihre Uhr. »Sie müssten jetzt eigentlich jeden Moment kommen«, sagte sie, stand auf, ging zur Kabinentür und löschte das Licht, damit sie besser nach draußen sehen konnten und auch, damit sie in der kleinen Taxikabine nicht von außen gesehen werden konnten. Alle drei schauten konzentriert hinaus und suchten das Wasser nach einem Boot mit einem Passagier und einem Fahrer ab. Denn wenn Argiro zum Lido wollte, müsste er direkt an ihnen vorbeifahren. Weiter westlich war das Wasser zu flach, selbst für ein kleines Boot. Und solche kleinen Boote mit nur einem Fahrgast waren um diese Tages- und Jahreszeit hier eher selten und würden auffallen.

»Das ist er!«, rief Alma plötzlich aufgeregt und zeigte auf ein Boot, das sich dem Lido aus Richtung San Giorgio Maggiore näherte.

»*Benvenuto*, Argiro«, sagte Lucia und rieb sich die Hände. »Möge das Spiel beginnen.«

»In der Rolle in seiner Hand ist der Jackson Pollock.« Jetzt schaute Mafalda wieder auf ihre Uhr und versuchte dabei, ein leichtes nervöses Zittern zu unterdrücken. »In zwei Minuten sollten wir weiterfahren. Ich sage dem Taxifahrer Bescheid.«

»*Benvenuto*, Signore Dal Bosco«, grüßte Angelo Argiro mit formvollendeter Butlerverbeugung schon vor Anlegen des Bootes. Enzo am Steuer nickte er nur kurz zu, als der ihm das Tau zum Festmachen zuwarf. Nachdem das Boot vertäut war, half Angelo dem jungen Mann, der noch immer nichts gesagt hatte, aus dem schwankenden Boot auf den Anlegesteg an Land.

Argiro wollte grußlos zur Villa gehen, wurde jedoch von Pietro, wie Angelo im schwarzen Anzug, mit einer unmissverständlichen Geste gestoppt. »Erst die Sicherheitsüberprüfung«, sagte Pietro in einem Ton, der keinen Widerspruch duldete.

»Das wird nicht nötig sein«, entgegnete Argiro und schüttelte ungeduldig den Kopf.

»Das wird *sehr wohl* nötig sein«, protestierte Pietro und stellte sich ihm in den Weg. »Die Arme bitte zur Seite und die Füße hüftbreit auseinander!« Argiro sah genervt aus, stellte sich dann aber doch widerwillig hin wie gewünscht. Pietro begann, ihn nach Waffen abzutasten, und Argiro ließ die Prozedur stoisch über sich ergehen. Erst als Angelo ihm die Bildrolle zur Kontrolle aus der Hand nehmen wollte, wehrte er sich energisch.

»Nicht die Rolle!«, fauchte er ihn an.

Doch Angelo ließ die Rolle nicht los. »Ich muss darauf bestehen«, war seine gleichermaßen ruhige wie bestimmte Antwort.

Argiro wollte sich widersetzen, aber in diesem Moment brauste von hinten das Taxiboot mit Mafalda und ihren Freundinnen heran. Die Bugwellen waren so stark, dass Enzos Boot mit Wucht an den hölzernen Anleger geworfen wurde.

»Wenn das nicht mein Pokergegner für den heutigen Abend ist«, sagte Mafalda und ließ sich vom Taxifahrer an Land helfen.

»Wer sind Sie?«, fragte Argiro Mafalda irritiert an Pietro vorbei, während Angelo und Pietro mit der Sicherheitskontrolle fortfuhren.

Mafalda stockte kurz. Bei all der gründlichen Planung des Abends hatte sie tatsächlich vergessen, sich einen Decknamen zurechtzulegen. »Cinquetti«, entfuhr es ihr wie automatisiert nach einigen Augenblicken. »Violetta Cinquetti«, ergänzte sie, nachdem sie sich wieder gefangen hatte, und strich mit der rechten Hand über ihre Pelzstola. »Die Frau, die dich heute Abend beim Pokern um dieses Bild erleichtern wird.« Sie zeigte auf die rote Bilderrolle, die Argiro jetzt wieder fest in seiner Rechten hielt.

»Für Sie immer noch ›Sie‹ und ›*Signore*‹, gnädige Frau«, antwortete er patzig. »Und außerdem bin ich mit einem Herrn verabredet, einem Signore Spataro, und nicht mit …«

»Violetta Cinquetti«, sagte Mafalda mit ihrem schönsten Lächeln, während Pietro und Angelo sie und ihre Freundinnen ganz selbstverständlich nach Waffen absuchten. Auch den mit Leder bezogenen Geldkoffer, den Alma getragen hatte, öffnete Angelo kurz und gab ihn Alma mit verschwörerischem Blick zurück.

»Als ich hörte, dass es heute einen echten Jackson Pollock zu gewinnen gibt, konnte ich nicht widerstehen! Wollen wir nicht hineingehen?«, sagte Mafalda und ging mit Alma und Lucia im Schlepptau voraus, ohne Argiros Antwort abzuwarten. Aus dem Augenwinkel sah sie, wie er seinen von der Sicherheitskontrolle aus der Form geratenen Anzug und Mantel wieder zurechtzog und ihnen folgte. Hinter ihnen rauschte das Taxi von dannen, nachdem Enzo mit seinem Boot schon einige Augenblicke vorher abgelegt hatte. Angelo und Pietro schlossen hinter ihnen die Tür zum Bootsanleger im kleinen Garten, der jetzt wieder in Ruhe und schläfriger Dunkelheit versank.

Hinter der breiten Flügeltür standen sich Mafalda und Argiro in einem großen Salon mit dicken orientalischen Teppichen auf den Böden, großblumigen Tapeten und ausladenden, plüschigen Sesseln erneut gegenüber. Die Einrichtung samt an den Wänden drapierten, überdimensionalen Stofffächern schien einem Magazin der Siebzigerjahre entsprungen zu sein. Mafalda ließ den Blick anerkennend über das Mobiliar gleiten, während ihr Enkel einen gewissen Ekel nur mit Mühe verbergen konnte. Mafalda spürte, wie Argiro sie misstrauisch musterte. Für ihn war das die erste Gelegenheit, sein Gegenüber bei Licht zu betrachten. Sie ließ sich nichts anmerken, blieb vollständig in ihrer Rolle als glamouröse Pokerspielerin und Kunstliebhaberin. Wenn es heute noch zum Pokerspiel kommen würde, müsste sie das Pokergesicht nicht mehr einstudieren.

In der Luft lag eine staubige Mischung aus schweren Raumdüften und Resten von kaltem Zigarettenrauch.

»Möchten die Herrschaften etwas trinken?«, fragte die junge Kellnerin, die gerade aus der hell erleuchteten Küche den schummrigen Salon betreten hatte.

»Ein Glas Prosecco würde sicher nicht schaden«, antwortete Lucia und zwinkerte Anna verstohlen zu, was ihr einen strengen Blick von Alma einbrachte. Angelo hatte Anna mit Schürze und Spitzenhäubchen ausgestattet und sie anstelle der ursprünglich geplanten Besetzung als Kellnerin hier hereingeschmuggelt. »Bringen Sie am besten eine ganze Flasche oder zwei und Gläser für alle«, fügte Lucia hinzu und schnitt eine Grimasse in Almas Richtung.

Auf dem Tisch vor dem Fenster erkannte Mafalda ihre schwere rote Damastdecke mit dem eingewebten Blümchenmuster, die sie Angelo gestern mitgegeben hatte. Hier, an dem großen rechteckigen Tisch mit den acht schweren Eichenstühlen, sollte wohl das Pokerspiel stattfinden. Oder nicht, wenn es nach Mafalda ging. Die Tischdecke war eine Art Talisman für sie geworden, auch wenn es dabei meistens nur darum ging, ein besonders gelungenes Essen auf den Tisch zu bringen und nicht darum, ein Pokerspiel zu gewinnen. Als ihr gemeinsamer Plan noch war, Argiro im Poker zu besiegen, hatte Mafalda auf exakt dieser Tischdecke als Glücksbringer bestanden. Und auch jetzt, wo dieser Plan über den Haufen geworfen worden war, beruhigte es sie ungemein, die vertraute Decke in der unbekannten Umgebung zu erkennen. Die Decke und das darauf platzierte Kartenspiel machten Argiro unmissverständlich klar, dass das der Ort für das Pokerspiel sein sollte, von dessen Stattfinden er immer noch fest auszugehen schien.

Er wollte etwas sagen, doch Mafalda kam ihm zuvor. »Sie erlauben, dass wir uns kurz frisch machen?«, fragte sie. »Die lange Reise war doch etwas anstrengend.«

Argiro nickte nur stumm. Das Heft des Handelns war ihm ohnehin schon entglitten. Alma beäugte Mafalda irritiert, welch lange Anreise sie wohl gemeint haben konnte, folgte ihr und Lucia aber widerspruchslos in den Flur, wo sie das Badezimmer vermuteten.

Mafalda hielt sich am Waschbecken fest und schlüpfte abwechselnd aus beiden Schuhen rein und raus, nachdem Alma die Tür hinter ihnen geschlossen hatte. »Deine Puschen bringen mich noch um, Lucia«, moserte Mafalda. »Wer kann in solchen Tretern überhaupt laufen?«

Lucia legte den Kopf zur Seite. »Fahrradfahrer vielleicht?« Und auf Mafaldas verständnislosen Blick sagte sie: »Das ist wie Fahrradfahren, das sagte ich doch schon. Einmal gelernt vergisst man es nie. Wer schön sein will, muss eben leiden.«

Die so Gescholtene knurrte nur leise, ohne ein Wort zu sagen, und schlüpfte zurück in ihre Schuhe.

»Violetta Cinquetti?«, fragte Alma spöttisch.

Mafalda zog vor dem goldumrandeten Spiegel den Lippenstift nach und murmelte, immer wieder vom Tupfen des Lippenstiftes unterbrochen: »Ich hatte … komplett … vergessen, mir einen Decknamen zurechtzulegen.«

»Aber dein Auftritt … erstklassig«, sagte Lucia beinahe ehrfürchtig und nickte Mafaldas Spiegelbild anerkennend zu.

»Ich habe das mal im Fernsehen gesehen. In irgendeinem Krimi«, erklärte Mafalda und musste trotz der Anspannung lächeln.

Lucia tupfte ihr mit einem Make-up-Schwämmchen im Gesicht herum. »Dann können wir wohl alle sehr froh sein, dass du mehr als nur *L'ispettore Derrick* im Fernsehen gesehen hast!« Sie trat zurück und betrachtete ihr Werk. »Du siehst auch bedeutend besser aus als der.«

Mafalda schnaubte ungehalten. »Ich denke, wir sollten wieder zurück in den Salon gehen. Du hast den Koffer, Alma?«

»Stets an meiner Seite«, sagte die und zeigte mit der rechten Hand auf den lederbezogenen Geldkoffer in ihrer Linken.

Im Gehen drehte sich Mafalda kurz um und schaute Lucia fest in die Augen. »Wenn du nachher den Pollock inspiziert ...«, begann sie und machte eine bedeutungsvolle Pause, während sie nach Worten suchte. »Ja?«, fragte Lucia. Mafalda schmunzelte und sagte: »Er wird ein wenig anders aussehen, als du es vielleicht erwartest. Es ist nämlich nicht das Original. Es wäre gut, wenn du mir das nachher bestätigst.« Lucia nickte unsicher, ohne richtig zu verstehen, und folgte Mafalda in den Salon.

»Wieso sind Sie jetzt eigentlich hier? Ich hatte keine ...«, fragte Argiro, als die drei den Salon wieder betreten hatten.

»... keine alte Frau erwartet?«, fragte Mafalda lakonisch und musterte ihn misstrauisch. Argiro schwieg. »Einen Mann hätten Sie das nicht gefragt, möchte ich meinen!« Mafalda schaute bewusst an ihm vorbei. »Ich liebe Poker. Ich liebe Kunst. Und jemand war mir noch einen Gefallen schuldig. Das ist alles, was Sie wissen müssen«, sagte sie mit Nachdruck und schaute ihm dabei wieder fest in die Augen. So fest, dass Argiro es nicht wagte zu widersprechen und ihrem Blick auswich, ohne nachzuhaken. »Beantwortet das Ihre Fragen?« Sie streifte mit einer eine Spur zu exaltierten Geste ihre Pelzstola ab und ließ sich in einen der weichen Sessel fallen. Das war auch dringend nötig, denn das Laufen in den ungewohnten neuen Schuhen hatte ihren Füßen stark zugesetzt und das Herein- und Herausschlüpfen vor dem Badezimmerspiegel hatte ihr nur wenig Linderung gebracht.

»Und wann beginnen wir mit dem Spiel?«, fragte Argiro irritiert.

»Da hat es aber jemand sehr eilig«, antwortete Mafalda

und fächelte sich mit einem Fächer, den sie aus ihrer Tasche gezogen hatte, Luft zu.

»Wie wäre es mit jetzt?« Argiro wollte sich aus seinem Sessel erheben, doch Mafalda intervenierte. »Nicht so schnell!« Sie zeigte auf die rote Bilderrolle in Argiros Hand. »Sie haben einen wunderschönen, kleinen Jackson Pollock dabei. Und ich würde mich gern davon überzeugen, dass er echt ist.«

»Dann würde ich gern auch den Inhalt dieses Koffers näher betrachten«, sagte Argiro grinsend und zeigte auf den Lederkoffer und Alma, der jetzt der Schweiß über die Stirn lief.

»Was sind denn das für Bankkassierer-Attitüden?«, sagte Mafalda und wedelte mit der Hand vor ihrem Gesicht herum. »Wir wissen alle, wie Geld aussieht. Wenn Sie es gewonnen haben«, sie setzte sich gerade auf, »wenn Sie es gewinnen *sollten*, haben Sie noch genug Gelegenheit, alles zu zählen.« Almas Gesicht wurde etwas weniger blass.

»Aber ob das Bild echt ist, ob es sein Geld wert ist, das würde ich gern wissen«, erklärte Mafalda und zeigte auf Argiros rote Bilderrolle. »Dafür habe ich extra meine beiden Assistentinnen mitgebracht, die das beurteilen können. Ihrem Urteil vertraue ich.«

Sie deutete auf Lucia und Alma. Lucia wollte ob des Wortes Assistentinnen lautstark protestieren, besann sich in der aktuellen Situation dann aber noch eines Besseren. Stattdessen zog sie die dünnen Einmalhandschuhe über, die sie ihrer Haushälterin abgenommen hatte.

Mafalda war wieder aufgestanden und ging auf Argiro zu. »Also, her mit dem Bild! Ich will den Pollock sehen«, forderte sie, und Argiro, von ihrer großmütterlichen Dominanz eingeschüchtert, nahm zögerlich die Bildrolle und begann den Verschluss vorsichtig abzuschrauben. Mit spitzen Fingern zog er eine zusammengerollte Leinwand aus dem Tubus und reichte sie Lucia, die das Bild auf dem Tisch ablegte und vorsichtig entrollte.

»Es heißt ›Bildnis einer Dame mit Hund‹, richtig?«, fragte sie zögerlich, nachdem sie das Kunstwerk eingehend betrachtet hatte.

Argiro zuckte mit den Schultern. »Das stand jedenfalls auf dem Messingschild darunter.«

»Das hier unten ist ganz sicher ein Hund«, sagte Lucia. Dann nahm sie das Bild vom Tisch, hielt es mit der linken Hand nach oben und zeigte mit dem rechten Zeigefinger darauf. »Aber das hier ist definitiv keine Dame!«

Argiro starrte ungläubig auf das Bild. Da war in der Tat, grob gemalt, dem Originalbild durchaus ähnlich, ein Hund zu sehen. An dessen Seite, wo die Dame hätte sein sollen, war stattdessen aber ein Strichmännchen zu sehen, so wie es ein Kind hätte malen können. In etwa so wie in der Variante aus Mafaldas Albtraum, wo sie das Bild als »Beppe mit Hund« gesehen hatte, nur hier ein wenig dilettantischer. *Bewusst* dilettantischer.

Von Kunst mochte Argiro Mafaldas Einschätzung nach wenig verstehen. Aber wie das Bild aussah, das er als Einsatz zum Pokern mitgebracht hatte, das wusste er vermutlich ganz genau. Er hatte die Rolle nicht hierher mitgenommen, ohne vorher einen Blick auf das darin verstaute Bild zu werfen, da war sie sich sicher!

Mit weit aufgerissenen Augen stand er vor ihr und starrte auf das Gemälde, dann auf sie, dann wieder auf das Bild. Schweißperlen liefen ihm über die Stirn, und die Farbe wich aus seinem Gesicht. Mafalda hatte das Gefühl, dass sie jeden einzelnen seiner Gedanken lesen konnte. Langsam verfärbte sich sein Kopf dunkelrot. Er war betrogen worden, das schien ihm in diesem Moment klar zu werden! Schnöde übers Ohr gehauen! Und Mafalda vermutete, dass ihm langsam klar wurde, wann und wo das geschehen sein musste. Die Sicherheitskontrolle beim Betreten der Villa war der einzige Moment, in dem er den Jackson Pollock aus den Händen gegeben hatte. Und der Trubel um die Ankunft der aufgetakelten Alten im gleichen Moment hatte verhindert, dass er die Bilderrolle durchgängig im Auge behalten konnte. Mafalda musste innerlich grinsen, als sie sich als aufgetakelte Alte sah und sich vorstellte, wie ihre Ankunft auf Argiro gewirkt haben musste. Aber nach außen zeigte ihr Gesicht keine Regung.

Sie sah, wie er sich nach Pietro und Angelo umsah. Wie abgesprochen hatten die beiden sich in den Vorderteil des Hauses zurückgezogen.

»Das Bild …«, stammelte Argiro schnaubend. »Wo …?« Er drehte sich im Kreis, fasste sich an den Kopf, schaute dann plötzlich zum Flur, in dem Pietro und Angelo verschwunden waren, und wollte loslaufen.

Doch Mafalda war aufgestanden und stellte sich ihm in den Weg. »Du hast ein riesiges Problem, Junge!«, sagte sie mit zusammengekniffenen Augen. »Ein gewaltiges!« Argiro schaute sie erschrocken an.

»Ich werde dieses Strichmännchen ganz gewiss nicht als Spieleinsatz akzeptieren. Und wenn du diese billige Fälschung dem Museum wieder andrehen willst, bist du erledigt.« Sie fuhr mit der flachen Hand an ihrer Kehle entlang. »Dann ist es aus. Aus und vorbei!«

Argiros Augen weiteten sich noch mehr, sofern das überhaupt möglich war. Er wurde immer blasser, schaute hektisch um sich, suchte die Fenster und Türen nach einer Möglichkeit ab, sich der Situation zu entziehen.

»Ich glaube, ich habe gerade ein Boot kommen hören«, sagte Mafalda und blickte zur doppelflügeligen Glastür zum Garten. Alma und Lucia schauten sich irritiert an. Ein weiteres Boot war nicht Teil ihres Plans gewesen. Ihres ursprünglichen Plans jedenfalls. Allenfalls mit Enzos Rückkehr hatten sie gerechnet.

Mafalda hatte jetzt Oberwasser. Sie spürte, dass sie Herrin der Situation war. Und sie wollte Argiro in die Enge treiben. Ihn in die Flucht schlagen. Und damit verhindern, dass er den Pollock erneut an sich bringen konnte. Sie musste improvisieren, das spürte sie! »Dass die Polizei so schnell kommt, hätte ich nicht gedacht«, hörte sie sich sagen.

Mafaldas Ankündigung verfehlte ihren Zweck nicht. So unlogisch sie auch war. Denn während Argiro hier nur noch eine billige Fälschung in seinen Händen hielt, war es Mafalda, die Pokerspielerin, der die Polizei hier noch gefährlich werden konnte. Aber zu logischem Denken war Argiro offenbar nicht mehr in der Lage. Nach einem erschrockenen Blick in den Garten spurtete er los, an Mafalda vorbei, in Windeseile in Richtung Flur. Noch bevor sie alle richtig mitbekamen, was hier gerade passiert war, knallte die Tür zur Straße ins Schloss.

26

*P*ietro kam aus der Küche gerannt, öffnete die Haustür und stürmte hinter Argiro her auf die Straße vor der Villa. Verschwitzt und außer Atem kam er keine Minute später zurück. »Er ist weg«, keuchte er.

»Weg?«, fragte Mafalda.

»Verschwunden. Wahrscheinlich hinter der nächsten Abbiegung in einer Seitenstraße untergetaucht.«

Mafalda atmete tief ein und wieder aus. »Das war einfacher, als ich es mir vorgestellt hatte.« Dann schaute sie zu Pietro und Angelo. »Ich würde jetzt aber trotzdem lieber schnell hier weg. Nicht dass er es sich noch anders überlegt! Aufräumen können wir auch morgen noch.«

Pietro nickte.

Sie schaute zu Angelo. »Wo ist das Bild?«

Angelo schmunzelte. »Enzo hat es in ein Schließfach gebracht. Am Vaporetto-Anleger Santa Maria Elisabetta, wie besprochen.« Dann schaute er kurz in die Dunkelheit des Gartens. »Das da draußen dürfte sein Boot sein. Ich denke, er ist zurück.«

Mafalda rief laut in Richtung Küche: »Anna, komm, wir fahren!« Anna kam herbeigelaufen, alle gingen nach draußen und stiegen nacheinander in Enzos Boot. Die Villa samt eingeschalteten Lichtern ließen sie eilig zurück. Enzo machte die Taue vom Anleger los und steuerte das Boot in Richtung Fahrrinne.

Lucia ließ sich auf ihren Sitz plumpsen und legte sich eine Decke um die Schultern. »*Dio mio* … meine Nerven. Wenn wir zurück sind, gebe ich eine große Flasche Grappa für uns alle aus. Von dem guten!«

»Mein Held!«, sagte Alma und küsste Enzo, der das Boot mit sicherer Hand durch die Dunkelheit steuerte, zärtlich auf die Wange, worauf er dunkelrot anlief.

Anna strich anmutig über ihr Kellnerinnen-Outfit, bevor sie sich auch eine Decke nahm. »Du musst unbedingt noch Fotos von mir machen, bevor ich das wieder zurückgeben muss, Angelo. Fürs Internet.« Der grinste gelassen und nickte, von Pietro eifersüchtig beäugt.

Santa Maria Elisabetta hatten sie jetzt hinter sich gelassen. Zuvor war Enzo kurz an Land gegangen und hatte die Bilderrolle mit dem echten Pollock aus dem Schließfach geholt. Er beschleunigte und nahm Kurs auf die offene Lagune Richtung Sant'Elena und Certosa. Die hell erleuchtete Perlenkette der Kirchen und Palazzi am Bacino di San Marco ließen sie links liegen.

Mafalda schaute stolz auf ihren Enkel Pietro. »Wie gut du doch aussehen kannst, wenn du mal ohne deine zerrissenen Jeans unterwegs bist.«

»Meine Rede!« Angelo grinste vielsagend. Und erst auf Pietros und Mafaldas erschrockenen Blick hin fügte er hinzu: »Toller Anzug!«

Pietro lief tiefrot an.

Es war schon fast Mitternacht, als Enzo sein Boot am Fondamenta Andrea Navagero mitten in Murano festmachte und seine Fahrgäste aussteigen ließ. »Vergiss nicht das Bild!«, rief er Alma hinterher und reichte ihr die Rolle nach oben an Land.

Unterwegs hatten sie entschieden, direkt in die *trattoria* am Ufer einzufallen, weil es schon zu spät war, um noch zu Lucia zu gehen, wo deren Mann Francesco vermutlich schon im Tiefschlaf lag.

»Aber die Küche ist schon geschlossen«, sagte der müde blinzelnde Kellner in der um dieser Uhrzeit nicht mehr ganz knitterfrei und perfekt sitzenden Uniform, komplett überrumpelt von der unerwartet spät noch über das Lokal hereinfallenden Gästeschar.

»Solange Ihr Weinkeller noch geöffnet ist!«, rief Enzo ihm entgegen und schob Alma zu einem der größeren Tische im gemütlichen hinteren Teil des Lokals.

»Wir nehmen notfalls auch Grappa«, sagte Lucia. Als Mafalda sie kichernd sanft in die Seite boxte, fügte sie hinzu: »Wenn es sein muss.«

»Alles, nur keinen Riesling!«, rief Mafalda dem Kellner vergnügt hinterher.

Angelo ließ sich erschöpft in einen der Korbstühle fallen.

Immerhin hatte fast die komplette Planung und Vorbereitung der letzten vierundzwanzig Stunden in seinen Händen gelegen, und er hatte in dieser Zeit kaum ein Auge zugetan. Pietro und Anna nahmen ihn in ihre Mitte. Der Kellner kam mit mehreren Flaschen Prosecco, die er unter dem lauten Gejohle der späten Gäste entkorkte und einschenkte.

»Auf Jackson Pollock!« Alma hielt ihr Glas in die Höhe. »Und auf Angelo, den besten Strichmännchenmaler auf ganz Murano!«

Angelo kicherte und prostete Alma zu.

»Ich kann immer noch nicht glauben, dass wir es geschafft haben«, sagte Lucia, nachdem sie einen kräftigen Schluck Prosecco genommen hatte. Schweißperlen liefen ihr über das normalerweise makellos geschminkte Gesicht. Mafalda strahlte glücklich und erschöpft in die Runde.

Aus der Küche kam eine Küchenhilfe mit mehreren dicken Olivenholzbrettern voller Speck, Schinken, Käse und kalter Vorspeisen, die sie unter lautem Applaus der Gäste auf dem Tisch verteilte. Solche enthusiastischen Reaktionen war sie sonst nur von Junggesellinnenabschieden gewohnt, wenn mehr oder weniger trinkfeste Damen nach Venedig einflogen, um den letzten Abend der Braut in Freiheit mit reichlich lauter Musik und noch reichlicher gefüllten Gläsern zu feiern.

Angelo stand auf. Genauer gesagt versuchte er aufzustehen, denn der Prosecco auf fast leeren Magen zeigte bereits Wirkung. »Auf Violetta Cinquetti, die beste Nichtpokerspielerin von Murano!«, sagte er, hob sein Glas, und die

anderen klatschten und jubelten. Mafalda erhob sich ebenfalls, was ihr ohne die unter dem Tisch längst ausgezogenen
Schuhe leichter fiel, setzte die Tentakelbrille mit dem Strass-
besatz wieder auf und vollführte einen huldvollen Knicks in
ihrem Glitzerfummel aus Lucias Kleiderschrank.

»Wo bleibt der Grappa?«, rief Lucia laut in die Küche,
und alle anderen trommelten wild mit dem Besteck auf die
Tische vor ihnen. Feste wie diese gab es in Murano selten.

*»Ich möchte mit Ihnen über den gestohlenen Jackson Pollock reden.
Heute, zehn Uhr, bei Ihnen, in der Peggy Guggenheim Collection.«*
Das hatte Mafalda Simonetta Dal Bosco gleich nach dem
Aufwachen mit dem *telefonino* geschrieben. Es war eine er-
holsame Nacht gewesen. Denn zum ersten Mal seit Tagen, ja
zum ersten Mal überhaupt hatte Mafalda eine Idee, ja beinahe die Gewissheit, wie sie Beppe zur Freiheit verhelfen
konnte.

Sie hatte sich entschieden, allein nach Venedig zu fahren.
Zum einen würden Alma und Lucia sicher lange schlafen,
nachdem sie gestern Abend alle miteinander mehrere Flaschen Prosecco und diverse Gläschen Grappa geleert hatten. Zum anderen hoffte sie, dass die Kuratorin vielleicht
zugänglicher wäre, wenn sie allein und ohne Zeugen vor-
beikäme.

Denn um Beppe sofort freizubekommen, brauchte sie
noch ein irgendwie geartetes Geständnis von Argiro. Wenn
sie mit dem Pollock und der Geschichte ihres abendlichen
Abenteuers auf dem Lido zu Sergente Sartori gehen würde,

würde das Beppe nicht automatisch helfen und nur Argiro oder sogar sie selbst in Schwierigkeiten bringen. Schließlich hatte der Sergente sie nachdrücklich gewarnt, ihre Ermittlungen auf eigene Faust fortzuführen. Wie auch immer: Ein schnelles Geständnis von Argiro zu erhalten würde sie vermutlich noch einiges an Überzeugungskraft kosten.

Es war jetzt fast neun, in einer Stunde war sie mit Simonetta Dal Bosco verabredet. Wobei verabredet nicht das richtige Wort war. Herzitiert hatte Mafalda sie. Denn dass die Kuratorin nach Mafaldas Textnachricht da sein würde, das stand für Mafalda außer Frage.

Als sie über die Ponte Longo über den Canal Grande di Murano ging, konnte sie schon von Weitem Padre Osman unter den Wartenden am Anleger sehen. Als sie näher kam, grüßte sie freundlich, nicht ganz ohne schlechtes Gewissen. Denn es waren mehr als kleine Notlügen, die sie bei ihren Ermittlungen der letzten Tage hatte gebrauchen müssen.

»Signora Mafalda. Wie geht es Ihnen?«, grüßte der Padre, und sie spürte, wie er sie überrascht musterte. Wie schon gestern hatte sie den von Lucia geliehenen Schminkutensilien nicht widerstehen können und war auch wieder in die zwar unbequemen, aber – dass musste sie sich eingestehen – umwerfenden Schuhe aus der Sammlung ihrer Freundin geschlüpft. Statt des Glitzerfummels hatte sie jedoch ein weniger auffälliges geblümtes Sommerkleid gewählt, das schon viel zu lange unbenutzt im großen Schrank in ihrem Schlafzimmer gehangen hatte. Wie verwandelt sah sie aus, hatte sie zufrieden vor ihrem Spiegel festgestellt, kurz bevor sie das Haus verlassen hatte.

Padre Osman wartete zwar wie Mafalda an dieser Haltestelle, wollte aber das Schnellboot zur Piazzale Roma nehmen. Einem längeren Gespräch würde Mafalda für den Moment damit entgehen. »Sind Sie weitergekommen mit der Sache um Beppe?«, fragte er.

»Das will ich doch meinen«, antwortete sie nicht ohne Stolz. Sie beschloss, in die Offensive zu gehen. »Aber bis ich bei Ihnen in der Basilika wieder vorbeischaue, würde ich diese ganze Ermittlung gern noch abschließen. Vielleicht geben Sie mir dann Rabatt auf meine kleinen Sünden, wenn es für einen guten Zweck und erfolgreich war?«, fragte sie keck und legte den Kopf freundlich lächelnd zur Seite.

»Signora Mafalda, Signora Mafalda … Wenn das hier nicht mein Boot wäre, würde ich Ihnen die Beichte hier und jetzt abnehmen«, sagte der Padre und verschwand winkend auf dem *vaporetto*, das soeben angelegt hatte.

Mafalda setzte sich auf einen der frei gewordenen Sitzplätze auf der Bank an der Haltestelle. »Da bin ich ja gerade noch mal davongekommen«, murmelte sie vor sich hin. Ihr *vaporetto* kam wenig später und brachte sie hinüber nach Venedig.

Auf dem Weg durch die *calle* zwischen Fondamenta Nove und Rialto fluchte sie mehr als einmal über das ihr immer noch ungewohnte Schuhwerk – auf eine weitere Sünde für die anstehende Beichte bei Padre Osman kam es nun wirklich nicht mehr an. Doch sie erreichte wider Erwarten Rialto und den dortigen Bootsanleger ohne größere Blessuren und ohne umzuknicken. Das *vaporetto* der Linie 2 wartete bereits am Anleger und brachte sie in wenigen Minuten zur Ponte dell'Accademia.

Den Weg zur Peggy Guggenheim Collection kannte sie mittlerweile auswendig. Mit leichtem Schaudern schaute sie nach rechts in den kleinen Rio di Torsele, wo sie Occhipinti überfallen hatte. Diese Erinnerung hatte sie noch immer nicht ganz losgelassen, auch weil Pietro ihr im Vertrauen gesagt hatte, dass bei ihrer Anzeige gegen Occhipinti Aussage gegen Aussage stehen würde und die Chancen auf eine Bestrafung recht gering waren.

Am Museum angekommen zog sie die strassbesetzte Sonnenbrille aus ihrer Tasche und setzte sie auf.

»Ich bin mit Signora Dal Bosco verabredet«, sagte sie barsch zu der Kassiererin am Eingang und marschierte schnurstracks und ohne eine Eintrittskarte zu lösen an ihr vorbei ins Hauptgebäude. Die Kuratorin musste das Klappern von Absätzen gehört haben. Jedenfalls vernahm Mafalda hinter sich ihre Stimme und näher kommende Schritte.

Mafalda stolzierte derweil in den neuen Schuhen, dem wiederentdeckten Kleid und der Sonnenbrille mit den Tentakelarmen durch die Räume des Haupthauses. Als Simonetta sie sah – und es war zunächst nur Mafaldas Rücken, den sie sehen konnte –, schrak sie merklich zusammen. Mafalda bemerkte das mehr als zufrieden, als sie sich zu ihr umdrehte und ihren Blick für ein paar Momente auf ihr ruhen ließ, ohne sie gleich zu grüßen. Denn das Bild, das sie ihr bot, ähnelte mit dem zu grellen Make-up und der ausgefallenen Kleidung zu sehr den Fotos von Peggy Guggenheim von vor mehr als vierzig Jahren, als sie in diesem Gebäude ihre Kunstsammlung begründet hatte. Genau auf diesen Überraschungseffekt hatte Mafalda es abgesehen. Sie vertraute darauf, dass Signora Dal Bosco, wie alle Italienerinnen, ein Stück weit abergläubisch war. Peggy Guggenheims scheinbare Wiederkehr als Racheengel für die Vergehen an ihrer Sammlung war die beste Gesprächseröffnung, die Mafalda sich wünschen konnte. Nach diesem Schreck würde die Kuratorin Wachs in ihren Händen sein.

Simonetta Dal Bosco sah müde aus und hatte dunkle Ringe unter ihren verweinten Augen. Ganz anders als bei ihrem letzten Zusammentreffen. Ganz anders war auch ihr Auftreten. Unsicher musterte sie ihr Gegenüber und traute sich nicht, etwas zu sagen. Nach ein paar Augenblicken des Schweigens erlöste Mafalda sie und begann zu reden. »*Buongiorno*, Signora Dal Bosco. Obwohl … ob es ein guter Tag wird, das müssen wir erst noch sehen.«

»Sie?«, rief Simonetta. Sie hatte sie erst an der Stimme erkannt, die unerwartete Erscheinung vorher für einen Geist gehalten. Sie bekam beinahe keinen Ton heraus. »Wie sehen Sie denn aus?« Sie betrachtete Mafalda entgeistert.

Mafalda lächelte. »Etwas Lippenstift und etwas dies und das«, erwiderte sie nonchalant. »Vielleicht ist die Brille ein wenig übertrieben.« Sie nahm die Glitzerbrille mit den Octopustentakeln an den Seiten ab und steckte sie in ihre Handtasche.

Dann richtete sie sich gerade auf. »Wir müssen reden!«, erklärte sie bestimmt.

»Das schrieben Sie schon heute Morgen.«

»Ihr Sohn hat mit dem Diebstahl des Pollock eine große Dummheit begangen«, sagte Mafalda, und die Augen der Kuratorin weiteten sich vor Schreck.

»Ich möchte Argiro nicht reinreiten«, fuhr Mafalda fort. »Nicht mehr als nötig, jedenfalls. Aber ich möchte die Sache auch in Ordnung bringen. Für mich. Für die Sammlung hier. Und nicht zuletzt für den armen Beppe, der unschuldig im Gefängnis sitzt!« Dabei stampfte sie am Beginn jedes Satzes mit dem Absatz ihres rechten Schuhs laut auf den Boden auf.

»Vielleicht sollten wir das in meinem Büro besprechen«, schlug die Kuratorin mit leiser Stimme vor und zeigte in Richtung der Kasse. Die Arroganz und die oberflächliche Freundlichkeit, mit der sie Mafalda bei ihren letzten Besuchen entgegengetreten war, waren verschwunden. Mafalda nickte, und sie gingen zurück zum Eingang.

Im Büro angekommen schaute Mafalda sich irritiert um. Sie hatte sich das Arbeitszimmer einer Museumsdirektorin, zumal das der Direktorin eines Museums von Weltrang, deutlich großzügiger vorgestellt. Der winzige Raum, der sein einziges Tageslicht durch ein kleines Fenster zum Garten bezog, war an drei Wänden über und über mit Ausstellungsplakaten beklebt, zum Teil in mehreren Schichten, wenn Mafalda richtig sah.

Hinter dem Schreibtisch, auf dem sich Berge unbearbeiteter Post und unzählige Kunstkataloge stapelten, standen links und rechts einer schmalen Tür raumhohe Regale voller Aktenordner, die die Kuratorin wahrscheinlich auch an guten Tagen beinahe erdrückten. Erst recht an Tagen wie heute, wo sie zerknirscht und verweint auf dem kleinen schwarzen Drehstuhl vor dem im Vergleich dazu viel zu großen Schreibtisch saß. Keine Grünpflanze, kein Strauß Blumen erfüllte den Raum mit Leben.

Als Simonetta Dal Bosco das Gespräch nicht eröffnete, beschloss Mafalda, dies zu tun. »Machen wir es kurz«, sagte sie und trommelte mit dem Zeigefinger auf den Schreibtisch. »Ich weiß, dass Argiro den Anschlag auf die Bilder begangen hat, für den Beppe jetzt im Gefängnis sitzt. Ich weiß, dass er den Trubel um den Anschlag genutzt hat, um das Pollock-Bild aus der Ausstellung zu stehlen. Ich weiß, dass Argiro es als Einsatz bei einem illegalen Pokerspiel gestern Abend auf dem Lido verwenden wollte. Und ich weiß, dass der Richter ihm schon bei seiner letzten Verurteilung jegliches Glücksspiel als Auflage, in Freiheit zu bleiben und nicht ins Gefängnis zu müssen, verboten hat.« Wieder holte Mafalda tief Luft. »Und ich weiß, wo der Jackson Pollock jetzt ist. Bei mir! Also, bei einer Freundin von mir. Auf Murano. In Sicherheit. So lange, bis wir uns hier einig sind!«

Simonetta Dal Bosco war schon beim ersten Teil von Mafaldas Aufzählung Satz für Satz ein Stückchen mehr in sich zusammengesunken. Aber bei den letzten Worten hätte nicht viel gefehlt, und sie wäre von ihrem Drehstuhl gekippt. Mit blutleeren Fingern krallte sie sich an ihrem Schreibtisch fest, um nicht auf den Fußboden unter ihr oder in den imaginären Abgrund, der sich da unter ihr auftat, hinabzurutschen.

»*Sie* waren die Pokerspielerin?«, fragte sie mit zittriger Stimme. Sie war also darüber im Bilde, was gestern Abend auf dem Lido geschehen war. Mafalda nickte und erkannte, dass es offenbar wesentlich einfacher werden würde, Argiro aufzuspüren, als sie befürchtet hatte.

»Machen wir es kurz«, wiederholte Mafalda. »Ich habe die Akten über Argiro bei der Jugendhilfe drüben im Ospedale della Pietà gelesen. Fragen Sie mich nicht, wie ich drangekommen bin. Ich habe sie gelesen, nur das zählt.« Simonetta Dal Bosco schaute sie verwirrt an.

»Ich habe auch so meine Erfahrungen als Alleinerziehende. Nachdem mein Sohn verstorben ist, habe ich meinen Enkel Pietro bei mir aufgenommen. Er war ein prächtiger Bursche und ist jetzt ein vielversprechender junger Mann. Aber ich weiß, wie viel Kraft das gekostet hat, und ich habe eine grobe Ahnung, was dabei alles hätte schiefgehen können.« Simonetta Dal Bosco nickte vorsichtig. »Oder in Ihrem Fall schiefgegangen ist«, ergänzte Mafalda. Denn so leicht wollte sie Argiros Mutter auch nicht die Verantwortung auf andere schieben lassen.

»Ins Gefängnis gehen zu müssen würde Argiro jetzt sicher nicht weiterhelfen. Ich werde mich dafür einsetzen, dass wir eine andere Lösung finden«, fuhr Mafalda fort. »Für den Moment brauche ich trotzdem ein Geständnis von ihm, dass er den Anschlag auf die Bilder begangen hat, denn nur damit bekomme ich Beppe schnell frei.« Die Kuratorin nickte wieder, ihre Miene hatte sich etwas aufgehellt, als sie hörte, dass Mafalda ihren Sohn nicht ins Gefängnis bringen wollte.

»Wenn ich dieses Geständnis heute noch von ihm bekomme, hänge ich den Jackson Pollock bis heute Abend persönlich wieder drüben an den Bildernagel in der Ausstellung, und niemand wird je erfahren, was in den letzten Tagen damit passiert ist!« Mafalda lehnte sich zurück und holte tief Luft. »Daher nunmehr meine Frage an Sie: Wo ist Argiro? Wie können wir ihn möglichst schnell finden?«

Simonetta Dal Bosco rutschte nervös auf ihrem Sitz hin und her. Sie dachte offenbar angestrengt nach. Doch Mafalda hatte nicht den Eindruck, dass sie ihren Vorschlag komplett ablehnte.

»Wie können wir das zu einem guten Ende bringen?«, hakte Mafalda nach.

»Wir hängen unsere Bilder ja mit dünnen Seilen an Deckenschienen auf und nicht an rostigen Nägeln«, erklärte die Museumsleiterin, und Mafalda meinte fast, einen Anflug von Lächeln auf ihren Lippen sehen zu können. Dann drehte sie sich um und gab der angelehnten Tür hinter sich einen Schubs.

27

Die Tür in Simonetta Dal Boscos Büro öffnete sich und gab den Blick frei auf ihren Sohn Argiro, der dort auf einem Hocker saß und natürlich die ganze Zeit über zugehört hatte. Er war freilich nicht mehr der großspurige junge Mann vom Vorabend, sondern ein Häufchen Elend mit hängendem Kopf, verwuscheltem Haar. Er trug noch immer denselben Anzug, der allerdings jetzt ordentlich zerknittert war.

Langsam hob er den Kopf. »Aber ich war das nicht!«, sagte er leise. »Das mit dem Anschlag auf die Bilder, das war ich nicht.«

Seine Mutter drehte sich zurück zu Mafalda und seufzte. »Er hat mir gestern Nacht alles erzählt. Argiro hilft mir gelegentlich bei kleineren Arbeiten im Museum. Dabei hat er den Chef unseres Sicherheitsdienstes beobachtet, wie er die beiden Bilder im Gartenhaus und im Hauptgebäude beschädigt hat.«

»Occhipinti?«, fragte Mafalda mit zusammengekniffenen Augen.

»Genau der. Er hatte wohl gehofft, dadurch einen größeren Auftrag für die Bewachung der Ausstellung herauszuschlagen«, antwortete die Kuratorin. »Das ist zumindest das, was ich mir selbst zusammengereimt habe«, sagte sie und hob beide Hände in die Höhe.

»Mit *dem* habe ich auch so meine Erfahrungen gemacht«, murmelte Mafalda und schlug sich mit den flachen Händen auf die Oberschenkel.

»Und dieser Dummkopf von meinem Sohn«, fuhr die Museumsleiterin fort und schaute böse zu Argiro ins Nebenzimmer, »dachte sich, die Gelegenheit sei günstig, und hat in dem Durcheinander nach dem Anschlag das nächstbeste Bild aus der Sammlung verschwinden lassen.« Dann drehte sie sich zu ihm um. »Nach all den Kosten für dein abgebrochenes Kunststudium hättest du zumindest das wertvollste Bild der Sammlung erkennen müssen!« Sie biss sich auf die Lippen und drehte sich zu Mafalda. »Das habe ich natürlich nicht so gemeint.«

Mafalda machte eine beschwichtigende Handbewegung. »Wenn Occhipinti den Anschlag auf die Bilder inszeniert hat und nicht du, Argiro, hast du dann irgendwelche Beweise dafür?«

Er zog einen Speicherstick aus seiner Anzugtasche. »Ich hab eine Kopie von den Aufnahmen der alten Sicherheitskameras gezogen, bevor er sie gelöscht hat.«

Seine Mutter nickte. »Ich habe das Video gesehen«, sagte sie. »Es ist nicht die beste Qualität, denn es waren ja noch die alten Kameras …«

»Von denen Sie mir erzählt haben, sie wären zum Zeitpunkt des Anschlags schon außer Betrieb gewesen.«

»Sì. Das habe ich«, antwortete die Kuratorin zögerlich. »Tut mir leid. Auf den Aufnahmen ist ein großer Mann zu erkennen, von der Statur her definitiv Occhipinti und nicht Argiro.«

Mafalda musterte Argiro von oben bis unten. Dieser junge Mann, ja, fast Jüngling, unterschied sich äußerlich in der Tat sehr von dem hochgewachsenen und muskulösen Sizilianer.

»Occhipinti wusste von dem Drohschreiben gegen die Peggy Guggenheim Collection«, erzählte Simonetta Dal Bosco. »Ich habe mit ihm darüber gesprochen.«

»Die aus dem Internet? Wegen der teuflischen Kunstwerke?«, fragte Mafalda.

»Genau die. Dämliche Idioten, aber harmlose Idioten, das war mir sofort klar«, erwiderte die Museumsleiterin.

»Eher nützliche Idioten, so wie Sie Beppe dafür büßen lassen, obwohl er unschuldig ist?«, hakte Mafalda bissig nach.

»Das wusste ich nicht. Das müssen Sie mir glauben!« Simonetta Dal Bosco warf ihr einen flehenden Blick zu. »Nicht am Anfang. Und dann ist das irgendwann komplett außer Kontrolle geraten. Zum Selbstläufer geworden.« Sie hob verteidigend die Hände. »Zuerst war ich erschrocken, weil ich dieser Internetgruppe keinen echten Anschlag zugetraut hatte. Solche Drohbriefe bekommen wir häufiger, wissen Sie? Und dann habe ich vor Schreck Occhipinti den

Auftrag gegeben, die Ausstellung Tag und Nacht zu bewachen.«

»Genau das, was er wollte«, schloss Mafalda bitter.

Die Museumsleiterin nickte. »Und dann hat sich die Polizei auf den Drohbrief gestürzt, diese Internetgruppe durchleuchtet und im Nullkommanichts diesen Beppe als Täter aus dem Hut gezaubert.«

»Als Bauernopfer. Als schnellen Ermittlungserfolg …« Mafalda schaute durch das kleine Fenster nach draußen.

»Das kam mir gleich eigenartig vor. Irgendwie unglaubwürdig«, sagte Simonetta Dal Bosco. »Aber da hatte ich schon bemerkt, dass der Jackson Pollock fehlt, und den leeren Rahmen hier im Hinterzimmer meines Büros gefunden. Das hätte doch kein Dieb gemacht! Da kam mir dann der Verdacht, dass Argiro etwas damit zu tun haben könnte und dass jedes weitere Wort von mir den Verdacht auf ihn lenken würde. Denn der Diebstahl des Pollock-Bildes passte so gar nicht zu dem Anschlag auf die anderen beiden Bilder. Und dann ist Argiro erst so komisch gewesen und später nicht mehr nach Hause gekommen.«

»Und Sie haben getan, was jede gute Mutter getan hätte?«, fragte Mafalda und schaute ihr tief in die Augen.

Die Kuratorin nickte. »Ich habe geschwiegen, als ich hätte reden sollen, und gelogen, als ich die Wahrheit hätte sagen sollen«, brachte sie mit tränenerstickter Stimme hervor.

Mafalda schaute zu Argiro, sagte aber nichts. Der sah betreten zu Boden und schwieg.

Seine Mutter fand als Erste die Sprache wieder. »Darf ich annehmen, dass Sie nicht die Versicherungsexpertin sind, als die Sie sich mir vorgestellt haben?«, fragte sie Mafalda.

»Nicht die Versicherungsexpertin, und mein Vorname ist auch nicht Violetta«, sagte sie an Argiro gerichtet. Sie suchte einen Moment nach den richtigen Worten. »Sagen wir, ich bin eine Freundin von Beppe. Und als ich gesehen habe, welches Unrecht ihm angetan wurde, habe ich mich spontan entschlossen, ihm zu helfen. Mein richtiger Name ist Cinquetti, Mafalda Cinquetti. Mein Mann war *capitano* der *Carabinieri* auf Murano.«

»Wie haben Sie das eigentlich gemacht?«, platzte es aus Argiro heraus, und er blinzelte Mafalda feindselig an. »Ich weiß, dass ich noch das echte Bild hatte, als ich losgefahren bin. Ganz sicher! Da hatte ich es mir noch einmal angeschaut. Und danach hatte ich die Rolle fest in der Hand, bis …«

»… bis zur Sicherheitskontrolle am Eingang zur Villa«, ergänzte Mafalda.

Argiro nickte. »Da muss es passiert sein, das dachte ich mir schon. Aber wie sind Sie da herangekommen?«

Mafalda lehnte sich zurück, legte den Kopf zur Seite und schaute Argiro mit lächelnder Überlegenheit an. »Deinem Pokergegner haben wir unter einem Vorwand abgesagt. Das war die Voraussetzung dafür, dass ich überhaupt in Erscheinung treten konnte«, erklärte sie. »Eigentlich war der Plan, dass ich dich im Pokern besiege und das Bild für die Peggy Guggenheim Collection zurückgewinne.« Sie lachte heiser.

»Es ist uns schnell klar geworden, dass das nicht machbar war. Also musste ein neuer Plan her.«

»Aber wie denn dann?«, fragte Argiro.

Mafalda hob den Zeigefinger. »Ganz einfach. Es gab zwei Bilderrollen. Doch nur in einer war der echte Pollock.«

Argiro schaute ungläubig.

»Das Taxi, das dich abholen sollte, haben wir abbestellt. So hatten wir mehr Kontrolle darüber, wann du ankommen würdest. Denn der genaue Zeitpunkt war essenziell für unseren Plan. Das ging ganz einfach – der Mann meines Enkels arbeitet ab und zu aushilfsweise als Taxifahrer. Er hat sich in den Computer der Taxizentrale eingeloggt, die von dir bestellte Fahrt gelöscht, und statt des Taxis hat dich ein guter Freund von mir mit seinem Boot abgeholt.«

»Das Boot kam mir gleich merkwürdig vor«, sagte Argiro leise vor sich hin. »Aber die Rolle?«, fragte er, und Mafalda sah ihm an, dass er sie immer noch nicht verstanden hatte. Wie oft musste er sich in der vergangenen Nacht diese Frage gestellt haben? »Ich habe keinen Unterschied vor und nach der Sicherheitskontrolle bemerkt. Sonst wäre ich doch gleich misstrauisch geworden!«, sagte er und rutschte nervös auf seinem Hocker hin und her. »Und für einen Austausch der Bilder in der Rolle war die Zeit zu kurz.«

Mafalda lächelte. »Es gibt sieben ernst zu nehmende Geschäfte für Künstlerbedarf in Venedig. Zwei davon sind jetzt in der Nebensaison in den Ferien. Eines verkauft keine Bilderrollen. Und die anderen vier verkaufen für Bilder von der Größe des Jackson Pollock alle die gleichen drei Typen von Bilderrollen, die sie von einem einzigen Großhändler beziehen.«

»Sie haben drei Rollen gekauft und drei Fälschungen des Bildes angefertigt?«, fragte Argiro.

»*No*. Enzo, der Freund, der dich mit dem Boot abgeholt hat, hat uns durchgegeben, welche Rolle du bei dir hattest. Sie war rot. Es gab nur eine rote. Dadurch konnten wir alles in Ruhe vorbereiten. Ich musste dann nur noch in dem Moment ankommen, als du kontrolliert wurdest, dich ablenken und Unruhe stiften.«

»Und die beiden Sicherheitsleute?«, fragte Argiro.

»Mein Enkel und sein Partner«, sagte Mafalda stolz lächelnd.

»Und die Kellnerin? War die extra engagiert?«

»Die Tochter meiner Nachbarin. Und beste Freundin meines Enkels.«

»Und die beiden Kunstexpertinnen?«

»Meine beiden besten Freundinnen, Alma und Lucia. Deine Mutter«, sie deutete auf Simonetta Dal Bosco, »kennt sie schon. Wenn auch unter anderem Namen.«

Argiro starrte an die Decke. »Ich kann nicht glauben, dass ich mich so habe reinlegen lassen! Wie sind Sie überhaupt auf mich gekommen?«

»Da war eine Menge Glück im Spiel. Am Anfang bin ich völlig im Dunkeln getappt. Da wusste ich noch gar nicht, dass es dich überhaupt gibt. Ich habe sogar eine Zeit lang deine Mutter verdächtigt.« Simonetta hob erstaunt den Kopf. »Aber Sie hatten kein Motiv und einen untadeligen Ruf«, sagte Mafalda an die Museumsleiterin gerichtet. Sie spürte, wie sehr die Kuratorin mit sich rang, ob sie hierzu etwas sagen müsste. Denn das, was Mafalda gerade zu ihr gesagt hatte, war ein mehr als vergiftetes Lob. Etwas anderes als ein einsilbiges »Danke« kam ihr aber nicht über die Lippen.

»Zumindest kein Motiv, solange wir nicht von Argiros Existenz wussten«, fuhr Mafalda fort. Sie sah den jungen Mann an. »Insbesondere von deinen Spielproblemen. Von denen haben wir erst aus den Akten der Jugendhilfe im Ospedale della Pietà erfahren.«

Almas Name lag Mafalda auf den Lippen. Aber dann erinnerte sie sich daran, dass der Einstieg ins Archiv der Jugendhilfe an einem Samstagmorgen mit einem verloren geglaubten Nachschlüssel vielleicht für sie legitim erschien. Das Auge des Gesetzes würde das jedoch vermutlich anders sehen, würde es davon erfahren.

»Eine gute Freundin, die dort arbeitet, hat sich an dich erinnert. Und in den Akten habe ich dann alles gefunden. Wie du mit dem Hütchenspielen angefangen hast, das illegale Glücksspiel später. Die Verurteilung und die Auflage, eine Therapie gegen deine Spielsucht zu machen.«

»Diese Akten dürfen Sie gar nicht lesen! Das ist illegal!«, protestierte Argiro.

»Bestenfalls ein kleines bisschen«, entgegnete Mafalda lächelnd, lehnte sich nach vorn und schaute ihm fest in die Augen. »Und in jedem Fall wesentlich weniger illegal, als ein weltberühmtes Kunstwerk zu stehlen, jemand Unschuldiges ins Gefängnis zu schicken und das Bild dann bei illegalem Poker an irgendeinen dahergelaufenen Ganoven zu verlieren!«

Das hatte gesessen. Argiro krümmte sich auf seinem Hocker zusammen und steckte die Hände in die Hosentaschen.

»Denn seien wir ehrlich – die Chancen, dass du gegen einen Profispieler gewonnen hättest, waren genauso gering wie meine Chancen, dich im Poker zu besiegen.«

Von Argiro war kein Protest mehr zu hören. An sich selbst zu zweifeln gehörte nicht zu seinem Naturell. Das hatte Mafalda schon in den Akten des Jugendamtes zwischen den Zeilen gelesen. Die Aussichtslosigkeit, die seinen Plänen von Anfang an beschieden war, schien ihm erst jetzt allmählich klar zu werden. Nachdem sie seinen Plan hier so präzise auf den Punkt gebracht hatte, entschwanden offenbar seine letzten Illusionen.

Simonetta Dal Bosco nickte nachdenklich. Ihrem Gesichtsausdruck nach hatte ihr Pragmatismus die Oberhand über Sorgen und Angst gewonnen. »Sie sagten, wenn wir Ihnen helfen würden, könnte der Jackson Pollock heute Abend wieder in der Ausstellung hängen. Was genau müssten wir dafür tun?«

Mafalda dachte nach. »Eigentlich wollte ich vorschlagen, dass Argiro bei der Polizei ein Geständnis ablegt. Nämlich, dass er den Anschlag auf die beiden Bilder begangen hat. Damit würde ich Beppe schnellstmöglich freibekommen.«

»Und Argiro würde dafür ins Gefängnis gehen?«, fragte die Museumsleiterin erschrocken.

»Diese Möglichkeiten müssten Sie bei allem, was er getan hat, zumindest in Erwägung gezogen haben«, antwortete Mafalda spitz. Argiros Mutter schwieg, doch ihr Blick sagte, dass Mafalda damit den Nagel auf den Kopf getroffen hatte.

»Aber nein, ich glaube nicht, dass Gefängnis für Argiro eine Lösung wäre. Nicht dass er nicht eine gewisse Strafe verdient hätte.« Mafalda schaute streng zu ihm hinüber.

»Aber Sie haben mir doch das Bild abgenommen!«, polterte er laut, seine Mutter allerdings bedeutete ihm mit einer Geste zu schweigen.

Mafalda dachte nach. »Ich habe eine entfernte Cousine. Sie hat einen Bauernhof in der Maremma, bei Macchiascandona in der südlichen Toskana. Sehr abgelegen und nichts Herausgeputztes, jedenfalls nichts, wo die Touristen hingehen würden. Ein guter altmodischer Bauernhof ohne Internet, ohne viel Komfort, mit einem Brunnen statt fließendem Wasser, mit zwei Eseln, ein paar Kühen, jeder Menge Schafen und Ziegen und mit viel harter Arbeit. Meine Cousine und ihr Mann nehmen dort jugendliche Straftäter auf und lassen sie bei sich arbeiten und wohnen, statt dass sie ins Gefängnis wandern.«

»Ich verstehe nicht ...«, sagte Simonetta Dal Bosco.

»Ursprünglich wollte ich dem Sergente anbieten, dass Argiro für sein Geständnis zu meiner Cousine geht. Eine Art Tauschhandel. Der Sergente bekommt einen Täter frei Haus, und Argiro bleibt das Gefängnis erspart.«

Die Museumsleiterin nickte.

»Nun allerdings, wo er den Anschlag gar nicht begangen hat, ändert das die Dinge«, fuhr Mafalda fort.

Nach kurzem Nachdenken fragte sie Argiro: »Würdest du eine Aussage gegen Occhipinti machen und dann freiwillig ein Jahr zu meiner Cousine auf den Bauernhof gehen? Ich meine … irgendwie musst du aus dieser verfahrenen Situation doch rauskommen und etwas Vernünftiges mit deinem Leben anstellen.«

Argiro zögerte, aber seine Mutter nickte ihm zu. »Das würde er sicherlich machen«, erklärte sie an seiner Stelle.

»Nicht so schnell!«, wandte er ein. »Immerhin hat *sie* jetzt das Bild und nicht ich.« Er zeigte auf Mafalda und sah seine Mutter herausfordernd an.

Mafalda legte den Kopf zur Seite. »Du vergisst, dass jeder von uns in der Villa wusste, dass du den gestohlenen Jackson Pollock als Einsatz zu einem Pokerspiel mitgebracht hast. Und dass jeder von uns bereit wäre, das zu bezeugen. Und dass du wegen des Diebstahls der *Dame mit Hund* nicht mehr mit nur einem Jahr Arbeit auf dem Bauernhof davonkommen würdest.«

Argiro sank noch weiter in sich zusammen, sofern das überhaupt möglich war. Seine Mutter schaute ihn traurig an und nickte ihm dann aufmunternd zu.

»Wenn ich die Aussage gegen den Sizilianer mache und auf diesen Bauernhof gehe, bleibt das mit dem Bild unter uns?«, fragte Argiro misstrauisch.

»Der Jackson Pollock kann heute Abend wieder hier in der Ausstellung hängen, und niemand wird je erfahren, was damit passiert ist. Darauf gebe ich dir mein Wort!«, antwortete Mafalda und legte wie zur Bestätigung ihre flache Hand auf den Schreibtisch.

»Ein Jahr auf diesem Bauernhof?« Argiro sah ein wenig verzweifelt aus.

»Das und wenn du vorher die Aussage gegen den Occhipinti machst, ja«, sagte Mafalda.

Als Argiro keine Anstalten machte, ihr zu antworten, tat seine Mutter es an seiner Stelle. »Ein Jahr auf diesem Bauernhof ist mit Abstand das Beste, was dir in deiner Situation passieren könnte«, sagte sie zu ihm. »Denn ich bin weiß Gott mit meinem Latein am Ende!« Dann drehte sie sich zu Mafalda. »Er wird es tun. Dafür sorge ich.«

Argiro schaute seine Mutter unsicher an und sagte dann leise zu Mafalda: »In Ordnung.«

»Wie bitte?«, fragte Mafalda nach. Sie hatte ihn sehr wohl verstanden, wollte es aber noch einmal laut und deutlich aus seinem Mund hören.

»*Va bene*«, entgegnete Argiro lauter.

»Und ich habe dein Wort«, sagte Mafalda und schaute erst Argiro und dann seine Mutter an, »und auch Ihr Wort, dass Argiro wirklich zu meiner Cousine geht?«

»Selbstverständlich«, sagte Simonetta Dal Bosco, und Argiro nickte. »*Promesso*«, sagte er. »Können wir es gleich hinter uns bringen?«

»Nichts lieber als das«, erwiderte Mafalda.

»Ich würde gern mitkommen«, bat Argiros Mutter.

»Natürlich.« Mafalda schaute auf die Designer-Digitaluhr, die einsam auf dem Schreibtisch zwischen all den Papierbergen stand. »Lassen Sie uns gehen, bevor die Leute in der Questura Mittagspause machen.«

28

*D*arauf ist allerdings nicht genau zu erkennen, wer die Bilder beschädigt hat«, sagte Sergente Sartori und starrte mit unbewegter Miene auf die Aufnahmen der Sicherheitskameras der Peggy Guggenheim Collection auf dem Bildschirm vor ihm.

»Aber ich habe ihn mit meinen eigenen Augen gesehen!«, rief Argiro, der vor ihm auf der anderen Seite des Schreibtisches in der Questura eingepfercht zwischen Mafalda und seiner Mutter saß.

»Das wird er natürlich abstreiten. Dann steht Aussage gegen Aussage«, antwortete der Sergente nachdenklich.

»Aber immerhin ist doch eindeutig zu sehen, dass das auf dem Video nicht Beppe … ich meine Signore Scarpa ist!«, sagte Mafalda. »Signore Scarpa ist mindestens einen Kopf kleiner und viel schmächtiger.«

»Das wird dem Commissario gar nicht gefallen.« Der Sergente wiegte den Kopf hin und her.

»Geht es denn hier nur darum, was dem Commissario gefällt?«, plusterte sich Mafalda auf.

Der Sergente schaute ihr mitfühlend in die Augen. »Sie haben offensichtlich keinerlei Ahnung, wie dieser Laden hier funktioniert.«

Mafalda wollte schon protestieren, aber der Sergente setzte sich plötzlich aufrecht hin und fing wieder an zu reden. »*Bene*. Der Commissario wird mich vermutlich zu lebenslänglichem Innendienst verurteilen.« Er schaute missmutig über die karge und in die Jahre gekommene Einrichtung seines Büros. »Aber nach dem, was ich hier sehe, ist der Verdacht gegen Signore Scarpa keinesfalls aufrechtzuerhalten. Ich werde den Fall also wieder öffnen und der Staatsanwaltschaft mitteilen, dass sie Signore Scarpa schnellstmöglich freizulassen haben.«

»Gleich heute?«, fragte Mafalda voller Vorfreude.

Der Sergente schaute auf die Uhr. »Die Herrschaften sind jetzt alle in der Mittagspause. Und danach«, er schaute auf seinen Kalender, »danach wird an einem Dienstagnachmittag nicht mehr allzu viel passieren.«

Er blätterte weiter in seinem Kalender, während sich Mafaldas Blick zusehends trübte. »Aber morgen bestimmt«, sagte er. »Bis morgen früh sollte die ganze Bürokratie erledigt sein. Ich werde meinen Bericht zur Sicherheit auch noch per Fax verschicken.«

Mafalda schaute ihn ungläubig an. Dass ein Bericht per Fax mehr als aus der Zeit gefallen war, war selbst ihr klar. Doch wenn sie sich im Büro des Sergente umschaute, dann gehörte das Versenden von Faxen hier wohl immer noch zu den modernsten Kommunikationsmethoden. Und was machte es schon für einen Unterschied, wie der Sergente seinen Bericht verschicken würde? Beppe würde morgen früh frei sein, das hatte er ihr gerade gesagt! Und allein das war es, worauf es ihr ankam.

Simonetta Dal Bosco atmete tief durch, als sie die Questura verließen und wieder im Freien direkt am Rio de San Lorenzo standen. »Das wäre erledigt«, sagte sie. Und nach kurzer Pause fügte sie an Mafalda gerichtet hinzu: »Könnten wir jetzt bitte noch die Sache mit dem Jackson Pollock so schnell wie möglich in Ordnung bringen? Bevor jemand anderes Wind davon bekommt?«

Mafalda schaute auf ihre Uhr. »Ich rufe gleich meine Freundinnen an. Sagen wir um drei Uhr bei Ihnen in der Ausstellung?« Die Museumsleiterin nickte und verabschiedete sich für den Moment. Sie und Argiro gingen zum Anleger San Zaccaria, um von dort mit dem *vaporetto* zurück nach Salute und zur Peggy Guggenheim Collection zu fahren. Mafalda ging ein paar Schritte nach links und dann über die kleine Brücke zum Campo San Lorenzo, wo sie mehr Ruhe zum Telefonieren hatte als auf dem engen Fußweg vor der Questura. Sie rief Alma an.

»Hallo«, meldete sich ihre Freundin.

»Ich bin's, Mafalda. Wir haben es geschafft!«

»Er wird den Anschlag gestehen?«

»Nicht ganz. Aber besser. Der Mann von der Sicherheitsfirma war es. Der, der mich auch in der dunklen Gasse überfallen hat.«

Alma pfiff ins Telefon.

»Ich stehe vor der Questura. Argiro hat schon alles zu Protokoll gegeben. Beppe kommt morgen frei. Sobald die Formalitäten erledigt sind.«

»*Fantastico!*«, rief Alma erfreut aus. »Und jetzt brauchst du den Pollock?«

»Deswegen rufe ich an. Könntest du mit dem Bild nach Venedig rüberkommen? Wenn Lucia schon wach sein sollte, dann gerne mit ihr.«

»Lucia dürfte nach gestern Abend einen ganz schön schweren Kopf haben. Aber ich werde versuchen, sie zu wecken«, sagte Alma. »Wo wollen wir uns treffen?«

Mafalda überlegte kurz. »Bei Rialto. In der *bar* am Fuß der Brücke, wo wir *caffè* getrunken haben, bevor wir das erste Mal in die Peggy Guggenheim Collection gegangen sind.«

»Ich wollte eigentlich nicht das Bild in Zahlung geben«, spöttelte Alma.

»Wir werden es uns noch einmal leisten können. Wenn nicht heute, wann dann?«, antwortete Mafalda kichernd.

»Wann wollen wir uns treffen?«

»Ich bin um drei mit Simonetta Dal Bosco verabredet. Also spätestens halb drei. Gerne auch früher, wenn du Lucia rechtzeitig wach bekommst«, sagte Mafalda.

»Einverstanden, bis dann.« Alma legte auf.

Mafalda steckte ihr *telefonino* zurück in die Handtasche und schaute sich zum ersten Mal an diesem Tag in Ruhe um. Es war wunderschönes Frühlingswetter, kaum Wolken am Himmel, und die vielen Touristen mit Socken, Sandalen und kurzen Hosen waren ein untrügliches Zeichen dafür, dass die Temperaturen langsam, aber sicher stiegen.

Den ganzen Vormittag über war Mafalda hoch konzentriert zu Werke gegangen und hatte kein Auge für ihre Umgebung gehabt. Es hätte wahrscheinlich wieder schneien und stürmen können, und sie wäre dennoch ohne Schirm auf ihren neuen Schuhen durch die Stadt gelaufen. Jetzt war ihr Ziel zum Greifen nah. Vergnügt vor sich hin summend und mit ihrer Handtasche schaukelnd schritt sie beschwingt über die kleine Brücke vom Campo San Lorenzo in Richtung Rialto.

Diesen Weg war sie erst vor wenigen Tagen gegangen, nämlich als sie nach ihrem ersten Besuch bei Sergente Sartori zu Fuß zum Atelier des Restaurators gegangen war. Damals wusste sie noch nichts vom Diebstahl des Jackson Pollock und irrlichterte auf gut Glück und der Suche nach Beppes Unschuld durch Venedig. Heute hatte sie den Fall gelöst, und es fühlte sich um so vieles besser an, mit diesem Wissen über den Campo Santa Maria Formosa zu laufen.

Bis Rialto waren es danach nur noch wenige Meter. Mafalda vermied es, den an die Hauswände gemalten Wegweisern zu folgen, und wählte stattdessen kleine, wenig begangene Nebengassen, die die Touristen schon deshalb mieden, weil jede einzelne von ihnen so aussah, als würde sie an der nächsten Kanalquerung im Nichts enden.

Vor einem Ladengeschäft in der Calle Scaleta, das ihr aus irgendeinem Grund bekannt vorkam, blieb sie stehen und schaute irritiert ins Schaufenster. Lucia hatte recht gehabt! Wo bis vor einigen Jahren noch ihr Damenmodegeschäft zu Hause gewesen war, verzierten jetzt amerikanische Touristen in Taiwan hergestellte venezianische Masken mit Strasssteinen und allerlei Farben.

Mafalda wiegte sich vor dem Schaufenster hin und her und betrachtete zufrieden ihr Spiegelbild. Ja, Lucia hatte ein gutes Händchen gezeigt. Es war Zeit gewesen für eine Veränderung, und diese Veränderung hatte ihr gutgetan!

Über eine Seitengasse erreichte sie die Rialtobrücke, steuerte zielstrebig die kleinen Bistrotische am östlichen Ende der Brücke an und nahm Platz. Die pralle Frühlingssonne wärmte den Fleck, ganz anders als bei den Tischen der kleinen Pizzeria auf der anderen Seite der Brücke, deren schattige Plätze die Menschen erst später im Jahr aufsuchten, wenn die Sonne unerträglich wurde. Der gleiche blasierte Kellner wie beim letzten Mal hatte Dienst. Er erkannte sie nicht wieder. Aber er hätte sie vermutlich auch nicht wiedererkannt, wenn sie genauso gekleidet gewesen wäre wie beim letzten Mal.

»Haben Sie Riesling?«, erkundigte Mafalda sich.

Der Kellner druckste herum. »*Scusa*. Das tut mir sehr leid. Der Riesling ist uns leider ausgegangen, Signora.«

»Fantastisch!«, sagte Mafalda. »Dann nehme ich einen Pinot Grigio. Aber bitte aus dem Veneto.« Sie würdigte den verdutzt dreinschauenden Kellner keines weiteren Blickes und fütterte stattdessen die Spatzen mit den vom Tisch noch nicht abgeräumten Kekskrümeln der vorigen Gäste.

Sie schaute auf ihre Uhr. Um drei war sie mit Simonetta Dal Bosco verabredet. Mehr als eine Stunde würde sie nicht brauchen. Wenn sie danach direkt nach Murano fahren würde, hätte sie noch Zeit einzukaufen und ein großes Essen für alle zu kochen.

Mafalda nahm ihr *telefonino* aus der Tasche und tippte schnell eine Nachricht an Pietro, Angelo und Anna: *Heute Abend acht Uhr großes Abendessen bei mir. Es gibt etwas zu feiern!* Lucia und Alma würde sie gleich persönlich einladen können. Und Enzo, ja Enzo gehörte anscheinend inzwischen zu Alma fest dazu. Dann schickte sie noch eine Nachricht an ihre Nachbarin Maria, denn für die Zubereitung eines so großen Essens würde sie Hilfe brauchen. Maria würde bestimmt nicht Nein sagen. Zu oft hatte sie schon darum gebeten, Mafalda beim Kochen über die Schulter sehen zu dürfen.

Der Kellner brachte den Wein. »*Prego*, Signora, der Pinot Grigio. Und bitte nochmals Entschuldigung dafür, dass der Riesling alle ist.«

»*Grazie.* Da gibt es absolut nichts, wofür Sie sich entschuldigen müssten!«, sagte sie, schwenkte das Glas in der Sonne, schnupperte am Wein und nahm schließlich genießerisch einen großen Schluck.

Sie wollte ihr Telefon schon weglegen, als ihr einfiel, dass sie ja ihre Cousine Odeta noch anrufen müsste. Die mit dem Bauernhof in Macchiascandona in der Toskana.

»Odeta? Mafalda hier. Aus Murano«, sagte sie, nachdem ihre Cousine sich gemeldet hatte. Gleich bei Odetas ersten Worten hatte sie wieder das Bild der patenten jungen Bäuerin in Gummistiefeln, wallenden Polyesterkleidern mit wechselnden großblumigen Mustern und einer halblangen Minipli-Krause in einer Farbe, die Odeta für blond zu halten schien, vor Augen. Wobei »jung« nur aus Mafaldas Perspektive zutreffend war und ein paar Jahre dazugekommen waren, seit die beiden sich zuletzt gesehen hatten.

»Mafalda. Welche Freude. Heißt das, dass du dich endlich entschieden hast, bei uns vorbeizukommen?« In einem unbedachten Anfall von Schwatzhaftigkeit hatte Mafalda Odeta erzählt, dass die Dottoressa ihr für den Winter eine Reise in den Süden empfohlen hatte. Odeta hatte sofort angeboten, sie zu beherbergen. Es hatte Mafalda einiges an Ausflüchten gekostet, sie wieder davon abzubringen.

»*Grazie, no*. Mein Ischias ist schon wieder viel besser. Und bei uns wird es jetzt ja auch immer wärmer. Und du weißt doch, wie ungern ich Murano verlasse«, wiegelte Mafalda ab.

Bevor Odeta etwas sagen konnte, sprach Mafalda ohne große Pause weiter: »Aber ich würde gerne eine Art Vorhut schicken.«

Für einen Moment war am anderen Ende nur Stille. »Wie meinst du das?«, fragte Odeta zögerlich.

»Dein Mann und du, ihr habt doch immer noch diese … Wie sage ich das?« Mafalda suchte nach Worten. »Diese inoffizielle Besserungsanstalt für junge Straftäter?«, fragte sie.

Odeta lachte gelöst. »Und Straftäterinnen. Wir haben mittlerweile Gleichberechtigung, weißt du?«

»Ach, in diesem Bereich auch?«, fügte Mafalda etwas verblüfft an. »Jedenfalls habe ich da jemanden, den ich dir gerne rüberschicken würde, wenn das möglich ist.«

»Da hast du Glück. Zwei sind gerade abgereist«, antwortete Odeta. »Bis zur Olivenernte ist es zwar noch ein gutes Stück hin. Aber die Zisterne müsste dringend repariert werden, und die Weinstöcke brauchen auch Pflege.«

Mafalda hatte keine Vorstellung, welche Art Pflege Weinstöcke brauchten. Was Wein betraf, lag ihre Expertise eher im Trinken, weniger im Anbau. Und Weinberge gab es auf Murano sowieso nicht. Nicht einmal Berge.

»Er könnte also vorbeikommen?«, fragte sie vorsichtig.

»Wer denn? Hat Pietro etwas angestellt?«, erkundigte sich Odeta lachend und amüsierte sich hörbar über Mafaldas verdruckste Ausdrucksweise.

»*No!* Natürlich nicht«, erwiderte Mafalda energisch. »Es geht um Argiro, den Sohn einer …«, sie zögerte kurz, »… Bekannten. Er ist ein wenig vom Weg abgekommen, und wir dachten …«

»Weiß die Polizei Bescheid?«, unterbrach sie Odeta.

»Oh, er kommt freiwillig«, antwortete Mafalda. »Wir haben eine Abmachung getroffen.«

»Einer deiner berüchtigten Deals?«, fragte Odeta.

Mafalda war irritiert. »Bitte?«, fragte sie pikiert zurück.

»Nun ja«, sagte Odeta, »wenn ich mich richtig erinnere, hattest du sogar mit deinem alten Padre eine Abmachung, dass er dir ein paar kleine Sünden erlässt, wenn du ihm und der Kirche hier und da einen Gefallen tust.«

Mafalda notierte sich im Geiste, bei zukünftigen Telefonaten mit Odeta weniger schwatzhaft zu sein. »Kann er denn nun? Vorbeikommen?«, fragte sie ungeduldig.

»*Certo*. Gleich morgen, wenn es sein muss«, antwortete Odeta direkt heraus.

»Es muss. Wenn es keine Umstände macht«, sagte Mafalda. »Er würde es gerne so schnell wie möglich hinter sich bringen.«

»Das wollen die meisten«, meinte Odeta. »Sein Zimmer muss er sich selbst herrichten. Aber Platz haben wir. Und Arbeit sowieso.«

»Seine Mutter bringt ihn. Mit dem Auto«, erklärte Mafalda.

»Dann könnte sie dich eigentlich gleich mitbringen«, konterte Odeta schlagfertig. »Wir haben jetzt auch ein *agritourismo*. Für Touristen und Gäste. Ferien auf dem Bauernhof. Zurück zur Natur. Mit drahtlosem Internet.«

Mafalda fragte sich, ob ihre Erinnerung an das toskanische Kaff noch der Wirklichkeit entsprach, wenn man dort jetzt auch Touristen empfing. Sie hatte den Weiler als nicht viel mehr als einen Haufen Steinhäuser auf einem Hügel mitten in mückenverseuchten Sümpfen in Erinnerung und konnte sich beim besten Willen nicht vorstellen, dass jemand freiwillig da seinen Urlaub verbringen könnte. Selbst wenn sich das jetzt geändert haben sollte, würden ihr immer noch die Boote und Kanäle von Murano fehlen, die für sie kein Olivenhain der Welt ersetzen konnte.

»Ein andermal gerne«, antwortete sie, ohne sich festzulegen, und verabschiedete sich freundlich. Ewig würde sie Odetas Einladungen nicht mehr ablehnen können, das war ihr klar. Vielleicht wäre es wirklich an der Zeit, Odeta im nächsten Winter zu besuchen. Natürlich nur unter der Voraussetzung, dass sie es zuvor in Lucias unbequemen Schuhen wieder nach Hause schaffen würde.

Odeta und Mafalda mussten länger miteinander telefoniert haben, als Mafalda klar gewesen war, denn sie sah plötzlich Alma mit der roten Bilderrolle von der Kaimauer herüberwinken. Neben ihr ging Lucia, die eine große dunkle Sonnenbrille trug.

»Gehen wir gleich weiter, oder dürfen wir uns noch mal setzen?«, rief Alma zu Mafalda herüber.

»Keine Sorge! Dein *caffè* geht auf mich. Und der Prosecco für Lucia auch.«

»Nicht schon wieder Prosecco! Ich nehme nur ein Glas Wasser«, stöhnte Lucia und ließ sich wenig damenhaft auf den freien Stuhl neben Mafalda fallen.

»Einen doppelten wovon, sagst du?«, fragte Mafalda belustigt, der nicht entgangen war, wie eifrig Lucia bei der gestrigen Feier Grappa und Prosecco zugesprochen hatte.

»Erinnere mich nicht daran«, sagte Lucia leise.

»Als ob du dich daran erinnern könntest«, mokierte sich Alma und setzte sich zu den beiden. Sie hielt die Bilderrolle hoch. »Also um drei Uhr dann?«

»Genau«, antwortete Mafalda. »Die Aussage in der Questura ist gemacht, und Argiro geht freiwillig für ein Jahr zum Arbeiten auf den Bauernhof meiner Cousine Odeta in der Maremma. Ich habe gerade mit ihr telefoniert.«

»In dieses mückenverseuchte Nest?«, fragte Alma etwas angewidert.

»Den Sumpf haben sie wohl mittlerweile größtenteils trockengelegt und bauen auf dem Rest Linsen an, hat sie mir letztes Jahr erzählt.«

»Also immer noch mückenverseucht?«, hakte Alma nach.

Mafalda musste lachen. »Vermutlich. Sie nennen es aber ›Zurück zur Natur‹. Natur mit Internetanschluss, sagt sie.«

Der Kellner brachte den *caffè* und das Wasser für Lucia, das sie hektisch in einem Zug austrank. »Darf es für Sie noch etwas sein, Signora?«, fragte er Mafalda.

Doch die verneinte. »Nur die Rechnung, bitte. Wir wollen gleich weiter.« Dann drehte sie sich zu Lucia. »Oder soll er dir eine Portion *aspirina* bringen?«

Lucia lehnte mit einer unwirschen Handbewegung ab.

Heute geschlossen, stand auf einem handgeschriebenen Zettel an der schmiedeeisernen Tür der Peggy Guggenheim Collection.

»Das wird wohl nicht für uns gelten«, sagte Mafalda. »Lasst uns reingehen.«

»Die Ankunft mit dem Boot fand ich irgendwie …«, maulte Lucia.

»Protziger?«, stichelte Alma.

»Standesgemäßer«, sagte Lucia und strich sich mit der rechten Hand über die Perlenkette.

Drinnen kam ihnen die Museumsleiterin entgegen, die nervös die Hände aneinanderrieb. »Schön, dass Sie da sind. Ich habe die Ausstellung für Besucher geschlossen, damit wir ungestört sind.« Sie drehte sich um und holte den leeren Rahmen des Jackson Pollocks aus dem Kassenbereich hervor, der heute verwaist war.

»Ich habe vorhin mit meiner Cousine telefoniert«, erzählte Mafalda ihr im Gehen. »Argiro kann jederzeit zu ihr auf den Bauernhof kommen.«

Simonetta Dal Bosco nickte. »Ich habe das schon mit ihm besprochen. Wenn es nach ihm ginge, würde er heute fahren. Ich werde ihn mit dem Auto hinbringen.«

»Um sicherzugehen, dass er auch ankommt?«, fragte Mafalda lächelnd.

Die Kuratorin schaute Mafalda ein wenig überrascht an, musste nach kurzem Nachdenken aber auch lächeln. »Unter anderem. Ein bisschen. Aber natürlich auch, um ihn bei diesem Gang zu unterstützen.«

»Sie haben ein Auto?«, fragte Alma erstaunt, weil das für eine Venezianerin ein absolut entbehrliches Utensil war.

»Natürlich nicht«, sagte Simonetta Dal Bosco. »Ich werde eines mieten. Aber dieses Macchia…«

»Macchiascandona«, ergänzte Mafalda.

»*Sì*. Genau. Macchiascandona. Das ist anders wohl gar nicht zu erreichen.«

Mafalda nickte. Sie hatte einmal versucht, Odeta mit dem Bus zu besuchen, war aber nach einem verpassten Anschluss in einem komplett ausgestorbenen Dorf mit einer einzigen

Bar, die zudem wegen Urlaubs geschlossen war, gestrandet. Wie durch ein Wunder war die schmuddelige rote Telefonzelle auf dem Hauptplatz immer noch in Betrieb gewesen, und sie hatte ihre Cousine um Hilfe bitten können. Aber selbst diese hatte das Bergdorf nur nach mehreren vergeblichen Versuchen finden können.

Im Hauptsaal der Ausstellung angekommen legte die Museumsleiterin den leeren Rahmen auf einen Tisch, den sie bereitgestellt hatte. Mafalda ließ sich von Alma die Bilderrolle geben und reichte diese an Simonetta Dal Bosco weiter. »Ich hoffe, du hast die Rolle nicht mit der Strichmännchenzeichnung verwechselt«, sagte Mafalda zu Alma. Die Kuratorin musste nervös lachen, während sie sich weiße Baumwollhandschuhe überstreifte und die Bilderrolle öffnete.

Sie nahm das Bild heraus, wickelte es auf und nickte anerkennend. *»Die Dame mit Hund«*, sagte sie. »Genauso, wie ich es in Erinnerung hatte.«

Sie legte das Bild in den Rahmen und verschloss ihn vorsichtig. »Ich werde das natürlich nächste Woche noch mal fachmännisch machen lassen«, sagte sie entschuldigend und reichte Mafalda den Rahmen. »Sie sollten die Ehre haben, denke ich. Ich habe die Bildaufhängung schon vorbereitet.«

Mafalda nahm das Bild, ging damit zur Wand und hängte es an die beiden Seile, die von einer Schiene an der Decke herunterhingen. Simonetta Dal Bosco kam mit einem kleinen Messingschild mit Bildteil und Künstlernamen und schob es in die Halterung unter dem Bild.

»Schon praktisch, so eine Art der Aufhängung. Da kann man die Bilder jederzeit spurlos austauschen«, meinte Mafalda und blickte an den Schnüren hoch zur Decke. Dann fügte sie lächelnd hinzu: »Oder verschwinden lassen.«

Die Museumsleiterin lachte peinlich berührt. Aber immerhin konnte sie wieder lachen.

»Ich habe auch schon einen perfekten Kandidaten für den spurlosen Austausch«, ließ sich Lucia vernehmen. »Nämlich diesen scheußlichen Ölschinken vom Haus deiner Cousine in der Toskana.«

Mafalda schaute sie an und grinste. »An dessen Stelle wollte ich eigentlich Angelos Meisterwerk *Strichmännchen mit Hund* aufhängen. Schon allein, um es gut in Erinnerung zu behalten.«

29

Maria, können Sie hier bitte kurz mit anpacken?«, rief Mafalda durch das halb offen stehende Fenster in Marias Wohnung im Erdgeschoss. Die schon fast frühsommerlichen Temperaturen dieses Dienstagabends verlangten geradezu nach einem Essen im Freien. Deshalb hatte Mafalda kurzerhand beschlossen, alle verfügbaren Tische, Stühle und Obstkisten auf dem *campo* vor ihrem Haus zusammenzurücken und draußen zu decken, so wie sie es schon viel zu lange nicht mehr gemacht hatte.

Maria kam mit einem Stapel weißer Tischdecken aus dem Haus, blickte erschrocken auf die vielen Tische und Stühle, die auf dem viereckigen Platz wild durcheinandergewürfelt herumstanden. »*Dio mio*, Signora Mafalda! Wie viele Gäste kommen denn zum Essen?«

Mafalda stützte die rechte Hand in ihren Rücken und fing leise an zu zählen. »Ich, Lucia mit Mann, Alma und Enzo, Pietro und Angelo, Sie und Anna natürlich, Padre Osman. Die Dottoressa hatte keine Zeit. Und dann habe ich spontan noch Simonetta Dal Bosco eingeladen.«

»Die Schreckschraube aus dem Museum?«, fragte Maria überrascht. Offenbar hatte Anna ihr einige Details der Ermittlungen weitergetratscht.

Mafalda lächelte. »Wir pflegen jetzt einen etwas zivileren Umgang.«

»Das sind dann elf Gäste?«

»Wenn es dabei bleibt, ja. Maria, Sie wissen ja, wie das ist, wenn man hier bei uns einen Tisch eindeckt und zum Essen einlädt – da bleibt kein Stuhl lange unbesetzt.«

»Was gibt es denn eigentlich?«, fragte Maria, als sie zusammen mit Mafalda eine der mitgebrachten Tischdecken über die zusammengeschobenen Tische legte.

»*Cicchetti* als Antipasto. Die kleinen Leckerbissen wollen Pietro und Angelo mitbringen.« Mafalda grübelte kurz und sagte: »Wohl nur Angelo, denn Pietro kommt direkt von der Arbeit hierher.«

Sie nahm die bunte Mischung Teller von dem Tablett, das sie vorhin mitgebracht hatte. Ihr Service hatte früher für zwölf Personen gereicht. Aber nachdem einige Teller über die Jahre das Zeitliche gesegnet hatten, musste sie sich jetzt anders behelfen. Es lag schon eine Weile zurück, dass sie so viele Gäste zugleich empfangen hatte.

»Als Vorspeise gibt es *bisato su l'ara*, gebackenen Aal mit Gnocchi in Sahnesauce. Ich wollte erst Leber machen, aber da fiel mir ein, dass ich *fegato alla veneziana* ja gerade erst für Angelo gekocht habe. Jetzt ist es also Aal geworden.«

»Nach alter Tradition auf einem Glasofen gebacken?«, fragte Maria spöttisch, deren kulinarisches Wissen zumindest so weit reichte, dass die Spezialität der Insel früher von den Glasbläsern während der Arbeit auf den Glasöfen gegart wurde.

»Wir verwenden mittlerweile diese Backbleche, wissen Sie?«, antwortete Mafalda gleichermaßen spöttisch. Dennoch verließ sie nie das Gefühl, dass Maria ein Kochbuch nach dem anderen verschlang, nur um sie, Mafalda, im entscheidenden Moment bei einer kulinarischen Todsünde zu ertappen.

Apropos Todsünde. Padre Osman erschien wie immer sehr viel zu früh. Zu früh zum Essen und zu früh für Mafalda, um ihre kleinen Sünden zu beichten. Die anderen Gäste erwartete Mafalda erst gegen acht Uhr, doch der Padre kam schon um kurz nach sieben aus seiner Kirche auf den Campo San Bernardo und erwischte Mafalda damit vollkommen unvorbereitet.

»Padre Osman«, begrüßte sie ihn mit einer Mischung aus wirklicher Freude und aufrichtiger Überraschung, und Maria nickte ihm freudig zu.

Der Padre grüßte. »Ich hoffe, ich bin nicht zu früh?«

»Nein, nein!«, erwiderte Mafalda, tätschelte seinen Unterarm und führte ihn an einen Platz, an dem schon gedeckt war. »Setzen Sie sich doch.« Sie nahm ein Weinglas von dem Tablett, das Maria gebracht hatte, und stellte es vor Padre Osman. »Möchten Sie einen Schluck Pinot Grigio? Nicht ganz so gut wie Ihr Messwein, aber dafür kommt er hier aus der Gegend.«

»Da sag ich nicht Nein«, antwortete der Padre. »Wie ich höre, ist der Grund dieses Festes, dass Beppe frei ist?«

»Freikommen wird. Morgen«, verbesserte Mafalda. Und fügte mit leidendem Gesichtsausdruck hinzu: *»La burocrazia!«*

Der Padre nickte, wollte noch etwas sagen, doch Mafalda kam ihm zuvor: »Und finden Sie nicht auch, dass man für so ein durchweg gutes Ergebnis die eine oder andere kleine …« Sie suchte nach Worten.

»Sünde?«, hakte der Padre nach.

Mafalda biss sich auf die Lippen und stemmte die rechte Hand in die Hüfte. »Abkürzung«, sagte sie schließlich, »die eine oder andere Abkürzung in Kauf nehmen sollte?«

»Für kreative Auslegungen des Glaubens bin ich hier zuständig«, antwortete der Padre listig. »Aber wir können uns gern in den nächsten Tagen in Ruhe darüber unterhalten.«

Mafalda verzog den Mund und ging nach drinnen, um ihm seinen Wein zu holen.

»Was gibt es denn?«, fragte Padre Osman, als Mafalda wieder aus dem Haus trat.

»*Cicchetti* als Antipasto, Aal mit Gnocchi als Vorspeise. Dann gefüllte Ente. Mit Polenta und grünem Salat«, antwortete sie, während sie dem Padre Wein einschenkte. »Und Bayerische Creme als Dessert.«

»Gefüllte Ente?«, fragte Maria und plusterte sich mit ihrem kulinarischen Halbwissen auf. »War denn irgendwo die Pest ausgebrochen, und ich habe es nicht mitbekommen?«

»Die Pest der Ungerechtigkeit und der Bürokratie«, antwortete Mafalda leicht verschnupft. »Die Ente gart schon eine

384

Weile in meiner Küche. Sie werden sie mögen, Maria«, beruhigte Mafalda sie.

Bevor diese antworten konnte, kam Angelo mit drei abgedeckten Serviertellern um die Ecke. »*Salve!* Soll ich die Teller hier abstellen?«

»Bring sie lieber nach drinnen. Sonst bleibt nichts mehr übrig, bis das Essen beginnt«, meinte Mafalda mit sorgenvollem Blick auf die Uhr.

»Weil deine Essen dafür berüchtigt sind, dass man hungrig nach Hause geht?«, fragte Angelo lächelnd zurück und löste damit einen Kicheranfall bei Maria aus.

Mafalda schaute ihn streng an. »Meinetwegen. Stell die Teller hier auf den Tisch. Willst du ein Glas Wein?«

»Riesling, wenn Sie haben?«

»Natürlich nicht!«, echauffierte sich Mafalda. »Aber den Pinot wirst du mögen.«

»Ist Pietro nicht mit dir gekommen?«, fragte Maria, nachdem sie sich wieder von ihrem Lachanfall erholt hatte.

»*No.* Er kommt direkt von der Arbeit. Er müsste eigentlich jeden Moment hier sein«, sagte Angelo.

In diesem Moment näherten sich auch schon Pietro und Anna von der Calle Angelo dal Mistro her, Pietro noch in Uniform und Anna im sommerlichen Minikleid, das nicht allzu viel verdeckte.

Maria eilte erschrocken auf Anna zu und legte ihr ihren Seidenschal über Hals und Dekolleté. »*Bambina!* Padre Osman ist da.«

Anna packte den Schal und drückte ihn ihrer Mutter

wieder in die Hand. »Der darf ja wohl auch mal ein bisschen Spaß haben«, antwortete sie und ging an ihrer Mutter vorbei, um den anderen Hallo zu sagen.

Angelo wollte schon auf Pietro zugehen, um ihn stürmisch zu begrüßen, wurde von Pietro jedoch mit einem strengen Blick zurückgewiesen. Es blieb beim sittsamen Händeschütteln.

Aus Richtung Navagero kamen jetzt Lucia, Alma und Enzo, Lucia mit hochrotem Kopf, fast passend zu ihrer Haarfarbe. »Francesco wird leider nicht mitkommen«, sagte sie zu Mafalda zur Begrüßung.

»Lass mich raten … Ärger im Paradies?«, fragte Mafalda, und Lucia nickte säuerlich. »Möchtest du Wein?« Mafalda reichte ihr ein Glas. Lucia nickte und nahm gleich die ganze Flasche aus dem Sektkühler mit zu ihrem Platz.

In diesem Moment stürmte Simonetta Dal Bosco vollkommen außer Atem aus der Calle Motta auf den *campo*. »Ich habe mich komplett verlaufen! Ich bin doch nicht zu spät?«, rief sie schnaufend.

»Nein, genau richtig, die anderen waren zu früh«, begrüßte Mafalda sie, ohne einen der anderen Gäste dabei anzusehen. »Setzen Sie sich doch, es geht gleich los.«

Anna setzte sich neben den Padre und wehrte dabei einen letzten Versuch ihrer Mutter ab, sich zwischen die beiden zu drängen. »Abends wird es schnell kalt, Kind«, sagte Maria zu Anna und fand damit wenigstens einen Vorwand, um ihr einen breiten Schal über die Schultern zu legen, der zumindest das Alleroffensichtlichste verdeckte.

Am Kopfende, zur Rechten von Padre Osman, saß Mafalda, ihr zur Rechten Pietro und neben ihm Angelo auf einer zum Stuhl umfunktionierten Obstkiste. Alma und Lucia neben Angelo hatten Simonetta Dal Bosco in die Mitte genommen, und Maria und Enzo saßen ihnen gegenüber.

»Bevor ich die Vorspeise bringe«, begann Mafalda gewohnt geschäftig, »lasst uns kurz darauf anstoßen, dass Beppe ab morgen wieder unter uns weilen wird. Und meinen Dank an Angelo, der die *Cicchetti* mitgebracht hat.« Sie nickte Angelo zu. »Was ist es denn genau?«

»Halbe Eier mit Sardellen, Polentabrote mit venezianischer Salami, gebackene Miesmuscheln aus der Lagune und *crostini con baccalà mantecato*, Stockfischcreme auf Weißbrot.«

Mafalda spürte, dass Maria drauf und dran war, mit ihrem Halbwissen über die Zubereitung des *baccalá* mit dem Holzlöffel hausieren zu gehen. Aber ein strenger Blick von ihr verhinderte das.

»Auf Beppe!«, sagte Mafalda und erhob ihr Glas. Die anderen taten es ihr gleich.

»Und auf Signora Mafalda, die alles zu einem guten Ende gebracht hat«, sagte Simonetta Dal Bosco und prostete ihr zu.

Mafalda schaute verlegen zu Boden. »Ach, das hätte doch jeder getan.« Und bevor jemand etwas sagen konnte, sprang sie auf. »Zeit für den Aal«, sagte sie und verschwand in der Haustür.

Als sie mit ihrer großen eisernen Servierpfanne zurückkam, die sie mit zwei dicken, selbst gehäkelten Topflappen hielt, sah sie, wie Angelo, der mittlerweile Pietros Carabinierimütze trug, Pietro mit einem Stück Salami auf einem Polentabrot fütterte.

»Was ich dir übrigens noch erzählen wollte, Pietro«, setzte sie an, und ihr Enkel drehte sich erschrocken zu ihr, die Salami noch im Mundwinkel. »Ich habe da in der Questura ein ganz entzückendes Mädchen kennengelernt, das ich dir unbedingt vorstellen muss.« Sie nickte wichtig, und Angelo grinste breit. »Mädchen ist vielleicht nicht der richtige Ausdruck, denn sie ist ein paar Jahre älter als du. Und auch einen Kopf größer.« Pietro lief dunkelrot an. »Aber wenn es nicht so hell ist, dann fällt ihre große Nase gar nicht so auf!«, fabulierte Mafalda weiter.

»Ein Mörderzinken!«, bestätigte Anna vom anderen Ende des Tisches nickend, während alle anderen Anwesenden langsam, aber sicher vom Grinsen zum Lächeln übergingen und wohl in Kürze lauthals lachen würden. Nur Simonetta Dal Bosco schaute verwirrt in die Runde, weil sie die Anspielungen nicht verstand.

»Ich kann euch ja gerne einmal beide zum Essen einladen. Bei euch in der Wohnung ist ja nicht so viel Platz«, sagte Mafalda zu Pietro und wandte sich dann an die anderen Gäste. »Pietro und Angelo teilen sich nämlich eine kleine Wohnung. Mit nur einer kleinen Küche und einem kleinen Zimmer, wenn man die Besenkammer nicht mitrechnet.« Mafalda schob ihr Besteck herum. »Ich finde es ja sehr anerkennenswert, wenn junge Leute sich eine Wohnung teilen, um Geld zu sparen«, fuhr sie fort, ohne die Miene zu verziehen.

Pietro verschluckte sich an der Salami und fing nervös an zu husten, während Angelo neben ihm in lautes Lachen ausbrach und ihm auf den Rücken klopfte. »Sie weiß Bescheid, Schatz. Alle wissen Bescheid!«, sagte er prustend, während sich Pietro blinzelnd in der Runde umschaute und ihm alle nacheinander von Lucia bis zum Padre lächelnd zunickten.

Mafalda hob die Hände. »Aber ich kann dir natürlich gerne noch eine ganze Reihe junger Damen vorstellen, wenn du darauf bestehst …«

Pietro versuchte immer noch, sich von seinem Hustenanfall zu erholen. »Das … das wird nicht nötig sein, denke ich«, sagte er leise mit hochrotem Kopf.

Mafalda schlug die Hände zusammen. »Na, das nenne ich mal eine schwere Geburt!«, rief sie und drehte sich dann zu Angelo. »Glückwunsch, junger Mann! Du hast jetzt eine neue Großmutter«, sagte sie und wandte ihre Aufmerksamkeit dann wieder der Servierpfanne zu. »Der Aal hat mehrere Stunden im heißen Ofen verbracht. Es wäre ungerecht, wenn wir ihn jetzt kalt werden ließen.« Sie hob die Olivenölflasche vor sich in die Höhe und zwinkerte Simonetta Dal Bosco zu. »Er schmeckt auch sehr lecker mit dem kalt gepressten Olivenöl vom Hof meiner Cousine aus der Toskana.«

30

Mafalda hatte das erste *vaporetto* genommen, das sie direkt nach Öffnung zur Friedhofsinsel San Michele hinüberbrachte. Das war weitaus später, als sie es sich gewünscht hatte, denn sie hatte Salvatore heute eine Menge zu erzählen. Dafür stand nun die Sonne schon etwas höher am Himmel und verdrängte die letzten morgendlichen Nebelschwaden aus der Lagune. Nach dem sommerlichen Abend gestern war es über Nacht merklich abgekühlt. Mafalda zog sich ihren Mantelkragen frierend nach oben, als sie während der kurzen Überfahrt von Murano zu der nur zweihundertfünfzig Meter entfernten Insel auf dem Deck des *vaporetto* stand.

Die beiden Blumensträuße im Blumenladen neben dem Eingangstor zum Friedhof waren schnell gekauft. Sie nahm um diese Jahreszeit immer die gleichen: Vergissmeinnicht und Frauenhaarfarn fest zu einem kleinen, runden Strauß zusammengebunden.

Schweigend ging sie zum Grab ihres Sohnes Giuliano, nahm den alten Strauß aus der Grabvase, goss Wasser für die neuen Blumen ein und ging nach einem Moment des wortlosen Verweilens weiter, nachdem sie wie immer sanft mit der Hand über den Grabstein aus weißem Marmor gestrichen hatte.

Am Grab ihres Mannes Salvatore schaute sie erst missmutig über die benachbarten Gräber, auf denen verblasste Blumensträuße vor sich hin welkten. Ihren Strauß legte sie beiseite, nahm die alten Blumen heraus und füllte frisches Wasser in die Vase. Erst dann zog sie den Hocker zu sich heran, drapierte sorgsam ihre Blumen vor Salvatores Grab und setzte sich.

»Vergissmeinnicht! Die mochtest du doch immer so gern«, sagte sie, und in Ermangelung einer nicht zu erwartenden Antwort rutschte sie auf dem Hocker hin und her. Die blaue Farbe der Vergissmeinnicht war eine der wenigen Farben, die ihr Salvatore, der mit Grün- und Rottönen immer seine Schwierigkeiten gehabt hatte, gut sehen konnte. Die Sonne war mittlerweile so weit aufgegangen, dass sie auch den Platz in dieser Ecke des Friedhofs mit etwas Wärme erfüllte.

»Wir haben es geschafft«, fuhr Mafalda nach einer Weile fort. »Zusammen. Ich, Alma und sogar Lucia. Die Kinder haben auch mitgeholfen. Beppe kommt heute frei! Pietro holt ihn gerade an der Piazzale Roma ab.«

Sie streichelte mit ihrer Rechten über Salvatores Namen auf der Grabplatte. »Ich bin ziemlich stolz auf mich. Weil ich nicht gedacht hätte, dass ich so was ohne dich schaffen würde.« Sie schaute hinauf zu den Schäfchenwolken am Himmel. »Aber sie haben mir alle geholfen. Pietro. Und besonders Angelo, von dem ich dir schon erzählt habe. Anna auch, die kennst du ja nur als Kind, so wie Pietro auch.«

Dann lupfte sie ihren Mantel ein wenig und hob die Füße. »Wie findest du meine neuen Schuhe? Die sind von Lucia.« Mafalda lachte. »Unglaublich unpraktisch, wenn man vom *vaporetto* bei stürmischer See an Land will. Aber doch etwas ganz anderes als meine flachen, breiten Treter.«

Sie zog die Beine etwas verlegen zurück und strich ihren Mantel glatt. »Aber keine Angst«, fuhr sie fort, »ich werde jetzt nicht so anfangen wie Alma, die neuerdings wie ein Teenager mit Enzo poussiert. Ja, mit Enzo, dem Apotheker, sie sind ja beide verwitwet. Kaum zu glauben!«

Sie rutschte auf ihrem Schemel hin und her. »Obwohl … Es hat ihr schon gutgetan. Sie ist nicht mehr die graue Maus wie früher. Und ihre Marotten zeigt sie jetzt auch viel seltener.«

Mafalda stand auf und hielt die flache Hand auf die kühle Grabplatte. »Ich muss jetzt gehen. Pietro und Beppe kommen bald zurück. Nächstes Mal habe ich wieder mehr Zeit für dich! *Ciao, baci.*«

Als Mafaldas *vaporetto* am Anleger Murano Museo festmachte, wartete auf der Bank im Wartehäuschen schon Padre Osman auf Beppes Ankunft.

»Signora Mafalda, *buongiorno!* Ist Beppe bei Ihnen?«, grüßte er sie überschwänglich und winkte dabei mit seinem Strohhut.

»*Salve*, Padre! Nein, er kommt zusammen mit Pietro. Im Boot der *Carabinieri*, da geht es schneller.« Sie schaute auf ihre Uhr. »Sie müssten schon unterwegs sein. Er hat mir eine Nachricht vom Bahnhof aus geschickt, von Santa Lucia.«

Die Vormittagssonne schien tief in das zum Wasser hin offene Wartehäuschen hinein und wärmte die auf den Bänken wartenden Reisenden. »Setzen Sie sich doch zu mir.« Padre Osman deutete auf den freien Platz neben sich.

Mafalda ließ sich nieder. »Ich hoffe doch sehr, dass ich Sie gestern Abend nicht in Verlegenheit gebracht habe, Padre?«

Der Padre stutzte. »Wieso sollten Sie? Das Essen war ausgezeichnet und die Unterhaltung ausgesprochen kurzweilig.«

»Wegen Pietro. Und Angelo. Ich weiß doch, dass Ihr Verein eine nicht so entspannte Haltung dazu hat wie ich.«

»Eine so entspannte Haltung wie eine Frau, die ihrem Enkel eine heiratsfähige Frau nach der anderen vorstellt?«, fragte der Padre lächelnd.

Mafalda kicherte. »Das war nur eine kleine Gehässigkeit. Weil er seine *nonna* nicht einweihen wollte.« Mit etwas ernsterer Miene fügte sie hinzu: »Aber Sie wissen, wie ich das meine …«

»Signora Mafalda, ich bekomme sicher die eine oder andere Anweisung von oben. Das hindert mich aber nicht daran, privat eine andere Meinung als mein oberster Chef zu haben, wissen Sie?«

»Wie der Stellvertreter Ihres obersten Chefs?«, fragte Mafalda spitzfindig.

»Wie sein Stellvertreter, natürlich«, antwortete der Padre lächelnd.

»Ich kann mir nämlich nicht vorstellen, dass dessen Chef, als der Chef-Chef, dem Glück eines so prächtigen Jungen wie meines Pietro im Wege stehen würde«, sagte Mafalda, und Padre Osman drückte ihre Hand.

»Als wir uns neulich getroffen haben, sprachen Sie von kleinen Sünden, die Sie begangen haben.« Der Padre wechselte sehr zu Mafaldas Unbehagen das Thema. Diese Diskussion hätte sie gerne noch etwas aufgeschoben. Unruhig rutschte sie auf der Bank hin und her und wedelte mit den Füßen in der Luft, gerade so wie ein kleines Mädchen, das auf frischer Tat bei einer Ungehörigkeit erwischt worden war.

»Es war ja letztlich für einen guten Zweck«, erwiderte sie endlich gedehnt. »Schließlich ist Beppe ja dadurch freigekommen … Und der Gerechtigkeit ist zum Sieg verholfen worden.« Sie konnte im Moment jedes Quäntchen Pathos gebrauchen, das sie zu fassen bekam.

Padre Osman lehnte sich zurück und lächelte. Wie viele kleine Beichten wie diese musste er wohl schon gehört haben, die immer zuerst mit der Begründung starteten, warum das alles ja nicht so schlimm gewesen wäre, weil der Zweck ja die Mittel heilige? »Ich höre«, sagte er, nachdem Mafalda nicht mit ihrer Erzählung fortfahren wollte.

»Ich habe mich als Kunstexpertin ausgegeben«, gestand Mafalda mit gesenktem Kopf und leiser Stimme.

Padre Osman hob die Hände. »Aber Sie verstehen doch

viel von Kunst, Signora Mafalda! Erinnern Sie sich noch, wie oft wir schon über die romanischen Standbilder im Chorgestühl von Santi Maria e Donato diskutiert haben?«

»Für die Versicherung. Als Kunstexpertin für die Versicherung«, ergänzte sie kleinlaut. »Lucia war die Chefin und ich ihre Assistentin.«

»So wie ich Lucia kenne, hat sie Sie dabei kaum zu Wort kommen lassen?«

»Sie kann manchmal sehr raumgreifend sein«, bejahte Mafalda vorsichtig.

»Dann ist das eine Angelegenheit, mit der zuallererst Lucia zu mir kommen sollte, meinen Sie nicht?«

Mafalda wippte unentschlossen mit dem Kopf, entschied sich dann aber für ein deutliches Nicken. So leicht wie jetzt würde Padre Osman sie vermutlich nicht wieder von der Leine lassen, wenn sie die Brücke, die er ihr jetzt baute, nicht nutzte. Da die späteren Gelegenheiten, bei denen sie sich auch allein als Kunstexpertin ausgegeben hatte, in diesem ersten Besuch mit Alma und Lucia in der Peggy Guggenheim Collection ihren Ursprung hatten, entschied sie sich, diese unter den Tisch fallen zu lassen.

»Ich wollte an illegalem Glücksspiel teilnehmen. An einem Pokerturnier.«

»Sie haben um Geld gepokert?«, fragte der Padre mehr als überrascht.

»*No!* Natürlich nicht! Um Geld ging es mir niemals. Als wir gemerkt haben, dass ich keinerlei Chance …« Mafalda unterbrach sich und täuschte einen kleinen Hustenanfall vor. »Als wir gemerkt haben, wie unrecht es wäre, haben wir uns dagegen entschieden.«

»Dann sehe ich nicht, wo das Problem liegt«, sagte Padre Osman.

Mafalda spielte im Kopf das gesamte Täuschungsmanöver rund um Argiro, den Pollock und die Villa auf dem Lido durch. Zwar wusste sie, dass sie dabei mehr als einmal geflunkert hatte. Jedoch hatte sie Simonetta Dal Bosco auch ihr Ehrenwort gegeben, dass sie über alles, was Argiro und den Diebstahl des Bildes betraf, schweigen würde. Und ein solches Versprechen galt für sie als echte Italienerin gegenüber jedermann, anderen Menschen, den Behörden und dem Finanzamt sowieso und auch gegenüber der Kirche, in diesem Fall in Person von Padre Osman. Es war kaum möglich, die Vorgänge auf dem Lido zu schildern, ohne Argiro oder den Jackson Pollock zu erwähnen. Daher blieb ihr nur, nichts über all diese Ereignisse verlauten zu lassen, auch gegenüber dem Padre.

»Das war es eigentlich schon«, sagte Mafalda einigermaßen erleichtert. Ihre Füße ruhten jetzt wieder fest und selbstsicher auf dem Boden, und sie schaute den Padre lächelnd an.

»Dann weiß ich wirklich nicht, was Ihr Problem ist«, wiederholte Padre Osman und legte seine Hand auf ihre. »Ich sehe jedenfalls keines.«

Über den Ausgang dieses Gesprächs war Mafalda mehr als froh, wenn sie auch nicht das Gefühl hatte, komplett bei der Wahrheit geblieben zu sein. Für den Moment saßen sie schweigend nebeneinander, es waren erst die Fahrgeräusche eines Bootes, die Mafalda aus dieser Situation befreiten.

»Ist das nicht Pietro?« Sie stand auf und hielt mit der flachen Hand über den Augen Ausschau nach einem kleinen, offenen Boot, das sich dem Anleger aus Richtung der tief stehenden Sonne näherte.

Vorn am Bug des Bootes stand ihr Enkel. Am Heck saß ein weiterer Polizist, der mit ruhiger Hand das Boot steuerte, während der einzige Passagier ununterbrochen auf ihn einredete. Pietro legte ein Tau um den Poller des Anlegers und machte das Boot damit fest. Anstelle einer Begrüßung blies er die Wangen auf und verdrehte die Augen gen Himmel. Mafalda und der Padre schauten irritiert auf den Passagier hinter Pietro, der, in eine hellgraue Windjacke und eine einfache Jeanshose gekleidet, immer noch pausenlos redend, an Land stieg und Mafalda und Padre Osman nur eines kurzen Blickes würdigte.

»Signora Mafalda, Padre, *buongiorno!* Sie entschuldigen mich bitte, ich muss dringend in meine Wohnung«, sagte Beppe, dessen wirres Haar heute noch wirrer zu sein schien als sonst. Er ging an den beiden vorbei, ohne auf eine Reaktion zu warten.

Mafalda schaute ihm verblüfft hinterher. »Sie hatten nicht wirklich mit Dank von Beppe gerechnet?«, fragte der Padre.

Sie zögerte. »Ein wenig schon«, antwortete sie schließlich leise.

»Wir machen das nie für Leute wie Beppe, wir machen

das immer für uns. Und für ihn«, sagte der Padre und deutete gen Himmel. »Der Herr wird es Ihnen danken!«

Mafalda nickte. Aber sie hätte gegen etwas mehr irdischen Dank und Anerkennung nichts einzuwenden gehabt.

Der Padre und Pietro nahmen Mafalda in die Mitte und gingen in die Richtung, in die auch Beppe verschwunden war, den Canal Grande di Murano entlang in Richtung Navagero und Campo San Donato. Beppe selbst hatten sie aus den Augen verloren. Aber sie wussten ja, wo er zu finden war.

»Er hat die ganze Fahrt über geredet«, stöhnte Pietro. »Es war kaum auszuhalten. Für einen Moment war ich versucht, ihn wieder im Gefängnis abzugeben.«

»*Er* wird es dir danken«, sagte Mafalda mit leicht spöttischem Unterton und zeigte mit der rechten Hand gen Himmel. Padre Osman schaute sie irritiert an.

Die drei waren jetzt an der Stelle angekommen, wo der kleinere Canale di San Donato in den Canal Grande di Murano mündete und sie links abbiegen mussten. Nach der Biegung konnten sie auch wieder Beppe sehen, und hinter ihm die *Bar* Il Sole mit ihren kleinen Bistrotischen entlang des Kanals bis zur Platzmitte. Emilia hatte ein handgeschriebenes Banner *Willkommen zu Hause!* über die Tische gespannt, und auf dem *campo* hatte sich eine stattliche Anzahl von Menschen versammelt.

»Wussten Sie von einem Empfang?«, fragte der Padre Mafalda.

Die zuckte mit den Schultern. »Nicht direkt. Aber ich

habe natürlich jedem erzählt, dass Beppe heute nach Hause kommt.« Sie vergaß zu erwähnen, dass sie sich bei dieser Gelegenheit auch schon überall Dank für ihren unermüdlichen Einsatz abgeholt hatte.

»Wer sind die Leute?«, fragte Pietro irritiert und ließ seinen Blick über die vor der Bar Il Sole Wartenden wandern. Da war niemand dabei, den er als Stammbesucher des Lokals wiedererkannte.

»Ist das nicht der Vizebürgermeister? Der vorn in der Calle Briati auf San Stefano sein Haus hat?«, fragte Mafalda.

»Den habe ich hier noch nie gesehen«, entgegnete Padre Osman verblüfft. »Nicht in der Kirche und nicht auf dem *campo*.«

»Und das neben ihm, die mit der Schärpe, das ist die Miss Venezia vom letzten Jahr, die aus Burano. Ich habe ihren Namen vergessen. Aber da war ein Bild von ihr in der Zeitung«, sagte Mafalda mit zusammengekniffenen Augen und drehte sich zu Pietro. »Ich könnte euch miteinander bekannt machen, das ist deine Chance!«

»*No!*«, raunzte Pietro sie von der Seite an, und Mafalda musste laut lachen.

»Mach dir keine Sorgen«, sagte sie. »Ich würde niemals wollen, dass mein Enkel sich mit dem Zweitbesten oder irgendetwas aus dem Vorjahr zufriedengeben müsste.« Sie strich ihm sanft über den Rücken.

Auch Padre Osman musste lachen. »Da scheint sich ja eine illustre Gesellschaft zur Begrüßung von Beppe zusammengefunden zu haben.«

Ein paar Meter vor ihnen sah man jetzt Beppe mit einer Art Begrüßungskomitee wild diskutieren. Wobei das mit dem wild Diskutieren mehr für Beppe galt, der heftig gestikulierend auf einen blässlichen Mann mit in der Sonne glänzender, schweißnasser Stirnglatze und seltsam farblosem Anzug einredete. Genau jenem Mann, den Mafalda als den auf Murano wohnenden Vizebürgermeister identifiziert hatte.

Nicht dass einer der drei seinen Namen hätte nennen können. Als Vizebürgermeister arbeitete er für die da drüben in Venedig, und mit besonderem Einsatz für seine Heimatinsel hatte er sich bislang auch nicht hervorgetan. Bei dem bis zu den nächsten Wahlen wieder unausweichlichen Meinungsumschwung würde ihn das Wahlvolk ohnehin bald aus dem Amt verscheuchen, ohne dass er bis dahin einen bleibenden Eindruck hinterlassen würde oder sich auch nur irgendjemand außerhalb seines direkten Umfeldes gemerkt hätte, wie er hieß.

Namen von Provinzpolitikern waren einfachen italienischen Bürgern meist erst dann ein Begriff, wenn sie in Verbindung mit irgendeinem Korruptionsskandal in der Zeitung gestanden hatten und man sich beim Glas Wein in der *bar* an der Ecke darüber ereifern konnte.

Neben dem Vize stand die Ex, in diesem Fall die Ex-Miss von Venedig, mit einer Art Glaskrone auf dem Kopf und einer Schärpe in den italienischen Farben rot, weiß und grün schräg um den ansonsten nur spärlich bedeckten Oberkörper gelegt. Sie versuchte mehrfach, Beppe einen Blumenstrauß in die Hand zu drücken, den sie schon eine Weile krampfhaft festhielt. Aber Beppe wollte und wollte den Strauß nicht annehmen und redete und gestikulierte stattdessen weiter.

Als Mafalda und ihre beiden Begleiter ihn fast erreicht hatten, schien es Beppe zu bunt zu werden. Was er sagte, konnten sie immer noch nicht hören. Aber er drehte sich plötzlich mit einer schroff abwehrenden Geste zur Seite und ließ den verdutzten Vizebürgermeister und die nicht minder überraschte Ex-Miss stehen, wandte sich zu der kleinen Brücke über den Canale di San Donato und wollte offenbar schnurstracks nach Hause gehen. Doch Lucia und Alma kamen ihm entgegen. Lucia blieb mitten auf der Brücke stehen, und Beppe schaute unsicher nach links und rechts, ob er sich vielleicht mit einem einfachen Gruß an ihr vorbeischleichen könnte. Er überlegte ein wenig zu lang, denn Lucia breitete die Arme aus, ging auf ihn zu und legte sie ihm um den Hals.

»Willkommen zu Hause, Beppe! Wir haben dich alle vermisst«, sagte sie, und ihre Worte klangen wahr und aufrichtig.

Beppe war von dem unerwarteten und in all den Jahren auch ungekannten Beweis ihrer Anhänglichkeit mehr als überrascht und hing hilflos wie ein Kleinkind mit zappelnden Armen in der innigen Umarmung der beinahe einen Kopf größeren und deutlich wuchtigeren Lucia. Irgendwann gelang es ihm, sich loszureißen. Mit scheuem Gruß an Alma entschwand er auf der anderen Seite der Brücke, gefolgt von Lucias mildem Lächeln.

»Behandelst du alle deine Mieter so liebevoll?«, hörte Mafalda Alma hinter sich fragen, als sie, Mafalda, auf die Ex-Miss zutrat und sich deren Blumenstrauß schnappte. »Was für eine Verschwendung! Es wäre doch zu schade, wenn die schönen Blumen welk würden«, sagte sie und ließ die Ex-Miss und den zukünftigen Ex-Vizebürgermeister hinter sich stehen. In ihren Augen hätte sie selbst neben den Blumen noch einen Kranz und einen Pokal verdient. Aber sie war bereit, sich auch so zu nehmen, was sie kriegen konnte.

Während die anderen Gäste sich wieder an ihre Tische setzten oder enttäuscht das Weite suchten, winkte Mafalda Emilia zu, die in gebührendem Abstand zu dem Treiben hinter ihrem Tresen stand. Genau so weit weg, dass sie nicht dazugehörte, aber auch alles haarklein mitbekam.

Mittlerweile hatten alle Platz genommen, mit Ausnahme eines untersetzten älteren Herrn mit grauen Haaren und schlecht sitzendem Anzug, der immer noch enttäuscht in die Richtung starrte, in die Beppe gerade wieder verschwunden war.

»Und Sie sind …?«, fragte Mafalda ungeniert, denn sie hatte den Herrn, so wie die meisten anderen Gäste hier, noch nie gesehen.

Ihr Gegenüber brauchte einige Momente, um aus der Welt seiner Gedanken in die Wirklichkeit zurückzukehren, verhaspelte sich erst und antwortete dann: »Alvise. Commissario Alvise. Von der Questura di San Marco in Venedig.« Und als Mafalda keine Miene verzog und sein Name und Titel ihr auch keinerlei Ehrfurcht einzuflößen schienen, fügte er mit einer ganz und gar unbescheidenen angedeuteten Verbeugung hinzu: »Ich habe den Fall gelöst.«

»Ach!«, war alles, was Mafalda über die Lippen kam. Seinem enttäuschten Gesichtsausdruck nach war das nicht die Reaktion, mit der er gerechnet hatte.

Mafalda schaute kurz auf den Blumenstrauß in ihrer Hand, Gerbera und Lilien. Hübsche Blumen, aber Lilien mochte sie ohnehin nicht sonderlich, weil die immer so streng rochen und ganz fürchterlichen Schmutz machten, wenn sie verblühten.

Sie drückte Alvise ihren Strauß mit einer ruppigen Bewegung in die Hand. »Dann sollte sich aber mal jemand richtig bei Ihnen bedanken!« Damit ging sie an ihm vorbei in die *bar* an den Tresen zu Emilia und bestellte einen *caffè*.

Epilog

nfang April wurden die Abende immer länger und wärmer. Etwas fast Frühsommerliches hatte sich in den letzten Tagen über die Lagune gelegt. Angelo und Pietro saßen wieder auf der Bank vor ihrem Haus am Fondamenta Cristoforo Parmense und blickten hinaus auf die Lagune. Neben ihnen auf der Kaimauer, mit den Füßen über dem Wasser baumelnd, saß Anna. Im Papierkorb neben der Bank lagen zwei geleerte Pizzakartons, und jeder der drei hatte einen Becher mit Rotwein in der Hand. Man verstand sich auch ohne große Worte. Pietro war müde und hatte seinen Kopf an Angelos Schulter gelehnt.

»Ich habe Po-host!«, trällerte Mafalda schon von Weitem und wedelte mit einer Ansichtskarte, die sie in der Hand hielt. »Von Argiro«, sagte sie, als sie näher gekommen war. »Aus Macchiascandona.«

Sie drehte die Karte um und schaute auf das Foto, das einen Hügel, ein paar Strohballen und einige nachlässig beschnittene Zypressen im Sonnenuntergang zeigte. »Ich wusste gar nicht, dass es von dem Nest überhaupt Postkarten gibt.«

»Und, was schreibt er?«, fragte Angelo, der Pietros Kopf sanft nach oben schob, um ihn so vorm Einschlafen zu bewahren.

Mafalda drehte die Postkarte wieder um und las. »Es geht ihm gut. Er hat sich schon eingelebt. Die Arbeit macht ihm Spaß.« Sie schaute wieder nach oben. »Was man halt so schreibt auf einer Postkarte.« Dann las sie weiter. »Und er schreibt, dass er das Gefühl hat, dass wir seinem Leben einen Schubs in die richtige Richtung gegeben haben. Wofür er uns allen danken möchte.« Sie wedelte wieder mit der Karte.

»Na, das nenne ich doch mal eine Erfolgsgeschichte«, murmelte Pietro schläfrig.

»Da hab ich auch noch eine, Signora Mafalda, eine Erfolgsgeschichte. Ihr Sizilianer …«, berichtete Anna.

»*Mein* Sizilianer?«, fragte Mafalda gedehnt zurück.

»Occhipinti. Der Chef des Sicherheitsdienstes«, sagte Anna augenrollend. »Er ist verhaftet worden.«

»Oh«, rief Mafalda erfreut aus.

»Ja, es war die Aussage von Argiro zusammen mit den Aufnahmen der Sicherheitskameras in der Peggy Guggenheim Collection. Sie haben sein Büro in Mestre durchsucht.«

Mafalda schauderte allein schon bei dem Gedanken an Mestre, dem Industriemoloch auf dem Festland vor Venedig.

»Sie haben sein Büro in Mestre durchsucht«, wiederholte Anna, »und dabei die Flasche mit der öligen Flüssigkeit gefunden. Er hatte sie nicht weggeworfen, der Trottel!« Anna schüttelte den Kopf.

»Damit werden sie ihn wohl drankriegen«, meinte Pietro und schnalzte mit der Zunge.

»Sie haben ihn ja schon verhaftet«, sagte Anna. »Für den Überfall auf Sie, *nonna* Mafalda, werden sie ihn wohl nicht kriegen. Für den Anschlag auf die Bilder aber sicherlich.«

»Ich werde ihn nicht vermissen«, entgegnete Mafalda nüchtern. Sie steckte die Postkarte in ihre Handtasche und wandte sich zum Gehen. »Ich wollte euch nur so schnell wie möglich die guten Nachrichten von Argiro wissen lassen.«

»Willst du dich nicht noch ein bisschen zu uns setzen, *nonna?*«, fragte Pietro und zeigte auf den freien Platz neben ihm auf der Bank.

»Nein, nein, habt ihr jungen Leute nur mal euren Spaß! Mir steckt die ganze Aufregung der letzten Wochen immer noch in den Knochen. Ich gehe heute früh ins Bett.«

»*Buonanotte, nonna*«, sagte Pietro, und Anna und Angelo nickten ihr zum Abschied zu.

Mafalda drehte sich um und lief den Weg am Wasser entlang zurück nach Hause. Zu ihrer Rechten sah sie die Taxiboote mit hoher Geschwindigkeit auf der Lagune zwischen Venedig und dem Flughafen Wettrennen abhalten. Nach Murano hinein wurde es schon bedeutend ruhiger: Nur ein einziges *vaporetto* schipperte, offenbar auch schon müde vom endlosen Einsatz des ganzen Tages, langsam über den Canal Grande di Murano, der ansonsten flach und ohne jede Wasserbewegung zwischen den Inselteilen ruhte.

Mafaldas Weg führte sie durch das bröckelnde Steintor und den verwilderten Garten der Kirche Santa Maria degli

Angeli hindurch, deren Türen schon lange fest verschlossen waren und deren Kirchenschiff nach der Vertreibung der Mönche im benachbarten Kloster kein Leben mehr gesehen hatte.

Ich habe schon Glück, so einen prächtigen Enkelsohn zu haben und so viele gute Freundinnen und Freunde, dachte sie, als sie den Kirchgarten verlassen hatte und im Schatten der Eschen neben den eigentümlichen Glasskulpturen der dahinterliegenden Glasmanufaktur entlangging.

Wie aufs Stichwort sah sie Alma und Enzo in dessen kleinem Boot über den Kanal schippern. In der Mitte des Kahns befand sich so etwas wie ein viereckiger Esstisch, auf dem, weiß gedeckt, diverse Leckereien und eine Flasche Rotwein mit zwei Gläsern standen. Sie winkte den beiden, aber sie sahen sie nicht, denn sie hatten nur Augen füreinander.

Es war jetzt schon gut nach acht Uhr abends, deswegen wurde es auf den Wegen entlang des Kanals auch nicht viel geschäftiger, als sie sich dem Zentrum der Insel näherte.

An der Polizeistation blieb sie kurz stehen und wischte den Staub von dem Schild mit der Aufschrift *Carabinieri*, wie es ihr mittlerweile zur Gewohnheit geworden war. Immerhin hatte man die abgeplatzte Wandfarbe durch frische ersetzt. Sie hatte Pietro mehrfach darum gebeten. Zu den Zeiten, als ihr seliger Salvatore noch Dienst gehabt hatte, hätte es so eine Schlamperei nicht gegeben!

Eine Ecke weiter bog sie in die kleine Gasse ein, die zu dem *campo* vor ihrem Haus führte. Dem Graffito von Angelo an der bröckelnden alten Backsteinwand hatten sich mittlerweile zwei weitere hinzugesellt. Das kleine Mädchen mit der Ratte, das in die Pfütze sprang, blieb dennoch ihr Favorit.

Sie betrat ihr Haus, wollte schon nach oben gehen, sah dann aber noch die Post aus ihrem Briefkasten quellen. Zwar hatte sie den Briefkasten schon vorhin geleert und Argiros Postkarte herausgenommen. Doch war es nicht ungewöhnlich, dass später am Tag noch einmal Prospekte eingeworfen wurden – und die würde sie besser gleich herausnehmen, damit der Briefkasten nicht verstopft wäre, wenn morgen möglicherweise wichtigere Post kommen würde.

Sie suchte umständlich in ihrer Handtasche nach dem Schlüsselbund, fand ihn schließlich, drehte den Schlüssel im verrosteten Schloss des kleinen grünen Briefkastens um und entnahm die bunten Blätter. Als sie ihn wieder verschloss, fiel ein weißer Umschlag zwischen den Prospekten heraus. Er war handschriftlich adressiert und ohne Briefmarke.

Sie bückte sich und nahm den Umschlag mit nach oben. Umständlich kramte sie in ihrer Handtasche nach der Lesebrille. Als sie die endlich gefunden und aufgesetzt hatte, öffnete sie neugierig den Brief und zog ein Blatt Papier sowie einen weiteren Umschlag heraus. Sie nahm das Blatt Papier und las den mit Druckbuchstaben handgeschriebenen Text.

Cara Signora Cinquetti!
Dieser Brief wurde schon vor vielen Jahren geschrieben und mir übergeben. Jetzt ist es endlich an der Zeit, dass Sie ihn erhalten.

Unter dem Text stand keine Unterschrift. Verwundert legte sie das Blatt auf die Prospekte in ihrer linken Hand und inspizierte den Umschlag, den sie aus dem größeren Kuvert genommen hatte. Auch dieser war von Hand beschriftet und ohne Briefmarke.

Mafalda rückte ihre Lesebrille zurecht, hielt den Umschlag unters Licht und stieß direkt nach dem Lesen des Namens auf dem Kurvert einen spitzen Schrei aus, der vermutlich auf der ganzen Insel noch zu hören war. Ihr Schlüsselbund, die Handtasche und die Prospekte fielen zu Boden. Mafalda selbst sank auf die kalten Treppenstufen und hielt sich die linke Hand vor den vor Entsetzen geöffneten Mund.

Sie betrachtete den Umschlag, wieder und wieder. Die Handschrift war unverkennbar die ihres Sohnes Giuliano. Die erkannte sie auch heute noch sofort, fast neun Jahre, nachdem sie ihn viel zu früh hatte begraben müssen. Und rechts oben stand statt eines Poststempels der 09. Januar 2010, der Tag vor Giulianos Tod.

Sie drehte den Umschlag mit zitternden Händen hin und her und schaute ihn mit weit aufgerissenen Augen an. Irgendwann fasste sie sich ein Herz, riss ihn grob an der Oberkante auf, zerrte einen ebenfalls handgeschriebenen Brief heraus und begann zu lesen.

9. Januar 2010

Cara mamma!

Es ist schon spät. Ich sollte eigentlich schlafen, denn
der morgige Tag wird es in sich haben, und ich werde
meine ganze Energie dafür aufbringen müssen. Aber ich
kann nicht schlafen, weil ich weiß, dass dieser Tag unser
aller Leben für immer verändern wird. Denn so oder
so werde ich danach nicht mehr bei euch sein. Ich kann
nur ahnen, welche Art übler Gerüchte meine häufige
Abwesenheit von Murano in den vergangenen Monaten
ausgelöst hat. Mamma, bitte glaube mir, keines davon ist
wahr!
Als die zentrale Koordinierungsstelle für
Korruptionsbekämpfung hier in Rom im letzten Sommer
Mitarbeiter für eine neue Sondereinheit suchte, fiel die
Wahl nach einer landesweiten Computeranalyse der
Personalakten aller Polizisten unter anderem auf mich. Ich
fühlte mich geehrt, sagte, ohne zu zögern, zu, weil ich es
für das Richtige hielt. Ja, weil ich es auch jetzt immer noch
für das Richtige halte.
Polizist zu sein war für mich immer mehr als nur
ein Beruf. Das war bei Vater und Großvater ja nicht
anders. Über die mit der neuen Arbeit hier in Rom
verbundenen Konsequenzen habe ich mir erst später
Gedanken gemacht. Im Vergleich zum entspannten Leben

als »Dorfpolizist« auf Murano war das jedenfalls ganz anders!

Von einem Tag auf den anderen arbeitete ich mit sieben weiteren Kollegen aus allen Provinzen Italiens hier in Rom. Für euch war ich von Montag bis Freitag auf Dienstreise. Unter meinen Kollegen machten bald böse Gerüchte die Runde, ich sei degradiert oder strafversetzt worden. Dagegen machen konnte ich leider nichts, das waren die Regeln, die ich mit meinem Dienstantritt zu akzeptieren hatte. Denn meine Arbeit hier ist geheim. Und das bedeutet leider auch, dass ich Familie und Kollegen nichts darüber erzählen darf.

Für morgen ist die Verhaftung unserer Hauptverdächtigen geplant. Und das wird kein Spaziergang werden, gewiss nicht! In monatelanger Arbeit haben wir Beweise und Dokumente zusammengetragen. Und mehr als einmal hat man auch vor Gewalt nicht zurückgeschreckt, um uns daran zu hindern. Ich fürchte, dass es morgen nicht anders sein wird. Es gibt Gerüchte, dass es in unserem Team einen Maulwurf gibt, der für die Gegenseite arbeitet. Vielleicht ist es wahr, vielleicht nicht, vielleicht sind das ja auch nur die Nerven vor dem großen Einsatz.

Wie auch immer die Aktion morgen ausgeht, wir werden uns leider nicht wiedersehen können. Um als Zeuge eine Aussage gegen die Verantwortlichen machen zu können, muss ich direkt nach der Verhaftung in das Zeugenschutzprogramm des Servizio Centrale di Protezione gehen.

Die Verbindungen der Leute, gegen die wir ermitteln, reichen so weit, dass ich mit meinem Wissen und vor allem mit deren Wissen von meinem Wissen keinen Tag ungeschützt auf Murano überleben würde. Das sind ganz hohe Tiere, von ganz weit oben in der politischen Kaste Italiens. Jeder kennt ihre Namen. Und wer nicht, wird sie ab morgen hoffentlich kennen.

Man hat mir angeboten, Frau und Kinder mit in das Schutzprogramm zu nehmen. In meinem Fall wäre das nur Pietro. Du leider nicht. Mütter sind ganz unitalienisch von diesem Programm ausgenommen.

Ich hatte nicht viel Zeit, mich zu entscheiden. Aber ich glaube, es ist für uns alle besser, wenn ich Pietro, der in wenigen Monaten volljährig wird, nicht aus seiner gewohnten Umgebung, aus seinem angestammten Leben herausreiße und ihn von einem Tag auf den anderen in ein anderes Leben, in eine andere Identität verpflanze, nur weil sein Vater vor einem knappen Jahr eine Entscheidung getroffen hat, die jetzt auch Auswirkungen auf ihn hat.

Seit Olivia uns vor vielen Jahren verlassen hat, warst du uns immer eine wichtige Stütze und für Pietro eine Ersatzmutter. Das möchte ich ihm in dieser wichtigen Phase seines Lebens nicht nehmen. Er braucht dich, und er braucht sein stabiles Umfeld in Murano jetzt mehr als mich. Ich habe in den vergangenen siebzehn Jahren meinen Teil getan, um ihn zu dem prächtigen Menschen zu machen, der er ist. Für die nächsten Monate weiß ich ihn bei dir in guten Händen.

Die Regeln des Servizio Centrale di Protezione sehen eigentlich vor, dass ich vor oder nach der Überführung in das Zeugenschutzprogramm keinerlei Kontakt mit euch aufnehmen darf. Zum Glück hat mir ein guter Freund versprochen, diesen Brief in Verwahrung zu nehmen und ihn dir nach Ablauf einiger Jahre anonym zu übergeben, wenn weder für mich noch für euch eine allzu große Gefahr dadurch besteht. Er hat mir auch versprochen, euch aus der Ferne zu beobachten und heimlich zu helfen, wenn einmal Not am Mann sein sollte. Das macht es mir nicht leichter, aber es hilft.

Da ich nicht weiß, ob unsere Arbeit morgen erfolgreich sein wird, habe ich Kopien aller wichtigen Dokumente angefertigt und sie zusammen mit meinem Testament in einem Schließfach am Bahnhof Santa Lucia hinterlegt. Mit diesen Unterlagen wird es euch möglich sein, meinen Namen auf Murano wieder reinzuwaschen und vielleicht irgendwann zu verstehen, warum ich euer Leben so plötzlich verlassen musste.

Mit dem Schlüssel in diesem Umschlag kannst du das Schließfach Nummer 48 im Bahnhof Santa Lucia öffnen. Dort findest du alles, was wichtig ist.

Auch wenn ich zuletzt oft weg war: Bitte sei versichert, dass kein Tag in meinem Leben vergangen ist, an dem ich nicht an dich denken musste. Ich hoffe, du bist noch bei guter Gesundheit. Und ich hoffe auch, dass es meinem Pietro gut geht.

Ich möchte am liebsten hier immer weiterschreiben, damit

nicht der Satz, den ich gerade geschrieben habe, der letzte ist, den du von mir zu lesen bekommst. Aber ich muss jetzt aufhören. Es geht nicht anders. So sehr ich es mir auch wünschen würde.

In ewiger Liebe,
Mille baci, Giuliano

Mafaldas Küchengeheimnisse

Anara col pien (Anatra ripiena)
Gefüllte Ente mit Maisgrießbrei und grünem Salat
Für vier Personen

Dies ist ein typisches Gericht, das zum Erlöserfest Redentore serviert wird. Es geht zurück auf ein Gelöbnis des Senats von Venedig aus dem Jahre 1576, wo man am 4. September den Bau einer Kirche zu Ehren des Erlösers (*Il Redentore*) versprach, wenn die Stadt Venedig von der Pest erlöst würde. Zu diesem Zeitpunkt war mit 50.000 Menschen bereits ein Viertel der damaligen Bevölkerung Venedigs an der Pest verstorben.

1577 wurde der Grundstein für diese Kirche nach den Plänen von Andrea Palladio auf der Insel Giudecca gelegt. Bereits wenige Tage später fand die erste feierliche Prozession über eine 300 Meter lange temporäre Schiffsbrücke über den Canale della Giudecca zu einem provisorisch eingerichteten Altar auf der Baustelle statt. Noch im Sommer desselben Jahres war die Pest aus Venedig verschwunden.

1592 wurde die Redentore-Kirche fertiggestellt und geweiht. Die Kirche erreicht man heute über die gleichnamige Vaporettostation auf der Insel Giudecca. Seit 1579 wird das Redentore-Fest an jedem dritten Sonntag im Juli gefeiert, und in jedem Jahr wird zu diesem Anlass die provisorische Schwimmbrücke zur Insel Giudecca aufgebaut.

Das Gericht ist durchaus anspruchsvoll zu kochen. *Pien* bezeichnet dabei die Füllung, eine Mischung aus Leber, Innereien, Eiern, frischem Gemüse, mit Milch, Salz, Pfeffer, Speck und Schinken vermengten Semmelbröseln, geriebenem Käse und weiteren Gewürzen. In früherer Zeit verwendete man die wilden Enten aus den Mündungsgebieten der Lagune ins Meer und anstelle von Salami oder Schinken und Speck Innereien von der Ente. Statt der Innereien nimmt man heute häufig *sopressa*, eine italienische Salami aus Schinken und Speck.

Zutaten

1 mittelgroße Ente

100 g Entenleber

70 g italienische Salami oder Speck und Schinken, klein geschnitten (statt Innereien)

2 Eier

1 Handvoll Semmelbrösel

1 Handvoll Parmesan, frisch gerieben

½ Zwiebel

1 Knoblauchzehe, gehackt

1 Stange Staudensellerie in Stücken

1 Karotte, klein geschnitten

1 Handvoll Petersilie, gehackt

1 Prise Muskatnuss

Salz

Zubereitung

Die halbe Zwiebel, die klein geschnittene Karotte, die in Stücke geschnittene Selleriestange und etwas Salz in einem großen Topf mit Wasser zwanzig Minuten köcheln lassen. Leber, Salami, Petersilie und Knoblauchzehe zerkleinern und in einer Schüssel vermengen. Salz, Eier, geriebenen Parmesan, Semmelbrösel und eine Prise Muskatnuss hinzufügen und alles vermischen, bis eine homogene Masse entsteht. Diese wird dann in die Ente gefüllt und die Öffnung mit Küchengarn verschlossen. Die Ente in den Topf mit Wasser, Zwiebeln, Karotte und Sellerie legen und auf mittlerer Flamme garen lassen. Eine gute Köchin oder ein guter Koch haben es im Gefühl, wann die Ente gar ist. Wenn Sie Ihrem Gefühl nicht trauen, können Sie nach der Kerntemperatur gehen, die sich leicht mit einem Bratenthermometer messen lässt. Diese sollte 74 °C nicht übersteigen, sonst wird die Ente zäh. Wer die Ente lieber etwas knuspriger mag, kann sie statt im Topf auch im Ofen braten.

Wenn die Ente fertig gegart ist, teilen Sie sie in zwei Hälften, entfernen die Füllung und schneiden diese in Scheiben. Dann die Ente in Stücke schneiden und heiß mit der Füllung als Beilage servieren.

Maisgrießbrei

500 g Maisgrießmehl oder Polentagrieß

2 Liter Wasser

2 EL Olivenöl

Salz

Zubereitung

In einem großen Topf Wasser mit einer kleinen Handvoll Salz zum Kochen bringen und dann das Maisgrießmehl einstreuen. Alles mit einem Schneebesen verrühren, damit keine Klümpchen entstehen. Die Polenta bei schwacher Hitze ca. 40–45 Minuten weiterkochen, dabei regelmäßig mit einer Holzkelle in die gleiche Richtung wenden. Es gibt auch Schnellkoch-Maisgrieß, mit dem das in wenigen Minuten geht (aber Mafalda schwört, dass nichts an das Original herankommt).

Der grüne Salat

Zu grünem Salat gibt es eigentlich nicht viel zu sagen. Frisch muss er sein! Richtig knackig, keinesfalls welk. Auf den Tisch kommt, was der eigene Garten, der Markt oder auch der Supermarkt frisch hergeben. Gewaschen und mit der Hand zerkleinert wird er in Schüsseln gegeben und nach italienischer Sitte mit Olivenöl *(extra vergine)* und Aceto balsamico beträufelt.

Baccalà mantecato alla Mafalda
con polenta arrosta
Stockfischcreme auf Polentabrot
Für sechs Personen

Stockfisch wurde zwar im hohen Norden erfunden, wo man den Fisch von alters her durch Trocknen haltbar macht. Aber auch in Italien ist er nicht aus der traditionellen Küche wegzudenken, besonders nicht aus der jüdischen Küche. Jahr für Jahr importiert Italien Tonnen von Stockfisch, auf Italienisch *stoccafisso*, aus Norwegen und anderen Ländern hoch im Norden.

Für *baccalà mantecato* wird Stockfisch 48 Stunden lang in Wasser eingeweicht. Das Wasser muss dabei mehrfach gewechselt werden. Wer es eilig hat oder sich weniger Arbeit machen will, kann auch fertig eingeweichten und gequollenen Stockfisch kaufen, der dann anders als die getrocknete Variante nicht mehr unbegrenzt haltbar ist.

Über die weitere Zubereitung scheiden sich die Geister: Ein Teil Venedigs kocht den gequollenen Stockfisch mit Milch – das ist die traditionelle Zubereitung der jüdischen Küche – und der andere Teil wie Mafalda mit Wasser.

Zutaten
Für das Stockfischpüree
500 g Stockfisch
200 ml Olivenöl
Rucola oder Basilikum (eine Handvoll)

2 Knoblauchzehen

Salz und Pfeffer

Chilipulver (nach Belieben)

Für die Polenta

500 g Maisgrießmehl oder Polentagrieß

2 l Wasser

1 EL Olivenöl

1 EL Salz

Zubereitung

Den abgetropften Stockfisch mit zwei geschälten Knoblauchzehen in eine Pfanne geben und den Fisch knapp mit Wasser (oder eben Milch) bedecken. Das Ganze auf kleiner Flamme 45 Minuten unter regelmäßigem Rühren köcheln lassen.

Haut und Gräten sind danach leicht zu entfernen. Die verbliebene Mischung mit einem Holzlöffel durchrühren und dabei in einem feinen Strahl mildes Olivenöl hineinrinnen lassen, bis alles schön cremig ist. (Wenn niemand zusieht, erledigt Mafalda das auch in wenigen Sekunden in der Küchenmaschine. Das würde sie natürlich niemals zugeben.)

Ob Küchenmaschine oder Schüssel mit Holzlöffel – die Mischung darf nie ganz kalt werden, sonst misslingt das Gericht. Es empfiehlt sich, die Schüssel und auch das Olivenöl vorher sanft anzuwärmen.

Das fertige Püree wird mit Salz und Pfeffer und einer Handvoll Rucola oder Basilikum, fein gehackt, gewürzt.

Nun ist die Polenta an der Reihe. Das Wasser in einem Topf heiß werden lassen. Kurz bevor es kocht, Salz und den Maisgrieß unter ständigem Rühren mit einem Kochlöffel hineingeben. Danach das Olivenöl einträufeln. Diese Mischung wird nun 40–45 Minuten bei geringer Hitze und ständigem Rühren gegart.

Die fertige Polenta wird kurz und kräftig in einer Pfanne mit Olivenöl angebraten – so wird aus ihr die *polenta arrosto* – und dann in kleine Scheiben oder Stücke geschnitten.

Bigoli in Salsa
Nudeln in Sardellensauce mit Zwiebeln
Für vier Personen

Der simple Name, in der Übersetzung nichts anderes als »Nudeln mit Sauce«, wird diesem köstlichen Gericht nicht wirklich gerecht. Ursprünglich eine reine Fastenspeise, sind *bigoli in salsa* mittlerweile ein Klassiker der venezianischen Küche.

Dabei sind *bigoli* eine dickere Variante der Spaghetti, ähnlich den *pici*, die man im Süden der Toskana findet. Sie gehen zurück auf den Nudelhersteller Bartolomio Veronese aus Padua, der dort schon im Jahre 1604 eine Nudelpresse erfand, die Bigolaro-Presse, mit der man verschiedene Sorten langer Nudeln herstellen konnte. Neben Spaghetti eben auch unsere Bigoli.

Porös, rau, dick und von fester Konsistenz nehmen sie die

Nudelsauce gut auf. Der Teig aus Weichweizenmehl oder Vollkornmehl, Wasser, Salz und Eiern wurde früher durch die Presse, Bigolaro genannt, in Form gebracht. Heutzutage übernimmt das der Bigoli-Einsatz der meisten Nudelmaschinen. Wenn man keine Nudelmaschine besitzt, kann man die Nudeln auch auf einem bemehlten Brett mit den Händen ausrollen.

Sehr oft wird das nicht mehr zelebriert, denn die meisten Supermärkte in Norditalien bieten auch frische Bigoli im Kühlregal. Und als Alternative gibt es die getrockneten Bigoli der großen Nudelhersteller, die allerdings nicht mit dem Geschmack und der Konsistenz der frischen Nudeln mithalten können.

Zutaten
Für die Sauce:
400 g weiße Zwiebeln
400 g Sardellen
Olivenöl
Petersilie
Pfeffer, frisch gemahlen

Zubereitung
Die Kunst besteht im richtigen Schmoren der Zwiebel. Sie muss gleichmäßig durchgaren und dabei eine natürliche Süße und feine Röstaromen entfalten. Venezianerinnen und Venezianer beherrschen das und wissen, wie man das Gericht mit den Zwiebeln verführerischer macht. Die Sardel-

len werden zum Schluss dazugegeben. Sie sorgen dann für einen Geschmacksschub mit salzigen und maritimen Noten.

Für die Bigoli
400 g Weichweizenmehl oder Vollkornmehl
4 Eier
Salz

Zubereitung

Wer die Bigoli selbst zubereiten will, muss das Mehl zunächst durchsieben und dann in eine Schüssel geben. In der Mitte des Mehls eine Mulde formen und die Eier und das Salz hineingeben. Die Eier und das Mehl mit einer Gabel verrühren, bis ein kompakter Teig entsteht, der anschließend noch zehn Minuten mit den Händen geknetet wird. Danach wird der Teig mit der Nudelmaschine in Form gepresst oder mit den Händen zu dicken Nudeln gerollt.

Die Bigoli kocht man al dente und gibt dann die Sauce darüber.

Sie können die Bigoli natürlich auch mit anderen Mehlen wie Vollkornmehl oder Kastanienmehl zubereiten und so immer wieder neue Rezepte mit leckeren und unterschiedlichen Geschmacksrichtungen auf den Tisch bringen.

Bigoli alle Vongole

Nudeln mit Muscheln

Für vier Personen

Bigoli kann man auch mit anderen Saucen servieren, zum Beispiel als *bigoli alle vongole* mit einer Sauce aus Miesmuscheln und Weißwein.

Zutaten

500 g frische Muscheln

50 ml Weißwein

Olivenöl

3 Tomaten, gewürfelt

2 klein gehackte Knoblauchzehen

Salz und Pfeffer

Oregano

1 TL gehackte Petersilie

Zubereitung

Wenn die Muscheln noch nicht gespült sind, muss man sie zwei Stunden lang in kaltem Wasser wässern und dabei das Wasser mit dem herausgespülten Sand mehrfach wechseln. Danach sind die Muscheln kochfertig.

In einer Pfanne zunächst den Knoblauch in Öl anbräunen und dann die Muscheln dazugeben. Sie öffnen sich recht schnell. Muscheln, die sich nicht geöffnet haben, aussortieren und wegwerfen. Den Wein und die gewürfelten Tomaten in die Pfanne geben, mit Salz, Pfeffer und Oregano

würzen und das Ganze einige Minuten köcheln lassen. Die
Sauce über die bissfest gekochten Nudeln gießen und die
Petersilie darüberstreuen. Fertig ist das Gericht!

Bisato su l'ara

Gebackener Aal mit Gnocchi in Sahnesauce
Für vier Personen

Murano-typischer wird es nicht: Aal, im lokalen Dialekt *bisato*, wurde auf den Glasöfen Muranos gebacken, während
darunter das Glas geblasen wurde. Beim Backen und Rösten
auf dem Glasofen verlor der Aal sein natürliches Fett und
wurde schön weich.

Seine Herkunft verdankt *bisato su l'ara* der in Murano
einzigartigen Kombination aus Glasöfen und nahen Fisch-
fanggründen. Das machte es zu einem preiswerten und
nahrhaften Gericht für die ärmere Bevölkerung.

Mafalda serviert den Aal als Vorspeise mit Gnocchi und
Sahnesauce. Die Gnocchi gibt es zwar im Supermarkt frisch
zu kaufen. Aber ein solches Fertigprodukt würde ihr nie auf
den Tisch kommen!

Zutaten

1 großer Aal
Lorbeerblätter
Salz und Pfeffer

Zubereitung

Den Aal reinigen und Kopf und Eingeweide entfernen, sofern der Fischhändler das noch nicht gemacht hat. Den Fisch anschließend hacken. Die Lorbeerblätter und die Aalstücke auf den Topfboden legen. Mit Salz und Pfeffer würzen und weitere Lorbeerblätter hinzugeben. Dann noch ein wenig Wasser darüber verteilen, aber kein Öl und keine Butter, denn der Aal enthält schon ausreichend eigenes Fett, das beim Backen aus dem Fisch schmilzt. Bei nicht mehr als 180 °C ca. 20 Minuten backen.

Für Gnocchi di Patate (Kartoffelgnocchi)
750 g Kartoffeln (mehlig kochend)
150–250 g griffiges Mehl
100 g Weizengrieß fein
etwas glattes Mehl zum Bestäuben
2 Eier

Für den Gnocchiteig kocht man mehlig kochende Kartoffeln exakt auf den Punkt gar. Werden die Kartoffeln zu lange gekocht, dringt Wasser ein, und der Gnocchiteig wird zu breiig. Von festkochenden Kartoffeln sollte man die Finger lassen – damit würden die Gnocchi misslingen.

Die gekochten Kartoffeln zu Kartoffelbrei stampfen, und zwar so lange, bis eine glatte Masse ohne Klümpchen entsteht. Die beiden Eier trennen, die Dotter und eine Prise Salz zu dem Kartoffelbrei geben und die Mischung kräftig verrühren. (Mafalda macht das in wenigen Augenblicken mit ihrer Küchenmaschine, würde das aber natürlich niemals zugeben!)

Ab hier ist jetzt etwas Übung und Erfahrung gefragt: In den Brei knetet man griffiges Mehl und feinkörnigen Weizengrieß im Verhältnis zwei Drittel zu einem Drittel. Und zwar genau so viel, dass sich der Teig gerade von den Händen löst. Die Menge an Mehl und Grieß hängt von der Kartoffelsorte ab. Wenn Sie beides schrittweise in kleinen Portionen beimengen, können Sie die Zusammensetzung und das Resultat besser steuern. Erst wenn sich aus dem Teig kleine Bällchen formen lassen, die nicht mehr an den Händen kleben bleiben, ist er genau richtig, und die Gnocchi werden flaumig, locker – und lecker. Wer die Gnocchi zum ersten Mal zubereitet, tut gut daran, eine Packung frische Gnocchi aus dem Supermarkt in Reserve gekauft zu haben oder genügend Zeit und Zutaten auf Vorrat zu haben, um das Ganze ein zweites Mal zubereiten zu können.

Nun nimmt man ein Holzbrett und bestäubt es mit dem glatten Mehl. Aus dem Teig zuerst mit den Händen und dann auf dem Brett fingerdicke Würste formen. Die eigentlichen Gnocchi entstehen dann im nächsten Arbeitsschritt: Mit einer Gabel 1,5 cm breite Stücke von den Teigwürstchen abtrennen und anschließend mit der Gabel sanft auf die Oberfläche der Gnocchi drücken, sodass ein Abdruck der vier Zinken zurückbleibt. Dies verleiht den Gnocchi ihr charakteristisches Aussehen und sorgt nach dem Kochen dafür, dass die Sauce besser an den Nudeln haftet. Die Gnocchi gibt man mit einem Schaumlöffel in reichlich heißes Wasser und lässt sie 3–4 Minuten köcheln, nicht kochen. Wenn sie an der Wasseroberfläche schwimmen, sind sie fertig!

Für die Sahnesauce
2 große Zwiebeln
100 ml Sahne
100 ml Milch
50 g Parmesan
Salz, Pfeffer, Öl, Chilipulver und etwas Sherry

Zubereitung

Die für die Sauce brät Mafalda zerkleinerte Zwiebel in der Pfanne an, bis sie schön glasig ist. Dann löscht sie sie mit Sahne und Milch ab. Man kann auch nur Sahne verwenden, aber Mafalda nimmt ihrer Gesundheit zuliebe zur Hälfte Milch. Danach muss der Parmesan noch gerieben in die Sauce gegeben werden, in der er dann schmelzen kann. Den Parmesan sollte man unbedingt direkt vor dem Kochen selbst reiben – das macht einen riesigen Unterschied beim Geschmack! Anschließend mit Salz und Pfeffer würzen. Mafalda gibt zum Abschluss noch etwas Chili und einen Schuss Sherry für den Geschmack hinzu.

Bodeleti alla muranese con polenta

Meeräsche mit Polentabrei

Für vier Personen

Bodeleti alla muranese ist ein typisches Gericht der Bewohner von Murano. Typisch macht es vor allem eine lokale Zutat: die in der oberen Adria gefangenen Meeräschen, in Murano unter der Bezeichnung *bodeleti* bekannt. Der Rest Italiens kennt sie unter dem Namen *muggine*. Man kann das Rezept auch leicht abwandeln und stattdessen Meeräschen aus anderen Fanggründen wie *cefalo bosega* (dicklippige Meeräsche), *volpina* (Großkopfmeeräsche) oder *verzelata* (Springmeeräsche) nehmen. Diese Arten sind zwischen Skandinavien und Afrika heimisch und im gut sortierten Fischhandel erhältlich. Die Meeräschen von außerhalb der Adria können aber eine stattliche Größe und ein Gewicht von bis zu mehreren Kilo erreichen. Das Rezept muss dann natürlich dementsprechend angepasst werden.

Zutaten

500 g Meeräsche

Olivenöl

1 Orange

Petersilie

Knoblauch

Salz und Pfeffer

Zubereitung

Den Fisch ausnehmen, putzen und schuppen und mit ein paar Orangenschnitzen, zwei Prisen Salz, einem Petersilienzweig und zwei halben Knoblauchzehen gefüllt in eine gut mit Olivenöl benetzte, ofenfeste Schale legen. Noch etwas Olivenöl darüberträufeln, beherzt frisch gemahlenen Pfeffer darübergeben. Bei 220 °C mit Ober- und Unterhitze 8 Minuten backen.

Der Fisch ist gar, wenn sich die Haut leicht mit einer Gabel anheben lässt und vom Fisch löst. Als Beilage eignet sich auch hier Polenta. Das Rezept ist weiter oben unter »Baccalà mantecato« zu finden. Soll die Polenta wie hier als Brei serviert werden, lässt man nur das abschließende Anbraten weg und gibt stattdessen zusätzlich etwas Butter oder Olivenöl unter den warmen Maisgrießbrei.

Cicchetti
Venezianische Vorspeisen

Cicchetti, auf Veneziano auch *cichetti* oder *cicheti* genannt, sind Snacks oder Beilagen, die in Osterien oder in den traditionellen Cicchetti-Bars, den *bàcari*, serviert werden. Dabei handelt es sich um kleine Snacks mit Oliven, Gemüse, Fleisch und Meeresfrüchten, hart gekochten Eiern, häufig auf gerösteter Polenta oder Weißbrot.

Gegessen werden sie fast zu jeder Tageszeit, vom späten Morgen bis in den frühen Abend hinein, häufig als nahrhafte Beilage zu einem kleinen Glas Wein, *ombra* genannt. Mehrere Portionen *cicchetti* können durchaus auch eine Mahlzeit bilden.

Gebräuchlicher ist aber der Verzehr als Beilage oder zum Aperitif. Insofern ist dieses venezianische Fingerfood, das in mundgerechten Happen mit kleinen Holzspießen serviert wird, am ehesten mit den spanischen Tapas vergleichbar. Hier eine kleine Auswahl:

Crostini con baccalà mantecato
Stockfischcreme auf Weißbrot

Die Zubereitung von *baccalà mantecato* wurde schon oben beschrieben. Anstatt auf Polenta kann man die Creme auch auf angerösteten Weißbrot- oder Baguettescheiben anrichten.

Mesi vovi co' l'aciugheta
Halbe Eier mit Sardellen

Hart gekochte Eier werden halbiert und mit einem Sardellenfilet belegt. Danach steckt man einen Holzspieß mit einer Olive vorsichtig in das Ei.

Peoci al forno

Gebackene Miesmuscheln

Die gründlich gespülten Miesmuscheln mit einer gehackten Chilischote und einer Knoblauchzehe in eine Pfanne unter ständigem Rühren bei starker Hitze garen, bis sie sich öffnen. Die Muscheln, die sich nicht geöffnet haben, entfernen. Das Muschelfleisch in jeweils eine der Muschelschalen legen, Salz, Semmelbrösel und Olivenöl darübergeben und alles zehn Minuten lang bei 180 °C backen.

Polenta e sopressa nostrana

Maisgrießbrot mit Salami

Sopressa nostrana ist eine Salamispezialität aus dem Nordosten Italiens, die mit ausgesuchtem Fleisch aus der Region zubereitet wird. Die Salami in dicke Scheiben schneiden und mit einem Holzspieß auf kleinen Quadraten gerösteter Polenta befestigen.

Crema bavarese

Bayerische Creme
Für vier Personen

Diese Creme ist perfekt geeignet zum Füllen von Kuchen und Gebäck, aber auch als Dessert. Sie ist sehr cremig und dick. Und unglaublich lecker.

Zutaten

250 ml Milch
250 ml frische Sahne
90 g Zucker
3 Eigelb
2 Blatt Gelatine
1 Vanilleschote
etwas abgeriebene Zitronenschale
1 Prise Salz
dunkle Schokolade zum Dekorieren

Zubereitung

Die Gelatineblätter einige Minuten in kaltem Wasser einweichen. Den Zucker mit dem Eigelb schlagen, bis die Mischung schaumig und weißlich ist. Reiben Sie die (Bio-)Zitronenschale mit einer Raspel ab (nur das Gelbe, der weiße Teil ist zu bitter) und geben Sie den Abrieb zu dem geschlagenen Eigelb und dem Zucker. Kratzen Sie die Samen aus der Vanilleschote und geben Sie diese in die Mischung. (Echte Vanille schmeckt deutlich besser als künstlicher Vanillezucker mit Aroma.)

Die Milch in einem Topf erhitzen, die ausgedrückten Gelatineblätter hinzufügen und alles rühren, bis sich die Gelatine komplett aufgelöst hat. Dann die Milch-Gelatine-Mischung mit der Eiermischung vermengen und bei mittlerer Hitze fünf Minuten auf dem Herd erwärmen, nie kochen! Die Mischung abkühlen lassen, dann die Schlagsahne steif schlagen und vorsichtig unter die Mischung heben.

Die fertige *crema bavarese* in Becher füllen und vor dem Servieren mindestens zwei Stunden in den Kühlschrank stellen. Mit dunklen Schokoladenflocken dekoriert servieren.

Fegato alla veneziana, fagioli e polenta
Leber, weiße Bohnen und Polenta
Für vier Personen

Der intensive Geschmack der Leber und die feine Süße der Zwiebel bieten die idealen Kontrastpunkte für dieses venezianische Gericht. Heute verwendet man eher die mildere Leber von Kalb oder Rind, früher kam auch die deutlich kräftiger schmeckende Schweineleber zum Einsatz.

Der Verfasser des ersten niedergeschriebenen Rezepts für *fegato alla veneziana* bereitete das Gericht mit Spanferkelleber, *fegato di mongana*, zu. Francesco Leonardi beschrieb 1790 in einem Buch die Spanferkelleber venezianischer Art.

Zutaten

500 g Leber

2 große weiße Zwiebeln

30 g Butter

60 ml Olivenöl

50 ml trockener Weißwein oder Weinessig

Salz und Pfeffer

2–3 Salbeiblätter für die Dekoration, gehackt

Zubereitung

Die Leber wird in Streifen geschnitten und zusammen mit einer weißen Zwiebel, bevorzugt einer von den Feldern um Chioggia, gekocht. Die Zwiebeln werden dafür nicht gehackt, sondern nur geputzt und in dünne Scheiben geschnitten.

Die Zwiebeln mit etwas Butter kurz in der Pfanne anbraten, etwas Wasser dazugeben und die Mischung bei mittlerer Hitze etwa fünf Minuten köcheln lassen. Danach den Weißweinessig und die gehackten Salbeiblätter hinzufügen und alles weitere fünf Minuten köcheln lassen, bis die Zwiebeln gar sind.

In der Zwischenzeit die Leber mit Wasser abspülen und auf einem Tuch trocknen. Danach gibt man sie in die Pfanne mit den Zwiebeln und gart sie fünf Minuten bei großer Hitze. Zur Hälfte der Zeit sollte die Leber einmal gewendet werden. Danach mit Salz und Pfeffer nach Geschmack würzen.

Leber muss man frisch essen, sonst wird sie zäh. Sofort nach der Zubereitung auf einem Teller anrichten, mit den gehackten Salbeiblättern bestreuen und servieren. Keinesfalls einfrieren oder aufheben.

Fritole alla veneziana

Venezianische Karnevalskrapfen
Für sechs Personen

Die venezianischen *fritole* sind das gastronomische Symbol des Karnevals von Venedig schlechthin. Vergleichbar sind sie am ehesten mit den deutschen Faschingskrapfen, Pfannkuchen oder Berlinern. Allerdings sind sie deutlich kleiner. *Fritole* gibt es wie Faschingskrapfen auch mit einer Vielzahl von Füllungen. Das klassische Rezept sieht aber nur vor, dass sie mit Puderzucker bestreut serviert werden.

Das Gebäck stammt aus der Renaissance und gilt als venezianisches Nationaldessert. Schon um 1700 war es sehr beliebt. Damals wurde es noch mit Schmalz statt Öl sowie mit Ziegenmilch und Safran zubereitet. *Fritole* wurden in kleinen Hütten auf den Plätzen und in den Gassen gebacken und heiß verkauft. Im 18. Jahrhundert bildeten die *fritoleri* eine Gilde, die jedem ihrer siebzig Mitglieder einen festen Standplatz mit Schutz vor Konkurrenz zuwies. Diese Standplätze wurden von Generation zu Generation in der Familie vererbt. *Fritoleri* waren in Venedig noch bis in das zwanzigste Jahrhundert anzutreffen.

Zeitzeugen berichten, dass die *fritoleri* ihren Teig aus Eiern, Mehl, Zucker, Rosinen und Pinienkernen auf großen

Holztischen kneteten. Dann frittierten sie den Teig in riesigen Pfannen in Öl, Schweinefett oder Butter. Wenn die Fritole fertig waren, wurden sie mit Zucker bestreut und auf große dekorierte Teller gelegt, direkt neben die gut sichtbaren Zutaten, um die Qualität des Produkts hervorzuheben.

Auch wenn das Original die *fritole alla veneziana* bleiben, gibt es in ganz Venetien lokale Rezepte, darunter Krapfen mit in Teig getauchten Früchten, mit Blumen oder Gemüse, in einigen Fällen sogar herzhafte Varianten mit Bergkräutern, Reis und Polenta.

Zutaten

400 g Mehl

100 g Sultaninen

1 EL Zucker

2 Eier

250 ml Milch

1 kleines Glas Rum

30 g Hefe

Salz

Erdnussöl zum Frittieren

Puderzucker zum Bestreuen

Zubereitung

Die Sultaninen waschen und in warmem Wasser einweichen. Die Hefe zerkleinern und mit drei Esslöffeln warmem Wasser verdünnen.

Das Mehl mit dem Zucker und einer Prise Salz in eine

Schüssel geben und verrühren. Dann die verdünnte Hefe, die Eier und den Rum dazugeben. Die Milch wird leicht erwärmt und nach und nach unter den Teig gerührt. Dieser darf dabei nicht zu dünn werden. Er muss immer noch knetbar bleiben und sollte nicht zerlaufen. Die Sultaninen abtropfen lassen, abtrocknen und zu dem Teig geben.

Alles in der abgedeckten Schüssel an einem warmen Ort gehen lassen, bis sich das Volumen in etwa verdoppelt hat. Dann reichlich Öl in einer Pfanne erhitzen – die Fritole müssen schwimmen können! Mit einem Löffel einzelne Krapfen abstechen und in der Pfanne goldbraun ausbacken. Auf einem Sieb abtropfen lassen und zum Servieren mit Puderzucker bestreuen.

Risi e bisi
Reis mit Erbsen
Für vier Personen

Auf den ersten Blick mag das Rezept simpel klingen. Aber das Gericht hat in Venedig eine lange Geschichte: Traditionell wurde es den Dogen von Venedig an jedem 25. April serviert, dem Feiertag zu Ehren von San Marco, dem Schutzpatron von Venedig.

Der Reis kam damals ausschließlich aus der Provinz Verona, die Erbsen aus den Anbaugebieten um Lumignano in der Provinz Vicenza. Heute verwendet man Erbsen aus Colognola ai Colli in der Provinz Verona oder aus Baone in der Region Padua. Anstelle von Veroneser Reis bevorzugt Mafalda den feinen Vialone-Reis aus dem Piemont, den sie auch für ihr Risotto verwendet.

Die Zubereitung ist nur auf den ersten Blick einfach. Die richtige Konsistenz zu erreichen bedarf einiger Übung. Richtig zubereitet liegt die Konsistenz von *risi e bisi* in etwa in der Mitte zwischen einem guten Risotto und einer klassischen Gemüsesuppe, einer Minestrone. Wichtig sind dabei frische Erbsenschoten. Tiefkühlerbsen wären ein Bruch mit der Tradition, können im Notfall aber die frischen Erbsen ersetzen. Keinesfalls sollte man Dosenerbsen verwenden! Deren Geschmack ist viel zu wässrig und die Konsistenz viel zu weich. Wenn man die Hühnerbrühe nicht selbst hergestellt hat, sollte man etwas mehr Geld investieren – hier schmeckt man jeden Euro!

Zutaten
320 g Erbsenschoten
1 weiße Zwiebel
4 Petersilienstängel
2 l Hühnerbrühe
30 g Butter
30 g Parmesankäse

Zubereitung
Die Erbsen auspulen. Die Zwiebel schälen und in feine Würfel schneiden. Von vier Petersilienstängeln die Blätter abzupfen und auf dem Schneidebrett fein hacken.

In einem Topf 2 l Hühnerbrühe erhitzen. Inzwischen die Zwiebelwürfel mit etwas Olivenöl in einem Suppentopf bei mittlerer Hitze anschwitzen.

Dann die Erbsen, die Petersilie und eine Prise Salz in den Topf geben und zum Schluss eine Kelle von der Brühe. Bei hoher Hitze zum Kochen bringen. Zehn Minuten bei mittlerer Hitze zugedeckt köcheln lassen. Wenn die Mischung zu trocken wird, immer wieder etwas Brühe zugeben.

Den Deckel vom Topf nehmen und die verbliebene Flüssigkeit verkochen lassen. Sobald das geschehen ist, den trockenen Reis hinzugeben und die Mischung weitere fünf Minuten kochen lassen. Erst danach mit vier bis fünf Kellen Brühe aufgießen und alles so lange köcheln lassen, wie es für die Reissorte vorgeschrieben ist. Normalerweise 15–18 Minuten. Wichtig ist, dass die Mischung nie zu trocken wird. Wann immer Flüssigkeit fehlt, etwas Brühe hinzufügen und alles gründlich umrühren.

Wenn der Reis bissfest ist, den Herd ausschalten und etwa 30 g Butter und 30 g Parmesan in kleinen Stückchen untermischen. Zum Abschluss alles kräftig mit frisch gemahlenem Pfeffer würzen.

Wenn Butter, Pfeffer und Parmesan gut untergerührt sind, kann man noch etwas Brühe zugeben, falls das Gericht zu trocken ist. Zum Abschluss eine Minute ruhen lassen und dann servieren.

Torta veneziana

Wohlbefinden ist für Mafalda in erster Linie eine Angelegenheit, die durch den Magen geht. Oder der zumindest mit einer ordentlichen Portion Zucker und Sahne schnell wieder auf die Beine geholfen werden kann. Sich um jemanden zu kümmern, für jemanden da zu sein, das beinhaltet für sie neben hingebungsvoller Anteilnahme auch fast ausnahmslos, einen selbst gebackenen Kuchen mitzubringen. Für solche Krisenfälle hat sie deshalb auch immer alle Zutaten im Hause, um aus Mascarpone, Amarenakirschen und einer ordentlichen Portion Zucker im Handumdrehen eine *torta veneziana* zu zaubern, ihr mit Abstand liebstes Tortenrezept.

Zutaten (für eine Tortenform mit 22 cm Durchm.)
1 Packung Blätterteig (tiefgefroren)
450 g Ricotta oder Mascarpone
30 g Maisstärke
110 g Zucker
3 Eier
10 g Backpulver
40 g Löffelbiskuits oder Kekse (Mafalda nimmt die Butterkekse aus dem Supermarkt)
90 g Amarenakirschen
etwas Milch und Kristallzucker

Zubereitung
Ricotta, Eier und Zucker werden schnell in einer Schüssel miteinander vermischt. Danach wird das Backpulver

und die Maisstärke untergehoben. Die Mischung wird mit einem Schneebesen oder in der Küchenmaschine so lange aufgeschlagen, bis keinerlei Klümpchen mehr darin sind. Danach rührt man die bereits abgetropften Amarenakirschen unter die Mischung.

Eine nicht zu hohe Kuchenform von 22 cm Durchmesser mit dem angetauten Blätterteig auslegen, sodass die Teigränder außen überlappen, und den Boden mit der Gabel mehrfach einstechen. Die zerkrümelten Kekse auf dem Tortenboden verteilen. Das verhindert, dass der Blätterteig durch die Creme beim Backen aufgeweicht wird.

Dann die Creme vorsichtig in die Tortenform füllen und die nach außen umgebogenen Teigplatten nach innen biegen, um die Torte so zu verschließen. Das Dach aus Blätterteig mit etwas Milch bestreichen und mit einigen wenigen Zuckerkörnern bestreuen – das Auge isst ja auch mit. Gebacken wird der Kuchen etwa 35 Minuten bei 180 °C im vorgeheizten Backofen. Nach dem Backen kann man noch ein paar weitere Zuckerkörner auf der Torte verteilen.

Tramezzini
Italienische Sandwiches

Tramezzini sind eine besonders im Norden Italiens weitverbreitete Frühstücksspezialität. Sie werden auch in anderen Regionen Italiens gegessen, aber so frisch und reichhaltig wie in Venedig sind sie selten zu finden. Am leckersten sind sie in den stark frequentierten *caffè-bars* an Umsteigeknoten oder Sehenswürdigkeiten.

Für die Zubereitung verwendet man ein sehr feinporiges Weißbrot ohne Rinde, das in Dreiecke geschnitten wird und dann, mit jeweils einer Scheibe unten und einer Scheibe oben, üppig mit Leckereien belegt wird. Der Fantasie sind beim Belag kaum Grenzen gesetzt: Salate mit Mayonnaise (*insalata russa*), Mozzarellakäse, Eier (*uova*), gekochter Schinken (*prosciutto cotto*), Salami, Meeresfrüchte wie Thunfisch (*tonno*) oder Krabben (*gamberi*) und Gemüse wie Spargel (*asparagi*) oder Artischocken (*carciofi*) gehören zu den beliebtesten Tramezzini-Belägen.

Die Einzahl von *tramezzini* ist *tramezzino*, und daher haben die kleinen Sandwiches auch ihren Namen. *Tramezzino* ist die Verkleinerungsform von *tramezzo*, was so viel heißt wie »dazwischen« oder »mittendrin«.

Mittlerweile sind auch Varianten mit dunklem Brot oder gerollte *tramezzini* zu haben. Der Klassiker ist jedoch die Variante mit Weißbrot und in Dreiecksform.

Außerhalb Italiens ist das Tramezzinibrot als *pancarré* oder *pane per tramezzini* im Fachhandel, online und gelegentlich im Supermarkt erhältlich.

Sehr gute *tramezzini* bekommt man zum Beispiel in der Bar Filovia am Fondamenta Santa Chiara direkt beim Umsteigeknoten Piazzale Roma in Venedig.

Ombra

Das Glas Wein am Vormittag

Während der Rest der Welt noch nicht einmal an das Mittagessen denkt, trinken nahezu alle erwachsenen Venezianer schon ihr erstes kleines Glas Wein – *ombra* genannt. Zum Trinken der *ombra* geht man in eine der zahlreichen Bars und genießt das kleine Glas von 0,1 Litern vorzugsweise ab elf Uhr direkt im Stehen oder, wenn man es etwas gemütlicher mag, gegen Aufpreis im Sitzen. Dabei geht es mehr als nur um das Glas Wein. Das Trinken der *ombra* ist für Venezianerinnen und Venezianer ein soziales Ritual, ein Zeichen von Freundschaft und Solidarität miteinander.

Um die Herkunft des Namens ranken sich mehrere Theorien. Die gebräuchlichste davon besagt, dass die im vierzehnten und fünfzehnten Jahrhundert umherziehenden Weinhändler ihren Wein immer im Schatten lagerten, damit er kühl blieb. *Ombra* heißt nämlich nichts anderes als Schatten. Der Weinhändler, der seinen Wein am Fuße des Campanile bei San Marco verkaufte, verrückte seinen Stand dabei jede Stunde um einige Meter, um immer dem Schatten des Glockenturms zu folgen.

Die *ombra* kann Weiß- oder Rotwein sein. Weißwein ist aber gebräuchlicher. Früher wurden ausschließlich Weine aus der Region ausgeschenkt. Heute ist das nicht immer so, sehr zu Mafaldas Missfallen. Sie bevorzugt den frischen Pinot Grigio aus dem Veneto.

Mafalda schreibt selbst –
Berichte aus Murano

Instagram @mafalda.cinquetti
Facebook @mafalda.cinquetti
Mastodon @mafalda_murano@mastodon.social
Twitter @mafalda_murano

Mafalda Cinquetti – Rezepte für Küche und Leben
www.mafalda-cinquetti.de

Verschneite Berghänge. Dampfende Knödel. Holzskier an der Wand. Und eine Leiche im Hotel

Gianna Milani
COMMISSARIO TASSO
AUF DÜNNEM EIS
Kriminalroman

320 Seiten
ISBN 978-3-7857-2750-8

Südtirol, 1962: Eigentlich hat Commissario Aurelio Tasso sich nur nach Bozen versetzen lassen, um einem alten Kollegen einen Gefallen zu tun. Obwohl er keinen Schnee mag. Aber wenigstens gibt es in Südtirol ausgezeichnetes Essen, vor allem Knödel. Dagegen wenige Verbrechen. Dachte er. Denn dass der Maler Carlo Colori erschlagen im Hotel Bellevue in Meran liegt, sieht nicht nach einem Unfall aus. Seine Ermittlungen führen Tasso weiter ins mondäne Cortina d'Ampezzo. Dort wird eine zweite Leiche aus dem nahen Misurinasee gefischt. Gibt es eine Verbindung zwischen den Toten?

Lübbe

Die Community für alle, die Bücher lieben

Das Gefühl, wenn man ein Buch in einer einzigen Nacht verschlingt – teile es mit der Community

In der Lesejury kannst du

★ Bücher lesen und rezensieren, die noch nicht erschienen sind

★ Gemeinsam mit anderen buchbegeisterten Menschen in Leserunden diskutieren

★ Autoren persönlich kennenlernen

★ An exklusiven Gewinnspielen und Aktionen teilnehmen

★ Bonuspunkte sammeln und diese gegen tolle Prämien eintauschen

Jetzt kostenlos registrieren: www.lesejury.de

Folge uns auf Instagram & Facebook:
www.instagram.com/lesejury
www.facebook.com/lesejury